红楼梦研究

主　编　何永康
副主编　沈新林

苏州大学出版社

图书在版编目(CIP)数据

红楼梦研究/何永康主编. —苏州:苏州大学出版社,
2002.5(2023.3 重印)
ISBN 978-7-81037-963-2

Ⅰ.红… Ⅱ.何… Ⅲ.《红楼梦》研究-高等教育-自学考试-教材 Ⅳ.I207.411

中国版本图书馆 CIP 数据核字(2002)第 028089 号

红楼梦研究

何永康 主编

责任编辑 李寿春

助理编辑 刘 冉

苏州大学出版社出版发行
(地址:苏州市十梓街1号 邮编:215006)
江苏扬中印刷有限公司印装
(地址:江苏省扬中市科技园区大全路6号 邮编:212212)

开本 850mm×1 168mm 1/32 印张 11.25 字数 280 千
2002 年 5 月第 1 版 2023 年 3 月第 14 次印刷
ISBN 978-7-81037-963-2 定价:35.00 元

若有印装错误,本社负责调换
苏州大学出版社营销部 电话:0512-67481020
苏州大学出版社网址 http://www.sudapress.com

目 录

第一章　绪　论 ……………………………………………（1）
第二章　《红楼梦》的时代 …………………………………（9）
　第一节　政治背景 ……………………………………（12）
　第二节　经济形势 ……………………………………（17）
　第三节　时代思想 ……………………………………（22）
　第四节　文艺景观 ……………………………………（26）
第三章　《红楼梦》的作者 …………………………………（32）
　第一节　曹雪芹的家世 ………………………………（35）
　第二节　曹雪芹的生平 ………………………………（48）
　第三节　关于高鹗及《红楼梦》续书 …………………（62）
第四章　《红楼梦》的版本 …………………………………（66）
　第一节　脂评本 ………………………………………（66）
　第二节　程刻本 ………………………………………（71）
　第三节　脂本与程本的关系 …………………………（74）
第五章　《红楼梦》的思想内容 ……………………………（77）
　第一节　关于主题及分期 ……………………………（77）
　第二节　序幕 …………………………………………（80）
　第三节　回光返照 ……………………………………（87）
　第四节　死而不僵 ……………………………………（101）

第五节　烟消火灭 …………………………………… (126)

第六章　《红楼梦》人物论 …………………………… (143)
第一节　《红楼梦》人物系统 ……………………… (143)
第二节　宝玉论 ……………………………………… (154)
第三节　黛玉论 ……………………………………… (168)
第四节　宝钗论 ……………………………………… (181)
第五节　凤姐论 ……………………………………… (189)

第七章　《红楼梦》艺术论 …………………………… (199)
第一节　艺术特质论 ………………………………… (199)
第二节　艺术构造论 ………………………………… (210)
第三节　悲剧艺术论 ………………………………… (238)

第八章　《红楼梦》的地位与影响 …………………… (259)
第一节　《红楼梦》的地位 ………………………… (259)
第二节　《红楼梦》的影响 ………………………… (272)

第九章　《红楼梦》研究概观 ………………………… (279)
第一节　旧红学阶段 ………………………………… (280)
第二节　新红学阶段 ………………………………… (291)
第三节　批评派的红学研究 ………………………… (297)
第四节　1949年后的红学研究 ……………………… (300)

附录一：本书参考文献 ………………………………… (310)
附录二：《红楼梦研究》大纲 ………………………… (316)
附录三：必读书和参考书目 …………………………… (353)
后　记 …………………………………………………… (354)

第一章 绪 论

《红楼梦》是中国古典小说中最伟大的一部杰作,在世界文学史上也当之无愧地占据着一席重要的地位。理所当然地,《红楼梦》成为中国古典文学研究的重要对象,并且以一部专书形成了一门独特的学问:"红学",这在中国学术史上也是一个奇迹。从《红楼梦》诞生起,有关《红楼梦》的研究成果就不绝于世,种种解说从不同的角度、方面深化了我们对《红楼梦》的认识,其本身也构成了独特的历史,使这部伟大的著作获得了新的生命和新的存在方式,甚至可以说,形成了一些关于杰作的杰作,理解智慧的智慧,领悟创造的创造。如果不了解《红楼梦》研究的成果,我们就不可能深刻地理解这部伟大的作品;而不理解《红楼梦》,我们在很大程度上就不能很好地理解中国文化。我们这部教材,就是要介绍《红楼梦》研究的成果,指示《红楼梦》研究的途径,帮助大家进入《红楼梦》的艺术殿堂,在这个理想的美学课堂中学习到丰富的知识。

《红楼梦》作为一部艺术杰作,是中国审美文化的精粹结晶体。中国文学史上,每一个时代都产生了自己的杰作,《诗经》《楚辞》、汉赋、唐诗、宋词、元曲、明清小说……都以其独特的风貌和韵致代表了时代的审美精神。而《红楼梦》则既有《诗经》发自民族"集体无意识"的心灵深度,又有《楚辞》的九死而未悔的心灵探索;既有汉赋"包括宇宙"的洋洋大观,又有唐诗浩瀚壮阔的悠悠情怀。在《红楼梦》中渗透着宋词深情绵邈、销魂蚀骨的意致，时常笼罩着轻如杨花的梦幻、细如丝雨的哀愁；又有元曲的明白如话、清新真切的境界，在大观园的虚拟舞台上演出的是看似家常、平常事，而实际上却是"一年三百六十日，风刀霜剑严相逼"的不同寻常的人间悲剧……作为一部总结性的作品，《红楼梦》不仅融会了传统文学的精华，而且汲取了中国古典艺术的神韵和意境。在这部小说中，我们不仅可以领略到以中国古典园林艺术作为人的心灵家园的奥旨，而且可以聆听到江南丝竹的缕缕清音，古典戏曲的美妙韵致，观看到中国绘画的传神写照、墨分五彩的气韵流荡……从最高雅、最玄妙的艺术直到最低俗、最粗鄙的笑话以及各种民间的艺术，都在《红楼梦》中投下了身影，为《红楼梦》艺术世界的建构提供了丰厚的营养。当然，《红楼梦》的美学成就更重要的表现在她开创了新的艺术境界，创造了一个独特而丰富的世界，为中国的艺术宝库留下了极其瑰丽的遗产。可以说，《红楼梦》终结了一个旧的时代，开创了中国文学的一个新的时代。研究《红楼梦》，我们不仅可以从中领会中国古典艺术的神韵，而且更能够欣赏作者那天才的创造精神，以及小说展示的充实而有光辉的美的世界。所以，我们说，《红楼梦》是一个理想的美学课堂。在这里，随着一个贵族之家的败落，青春的生命和美好的爱情被几乎无事的悲剧所吞噬，曹雪芹创造了中国文学史上一个最为伟大的悲剧作品；而"家"的毁灭，象征着的不仅是封建社会结构最基层的单位的解体，而且更象征着中华民族精神家园的荒芜，红楼一梦醒来之后，人们发现的是"白茫茫一片大地真干净"，眼前却无路可走了。精神的悲剧是最为深刻的悲剧。《红楼梦》创造了众多的人物，这些人物不同于以往小说中那些善恶、美丑都非常分明的人物形象，他们"每个人都是一个世界"，都是生气灵动、生机勃勃的性格整体。进入他们的性格世界，我们可以领会到中国小说对人物进行美学塑造的高度艺术成就。《红楼梦》的艺术世界，是一个艺术天才"十年辛苦"、血泪凝成的创造性杰作，无论其艺术构思，还是其艺术结构，以及创造出来的独特意象，都体现了中国审美文化的高度成就。漫步"红楼"，美不胜收，正所谓："轩楹高爽，窗户虚邻，纳千顷之汪洋，收四时之烂漫"；《红楼梦》为我们展示的，是一个寥廓、充实而绚烂的美的世界！

《红楼梦》被誉为"封建社会的百科全书"，是一部浓缩的二十四史。研究《红楼梦》，就可以对中国封建社会和中国古代文化产生形象而又深刻的认识。产生于封建社会末世的《红楼梦》，通过"四大家族"的盛衰，展现的是整个封建社会结构和意识形态的总体毁灭。在钟鸣鼎食、花柳繁华的贵族之家，弥漫着的是一种挥之不去的悲凉之雾。封建社会"家"与"国"的同构关系，使得在这个"家"中发生的一切，都成为"国"的隐喻和缩影，"家"的春秋成为"国"的春秋，"风月宝鉴"中容纳了一部《资治通鉴》。曹雪芹是以"求真"为最高信念，来描画和布置《红楼梦》的历史画廊的。"俱是按迹循踪，不敢稍加穿凿，至失其真"，他用严格的现实主义创作方法，记录了封建制度无可挽回地走向灭亡的历史的"踪迹"，为广大读者提供了一部了解封建末世社会生活的"百科全书"。例如，《红楼梦》中用众多女奴被侮辱、被摧残的生活图景，展示了清代盛行的"蓄奴"之风所造成的人性的堕落和罪恶；宁、荣二府的封建主子们在"护官符"的庇护下干把坏事干尽、丑事做绝的史诗式的叙事，则揭露了封建贵族骄奢淫逸、作威作福、醉生梦死的生活情状。不仅如此，《红楼梦》中家族之间的即使是"茶水杯中的风波"，也都隐含着利益的争斗和深深的阴谋、浓浓的杀机，"不是东风压倒西风，就是西风压倒东风"，家族中乌眼鸡似的恨不得你吃了我、我吃了你的战斗，不仅撕开了笼罩在家庭成员的由血缘关系组成的温情脉脉的面纱，而且揭开了捂在黑箱中的封建政治斗争的内幕，"二十四史"作为"相斫书"记载的为了权力和各种利益而同室操戈、骨肉相残的种种刀光剑影，在花柳繁华地、温柔富贵乡用一种几乎无事的日常生活的形式在从容不迫地演出。《红楼梦》作为形象的历史，是以审美的形式穿透了历史的重重雾霭，直接抵达了历史底层的核心，具有深刻的认识价值。而在《红楼梦》中审美地展示出来的世界中，我们不仅可以感受到封建社会的历史趋势，而且更重要的是《红楼梦》提供给我们的历史是一种以感性的形式表现出来的，让我们具有了深重的"历史感"——对历史的感性认识的能力。《红楼梦》中贵族之家的一切器物、环境、行为……都是封建社会所崇尚的礼器、礼制、礼节……特征的体现，而其中所表现出来的封建社会的政治、经济、法律、道德、风俗……则是我们认识封建社会的极好教材。所以，有人研究贾府的日常开支，有人甚至研究"怡红院群芳开夜宴"时每个参加者的座次，这不是烦琐的考证，而是研究历史的另一种形式，是小说与历史的互相印证。

《红楼梦》的伟大还在于它是中国文化的土壤中生长出来的一株奇葩，融会了中国古代文化精神的精华。《红楼梦》从女娲补天开端，并以佛教的转世观念构造的神话来设置作品的人物与情节，用一僧一道将"宝玉"带入滚滚红尘和作品的世界，这表明《红楼梦》与中国文化中的各种主要的思想、观念都有着密切的关系。但是，曹雪芹的伟大不仅在于他融化了中国传统文化的各个方面，而且更重要的是他从中提炼或提纯出最为美好的结晶体。在《红楼梦》中，我们可以感受到中国传统文化的博大精深和无穷魅力。当然，曹雪芹并非只是一个传统文化的阐释者，更是中国传统文化的叛逆者和创造者。在《红楼梦》中，我们从曹雪芹创造的艺术世界里，可以发现新的哲学、新的文化，那就是曹雪芹自己的哲学，《红楼梦》独特的文化。所以，有人说，不读《红楼梦》或读不懂《红楼梦》，那就不能真正了解中国文化，不能真正懂得中国人。我们还可以加上一句，不读《红楼梦》或读不懂《红楼梦》，那就不能了解中国文化中最为精微、最为美丽的精神。

《红楼梦》是伟大的，《红楼梦》又是复杂的。因此，就像歌德感慨"说不尽的莎士比亚"那样，人们也常常感叹"说不尽的《红楼梦》"。《红楼梦》这种永恒的魅力吸引着无数的读者来探幽索隐。有意思的是，《红楼梦》问世不久，就有人把"红学"与封建社会中至高无上的"经学"研究做一种玩笑式的相比，殊不知《红楼梦》的研究确实在古典文学的研究领域取得了类似"经学"的地位。当然，这种地位也曾经被用作政治斗争的工具，在"红学"历史上留下了惨痛的一页。不过，传统的治"经学"的诸种方法都在"红学"研究中获得了运用，如作者家世、版本、名物、风俗等等方面的考证训释，都在"红学"中蔚为大观；不仅如此，"红学"研究还集纳了各种现代人文科学和社会科学的方法，如哲学、历史、文学以及政治、经济、法律等方面的研究，使"红学"研究走向了现代。所以，正如《红楼梦》是博大精深的，"红学"也是博大精深的，在这个领域中已经形成了各种专门家。各种研究成果都具有其独特的价值，值得我们重视。

但是，在我们看来，《红楼梦》毕竟是一部小说，是一部艺术作品。因此，一切研究应当以此为出发点。否则，就很难说清楚为什么要以《红楼梦》为研究的对象。在这门课程中，我们主要就是从文学的角度来研究《红楼梦》，让大家了解《红楼梦》研究的几个主要方面和基本成果。从这个角度来看，《红楼梦》研究主要有以下几个方面应当重视：

一、关于作者的研究。由"红学"衍生出了"曹学"，有关作者以及作者家世的考证在《红楼梦》研究中是一个重要的领域，取得了重要的成果。而在对作者的家世尤其是作者本人的身世的考证中，又涉及对《红楼梦》产生的时代背景和具体环境等方面的考察，对于理解《红楼梦》，了解作者的创作心态和思想，都有着重要的意义。但是，也应当看到，由于中国古典小说作者对于小说作品的特殊态度，造成了古代小说中存在着一种匿名的传统，使得许多小说的作者都难以考证。而《红楼梦》的情况就更为特殊，由于当时政治形势的压力和作者在小说中所写到的某些内容的敏感性，以及作者自身的种种原因，关于作者情况的考证就显得更为困难，充满了迷雾和谜团。尤其是许多研究需要的资料往往是可遇而不可求的，这就更增加了作者研究的难度。但是，经过诸多研究者的努力，曹雪芹的许多情况已经初步显现出来，为我们更好地理解《红楼梦》提供了可贵的资料。

二、关于作品思想的研究。正如我们在前面已经讲过的，《红楼梦》不仅创造性地吸收了中国文化中诸多思想的精华，而且其本身就创造了新的思想。这种思想是以艺术的形式创造出来的，是感性形态的思想，因此，就具有多种意义取向，可以做多种阐释。在《红楼梦》的研究中，关于其思想的研究向来是争论最多的领域，各种新说层出不穷，传统的有以《易》、老庄、佛教以及儒家思想来做阐释的；也有人用明清时代的启蒙思想来阐释《红楼梦》；还有人用西方思想来阐释，例如，最早用西方文艺理论来研究《红楼梦》的王国维，就用叔本华的哲学理论来解释《红楼梦》的思想，近来更有人用海德格尔的存在哲学来理解《红楼梦》……我们认为，曹雪芹在《红楼梦》中表达的是他自己的独特的思想，这种思想只有从《红楼梦》的文本出发，并且联系作品所赖以产生的文化土壤和时代背景，才能做出较为准确的阐释。

三、"红楼"人物的研究。《红楼梦》的世界是一个由人组成的日常生活世界，"红楼"人物的身上寄寓着作者一切感情和思虑。如果不能够进入"红楼"人物的性格世界，我们就难以理解《红楼梦》的精神。因此，"人物论"向来是《红楼梦》研究的重点课题。关于"红楼"人物的研究，从主要人物如贾宝玉、林黛玉、薛宝钗，直到最不起眼的角色如焦大、傻大姐，都有人对其做过精微细致的研究。这是因为，曹雪芹作为一位伟大的作家，搏兔也要用全力，对笔下的每一位人物都用其浑厚的笔力来予以表现，赋予其饱满的生命。所以，在《红楼梦》中，可以说每个人都是一个世界，都值得我们凝神注目，深入研究。并且，《红楼梦》中的许多人物，都有着复杂的精神世界，往往拥有无穷的阐释空间。而在这些人物身上所体现的人类精神的普遍性和永恒性，更是我们不断探索的动力。

四、关于《红楼梦》艺术创造的研究。《红楼梦》是一部伟大的艺术杰作，是中华审美文化的杰出代表。所以，不从美学、艺术学的角度来研究，就无法说明《红楼梦》的永恒魅力所在，也无法真正理解《红楼梦》。从艺术角度来研究《红楼梦》，从其一问世起，就有脂砚斋等批评家投入了巨大的激情。而随着文艺学的发展，研究《红楼梦》艺术的理论武器也越来越多，特别是西方的各种文艺理论，都在《红楼梦》研究中发挥了巨大的作用，从多个方面、多个角度深化了我们对《红楼梦》艺术成就的认识。但是，在运用西方以及国内各种新的文艺理论、美学理论来研究《红楼梦》时，也出现了生搬硬套、牵强附会的倾向，使《红楼梦》成为某些西方理论的印证，而失去了《红楼梦》真正的艺术特色。我们认为，广泛地借鉴各种先进的文艺理论有助于我们更好地解析《红楼梦》，但是，必须从《红楼梦》艺术实践的实际出发，从《红楼梦》的民族特色和民族气派出发，才能真正切中其艺术精髓。

五、关于"红学"历史的研究。如果不从整体上掌握《红楼梦》研究的成果，我们就无法深刻地理解《红楼梦》。而不了解《红楼梦》研究的成果，我们就更不可能深入对《红楼梦》的研究之中。从某种意义上来说，如果没有一种研究性的阅读，我们对任何文学作品的理解都将是肤浅的，何况是《红楼梦》这样的伟大的作品呢？前人的研究对我们来说既是恩惠，为我们的研究打下了坚实的基础，使我们有可能站在巨人的肩膀上继续攀登；又往往是一种障碍，为我们提高了跳跃的标杆。但无论如何，我们都无法绕过前人的研究，否则必然是在低层次上重复别人的研究。对于"红学"这样具有深厚传统和积淀的学科尤其如此。所以，我们在本书中对"红学"研究的历史进行了总体扫描。

此外，有关《红楼梦》的产生时代，《红楼梦》的版本，《红楼梦》中的名物、风俗，等等方面的研究，也需要我们给予充分的重视。

最后，我们要强调的是，无论从什么角度来研究《红楼梦》，最重要、最根本的是要反复地阅读《红楼梦》原著。如果自己没有认真地阅读原著，那么，了解再多的研究成果也仍然未能进入"红楼"世界。而如果反复地阅读了《红楼梦》原著，再充分地了解"红学"的研究成果，你对《红楼梦》的理解就会跃上一个新的高度，并且能够产生自己的见解。

"满纸荒唐言，一把辛酸泪。都云作者痴，谁解其中味？"但愿辛勤的努力能够使我们成为曹雪芹的知音，真正解得"红楼"其中味！

第二章 《红楼梦》的时代

在中国传统文学的百花园中，《红楼梦》无疑是开得最为绚丽的鲜花之一。数百年来，它以自己深邃的思想、高超的艺术和独特的情调，赢得了世界人民的喜爱。那么，这样一部不朽名著是在怎样的背景下诞生的呢？

《红楼梦》产生的时代背景，从大的背景说，应该是产生于清代康（熙）、雍（正）、乾（隆）时期，这是传统所说的"康、雍、乾盛世"，是中国封建社会最后一个鼎盛时期；从具体的诞生时间看，它应该产生于乾隆的前期，因为《红楼梦》的作者曹雪芹的生活年代大概是雍正元年到乾隆二十七年（1723？—1763？）。这部小说的创作前后经历了十年左右的时间，所谓"字字看来都是血，十年辛苦不寻常"，同时，作品尚未完全定稿，作者即已去世，所以说它具体的诞生年代应该是在乾隆前期。当然，考虑到《红楼梦》的成书，其创作动机与主要内容，不仅是作者对自己人生道路的一场反思，而且包括相当丰富的家族内容；因此，我们在讨论《红楼梦》的时代背景时，同样要涉及曹雪芹的家族所经历的那一段特殊的历史时期。

这一时期的总体特征是，无论是政治、经济、思想，还是文化、艺术等各个领域，都体现出繁荣与衰败同时存在的矛盾现象。时至清代，中国封建社会已经是不可避免地走下坡路了。虽然中央专制政权的强大，城市经济与农村经济的恢复和发展，封建文化的集大成，等等，都使这一时期表现得异常繁荣；但是，在这种繁荣的背后，隐藏着严重的危机。政治高压，吏治腐败，思想僵化，贫富不均，严重制约着中国社会的健康发展，导致中国社会在这一时期与西方的差距开始拉大，直接导致后来中国社会沦为半殖民地半封建社会。从《红楼梦》我们可以看出，曹雪芹对这样的盛世有着极其清醒的认识，他通过小说，形象地揭示了盛世背后的深刻危机，并融入了对时代、社会、民族、家庭、个人命运的深刻反思，充满着强烈的忧患意识。当然，由于受到当时中国思想界总体水平的限制，曹雪芹对这样一种时代悲剧，或者对这种盛世下的危机，其实并没有解决的办法。于是，他陷入了对人生、对社会发展前景的迷惘之中，《红楼梦》中强烈的色空思想，正是这种困境下的产物。

康、雍、乾三朝，是中国历史上极为重要的时期。从表面上看，这一时期国家一统，政治稳定，中央集权行之有效，地方管理有条不紊。帝王都是历史上少有的英明之君，雄才大略，勤政爱民，大权独揽，尤其是康熙与乾隆，统治时间极长，在位六十来年，为秦汉以来所罕见。他们先后消除了各种内忧外患，平定三藩之乱、收复台湾、镇压边疆地区特别是蒙古、新疆一带的分裂活动，解决与沙俄的边界之争，捍卫了国家主权。由于政治清明，社会稳定，经济也得到了迅速的恢复和发展，许多城市很快繁荣起来，甚至超过了晚明，比如扬州。在这种背景下，帝王们也有心思为老百姓的日常生活操心，平民百姓的生活有了很大的提高。清代不少皇帝都是关心民瘼的，比如康熙时期的治理黄河，乾隆时期的治理浙江海塘，都是既费钱粮又费精力的事。乾隆在治理海塘的时候特地嘱咐从国库里开支，既不要另外摊派，也不通过捐纳筹集资金，而是全部由国家投资，显得很照顾百姓。所以这一时期社会较为安定，对老百姓而言，确实是太平盛世。有了相应的经济实力和平稳的政治环境，文化事业、文学艺术、学术研究也取得了长足的进步。如修《明史》，编纂《康熙字典》

《古今图书集成》《四库全书》《全唐诗》《佩文韵府》等大型工具书，典籍的搜集、整理工作做得很全面，也为文人汲取传统优秀文化、从事学术研究提供了丰富的材料。诗、词、散文、戏曲、小说，甚至骈文，在这一时期都取得了不凡的成绩，尤其是传统的雅文学，这时获得了全面的复兴，与明代雅文学的颓败构成了鲜明的对比。清初的思想界、学术界也同样不甘落后，清初的三大儒顾、黄、王与一些实学学者，以及一大批坚持个人节操的理学家，后来的乾嘉学派，都以全新的面貌，展现着清代思想与学术的独特成就。

但是，在这样的盛世繁荣景象的背后，隐藏着的是深刻的危机。清王朝的政治、经济、文化、学术，都不同程度地显示出走下坡路的迹象。君主专制的不断加强，贫富差距的不断加大，思想统治的日趋僵化，人文精神的逐步蜕化，学术研究的远离实际，都使这一盛世景象中蕴涵着强烈的不和谐的声音。更令人遗憾的是，无论当时的统治者具有怎样的雄才大略，他们都挽救不了中国社会走向衰落的总体趋势。也就是说，中国社会的封建体制已经越来越不适应当时社会经济形势的需要了。随着晚明资本主义萌芽的逐渐成长，封建社会的经济基础与思想文化，都显得越来越失去了活力。尽管清初康熙、雍正、乾隆三帝，依靠自己的过人才华与苦心经营，使封建社会回光返照，再现辉煌，但也不能从根本上使封建体制再现生机。"夕阳无限好，只是近黄昏。"曹雪芹生活的时代，虽然仍是康乾盛世的高峰，但是他已经凭借一个艺术家对时代的敏锐觉察，真切地感受到封建社会、封建贵族的末世的气息了。"忽喇喇如大厦倾，昏惨惨似灯将尽"，"好一似食尽鸟投林，落了片白茫茫大地真干净"，《红楼梦》中这样的悲凉之气，就是这一时代的形象写照。曹雪芹对此表达了强烈的惋惜、感伤、留恋，以及无可奈何。这是《红楼梦》之所以具备丰富复杂的思想内涵的时代原因。

第一节　政治背景

满清入关以后，以亡明为鉴，针对晚明的种种弊政，励精图治，国势日隆，终于在康、乾时期走向全盛。

自从康熙即位以后，清王朝在巩固统治的同时迅速走向兴盛。经过一系列重大事件的洗礼，比如擒杀鳌拜（玄烨于康熙六年十四岁的时候开始亲政，康熙八年便处理了鳌拜事件），尤其是历时八年的平定"三藩之乱"（康熙十二年至康熙二十年，1673—1681），康熙已经从一个好学机智的满族少年，成长为一个颇具才华的优秀皇帝了，并且基本完成了统一全国的任务。中年以前的康熙，勤政爱民，"未明求衣，辨色视朝"，孜孜求治，是封建皇帝中难得的圣明之主。他每日清晨在乾清宫听取府院各部官员分班启奏政事，然后与大学士们商量处理，或者召集九卿会议，反复商讨。他既鼓励各官大胆言事，自己也能听取各种意见。所以，虽然是"乾纲独断"，国家大事都由自己处理，但由于考虑细致周密，处理问题也比较稳妥，很少出差错。为了更好地加强皇帝的个人集权，他先是剥夺了辅政大臣的权力，然后是削弱议政王大臣会议与内阁的权力，并设立南书房，让翰林院及国子监的官员轮流值宿，除拟诏之外，有时参与政务，以分内阁之权。后来雍正专门设立军机处，继续扩大帝王的个人权力。其体制又经乾隆完善，进一步确立了封建君主专制制度。

封建帝王权力的不断扩大，一方面固然能够加强统治，确保大清江山的稳固，但是另一方面，它带来很多弊端。首先是一人独裁，权力集中，朝廷大小官员依赖性太强，一切由皇帝做主，皇帝却不是万能的。比如康熙长期最关心的三大问题是三藩、治理黄河与漕运，但是这样大的事，往往迁延不决。平定三藩之前的决策，平定过程中的具体措施，等等，大臣们往往争论不休，没有结果，或者根本就不拿出自己的意见，谁也不肯承担责任，最后不得不由康熙定夺。甚至具体的战略战术，都要由康熙决定，前线将领往往观望不前。治理黄河更是如此，关于治理方案，九卿科道，讨论到最后毫无主张，康熙一旦提出什么建议，往往众口一词，大加赞美。康熙并非水利专家，所以不得不多次亲自前往查看，并自己钻研，"凡前代有关河务之书，无不披阅"[1]，最后自己真的成了水利专家。其实，朝廷并不缺少水利专家，康熙的才华也不该用在这些地方。但是，封建专制，帝王独裁，既然万事均由皇帝直接做主，大臣们只是执行的工具，没有人敢于承担责任，事情不会由大臣们自己决定，也不需要大臣们参与政事，朝廷之上的讨论成了虚应故事，于是才有这样的局面出现。即使皇帝真心征求大家的意见，这些大臣们也不肯发表意见，这就是专制造成的悲剧结果。

其次，清王朝本是少数民族入主中原，是以少数人统治多数人，以文明落后的民族统治占大多数的文明先进的民族，本来就觉得心虚，再加上民族之间的不信任，所以很多大臣尤其是汉人大臣最主要的心思就是安全地保住官位。既然皇帝专权，大臣们只以侍候好皇帝、讨皇帝欢心为第一要务，这也导致了官僚阶层的整体堕落。他们除了想方设法争宠之外，将大量精力用在结党营私之上。清代的党争相当激烈，满汉之争，汉人官僚中的南党与北党之争，在很大程度上影响了政权的凝聚力。雍正上台后，御制《朋党论》，阐述"君子不党"的圣人之旨，严禁大臣分门立户。他为了防止通过科举走上政坛的官员们利用同年、师生的关系结党，特地大开捐纳之门，既充实国库，又能够利用其他途

---

[1]《清史稿·圣祖本纪》，中华书局1977年版。

径提拔政府官员，抑制科举出身的官员，以达到控制朝臣的目的。类似这样的措施，自然也会削弱政府行使政权的能力，而且使政府官员离心离德，君臣之间相互提防，这样的体制与格局，不可能保障清政权一直充满勃勃生机。这样的形势长期下去，一旦某位帝王不是雄才大略的君主，整个政权显然不能很好地运转。因此，我们说清初的鼎盛与危机同时存在。

再次，皇权的过度集中，也使帝位的争夺变得极其可怕。为了保持自己的权势与富贵，大臣们不但与同僚结党，而且在皇位继承人尚未明朗的时候，内外勾结，相互利用。这一政治悲剧，在康熙晚年表现得特别明显。康熙有子三十五人，长大成人的有二十人。诸位皇子为了能够继承皇位，相互勾结，联络外藩，扰乱朝政，甚至到了要谋杀康熙的地步。康熙本人也为此绞尽脑汁，心力交瘁，最后变得多疑，喜怒无常，甚至为此杀戮大臣，废弛政务。雍正上台之后，更是大肆杀戮政敌，一改其父在位期间的宽松政策，以严刑峻法代替以前的政简刑清。这样做的结果是，吏治固然为之澄清了，但是大臣们更是朝不保夕，小心翼翼。雍正曾经说，外面传说他喜欢抄别人的家，确实，被雍正抄家的人也实在太多了。在争夺帝位的问题上，曹雪芹家族应该是受到了牵连。曹家的被抄，很大程度即与此有关。

除了以上特征之外，这一时期的政治还具备如下特点：首先是政治上的保守倾向极为浓重，大臣们因循苟且之风盛行，这与君主独裁统治有关。其次是闭关锁国情况严重，即使是康乾盛世，朝廷也实施较为严厉的海禁措施。不仅严禁华人出国，外国人通商也仅仅限制在广州、澳门两地。康熙二十二年（1683）收复台湾时，朝中大臣竟然主张放弃台湾，可见当时眼光的短浅。整个盛世时期，只有康熙二十三年到五十六年（1684—1717）这三十多年，主动对外开放，进行贸易往来，当然也只局限于广州、漳州、宁波、云台山四个口岸。其余时期，大多数闭关锁国，甚至限制国内造船业的发展。乾隆时期，英王乔治二世派特使马加特尼到热河行宫谒见皇帝，请求通商，清廷却以天朝大国自居，不但要求其行跪拜礼，而且要求人家自认为藩属国，最后还由乾隆写了一封措辞傲慢的诏书加以训斥。明代时，不仅有郑和下西洋这样的壮举，而且连昏庸的万历皇帝，在意大利人利玛窦来中国传教时，还知道接受反对驱逐他出境的建议，并且留他居住在京城，召见他，询问国外的风土人情。两相比较，清朝时期政治思想的保守落后，显而易见。正是由于长期与海外的联络，尤其是思想、科技领域的交流，几乎终止，导致这一时期中国与西方的差距开始拉大。

其次，这一时期的文字狱极其频繁，思想禁锢相当严重。明代虽然也有文字狱，但发生的次数少，涉及的面也比较窄；而清代的文字狱不仅频繁，而且往往波及无辜。满族入关，其在人数上属于少数，在文化上属于落后文明，因此他们一方面在政治上、种族上有强烈的优越感，另一方面在文化上又有自卑感。他们一方面试图通过科举制度笼络汉族知识分子，驱使汉族文人为其所用；另一方面则想方设法打击汉人的民族自尊心与文化优越感。满族入关后，迅速恢复科举，给读书人一个升官发财、光宗耀祖的机会。有了这样的机会，读书人自然不去参加起义，反对满族的统治。同时以博学宏词等特殊形式招揽高级知识分子，拉拢一批读书人与他们合作，以达到分化瓦解汉人知识精英的目的。一旦形势稍微稳定，则以大规模的杀戮（尤其是集中杀戮文人）形式，确立新政权的权威，显示自己对汉民族掌有生杀大权的实力。于是即使连康熙这样的"圣祖"、宽厚仁慈之君，也连连大开杀戒，先后掀起了十余起文字狱大案，而且动辄株连，庄廷鑨《明史》案"名士伏法者二百二十二人"，凡是为此书作序或者仅仅列名"参阅"的人，统统被凌迟处死，甚至连刻字匠、印刷匠、发卖该书的书铺店主、收藏此书的藏书者，均被斩首。

而戴名世《南山集》则牵连桐城戴氏、方氏两大家族。翰林院编修戴名世被弃市，名士方苞仅仅因为为该集作序，即被论死，幸得李光地等人申言营救，才得免死。值得一提的是，桐城方氏族人中，方观承的祖父登峰、父亲式济，一为工部主事，一为内阁中书，均受牵连被流放黑龙江。观承年幼，与兄长观永徒步到关外看望，并归葬其祖、父，由于熟悉地理形势，后来成为平郡王、定远大将军福彭（曹雪芹的表兄）的记室，也算是与曹家搭上点关系吧。至于雍正、乾隆时期的文字狱，更是日见其多。据统计，康熙时期发生过十多起文字狱，雍正时期则有十七起（他在位只有十三年，据王彬《禁书·文字狱》），乾隆期间则有八十余起，著名的有三十多起（据郭成康、林铁均《清朝文字狱》一书统计，乾隆时期有大大小小文字狱共一百三十多次），而他还宣称"朕不以语言文字罪人"，何况乾隆时期清朝的统治已经稳固，遗民意识、民族思想已经不像清初那么强烈，民族矛盾已经为阶级矛盾所取代，反清复明已经不成其为号召百姓的口号，根本不需要利用文字狱来打击汉人的民族优越感，更何况乾隆末期烽烟四起，他已经顾不上利用文字狱来控制思想了，却仍然有这么许多文字狱，从中可见当时人们所能享受的言论自由、思想自由的情况。

  文字狱的余害，直到清代中后期仍表现得极其明显。龚自珍愤慨于当时社会"万马齐喑"的局面，指出其根源是文人阶层"避席畏闻文字狱，著书都为稻粱谋"，呼吁"我劝天公重抖擞，不拘一格降人才"。清代文人中少政治家，或者说清代文人，在政治上少有建树，显然与这样的时代有关。曹雪芹在小说中，要借"假语村言"，将"真事隐去"，也正是在这种压抑的政治氛围中不得不采取的艺术手法。

第二节 经济形势

明末,无论是李自成或者张献忠的农民大起义,还是自然灾害引起的社会动乱,或者是东北一带的战火,都没有对当时的经济造成太大的破坏。虽然由于宦官、兵饷等原因,这一时期的经济压榨比较严重,农民、手工业者等的负担比较重,但是基本的经济建设、相关设施都没有遭到破坏。随着清兵入关,势力到达江南地区的时候,当时中国经济最为发达的地区,经济遭到了极大的破坏。"扬州十日","嘉定三屠",野蛮的清兵,所到之处,烧杀抢掠,严重摧残了当地百姓的生命与财产,激起了他们强烈的反抗。这样一来,整个南方的经济,遭到了毁灭性的打击。

康、雍、乾时期,由于政治形势的逐步稳定,经济的恢复和发展也很快。尤其是康熙平定"三藩之乱"后,全国基本统一,于是朝廷先后利用"更名田"、"摊丁入亩"等政策,鼓励百姓开垦荒地,发展农业。特别是康熙亲政以后,实行休养生息的基本国策,停止清初的圈地弊政,对开垦荒地实施格外的优惠,变为十年起科,极大地调动了农民开垦荒地的积极性。他还把开垦荒地的数量作为考核地方官员的主要指标之一,使全国的耕地数量迅速增长。为了赢得民心,他更是经常减免租税,康熙二十四年至二十六年(1685—1687),先后将河南、直隶、湖北等九省田赋普免一周,康熙五十年(1711),又将全国各省钱粮轮免一周,康熙五十一年(1712),更是宣布"滋生人丁,永不加赋",减轻了农民负担。雍正上台后,采取"摊丁入亩"的方式,进一步减轻无地农民的负担,增加地主承担赋役的额度,同时取消了儒户、宦户等的特权,抑制贫富差距过大的趋势,并加大打击官场腐败的力度，试图澄清吏治，改善人民生活。经过两代帝王的努力，清朝经济得到高速的发展，乾隆上台后，连年用兵，如果没有强盛的经济实力，这是不可能做到的。

农业的恢复与发展，为手工业和商业的兴盛打下了坚实的基础。清初康熙三年（1664），朝廷规定"班匠银"摊入地亩中征收；雍正二年（1724）再次重申废除工匠当官差的制度，于是手工业者的人身依附关系逐渐被取消，获得了极大的自由，也激发了生产热情。由于社会安定，江南一带的蚕桑丝织业也得到迅速的恢复和发展。清朝在江宁、苏州、杭州三处设置织造署，为皇宫、朝廷提供高质量的绫罗绸缎，这不但促进了当地丝织业的发展和技术水平的提高，而且在更大程度上带动了民间消费。南京所产的"江绸"与"贡缎"，质地精良，很受消费者欢迎，有"江绸贡缎之名甲天下"的美誉。

手工业与商业的发展，不但直接带来了城市的繁荣，而且为了满足市民的种种需要，城市文化娱乐场所纷纷开张，酒馆、茶楼、妓院的生意日益兴隆，城市经济迅猛发展，市民阶层不断扩大，社会风气、道德观念、生活方式都逐渐发生了潜移默化的变化。曹雪芹的家庭，从他的曾祖父起，到他的父亲为止，实际上担任的是皇家手工业作坊主或者说是皇商的角色。他们在江南为皇宫内院采购各种丝织品，也有许多贡品是织造府内制作而成的。曹雪芹的祖父曹寅，还兼任过两淮盐政，那是管理全国最富有的盐商的。扬州盐商是这个时代商人中的代表，是当时社会中生活最为奢侈豪华的一群百姓。他们的生活体现了这样一个太平盛世的最高水平。

但是，清初经济的恢复和发展，实际受益者却不是创造这些财富的劳动者。章太炎读唐甄《潜书》后指出："昔康熙中祀，名为家给人足，谀者直书，雷同无异词。独唐甄生其时，则曰：'清兴五十余年，四海之内，日益困穷。中产之家，尝旬月不睹一金，不见缗钱,无以通之。故农夫冻馁,丰年如凶。良贾行于都市,列肆昆耀,冠服华胗,人其家室,朝则囷无烟,寒则蝍体不伸。吴中之民,多鬻男女于远方,遍满海内。'[1] 由此言之,宽假之令,免赋之诏,皆未施行也。众谀之言,仰戴仁帝,以为圣明,虽直者犹倾之,惟甄发其覆蒙。"[2] 也就是说,所谓盛世,最广大的中下层人民并没有得到实惠,巨大的物质财富被极少数人所占有;而且挥霍得最多的是这些圣明的皇帝与他们手下的大臣。

清初经济的恢复和发展,确实积聚了巨大的财富,据记载:"康、雍之世,库储常盈二千四百万两。乾隆中叶,增至七千万。末年乃无一存者:盖为军兴所耗矣。——此所耗者府库之财,尚未若民财之消耗也。南巡、营建二者,最耗民力。"[3] 康熙、乾隆先后六次南巡,所耗老百姓之资财,不知凡几。与小说《红楼梦》直接有关的就是,康熙六次南巡,其中有四次在南京住于织造署。为了接待康熙,曹寅造成了巨额亏空。《红楼梦》第十六回中赵嬷嬷曾经感叹道:"嗳哟哟,那可是千载希逢的!那时候……只预备接驾一次,把银子都花的淌海水似的。"只接驾一次,就这样了,那四次呢?赵嬷嬷说:"别讲银子成了土泥,凭是世上所有的,没有不是堆山填海的。'罪过可惜'四个字竟顾不得了。"曹寅私人哪里有这么多钱呢?于是只好挪用公款,终于亏欠太多,无法填补。康熙心知肚明,所以特地让他与同样承担了接待任务的苏州织造李煦轮流护理两淮盐政。说白了,给他们这个肥缺,就是让他们贪污,用贪污得来的钱填补花在康熙身上的国库里的钱。他们在扬州,除了大笔收入之外,还经常搞摊派,直接让一些盐商每人为他们赔补数十万两,这简直就是拿康熙的名义进行敲诈了。其实,盐商自己也不会掏这笔钱,相反,盐商

---

[1]《潜书·存言篇》,三联书店 1978 年版。
[2]《检论·哀清史》,浙江图书馆 1917—1919 年木刻本。
[3] 邓之诚:《中华二千年史》第五册,中华书局 1983 年版。

们有了这样的名目,当然利用来拼命为自己也多捞一些了。《红楼梦》中王熙凤觉得奇怪,江南甄家哪有这么多钱,能够四次接待皇上,赵嬷嬷说:"告诉奶奶一句话,也不过是拿着皇帝家的银子往皇帝身上使罢了。谁家有那些钱买那个虚热闹去?"皇帝的钱又是哪里来的?说到底,这样的额外负担,最终还是落在了老百姓的头上。

既然曹寅等人为皇帝的生活开支造成了巨额亏空,他们自己又何尝不会利用这样的机会,把自己的小日子过得更优裕一些。本来就是债多不愁,何况现在债都是帝王欠下来的,可以算到他的头上。而盐商们又岂是省油的灯,扬州盐商同样是享受生活的高手,于是所有的负担都转给了普通百姓。雍正对织造衙门的生活作风极为反感,曾经严厉指责:"向来奢侈风俗,皆从织造衙门及盐商富户兴起。"其实,这本来就是上行下效的事。曹寅本人是非常清醒的,他的口头禅"树倒猢狲散",实际上就是对自己家族生存环境一直忧虑的心理反应,即使是康熙,对这一形势也特别清楚,所以不但包容、鼓励曹寅贪污,甚至公开为他开脱。特别是在曹寅死后,在选择继任织造的问题上,他力排众议,坚持让曹寅的儿子继承,甚至曹寅的儿子不幸短命死了,他也不甘心,一定要过继个孩子给曹寅,继续担任江宁织造,并让李煦照应,让他代曹家从扬州盐运使司那里收钱填补亏空(因为曹𬖄年幼,也不懂这一套)。之所以一定不让别人染指江宁织造这个位置,原因很简单,一旦换人,前任、后任交接,一查账,那就完了,所以一定要让织造官留在曹家,这团火一直要用纸包着,直到熄灭。

这样的皇帝,这样的大臣,这样的时代,怎么能够真正地达到盛世呢?清代经济繁荣处于顶峰的时候,也正是社会生活水平贫富差距最大的时候。康熙晚年,吏治腐败,贪官污吏,层出不穷。据史料载,康熙留给雍正的国库银钱才八百万两,雍正时积至六千万两,因战争花去大半,但仍有二千四百万两。可是乾隆晚年,却分文未存。嘉庆不得不抄了和珅的家,"和珅跌倒,嘉庆吃饱",仅此可见,当时的权臣有多少个人财富。在当时的许多小说作品中,我们看到了太多的卖儿卖女的现象。这样巨大的贫富差距,分配不公,自然不能从根本上保证政治的稳定,终于还在所谓盛世的时候,就已经爆发了大规模的农民起义。

小说家曹雪芹,曾经是那些锦衣玉食队伍里的一员,后来沦落到举家食粥的地步。所以,他对当时社会贫富不均、两极分化的现象,有着最为切身的体验。《红楼梦》中曾经做过形象的描绘。该书第五十三回写宁国府庄头乌进孝年底来交租,单子上开着:"大鹿三十只,獐子五十只,狍子五十只,暹猪二十个,汤猪二十个,龙猪二十个,野猪二十个,家腊猪二十个,野羊二十个,青羊二十个,家汤羊二十个,家风羊二十个,鲟鳇鱼二百个,各色杂鱼二百斤,活鸡、鸭、鹅各二百只,风鸡、鸭、鹅二百只,野鸡、兔子各二百对,熊掌二十对,鹿筋二十斤,海参五十斤,鹿舌五十条,牛舌五十条,蛏干二十斤,榛、松、桃、杏瓤各二口袋,大对虾五十对,干虾二百斤,银霜炭上等选用一千斤,中等二千斤,柴炭三万斤。"至于另外的粮食、干菜等,就不计算了,外加二千五百两银子。这还是因为"今年年成实在不好",不但有旱涝,而且"九月里一场碗大的雹子,方近一千三百里地,连人带房并牲口粮食,打伤了上千上万的,所以才这样"。可是贾珍却说:"这够作什么的……真真是又教别过年了。"形成强烈对比的是,第三十九回,贾府里面吃螃蟹,遇到刘姥姥来了,于是给他们算了个账:"这样螃蟹,今年就值五分一斤,十斤五钱,五五二两五,三五一十五,再搭上酒菜,一共倒有二十多两银子。阿弥陀佛!这一顿的银子,够我们庄稼人过一年了。"这样的描写,放在一起看,就能理解当时的社会了。

这就是当时盛世图景下社会生活、经济条件的真实写照。

第三节　时代思想

明代自嘉靖、隆庆、万历以来，帝王大多不问国事，荒淫失政。朝廷之上，宦官专权，党争激烈，政治日见黑暗。士大夫阶层中有不少人眼见朝政日非，不可救药，于是率性而为，远离政治，追求诗酒风流。在这样的背景下，一部分人不甘沉沦，挺身而出，以经世致用的学术思想，试图挽救已经衰败的明王朝与整个封建社会。清初，思想界正是在这样的氛围中苦苦地探寻着新时代的出路。

明末清初的中国思想界，从总体上看，处在一个新旧交替的复杂的历史时期。面对复杂的政治形势，本时期的思想界有太多的问题要解决。这不仅是因为这一时期出现了明、清两朝的政权更迭，更由于清王朝又是以少数民族入主中原，中国社会的基本矛盾由阶级矛盾向民族矛盾转化（明末农民大起义的时候，明王朝既要镇压农民起义，又要对付关外虎视眈眈的少数民族政权），然后是阶级矛盾与民族矛盾交织在一起（17世纪以后，又是以阶级矛盾为主了），郑成功以及南明的抵抗，吴三桂等汉人的投降清朝与"三藩之乱"，无不交织着极其复杂的社会、时代、个人原因。生活于这一时期的文人、思想家，很难理清这众多的头绪。同时，现实促使人们思考，中原地区为什么总是这么轻易地被文化、经济等较为落后的少数民族政权所占领，具有先进的政治、军事、经济组织制度与思想的汉民族政权，为什么刚刚从元蒙统治者手中夺取了政权，转眼之间又先败于李自成等"流寇"，紧接着又保不住半壁江山，再次败于自己当初的附庸——满族？如果说两宋的灭亡具有偶然性，可以归罪于奸臣当道，那么无论是代表贵族地主利益的朱明王朝，还是代表广大农民利益的起义军政权，竟然都不是满族铁骑的对手，这又如何解释？中华民族的传统文化，以及支撑传统统治方法、管理机构的政治思想，是不是已经落后，不再具有优势？这些都需要明末清初的思想界、学术界给予合理的解释。

更为重要的是，中国传统思想本身，在这一时期出现了巨大的危机与转化。在中国思想中占统治地位的儒家思想，经过宋代理学、明代心学的转化之后，将向何处去？这是中国思想界当时面临的重大理论问题。不解决自身的理论基础，思想界就不能为时代发展提供相应的思想准备。特别是经过明代中叶的思想解放运动，程朱理学的若干弊病已经显露，心学思潮的勃勃生机为当时的思想界、学术界点燃了一盏希望的明灯。但是，明朝后期社会发展的现实，又证明阳明心学并不能真正做到通过破"心中贼"来破"山中贼"，在解决封建统治遇到的实际问题时，阳明心学同样无能为力，眼睁睁看着明王朝先败于农民起义军，再败于满族。作为时代精神的支柱，封建政权的统治基础，封建君主制的理论依据，传统儒学能否再度提供新的理论创新，成为理论界关注的热点。当时人们急需一个新的理论权威，既能合理解释现实社会如此发展的原因，又能为社会的后续发展提供理论指导。清初顾炎武、黄宗羲、王夫之等人在思想上能取得重大突破，显然与他们适应了时代的呼唤与期待有关。

尤其需要说明的是，明代中后期，由阳明心学思潮而掀起的狂飙突进的思想解放运动，轰轰烈烈，影响巨大，对人性自由的渴望，对物质欲望的肯定，使人们痛快淋漓地感受了一次精神洗礼。王阳明"不以孔子之是非为是非""只信自家良知"的口号，浅显明白，直入人心。继起的李贽，在士人中的影响更大，朱国桢《涌幢小品》中说"李氏《藏书》《焚书》，人夹一册，以为奇货"，"举国趋之若狂"。这场运动对士大夫阶层的内心世界产生的冲击，做怎样评价都不嫌过分。但是，"这奋力冲破囚缚的时代，又是新旧道德青黄不接，因而'恶劣的情欲'充当了历史前进的杠杆的时代"[1]。因此，与思想解放思潮相关，引起的是整个社会的人欲横流。对普通老百姓来说，他们也许不懂什么精神的解放，但是对物质财富的渴望与热情总是明白的。普通百姓突然发现原来对财富嗤之以鼻的那些书生们也对物质财富趋之若鹜，他们也同样受到了思想的间接冲击。在当时社会，对物质财富、对人的自然欲望的追求成为合理、正当的要求，甚至是思想进步、解放的标志（这一观点，甚至在今天许多学者的心目中，仍然存在）。就事后来看，未必就是一件好事，尤其是当时只有冲破一切旧道德的滚滚洪流，而没有相适应的道德建设与精神约束，没有新的合理的高尚的精神追求，仅仅把物质财富与自然欲望作为正当追求，这是远远不够的。由此而导致社会上对物质力量的迷信，放弃了对精神享受的向往。这不仅体现在当时的社会生活中，在文学作品中也有充分的表现。但是，当明代灭亡以后，思想家们在反思其灭亡原因时，却有不少人把明代中晚期的思想解放思潮当作罪魁祸首，认为正是它对物质欲望的肯定，引发了奢侈浮躁之风，上层荒淫失政，下层享乐成风，败坏了整个社会风气，毁坏了所有道德防线。明代灭亡以后（甚至明代灭亡前），各种记载对当时社会风气的恶化都做了痛心疾首的抨击。可以想象，在这样的历史背景下，思想界必然会产生一种转型。同时，清初的思想家又必须解决这一问题，他们要为清代政权的合理性发展，提供理论依据。

但是，以中国社会当时的情形，思想界却找不出合理的突破方向。他们所能做的，仅仅是力争恢复传统，按儒学传统重建道

---

[1] 萧萐父、许苏民：《明清启蒙学术流变》第59页，辽宁教育出版社1995年版。

德大厦，注重个人操守，讲究名节，走过去的圣贤之路。这样做，也符合统治者的利益。很明显的是，入清以后，针对晚明社会这种浮华之风对社会造成的恶劣影响，清初的统治者与政治家们一致以传统的理学思想相抵抗。康熙时期，对许多理学名臣（如熊赐履、李光地、陆陇其等）的大力鼓吹就是其表现之一。不过，这一时期毕竟不再是南宋那样的学术氛围与社会风气了，即使是那些名震天下的理学名臣，他们也曾经经受过晚明轰轰烈烈的思想解放大潮的冲击，所以他们的思想就颇值得反思。一方面，他们确实明白以程、朱等人为代表的理学思想有相当多的违背人性的地方；另一方面，从社会良心、道德责任的角度来看，似乎又非维护这样的道德观念不可。要保持社会的长治久安，与追求个人的自由相比，大多数的人觉得以天下为己任价值更大。人们的理性认识是这样，但对人性自由的追求又无往而不在，稍不注意，它就冒了头，于是许多理学名臣被人们揭发，说他们虚伪（有许多人很热衷于对他们虚伪的揭露，因为揭露他们，容易使那些不可能道德崇高的人觉得自己的所作所为不但合理，甚至比那些理学名臣还高尚，因为自己坦直率真）。清初几乎所有的理学名臣、名儒都被人揭发过（最典型的如全祖望揭发李光地的所谓"三大案"），包括康熙、乾隆等人也参与过揭发，熊赐履退休后住在南京，康熙还不放心，叮嘱曹寅严密监视。这样的思想家与道德实践家，实在有些独特的时代因素。思想界的深刻矛盾，严重束缚着人们的思想。当然，与此相关，一些思想家即使在回归传统的时候，也保留了晚明思想冲击的色彩，这在文学中表现得尤为明显。

明末清初的三大儒黄宗羲、顾炎武、王夫之，在亲身经历了晚明农民起义的时代潮流的冲击和抗击清兵入侵的实际战斗生活之后，对中国的传统思想进行了全面的反思。他们以研究明亡为契机，以经世致用为目标，转而对君主专制、民族大义、学校制度等现实问题提出自己鲜明的看法，成为时代的最强音。但是，随着清代思想领域控制的不断加强，以及清初一些大儒的相继去世，思想界的声音日趋沉寂。尽管如此，在文学创作领域内，人们仍然以艺术家的敏感，呼应着思想家的呐喊。

《红楼梦》正是在这样的思想背景下产生的。一方面，作者对明末以来的男女真情、个性自由等传统命题做了全新的探索，高举思想解放的大旗，歌颂男女发乎自然的真情，继承并发展了《西厢记》《牡丹亭》等文学作品中的斗争精神，对传统儒学思想（尤其是程朱理学）做了激烈的批判；但是，另一方面，作者又对过于重视物质利益、导致人欲横流的时代做了毫不留情的指责。小说中，对林黛玉、贾宝玉、晴雯、司棋、尤三姐等人物形象的塑造，集中体现了对精神独立、思想自由、爱情自主的强烈渴望与不懈追求。对薛宝钗、花袭人、贾探春、史湘云等人物，作者既肯定她们身上过人的才气，又对她们忠实于时代的道德要求与礼教束缚，表达了强烈的不满。对王夫人、薛姨妈、邢夫人等中老年女性所代表的传统道德的因袭与压抑，做了辛辣的讽刺。对贾宝玉这样的精神贵族，在现实面前的软弱无能做了深刻的精神剖析。《红楼梦》能够达到这样的思想高度，显然与整个时代的思考紧密相关。

第四节　文艺景观

康、雍、乾时期，是中国封建社会政治、经济等恢复、发展的强盛时期，代表了当时封建社会所能达到的最高成就。在文化事业与文学创作上，这也是一个全面的总结时期。数千年的传统文化典籍，在这一时期，由于统治者的有意提倡，以及经济实力的保障，得到了全面的搜集、整理、出版，尤其是《古今图书集成》《四库全书》的编纂，以及《明史》《一统志》《佩文韵府》

《渊鉴类涵》《骈字类编》《康熙字典》等著作的编纂出版，集中了一大批优秀的知识分子的才华，也为学术研究与文学创作提供了最基本的材料。在文学文献的整理方面，这一时期也取得了较大的成就，《全唐诗》《历代赋汇》《唐诗别裁集》《宋诗纪事》《明诗纪事》《列朝诗集小传》等著作的出现，也为这一时期文学的发展奠定了基础。

与大规模的搜集、整理文献活动相关，关心经典、追寻原典成了许多文人士大夫逃避现实政治的手段之一，埋头于故纸堆中，醉心于学问，是在政治高压下许多文人的自觉选择。哪怕是对正统思想的批判，在雍、乾以后，往往也换一种面孔出现。比如戴震的反理学思想，正是蕴藏在他的对《孟子》的精深研究中。包括此后乾嘉学派对许多问题的考证，背后都隐藏着重要的经世意图与社会理念。比如说他们关于婚姻关系何时确定，是以纳聘还是以迎娶为准，这看似一个所谓礼的问题的考证，背后蕴涵的是到底以名分还是以实际为准，是一种对人性、亲情的肯定。其他比如叔嫂有服无服、子妇与夫妇孰重、"克己复礼"的"己"为何意，等等，表面上看都是一些纯粹的学术问题，但它涉及的都是对人性、人情的认识，反映了这一时期学术研究的新取向，即通过"训诂明而后知义理"的治学程序，淡化传统义理学的道德化强势以及自由心证的主观语境，突出学术的意义、实证的意义[1]。这样的治学倾向对这一时期的文学创作也产生了深刻的影响，文学作品中对礼教杀人的种种描写，同样体现了文学家们对这一问题的思考。

清代初期，无论是传统的雅文学，如诗、词、散文、骈文，还是元明以来新兴的通俗文学，如小说、戏曲，几乎所有的文学

---

[1] 参见周积明：《关于乾嘉"新义理学"的通信》，载《学术月刊》2001年第4期。

艺术形式都取得了巨大的成就。《红楼梦》中，诗、词、曲、赋，无一不精，几乎都达到极高的艺术成就，显然与这一时期传统的雅文学全面复兴的形势有关。当然，《红楼梦》又是通俗小说的最高成就的代表作，具有雅俗共赏的接受优势，也与这一时期各种文学形式全面发展有着极大的关系。没有这样的时代氛围与文学营养，曹雪芹是很难完成其文化巨著的。

　　清初诗坛上，先是以遗民作家与降清人物为代表的两派主宰文坛。遗民作家的代表人物如王夫之，他的诗学理论，追求的是汉魏六朝的审美风范，对后来的清诗创作产生了重大影响。降清诗人的代表人物如钱谦益，以他为代表的虞山派，则提倡歌咏性情，强调性情先于格调。然后就是一批入清后方始入仕的文人，开始成为新的诗坛盟主，比如像提倡"神韵说"的王渔洋，提倡"格调说"的沈德潜，提倡"性灵说"的袁枚，提倡"肌理说"的翁方纲，都曾经影响一时。而其他一些诗人，比如早期的像吴伟业，以及顾炎武、屈大均、吴嘉纪等人，稍晚一点的如朱彝尊、施闰章、宋琬、厉鹗、赵执信、郑板桥、赵翼、蒋士铨等，在当时诗坛上都足以傲然自立，有自己独特的个性风格。与明代诗坛兴盛的复古之风相比，清初诗坛百花齐放，各有所长，他们虽然大多数仍然是继承明代的诗歌主张而来，但均能独立创新，努力开创新局面。在这样的背景下，这一时期的优秀诗人可谓层出不穷，真是"江山代有才人出，各领风骚数'十'年"。清诗，成为中国古典诗歌的最后一道亮丽的风景、一段精彩的绝唱。

　　在这样的诗歌潮流中，曹雪芹家族也是其中不可忽视的一股力量，他们以自己的官场地位和诗歌才华在一定程度上影响着清初诗歌的发展（特别是曹雪芹的祖父曹寅），他们自己也被这个时代的诗歌风尚所熏染。从他们的诗歌创作来看，曹寅的诗是接近或者说是学盛唐的，他主持编过《全唐诗》，很得康熙欣赏。诗人顾景星为曹寅诗集《荔轩草》作序，说："李白赠高五诗，谓其价重明月，声动天门，即以赠吾子清，海内月旦必以予言为然。"高五是李白的从甥，子清是曹寅的字，顾景星把曹寅比作高五，曹寅则顺势称顾景星为舅氏，将他比作李白。诗人惺惺相惜，相互推许，于此可见。当然，这也说明，曹寅本人的诗歌是接近盛唐的（否则顾景星这样的评价就过于溢美了），至少说明曹寅是崇尚盛唐的诗风，喜欢人家将他比作盛唐诗人的。有学者认为曹寅喜爱宋诗，并以朱彝尊说他"无一字无熔铸，无一语不矜奇"来说明，其实朱彝尊本人崇尚宋诗，所以他看曹寅的诗就戴上有色眼镜了，何况，"熔铸""矜奇"的也不一定就是宋诗。至于曹雪芹本人，则可能更倾向于魏晋六朝，有人把他比喻成曹植（也有人曾经将曹寅比作曹植），"邺下才人应有恨"，也有人说他"佯狂阮步兵"，"步兵白眼向人斜"。他的朋友还经常把他比作李贺，说他"诗追李昌谷"，"爱君诗笔有奇气，直追昌谷破樊篱"，在他去世后，写诗纪念他的时候说"牛鬼遗文悲李贺"。总之，一时朋友都对曹雪芹的诗才极为佩服，敦诚说他"诗胆如铁"，"堪与刀颖交寒光"，从《红楼梦》中的诗词作品来看，这些评价都有一定道理。可以想象，如果没有清初诗词创作整体水平的提高，那么，《红楼梦》中的诗意显然是不会这么浓郁的。

　　清初的词成就也很高，远远超过元明，是继宋词之后又一次词的勃兴。首先是陈维崧，他学习、模仿苏轼、辛弃疾，大量创作豪放词，据说平生作词一千八百多首，影响极大，形成了阳羡词派。紧接着是朱彝尊，他能诗善词，曾纂辑唐宋金元词五百家，编为《词综》。他论词以南宋姜夔、张炎等人为宗，强调声律，在清空的风格里，寄托比兴之意。清初，以他为首，形成了浙西词派。满族天才少年纳兰性德，则是另外一位著名的词人，他与曹雪芹的祖父曹寅关系密切。他被王国维称作古之伤心人之一，他的词风，接近李后主。这一时期，词人唱和之风极盛，使清初整体的词作，上升到一个较高的水平。

清初的散文成就也很高：第一类是顾炎武、黄宗羲、王夫之等一大批思想家的政论文，以深刻的思想、犀利的文笔，震撼着人们的心灵；第二类是继承晚明小品文而来的抒情文章，直抒性灵，有的哀婉动人，包括余怀的《板桥杂记》、李渔的《闲情偶寄》，以及侯方域、魏禧等人的散文，都具有类似的特点；第三类是适应清初提倡理学的需要，与政治结合得天衣无缝的桐城派古文，从方苞开始，到刘大櫆、姚鼐，可以说是代不绝人；第四类是与考据学密切相关的骈文，代表作家像陈维崧、汪中、袁枚、胡天游等。久已沉寂的骈文，于这一时期再度兴盛，一定程度上体现了这一时期文学成就的整体水平。

当然，这一时期成就最高的应该是小说、戏曲，不但名著迭出，而且作品众多，总体水平在整个封建社会空前绝后。《长生殿》与《桃花扇》盛演不衰，文言短篇小说《聊斋志异》《子不语》《阅微草堂笔记》《夜雨秋灯录》相继面世，白话短篇小说继承明末之余绪，长盛不衰，这些前人论述已多，此处不再赘述。仅以长篇小说而言，《儒林外史》于这一时期横空出世，对中国传统知识分子的人生目标、人生道路做了深刻的反思，分析了中国社会的科举制度存在的致命问题，其深度达到了前所未有的高度；《醒世姻缘传》全面深刻地检讨了中国封建社会的家庭问题，暴露出温情脉脉的面纱背后令人震惊的婚姻恐惧与无法回避的冷漠的夫妻关系，其深刻性同样前所未有；《歧路灯》通过浪子谭绍闻的人生轨迹，从国家、学校、家庭三个角度全面展示了清代初、中期教育事业的失败，所反映的问题同样令人感到深深的无奈。这些小说与《红楼梦》一道，构成了对清代初、中期社会全景式的反映，不但在文学上形成了巨大的影响，对中国社会、中国民众都产生了不可估量的影响。

《红楼梦》这样的杰作，它不可能是孤立地产生的，在清代文学总体水平提高的基础上，它脱颖而出，因此显得更高，更杰出。如果没有这样高水平的整体烘托,《红楼梦》也达不到今天这样的高度。它既是曹雪芹个人天才独创的结果,也是社会合力产生的结晶。

总之,曹雪芹所处的时期,所谓的康乾盛世已经到了转折的关头,堪称是强弩之末,逐渐露出走下坡路的迹象了。小说第一回写"最是红尘中一二等富贵风流之地"的苏州,竟然也是"偏值近年水旱不收,鼠盗蜂起,无非抢田夺地,民不安生,因此官兵追剿,难以安身"。作品中一再对"生于末世运偏消"的时代发出了强烈的遗憾之情。不仅是政治日趋黑暗,经济发展停滞,而且思想僵化,学术凋敝。尤其是与同时期的欧洲各国相比较时,这一点表现得更为明显。18世纪中叶的欧洲,正是资产阶级革命前夕,特别是英国君主立宪政体已经实行了半个世纪,法国正酝酿着轰轰烈烈的大革命。各种思想、学说、科技日新月异,蒸汽机、纺织机相继出现,伏尔泰、孟德斯鸠、卢梭、狄德罗等思想巨人正是最活跃的时候。可是中国自16世纪以来形成的思想解放思潮却戛然而止,顶多是以潜流的形式在某些优秀的士大夫心里涌动,并不断地被专制思想所挤压,越来越缺少生存空间。中国的政治、经济乃至思想、文化与西方拉开差距,正是在这一时期。

当然,正如《红楼梦》中常说的那样,"百足之虫,死而不僵"。这是曹雪芹生活时代的最好写照。在这样一个中华帝国眼看就要没落的时代,绝大多数人却沉浸在盛世的欢娱中。但是,在文学艺术领域,追求艺术气息、渴望艺术自由的优秀作家,仍然以自己的艺术敏感,感受到令人窒息的时代气息。他们以自己伟大的艺术作品,诉说着对这一时代的深切感受。吴敬梓的《儒林外史》,全面探索了这一时期作为时代精英的知识分子阶层,他们的人生追求与整体素质,他们对这样一个时代的无能为力,以及他们自身的无路可走。曹雪芹则以《红楼梦》这样一部悲剧,从爱情、家族、社会等方面入手,再现了末世的不可救药,为封建时代的最后一个盛世,唱了一曲悲婉欲绝的挽歌。

第三章 《红楼梦》的作者

清代乾隆前期,《红楼梦》这样一部世界名著横空出世,可是它的作者是谁,这在很长时间里却是一个谜。包括乾隆五十六年(1791)、五十七年(1792)程伟元、高鹗先后两次刊印一百二十回本《红楼梦》时,他们也不清楚作者到底是谁。程伟元在《红楼梦序》中老老实实地承认:"《红楼梦》小说本名《石头记》,作者相传不一,究未知出自何人,惟书内记雪芹曹先生删改数过。"他们并非没有钻研过这一问题,因为他俩很早就关注这部书了。高鹗在程甲本《红楼梦序》中说:"予闻《红楼梦》脍炙人口者,几廿余年。"在程乙本的引言中,他们更是延长了时间:"是书前八十回,藏书家抄录传阅,凡三十年矣。"可见,在这么长的时间里,《红楼梦》这么流行,家喻户晓,脍炙人口,竟然都不知道作者是谁。直到 20 世纪初,以胡适等人为代表的新红学派,经过系列考证,方才认定《红楼梦》的作者为曹雪芹。至于现在,虽然大多数人都认为作者是曹雪芹,但是仍然有人有不同看法,而且不断有新看法出现。我们首先罗列清代有关材料来说明问题,这些记载都涉及《红楼梦》的作者问题,从这些材料来看,《红楼梦》的作者确实应该是曹雪芹。

首先是清代乾隆时期的著名诗人袁枚(1716—1798),他在《随园诗话》卷二中说:"康熙间,曹练(楝)亭为江宁织造……其子雪芹撰《红楼梦》一部,备记风月繁华之盛。"明确提出《红楼梦》的作者是曹雪芹。当然,很多人认为袁枚这一记载有些问题,尤其是他说曹雪芹是曹寅的儿子,更不能为大家所接受。不过,袁枚的话应该是有一定的权威性的,因为他从乾隆七年(1742)开始,在南京一带做知县,做过溧水、江浦、江宁等县的知县,乾隆十三年(1748)起,更是长期居住在南京的随园,前后达数十年之久。因为这一缘故,南京发生的许多文坛上的事,说他了解显然是可信的。由于袁枚当时名声很高,他的随园也就成为当时文人雅士的聚集场所,很快名震天下了。而随园,据说原来是隋赫德的私家园林;隋赫德又是继曹家之后任江宁织造的。所有这一切,让袁枚对曹家的事尤其是与文学有关的事特别关心,这也是很正常的。何况他交游极广,消息来源又多,所以他说《红楼梦》是曹雪芹写的,也完全可能有较为可信的依据,只是由于时隔有日,他弄错了曹雪芹的辈分,这倒也是可能的。当然,另外也有人认为,这里所说的《红楼梦》"备记风月繁华之盛",与我们今天所看到的《红楼梦》不一样,是另外一部书。另外,从上下文来看,袁枚本人完全有可能没有看到过这部书,他是从明义那里得知这部小说的有关情况的,这就使这一记载的可信程度降低了。不过,我们认为,如果没有其他的记载作为"曹雪芹说"的佐证,这种猜测也有可能成立;但是,结合其他记载来看,今日流行的这部《红楼梦》,与袁枚所说的这部书应该是一回事。同时,即使袁枚此前确实不知道这本书,也没有关系,因为种种证据说明,明义的有关记载同样比较可信。所以,即使袁枚仅仅是转述他的意见,也是可信的。

明义姓富察氏,号我斋,满洲镶黄旗人,长期担任乾隆的侍从,为上驷院侍卫,自称"专执鞭之任"。他的《绿烟琐窗集》诗选中有《题红楼梦》诗二十首,其中两首曾被袁枚《随园诗话》引用。明义在《题红楼梦》诗的《小引》中说:"曹子雪芹出所撰《红楼梦》一部,备记风月繁华之盛。盖其先人为江宁织府,其所谓大观园者,即今随园故址。惜其书未传,世鲜知者,余见其抄本焉。"这话与袁枚《随园诗话》里的记载几乎完全一致，这说明袁枚关于《红楼梦》的认识很可能真的来源于明义。吴恩裕先生认为，明义是与曹雪芹认识的，并且曾经见过面。因为他与敦诚、敦敏弟兄以及墨香、明琳、明仁等人关系密切，而这些人与曹雪芹有较密切的关系。其中，墨香是明义的堂姐夫，明仁、明义兄弟与怡亲王弘晓也有亲戚关系，曹家与几代怡亲王如允祥、弘晓等关系不同寻常，所以，明义了解《红楼梦》的有关情况，并将之转告袁枚，也并非不可能的事。

最有力的证据是永忠的诗《因墨香得观〈红楼梦〉小说吊雪芹三绝句（姓曹）》，诗中说："传神文笔足千秋，不是情人不泪流。可恨同时不相识，几回掩卷哭曹侯"，"颦颦宝玉两情痴，儿女闺房语笑私；三寸柔毫能写尽，欲呼才鬼一中之"，"都来眼底复心头，辛苦才人用意搜；混沌一时七窍凿，争教天不赋穷愁！"这几首诗明显写的就是今天我们看到的《红楼梦》，不可能如某些学者所说是与当今所见的《红楼梦》不同的另外一部小说。作者明确表示遗憾"可恨同时不相识"，可见是同时代的人。据吴恩裕先生考证，诗作者永忠字良辅，又字敬轩，号臞仙，又号蕖仙。生于雍正十三年（1735），卒于乾隆五十八年（1793）。他是康熙第十四子胤禵的孙子（胤禵当初与雍正争夺皇位，后失败，幸好他与雍正为同一生母的亲兄弟，所以事后只是被幽禁而没有被杀），多罗贝勒弘明的儿子，能诗、工书、善画，多才多艺，曾做过宗学总管等官职，封辅国将军。他的身世，很容易与《红楼梦》中的若干描写产生共鸣。他这三首绝句写于乾隆三十三年（1768），诗句上有瑶华手书的批语说："此三章诗极妙。第《红楼梦》非传世小说，余闻之久矣，而终不欲一见，恐其中有碍语也。"可见当时就有人认为这部小说中有一些"违碍"的地方，而且这部小说已经颇有一些人知道了。永忠是从墨香那里得到《红楼梦》的，墨香则是敦敏、敦诚兄弟的叔叔，名叫额尔赫宜，曾任乾隆的侍卫。曹雪芹晚年与敦氏兄弟关系极为亲密，他们能够较早获得《红楼梦》的抄本，永忠则通过他们看到《红楼梦》的抄本，这些都是很自然的事。至于作批语的瑶华，则是永忠的堂叔、诚恪亲王胤祕的儿子、乾隆的堂兄弟，这样的身世背景，同样对雍正以来的政治极其敏感，所以自己特地撇清，说什么"而终不欲一见，恐其中有碍语也"，说明他早就知道书中有些政治寄托，而且墨香、永忠、敦敏、敦诚这些人在一起，自然会经常谈论到《红楼梦》。这一批宗室成员，都是些不得志的人物，他们对《红楼梦》中描写的繁华的过去有着强烈的留恋，对目前的凄凉有着太多的感伤，这些都是与小说中的情调相一致的，所以他们读过《红楼梦》以后，都情不自禁地用诗歌的形式咏叹、抒发自己的感情，这也是他们共同喜爱《红楼梦》的原因之一。

至于在八十回本《石头记》脂砚斋评点文字中，更是多次出现曹雪芹为该书作者的说明，这就不再举例了。

综上所述，在没有新的材料之前，我们仍然认为《红楼梦》的作者是曹雪芹。

第一节　曹雪芹的家世

按照目前较为可信的看法，曹雪芹的祖籍应该是辽阳（也有人认为是河北丰润），本为汉族，后来成为满洲正白旗的"包衣"。曹家的发家，从曹雪芹的高祖曹振彦开始，在他的祖父曹寅时期到达极盛，到他的父亲这一辈开始衰落。至于曹雪芹本人，那是完全沦落到社会的下层了。

曹雪芹的祖先，过去有很多种说法，甚至有人说他是曹操的后人，也有将曹雪芹与诗人曹植相提并论的。这些传说都不可信。根据有关记载可以得知,曹雪芹的始祖是曹世选(又作曹锡远,还有说是单名叫曹宝的)。曹家本来是汉族人,而且应该是读书人家。在万历四十七年(后金天命四年,1619)前后,被后金俘虏,沦为奴隶,成为"包衣",隶属于多尔衮的正白旗。所谓"包衣",是满语译音"包衣阿哈"的简称,意为家庭奴隶。这种包衣身份,世世代代都不能改变。即使后来曹家飞黄腾达,也不能改变他们家"包衣"的性质。

  曹雪芹的高祖曹振彦,在明朝灭亡时跟随清兵入关。在此之前,曹振彦已经凭借自己的文化知识,开始担任官职,而不是一般的从事耕种、做杂活的普通包衣。据建于后金天聪四年(1630)的《大金喇嘛法师宝记》碑的碑阴可知,曹振彦的名字就在那些喇嘛以及捐资官员之中,排在"教官"行列。天聪八年(1634),曹振彦已经升任多尔衮属下的"旗鼓牛录章京"。清兵入关时,多尔衮势力最为强大,且是摄政王,正白旗战斗力最强,连顺治皇帝都称他为"皇父"或"父王"。在这个集团中,当然升迁的机会就更多。顺治七年(1650),多尔衮英年早逝(1612—1650),正白旗被顺治帝收回,成为皇帝亲自统领的上三旗之一(另二旗为正黄旗与镶黄旗),曹家也因此成为皇帝的家奴。就在这一年,曹振彦被派往平阳府任吉州知州,当时这一带的农民起义刚刚被镇压下去。几年后,升迁为大同知府,大同府也刚刚经历了大规模的战乱。顺治十三年(1656)又升任两浙都转运使司盐运使。从这些官职也可以看出,曹振彦作为皇帝的家奴,已经逐渐取得了皇帝的信任。他所担任官职的所在地,都是些满汉矛盾极其尖锐、地理位置较为重要的地方。作为汉人,他去这些地方既能为当地老百姓所接受,又能让顺治皇帝放心,确实是合适的人选。至于扬州盐运使,那更是个重要的差使,因为盐课不但关系到国计民生,而且还是个肥缺。更重要的是,由于曾经发生过"扬州十日"这样的大屠杀,扬州人一向对满族怀有敌意，曹振彦的汉人血统、知识分子身份，更容易被当地士绅所接受。他的成功经历，为后来曹家长期担任江宁织造和两淮盐运史，奠定了良好的基础。

曹雪芹家族之所以能够达到极盛，与他的曾祖父曹玺这一辈有关。曹振彦有二子，分别是曹玺、曹尔正（有人说一为尔玉，一为尔正，后均改为单名曹玺与曹鼎）。曹玺与父亲一样，也是因为军功而被提拔到内廷，后以二等侍卫管銮仪事，升内工部（《八旗满洲氏族通谱》《清史稿·曹寅传》等著作中说他曾任工部尚书，可能有误）。康熙二年（1663）他以内工部郎中的职衔出任江宁织造，来到南京。康熙《上元县志·曹玺传》中说他精明能干，来南京上任之后，"积弊为之一清"，深得朝廷倚重、信赖。熊赐履《曹公崇祀名宦序》中说，曹玺到南京后，"一洗从前之陋，又时时问民所疾苦，不惮驰请更张，以苏重困"。看来他确实是身负重塑朝廷形象的重要使命来到江南的，这一使命也显示了他在当时朝中的声望。更重要的是，他的妻子孙氏曾经是康熙皇帝的保姆，这一身份对曹家的兴旺发达起到了极其重要的作用。从《红楼梦》中的许多描写可以看出，满洲人尤其是贵族对乳母是极其尊重的，很多公子哥在乳母面前都不敢拿主子的架子，比如贾琏与王熙凤。甚至像贾宝玉的乳母那样不懂礼貌、不识抬举者，不但袭人、晴雯不敢得罪她，就是天不怕地不怕的贾宝玉本人也礼让她三分。所以曹家人后来深得康熙的信任，成为朝中炙手可热的人物，也与此有关。

江宁织造，并不是一个级别很高的官职。清初在江宁、苏州、杭州三处设置织造官，负责供应宫廷所需的各种衣料织物。这实际上也属于为皇家处理日常内部事务，正是包衣的本职工作。但是，这个位置同时又很重要，它是皇上在江南地区的耳目，往往能对皇帝产生重大影响。由于君主专制，帝王不大可能得到完全真实的外部信息，因此，他必须依靠特务统治。明代的东厂、西厂与锦衣卫，清代的密折制度，都是这种专制制度的产物。曹玺担任江宁织造，就肩负着这样的任务，随时将江南一带的吏治民情、社会动态向皇上专门汇报。这种密折，由皇帝亲信的大臣亲自书写，然后密封，派家人送到京师，直接交给皇上；皇帝看后加朱批发还，由差人带回，交主人执行。所奏内容只有上奏人和皇帝知道，他人一概不知。康熙对这些亲信的密折非常重视，多次指示应该怎样写密折，应该汇报些什么，要求非常具体。后来曹寅担任江宁织造时，这方面的工作做得更多。保存到现在的曹寅的奏折，还有一百多件。内容无所不包，从天气、物价到官员动静、社会舆论，甚至具体到一些细小琐碎的事情。比如，理学名臣、曾做过吏部尚书与东阁大学士的熊赐履，晚年退休后居住南京，康熙就专门叮嘱曹寅注意观察他的动静，甚至熊氏死后，康熙都具体查问死前用了些什么药、临终有何遗言、遗产及子女情况等，并嘱咐曹寅前去送礼祭奠。这些工作，实际上是不大好做的，特别是怕得罪权臣，所以，康熙也再三叮嘱曹寅等人要亲手书写，不要假手他人，以避免给外人知道。正是由于他们这种身份，所以江宁织造这看起来不起眼的官职，在当时却是炙手可热。曹玺担任此要职，从康熙二年（1663）一直做到康熙二十三年（1684）病死任所。其间，多次得到康熙的奖励，并被授予"三品郎中加四级"的职衔。工部郎中只是三品，但是加四级就相当于正一品了，所以曹世选与曹振彦两代夫妇都得到一品的封诰。曹玺去世后，康熙皇帝南巡，到了南京，还特地到织造府看望曹玺家属，以示慰问。

曹雪芹的祖父曹寅，是曹家最有能力的人才之一。曹玺有两个儿子，分别是曹寅、曹宣。曹寅字子清，号楝亭。因江宁织造署中有曹玺亲手种植的一棵楝树，下有草亭，所以曹寅自号楝亭。他由于母亲的关系，小时候曾经当过康熙皇帝的伴读（也有人认为，曹寅小时候一直在江宁织造府读书，没有做过康熙的伴读),从后来康熙对他的关心来看,这时他们应该结下了深厚的友谊。曹寅后来担任康熙的御前侍卫(供职銮仪卫),与父亲当初的经历一样。后任正白旗第五参领第三旗鼓佐领(这一官职当初曹尔正也担任过),以及内务府慎刑司郎中、广储司郎中,康熙二十九年(1690)出任苏州织造,康熙三十一年(1692)调任江宁织造。后来又以通政使衔,兼任两淮盐政。

曹寅在江南,很得人心。他不仅是精明强干的政治能手,对康熙忠心耿耿,是康熙放在江南的代言人;同时又是优秀的文人,很能笼络汉族士子。其实,曹家本来就是书香世家,曹玺在江南时期,就很得当地文人的欢迎。因此,曹家成了文人聚会的中心。曹寅回忆自己的童年时曾说,清初著名学者周亮工"与先司空(指曹玺,他曾任职工部,过去常用司空、司农、司马等古官职名代指工部、户部、兵部尚书)交最善,以余通家子,常抱至膝上,命背诵古文,为之指摘其句读"。在这样的氛围中成长,曹寅具有很高的文学修养。被称为"清代词人第一"的贵族公子纳兰性德(他是康熙时权相明珠的儿子),在《曹司空手植楝树记》中说:"余友曹君子清,风流儒雅,彬彬乎兼文学政事之长。叩其渊源,盖得之庭训者居多。"由于有这样的家庭教育,所以他"束发即以诗词经艺惊动长者,称神童"(顾景星《荔轩草序》,《荔轩草》是曹寅二十二岁时编成的第一部诗集)。他去世前,曾经将自己生平所作的诗加以遴选,编成《楝亭诗抄》八卷。他的诗作,得到当时许多文人的高度评价。他的诗作,也有不少确实写得颇具真情实感,比如从苏州回到南京,转任江宁织造时,来到自己年幼时生活过的地方,处处感受到父亲当时的身影,写下了《西园种柳述感》五律二首,其二云:"再命承恩重,趋庭训敢忘?把书堪过目,学射自为郎。手植今生柳,乌啼半夜霜。江城正摇落,风雪两三行。"先歌颂皇恩浩荡,自己父子二人先后任江宁织造,这是人生难得的盛事。清初著名诗人宋荦说:"子清(在苏州)追念手泽(并曾筑怀棟堂),属诸名人赋之(指《棟亭图》),诗盈帙矣;未几,子清复移节白门,十年中父子相继持节,一时士大夫传为盛事,题咏愈多。"可见这件事在当时引起了巨大的反响。然后怀念父亲的教育之情,表示自己要继承祖训,一方面潜心读书,另一方面不忘习武。诗中纪事、写景、抒怀,情景交融,独具风神,在清初诗坛也算是较好的作品了。

曹寅在江南,还做了一些文化上的盛事。首先是刊刻《全唐诗》,这是康熙交给他办的御差,由他亲自主持编辑、校勘、刻印。编刻《全唐诗》,不仅是一项文化事业,还是一个政治任务。这不仅表现朝廷对文学的热爱,或者通过这件事团结一批文人,而且有着独特的政治、舆论导向的作用。清初诗坛,宗宋之风极其盛行,这不仅是一种文学风气的问题,它还代表了一种文化取向与遗民心态。北宋、南宋相继灭亡于少数民族,正与明遗民的遭遇相同,所以清初不少人特别推崇宋遗民诗。同时,萧瑟的宋风与清代追求的太平盛世的气魄也不相称,可是它符合清初遗民那种颓废压抑的心态。但是,就统治者的角度来说,他们还不能明说,于是他们竭力倡导唐诗。因此,康熙本人都迫不及待地出面了。据毛奇龄《西河诗话》卷五说:"益都师相冯溥,率同馆集万柳堂,大言宋诗之弊,谓开国全盛,自有气象……国运盛衰,于此系之,不可不饬也。因诵皇上《元旦》并《远望西山积雪》二诗以示法。"冯溥当时是大学士兼管翰林院事,他的集中翰林批判宋诗的举动,显然出自康熙的授意,所以不但上升到国家兴衰的高度,而且还有康熙的诗作作为示范,可见是蓄谋已久、准备充分。康熙时期的著名诗人王渔洋,则因为提倡"神韵说",接近唐音,因此一直被树为诗坛典型,仕途得意。在这种背景下,曹寅接受编辑、刊刻《全唐诗》的任务,不但可见康熙的良苦用心,而且体现他对曹寅的信任。何况在当时文人心目中,曹寅也是可以接受的一位,不但热情好客,杯中酒不空,座上客常满，而且自己也是文采风流，俨然是南方的文人领袖（北方，纳兰性德承担着这样的任务）。由他通过刊刻《全唐诗》，来倡导唐诗，推动全社会学习唐诗的风气，当然可以受到事半功倍的效果，比康熙本人出面要好多了。何况即使康熙可以凭借帝王身份对翰林们提出要求，他也无法影响全社会的文人，这方面，曹寅则有着得天独厚的优势。从有关记载可以发现，曹寅与朱彝尊、陈维崧、施闰章、纳兰性德、顾贞观、陈恭尹、梁佩兰、姜宸英、毛奇龄、余怀、卓尔堪等一大批文人（其中有许多是以明遗民自居的）有着程度不同的交往。他曾经捐资为诗人顾景星、施闰章等人刊刻诗集，特别是对一些地位低下的穷困潦倒的诗人，曹寅是生养死葬，极尽爱护之能事，所以深得士林之人心。

值得注意的是，对自己的文学成就，曹寅曾经有过一番评价，他说自己曲第一、词次之、诗又次之。也就是说，他自以为，自己尽管以诗名世（当然这里面更有地位的因素在），但他认为自己的戏曲创作最为成功。他现存的剧作包括《续琵琶记》《北红拂记》《太平乐事》《虎口余生》四种，其中《续琵琶记》写蔡文姬的故事，剧本中将曹操塑造成一个有勇有谋、爱才如命的正面形象（这恐怕也与人们说曹家是曹操的后代有关）。他不但家里有水平很高的戏班子，而且他和当时著名的戏曲家如洪昇、尤侗、顾彩（他是孔尚任的朋友，曾与孔尚任合作完成《小忽雷》传奇）等人关系密切。早在他担任苏州织造时，就与戏曲家尤侗交往密切。他自己的剧作《太平乐事》写成后，曾请洪昇为之作序。康熙四十三年（1704），他曾请洪昇到江宁，邀请众多名士聚会，演出《长生殿》。金埴《巾箱说》记载："曹公素有诗才，明声律，乃集江南江北名士为高会，独让昉思居上座……每优人演出一折，公与思雠对其本以合节奏。凡三昼夜始阕。两公并极尽其兴赏之豪华，以互相引重……长安传为盛事，士林荣之。"小说与戏曲同为叙事文学、通俗文学的代表性样式，曹寅对自己的戏曲天分如此推重，对戏曲艺术如此热爱，对曹雪芹创作叙事性的通俗小说《红楼梦》产生积极的影响。另外，在曹寅的大量藏书中，其中有很大一部分是小说作品，共计有四百多种，如颜之推的《还冤志》、陈继儒的《奇女子传》以及《青泥莲花记》《雌雄剑侠传》等。这些家族传统和文化氛围，都会对曹雪芹的文学素养与文学爱好产生一定的影响。

康熙在位期间，曾经六次南巡，后面四次南巡都是在曹寅任江宁织造期间，每到南京，都是住在他的织造府。其中康熙三十八年（1699）南巡时，曹寅的母亲孙氏晋谒，康熙看到她时很高兴，说："此吾家老人也。"当时堂中正值萱花盛开，于是康熙亲笔书写"萱瑞堂"的匾额，赏赐给孙氏。"萱瑞"二字，感情颇深，古人以"萱"喻母，"瑞"指人瑞，孙氏这年已经六十八岁了。从这些地方，都能看到曹家与康熙的亲密程度。到了康熙四十二年（1703）南巡时，给已经是"三品郎中加五级"的曹寅再加一级；康熙四十四年（1705）南巡后，曹寅又有了通政使司通政使的兼衔。康熙还挖空心思抬高曹家地位，他亲自指婚，让曹寅的两个女儿都嫁到王室，成为王妃，其中大女儿嫁给了多罗平郡王讷尔苏。讷尔苏是努尔哈赤的次子代善的六世孙，曹家以包衣的身份，能够高攀皇室，相继与王室联姻，从而改善、提高自家的政治地位，甚至改变后代的血统，这些都反映了康熙对曹家的恩宠。

曹寅在江宁织造任上，一直做到康熙五十一年（1712）五十五岁去世时为止。当时他在扬州，由于偶染风寒，转为疟疾，最后不治而死。从他生病时起，康熙就非常关注，不断了解其病情发展情况，并及时指示用药，曾命快马从京城驰送治疗疟疾的特效药金鸡（金鸡纳霜，奎宁）到扬州，可惜药送到时曹寅已经去世。

曹寅去世后，康熙甚为痛惜，于是特地提出让曹寅年仅二十四岁的儿子曹颙继任江宁织造，为此特地赏他主事职衔。可惜曹颙三年后即去世（康熙五十四年，1715）。对曹颙，康熙曾经寄予厚望，他死后，康熙特地交代内务府总管，说："曹颙系朕亲眼看自幼长成，此子甚可惜。朕所用之包衣子嗣中，尚无一人如他者。看起来生长的也魁梧，拿起笔来也能写作，是个文武全才之人。他在织造任上很谨慎。朕对他曾寄予很大的希望。他的祖、父，先前也很勤劳。现在倘若迁移他的家产，将致破毁。李煦现在此地，著内务府总管去问李煦，务必在曹荃之诸子中，找到能奉养曹颙之母如同生母之人才好。"对曹家的殷殷关切之情，溢于言表。最后挑选的结果，是将曹宣（即曹荃）的第四个儿子曹頫过继给长房，继续担任江宁织造。

将曹頫过继给曹寅继任江宁织造，这确实符合曹寅的愿望，因为曹頫很早就跟在曹寅身边读书、生活了。曹頫后来曾在奏折中说："窃奴才自幼蒙故父曹寅带在江南抚养长大。"可见在诸侄子中，他最得曹寅的喜爱。由于曹寅的原因，康熙对曹頫也爱屋及乌，非常欣赏，不但给予他主事的职衔，而且很快给他升官，授予内务府员外郎。康熙曾经在他请安的奏折上朱批："朕安。尔虽无知小孩，但所关非细，念尔父出力年久，故特恩至此。虽不管地方之事，亦可以所闻大小事，照尔父密密奏闻，是与非朕自有洞鉴。就是笑话也罢，叫老主子笑笑也好。"曹頫明明是个"无知小孩"，根本不堪江宁织造这样的重任，后来两淮盐运使噶尔泰就曾参劾曹頫，说他"年少无才，遇事退缩，织造事务交与管家丁汉臣料理"，雍正就一针见血地批评道："原不成器。"噶尔泰还说："臣在京见过数次，人亦平常。"雍正则批曰："岂止平常而已。"可见，曹頫也许真的不堪重任（当然，这也有可能是他们联合起来给曹頫加的罪名，为抄家找的借口）。尽管如此，康熙仍然安排曹頫继任，从中可见康熙对曹家的信任、关心与体贴，为保证曹寅及其后代的名声与家产费尽心机、不遗余力。

康熙对曹家的恩德，在一定程度上加速了曹家的衰败。雍正一上台，立即对自己的政敌下手。从雍正的某些做法来看，凡是康熙亲信的那些大臣，大多遭了殃。曹家与康熙如此亲密，我们现在还不知道他们有没有牵连进康熙晚年的立储之争中，以康熙对曹寅及其家族的高度信任与依赖来看，在这一问题上，曹寅完全可能有所表示。我们现在知道两点：第一，雍正一上台，首先拿苏州织造李煦开刀。李煦是曹寅的小舅子，他的母亲与曹寅的母亲孙氏一样，同为康熙的保姆。李煦与曹寅的地位基本接近，两人都属于正白旗，为汉军包衣，一为江宁织造，一为苏州织造[1]，康熙南巡，都住在他们家。为了让他们两人弥补缺款，康熙让他们两人轮流担任两淮盐政。康熙还曾经说过，这三位织造应该相互照应，相互监督，视同一体。康熙六十一年（1722），康熙于十一月份刚刚去世，李煦就被雍正罢官，然后于雍正元年（1723）被抄家。如果不牵涉到帝位争夺，雍正用不着这么着急拿李煦这样一位远离京城的织造官开刀。雍正五年（1727），更查出李煦曾经于康熙五十二年（1713）花八百两银子买了五个苏州女子送给阿其那（雍正上台后，将与自己争权的兄弟胤禩名为阿其那，胤禟改名叫塞思黑，有人认为是满语猪、狗的意思，也有人说是满语"讨人厌"的意思），于是雍正将他流放到打牲乌拉（黑龙江苦寒地区），两年后即饥寒交迫而死于此地。第二，雍正六年（1728）七月，江宁织造衙门左侧万寿庵内发现六尺高的巨型镀金狮子一对，据查，原来是塞思黑于康熙五十五年（1716）派人在江宁铸造的，因铸得不好，所以交给曹頫，寄在庙中。从这些记载可以看出，曹家、李家，在当时的帝位之争中显然是站错了队伍，与雍正的政敌关系比较密切。这是曹、李两家相继被抄家的原因之一。

但是，曹寅去世得较早（康熙五十一年，1712），曹颙、曹頫又都年幼，对雍正在康熙晚年争夺帝位的行动影响不大（康熙

---

[1] 清代总共三大织造，还有一位即为杭州织造，这一时期由孙文成担任。

在世的最后十年，帝位争夺最为激烈），所以尽管雍正对他们也挺讨厌，却没有一上台就动他们。何况曹寅的两个女儿都嫁给了王子，他本人人缘又好（其实李煦的人缘也好，尤其是得民心，在当地有"李佛"之称），所以也多有人保护。雍正早在雍正二年（1724）就警告过曹頫，让他老老实实待着，就可以放过他。雍正在御批奏折中这样写道："朕安。你是奉旨交与怡亲王传奏你的事的，诸事听王子教导而行。你若自己不为非，诸事王子照看得你来；你若作不法，凭谁不能与你作福。不要乱跑门路瞎费心思力量买祸受。除怡亲王之外，竟可不用再求一人托（拖）累自己。为什么不拣省事有益的做，做费事有害的事？因你们向来混账风俗贯（惯）了。恐人指称朕意撞你，你若不懂不解，错会朕意，故特谕你。若有人恐吓诈你，不妨你就求问怡亲王。况王子甚疼怜你，所以朕将你交与王子。主意要拿定，少乱一点；坏朕名声，朕就要重重处分，王子也救你不下了！特谕。"怡亲王府与曹家看来关系密切，这里的怡亲王是允祥，下一代的怡亲王弘晓，曾经抄录了《红楼梦》（一般认为，《红楼梦》脂批中的己卯本，是怡亲王府里九个书手抄出来的）。也许，《红楼梦》中的北静王水溶，就是以怡亲王为原型刻画的。

不过，曹家虽然苟延残喘，却最终没有能够逃脱被抄家的命运。雍正五年（1727），曹頫因为"骚扰驿站"以及亏空织造款等罪名被罢职抄家。我们认为，曹家被抄家的真正原因是政治原因，这两条罪状其实都是借口。我们先看第一条，所谓"骚扰驿站"，实际上是无中生有，主要是指山东巡抚参劾他们织造衙门运送缎匹等物进京，额外使用了沿途州县驿站的马匹、饭食、草料等。这些东西本是惯例，情有可原。可是雍正抓住不放，立即让内务府与吏部审问。这两个衙门还没有审问出结果，他已经下令罢了曹頫等人的官职了，并立即命令抄家。可见，此次事件确实只是导火线而已。至于织造款亏空，责任更不在曹頫。康熙甚至多次亲自出面为他们解释、开脱。康熙四十九年（1710）九月，康熙分别在曹寅、李煦的奏折上批道："两淮情弊多端，亏空甚多，必要设法补完，任内无事方好，不可疏忽。千万小心，小心，小心，小心！""每闻两淮亏空甚是厉害，尔等十分留心。后来被众人笑骂，遗罪子弟，都要想到方好。"可见他心里清楚得很，也非常着急。十月，他专门与大学士、九卿商量江南的亏空问题，他说："朕屡次南巡，地方官预备纤夫、修理桥梁、开浚河道，想皆借用帑币。原冀陆续补足，而三次南巡为期相隔不远，且值蠲免灾荒，所征钱粮为数又少，填补不足，遂致亏空如此之多。尔等皆知之而不敢言也。"先是将亏空的责任全部揽在自己身上，然后还拉住众位大臣，"尔等皆知之而不敢言也"，这样，大家就不好拿曹寅等人怎么样了。他还进一步明确表态："朕意概从宽典，不更深求。"直到曹寅去世后，康熙五十四年（1715），说到江宁、苏州两织造府亏空八十多万两银子时，他还解释说："曹寅、李煦用银之处甚多，朕知其中情由。"由此可见，曹家亏空，朝廷上下都应该明白，责任不在他们家。另外，在很长时间内，曹家都在为赔补而呕心沥血。曹寅去世的时候，因为还亏空三十多万两银子，而"无赀可赔，无产可变"，因此遗祸后人，"槌胸抱恨"，死不瞑目。到康熙五十六年（1717）的时候，据李煦奏折，这时候已经全部赔补完毕，不再亏空了。即使仍然有亏空，那也不应该由曹頫等人来承担。康熙尸骨未寒，言犹在耳，大臣们也应该记忆犹新，雍正当初作为皇子当然知道这一切。可是他一上台就旧事重提，在上任二十天后即提出亏空问题，目标直指织造衙门，重点人物是李煦（因为曹寅已死，剩下他是元老了），立即罢免，然后抄家。亏空问题，是曹、李等家族的致命要害问题，雍正看得准，手也下得狠，于是他们连株倒台了。

由以上分析可以看出，曹家之被抄，并非是因为经济等方面的原因，主要是因为牵涉到政治斗争。这一时期还有一些明显的标志，比如此前一年，曹寅的大女婿多罗平郡王讷尔苏，已经因"贪婪受贿"被革除王爵，由长子福彭袭多罗平郡王（他是曹寅的女儿曹佳氏所生）。曹寅的妹夫傅鼐，从十六岁起就担任雍正的侍卫（当时雍正还是普通皇子），应该为雍正立下了汗马功劳，这一时期官居侍郎，可是也于一年前被革职流放到黑龙江。曹寅生前常说的"树倒猢狲散"的俗语，这时有了应验。《红楼梦》中经常说的，几大家族"一荣俱荣，一损俱损"的至理名言，也得到了验证。

曹家被抄家后，所有的房产、地产、奴仆等都被没收，由雍正转而将它们赏赐给继任江宁织造隋赫德。抄家之时，形势极为紧张。一方面，雍正派江南总督范时绎，将曹家财物，固封看守，并将重要家人，立即严拿，包括家人之财产，也要固封看管。同时让范时绎注意捉拿准备到江南通风报信的人，以挖出背后的人物。可见雍正对这一起抄家，异常关注，但是最后仅仅是抄家、赔补，让曹頫枷号，应该说是挺照顾的了。当然，也有人认为，曹寅家族在江南一带很有声望，尤其是在知识分子阶层，口碑很好，何况他们是康熙在江南的代表，如果康熙一死，雍正就将曹家彻底搞垮，这对雍正上台的合法性以及雍正的个人名声来说，也不太好。所以，雍正一直忍到雍正五年（1727），方才下诏对曹家抄家，而且罪名主要是"骚扰驿站"。这些都是有着相当复杂的背景的。

曹雪芹约出生于雍正元年（1723），正是这样一个山雨欲来风满楼的时期。

第二节 曹雪芹的生平

曹雪芹，名霑，字梦阮，号雪芹，亦号芹圃或芹溪居士。他是曹寅的孙子、曹颙的儿子（关于他是谁的儿子，仍然有不同看法，有人认为他应该是曹颙的遗腹子，那样的话他就出生在康熙五十四年前后）。大约生于雍正元年四月二十六日（公元1723年5月31日），卒于壬午除夕即乾隆二十七年十二月三十日（公元1763年2月12日），享年四十岁。当然，关于曹雪芹的生卒年有很多种说法。就生年而言，有不少人认为曹雪芹应该出生得比较早，否则就赶不上曹家的繁华时代了，更不可能看到康熙南巡的空前盛况。同时，雍正五年（1727）曹家被抄家，曹雪芹当时如果太小，也不大可能对自己家族的过去有太深的记忆。因此，有人认为他应当出生于康熙五十年（1711），还有人认为应该是康熙五十四年（1715），胡适认为是康熙五十六年（1717）。这样的话，曹家被抄家的时候，曹雪芹至少已经有十几岁了，既曾经经历过当初的繁华盛世，又对抄家的惨痛有切身的感受。这是曹雪芹创作《红楼梦》的生活基础与感情因素。我们认为，如果曹雪芹是曹颙的遗腹子的话，他应该出生于康熙五十四年（1715）五月左右，因为该年三月，曹頫的请安奏折中说："奴才之嫂马氏，因现怀妊孕，已及七月，恐长途劳顿，未得北上奔丧。将来倘幸生男，则奴才之兄嗣在矣。"从这样的奏折来看，马氏确实已经怀孕，而且没能回京为曹颙奔丧，因为快要生产了，不便长途跋涉。但是，现在并不能肯定生的就一定是曹雪芹，因为这个遗腹子是男是女也不一定，后来是否长大成人也不一定（曹家似乎子女成活都不易，曹寅的大儿子曹颜、小儿子珍儿都是早逝的，曹雪芹本人也是因为儿子夭折伤心去世的），何况从后文对曹雪芹卒年的分析来看，曹雪芹四十岁便去世，如果出生于康熙五十四年（1715）那就显得太早了。所以我们认为他更可能是曹頫的儿子。

至于曹雪芹的卒年，分歧则不太大，主要有两种看法，一种是壬午除夕，另一说是癸未除夕（公元1764年2月1日）。说他卒于壬午除夕，是因为在甲戌本的脂砚斋评语中，有一条批语明确地说："壬午除夕，书未成，芹为泪尽而逝。"但是，有人认为，据曹雪芹的晚年朋友敦敏的诗来看，这一记载可能靠不住。敦敏《懋斋诗抄》中有《小诗代简寄雪芹》，诗中说"上巳前三日，相劳醉碧茵"，邀请曹雪芹于三月一日去赏花饮酒，且诗末的纪年为"癸未"。作为佐证的是，敦诚的《挽曹雪芹》诗恰好作于甲申（1764），是癸未的次年，诗中说"开箧犹存冰雪文，故交零落散如云"，可见当写于曹雪芹去世后不久。因此，有的学者觉得可能是脂砚斋将干支记错了，曹雪芹应该是去世于癸未除夕。当然，我们觉得这也有可能。不过，也有学者解释说，敦敏写诗邀请曹雪芹的时候，也许不知道雪芹已经去世（反对者则认为，以曹雪芹晚年与敦敏、敦诚的关系亲密程度来看，这不可能）；还有人说，敦敏的诗编年有问题，现存的诗集手稿本有剪贴颠倒的痕迹，所以也许误将壬午年的诗编到了癸未年；还有的学者直接从敦诚的挽诗出发，觉得诗中说"故人惟有青山泪，絮酒生刍上旧坰"，恰恰证明雪芹早已去世，这是第二年上坟祭扫时所作。当然，仅仅就这些来论述，还很不够。因为"絮酒""生刍"也完全可以用来指新丧，所用典故出自《后汉书》卷八十三《徐稺传》："稺尝为太尉黄琼所辟，不就。及琼卒归葬，稺乃负粮徒步到江夏赴吊，设鸡酒薄祭，哭毕而去，不告姓名。"（《谢承书》曰："稺诸公所辟虽不就，有死丧负笈赴吊。常于家豫炙鸡一只，以一两绵絮渍酒中，暴干以裹鸡，径到所起冢燧外,以水渍绵使有酒气,斗米饭,白茅为藉,以鸡置前,酹酒毕,留谒则去,不见丧主。")书中又记载,郭林宗有母忧,稚往吊之,置生刍一束于庐前而去。众怪,不知其故。林宗曰:"此必南州高士徐孺子也。《诗》不云乎:'生刍一束,其人如玉。'吾无德以堪之。"都是指朋友刚刚去世,徐孺子即去吊丧。另外,敦诚《挽曹雪芹》诗中还有"牛鬼遗文悲李贺,鹿车荷锸葬刘伶"之句,显然用的是东晋刘伶的典故,见《晋书》卷四十九《刘伶传》,说他常乘鹿车,携一壶酒,使人荷锸而随之,谓曰:"死便埋我。"很显然也是指刚刚去世即已埋葬。诸如此类,均说明曹雪芹去世不久就埋葬了,于是朋友们纷纷前去吊丧,表示哀伤之情。只是我们现在尚未有直接证据说明脂砚斋的记载是错了,所以两说存疑,姑且仍以脂砚斋所记为准,因为毕竟是他为我们保留了曹雪芹去世的最确切的原始材料。

至于曹雪芹的生年,由于牵涉到许多问题,所以争议比较多。我们倾向于认为曹雪芹出生于雍正元年(1723),主要依据仍然是敦敏、敦诚兄弟的有关记载。特别是敦诚的《挽曹雪芹》诗,诗中明确地说"四十年华付杳冥,哀旌一片阿谁铭","四十萧然太瘦生,晓风昨日拂铭旌",可见曹雪芹去世时只有四十岁左右,不可能像某些学者所说的那样有四十多岁,乃至于有四十五岁甚至四十七岁上下。因此,曹雪芹最早大致诞生于雍正元年,不可能早到康熙时代去。至于这样一来,他就不能赶上曹家在江南的全盛时代了,那他还能写出《红楼梦》这样的巨著吗?这是另外一个问题,我们以后再说。

说曹雪芹出生于雍正元年,还有一重要参照系,那就是《红楼梦》中的人物年龄。当然,小说中的人物年龄,多有不可理解之处,比如贾宝玉与贾元春,本属姐弟,可是年龄却令人猜疑。第二回冷子兴演说荣国府的时候说,贾元春生于正月初一,次年又生了宝玉,看来姐弟只相差一岁。可是后文第十八回又说,他二人"其名分虽系姊弟,其情形有如母子",相差一岁,竟然情同母子,这也太夸张了些。另外,冷子兴介绍他们姐弟时,刚刚说贾宝玉"如今长了七八岁",这话无论是针对贾宝玉生下来到现在已七八岁,还是针对前文说宝玉周岁时的逸事,总之,他说话的这时候,宝玉顶多八岁。可是说到元春时,他又说"现因贤孝才德,选入宫中作女史去了"。如果姐弟确实相差一岁的话,元春入宫时年龄也太小了些。我们认为,作者心目中应该有两套人物年龄,一类是现实生活中的,它与小说中人物相适应,年龄同步增长;另一类是小说中虚构的人物的,它根据作者的需要在调整。这样,小说中两套人物年龄就有可能相冲突。从总体上来说,某些特别需要重视的年龄,特别是与现实生活有可能关系密切而重要的,作品中都做了明确的交代。比如甄宝玉的年龄,作品中就在五十六回中交代为十三岁。甄宝玉与贾宝玉,一"真"一"假",假作真时真亦假,从作品构思的角度来看,应该是二而一的关系。周汝昌和邓遂夫两先生都认为,甄宝玉的年龄与贾宝玉的年龄当然一致。这一回写江南甄府家眷奉旨进京,准备进宫朝贺。在贾府的时候,甄家的人说了一句很独特的话,说是"已经十来年没进京了"。如果将曹家的情况联系起来看,这一次是曹家在雍正初年被抄家之后,一部分留在江南的分支,这时获准进京,或者是得到重新重用,于是奉旨进京。而此前由于是待罪之家,所以他们不敢随便进京走亲访友,联络关系,因为抄家时雍正有明确的旨意让曹頫告诉家里人不要乱跑门路,瞎费心思、力量买祸受。所以曹家被抄家后,除了一部分人查抄迁居北京外,其余的人住在江南。随着乾隆上台,曹家的亲友纷纷被起用,加上乾隆以宽松政策代替父亲的严刑峻法,所以曹家终于有机会东山再起了。这样的事,大致发生在乾隆元年(1736)或者雍正十三年(1735),则甄宝玉与贾宝玉为十三岁,岂不说明他应该出生于雍正元年前后?这就又与曹雪芹的生年相吻合了。

曹雪芹的生日是从《红楼梦》的内证推断出来的。《红楼梦》中绝大多数人的生日都有明确的日期，如黛玉、宝钗、探春等人，她们过生日的时候，不但有活动，而且时间、地点都交代得很清楚。但是，贾宝玉的生日，尤其是第六十三回"寿怡红群芳开夜宴"，正是浓墨重彩的一回，却没交代日期。不过，从小说中的描写可以看出，这时时令正是春夏之交。另外，作品第二十七回中说，这一年芒种的节气是四月二十六，邓遂夫等学者认为，作品中写的喜气洋洋的芒种节庆典，正是贾宝玉生日的形象写照。结合贾宝玉的生年，这一点显得更可信。因为乾隆元年（1736）芒种正交四月二十六，如果贾宝玉出生于雍正元年（1723），那么这时也正应该是十三四岁的少年。这也与曹雪芹本人的生年相吻合。

如果这样的结论合理，那么，曹雪芹的一生可以分为三个阶段。第一个阶段是曹家抄家前的幼年时期，这一时期曹雪芹主要生活于南京，从雍正元年到雍正五年（1723—1727）；第二个阶段是抄家后迁居北京时期，这一时期主要生活于北京城内，从雍正六年到乾隆五年（1728—1740）；第三个阶段是曹家再次遭受打击、彻底衰落时期，曹雪芹由城内迁居西山，《红楼梦》也创作于这一时期，即乾隆六年到乾隆二十八年（1741—1763）。

在第一个时期中，曹雪芹只是一个尚未懂事的小孩。他的童年时期，物质生活应该相当富足。虽然这时候曹家已经没有曹寅在世时期的繁华景象，但织造府的生活，用锦衣玉食、奴仆成群等词汇来描述，并不过分。雍正曾经对这种生活提出过严厉批评："向来奢侈风俗，皆从织造衙门及盐商富户兴起。"雍正五年（1727）曹家被抄家时，清查结果为：房屋及家人房屋共十三处，共计四百八十三间；地八处，共十九顷零六十七亩；家人大小男女共一百十四口。这个数字，与曹家实际家产相比，很有可能被大大缩水。因为，曹家被抄时，除了以上不动产之外，只有银数两、钱数千,以及当票一百多张、值银千两。雍正决定对曹家抄家时,就说过曹𬘡已经"将家中财物暗移他处,企图隐蔽",所以说曹家的金银珠宝应该还有。另外,抄家的时候,被抄之家的财产估计往往会被大规模地减少。雍正元年(1723),正黄旗丁皂保被抄家,家产至少值二十万,而负责抄家的人只估价四万。一年后,他摆脱官司,任内务府总管,而负责抄他家的官员却被逮捕,由他审讯,吓得惶恐伏地求饶[1]。对一些负责抄家的人来说,凡是不动产他是拿不走的,那些金银珠宝却可以顺手牵羊的。所以抄单上的财产当然不会多到哪儿去。总之,曹家被抄时上报的财产数,显然不是曹家被抄前生活水平的真实情况。

更值得注意的是,负责曹家抄家的是继任的江宁织造隋赫德,此人与曹家的关系颇为复杂。比如说那镀金的狮子,是隋赫德干的事,只是既发现得晚,而且还说是因为铸得不好,所以才寄放在曹𬘡那里,寄顿庙中。其实这应该是曹𬘡等人知道雍正对胤禵兄弟的态度而抓紧时间转移的。否则,这位有可能当皇帝的皇子的东西,怎么会放到庙里去,曹家那么多房屋,放不下两个狮子?雍正说让隋赫德"恩谕少留房屋以资养赡",结果他一下子就拿出北京崇文门外蒜市口地方房子十七间半、仆人三对,也显得比较大方。更明显的是,雍正十一年(1733),隋赫德因为钻营老多罗平郡王讷尔苏(曹寅的大女婿,曹𬘡的姐夫)而被捕,根据他的儿子交代,隋赫德曾经通过曹家与老多罗平郡王搭上关系。由此可见,隋赫德与曹家关系并不一般。雍正本来一直认为织造府的人过着奢侈的豪华生活,所以对曹𬘡深恶痛绝,可是看到抄家清单上,曹家竟然已经家无分文的时候,不仅为之"恻然",心中显然开始同情曹家了。可见这份抄家的财产清单,

---

[1] 袁枚:《内务府总管丁文恪公传》,《小仓山房文集》卷三十三,上海古籍出版社1988年版。

倒对曹家的未来产生了良好的影响。

正是由于有比较好的物质生活，所以曹雪芹从小受到了良好的文化、艺术教育。从小说《红楼梦》可以看出，曹雪芹从小就受到了各种文学艺术作品的熏陶，而且多才多艺。当然，尽管曹家在雍正初年仍然过着豪华的生活，但是他们全家的精神生活非常压抑。从雍正上台以来，曹家的亲戚相继倒台，雍正又是一副咄咄逼人的气势，经常找碴。从织的贡品不合格，到经常在曹𫖯的请安奏折上劈头盖脸地训斥，这一切，都让曹家上下生活在一种恐惧之中。他们知道，对曹家来说，抄家是迟早的事，只是不知道哪一天来临就是了。《红楼梦》中对抄家的描写是那样的生动形象，令人有惊心动魄之感，与曹家惶惶不可终日的情形正相类似。幼年时期，一直生活在这样的压抑氛围之中，对曹雪芹忧郁的诗人气质的形成，产生了巨大的影响。

经过抄家之后，曹家确实败落了，不仅没有了政治地位，经济上也非常窘迫。尤其是在刚刚被抄家回到北京的时候，生活相当贫困。何况曹𫖯是戴罪之身，还在枷号，所以曹家人的生活不会太好。即使有人暗中接济，有条件过好一点的日子，他们也要老老实实地过苦日子，过与罪犯身份相适应的生活。不过，他们家的生活应该是逐渐好转，随着雍正的政权基本稳定，政敌已经肃清，像曹𫖯这样并不是主犯，仅仅是受牵连的人，也就可以放松一些了。现在来看，曹家大概在雍正九年（1731）前后开始家道好转。其实，从雍正八年（1730）以后，朝廷的文书档案里就不再有曹𫖯被枷号的记录（此前一直有）；雍正九年（1731），傅鼐被雍正从贬谪地召还，官复原职，入宫侍起居，再度成为雍正的亲信；雍正十年（1732），平郡王福彭任镶黄旗的都统，然后又任宗人府右宗正，然后一路升迁，先后担任玉牒馆总裁官，并在军机处行走，参与机要，继而授定远大将军，率领满洲、蒙古、绿营兵，出塞讨伐噶尔丹。傅鼐又被派以侍郎的官衔出使议和，事成之后，晋升三级，擢都统。与此同时，从雍正十年到十二年（1732—1734），内务府"宽免欠项"档案中，不断有曹寅、曹𫖮担任织造期间的亏空被列入宽免之内。尤其是曹家的保护神怡亲王允祥，从雍正七年（1729）起，成为第一位军机大臣，掌握非同一般的权力。可见，随着曹家姻亲的复兴，曹家的境遇也得到了改善，正如小说中多次说的一句话那样："百足之虫，死而不僵。"《红楼梦》中第二回借冷子兴与贾雨村之口说，贾府虽然萧索了，但是较之平常仕宦之家，到底气象不同。或如小说中所写，贾府这一时期尽管比不上江南甄家独自接驾四次那样的繁华，可也是钟鸣鼎食、诗礼簪缨之家，这确实是这一阶段曹家的写照。如果说江南甄家抄家之前的豪华声势代表了江南曹家鼎盛时期的话，那么北京贾府的富贵生活则体现了北京曹家复兴时期的水平。当然，江南时期的繁华，曹雪芹曾经经历过，但是没有能够生活在那最鼎盛的时期，所以他只有用赞叹的口吻说"好势派"，遗憾自己晚生了二三十年；北京时期的富贵，他有着切身的感受，这在小说中有着充分的表现。

雍正去世后，曹家的重要亲戚形势更是看好。雍正十三年（1735），福彭被召回京，升任协办总理事务大臣，然后担任正白旗（这是属于皇帝的上三旗之一，曹家正属于正白旗的包衣）的都统，还另外赏他们家奉国将军世职，这一世职却由讷尔苏第六子福靖承袭（福彭袭了平郡王）。这也是个值得注意的信号。福彭与福靖兄弟两人，都是一母所生，其母亲即曹寅的大女儿。然后福彭又兼管满洲火器营，调任正黄旗（正黄旗是八旗中地位最高的一旗）满洲都统，并擢议政王大臣。而曹家另一重要亲戚傅鼐则先是署兵部尚书，然后授刑部尚书兼兵部尚书，又升内务府总管，正蓝旗满洲都统。尤其是福彭以定远大将军讨噶尔丹的时候，傅鼐是参赞大臣。这都是权倾一时、炙手可热的人物。至少可以这样说，曹雪芹七八岁到十几岁的时候，他的家族是既萧索，又豪华。虽然"不像先年那样兴盛",但"哪里是个衰败之家"。

因此,曹雪芹的少年时代,如《红楼梦》中所说,"在那富贵场中温柔乡里受享几年",那是曹雪芹的"锦衣纨绔之时,饫甘餍肥之日"。曹雪芹这个时候的年龄段,也就是《红楼梦》中贾宝玉生活的那几年。小说第二回冷子兴介绍贾宝玉的时候说,"如今长了七八岁",贾宝玉从这一时候开始出场了。按照周汝昌先生《红楼纪历》的编年,到第八十回的时候,贾宝玉已经是十五岁。曹雪芹十五岁的时候,是乾隆二年(1737),这个时期的曹家,也称得上是"烈火烹油,鲜花着锦之盛",表面上也还轰轰烈烈,外面的架子未倒。这与小说中描写的贾府一模一样。可惜,这时的曹家并没有人能够汲取上次抄家的教训,"于荣时筹画下将来衰时的世业",导致在"树倒猢狲散"的时候,未能起死回生,真正是一败涂地,落得个白茫茫大地真干净。

曹家的再次衰败,大约发生在乾隆四年(1739)。这次的遭遇,比雍正五年(1727)那次抄家更惨。虽然具体详细的情景我们不得而知,但是从其结果来看,曹家经过这次折腾,已经彻底衰败了。从有关的蛛丝马迹来看,这次事件很可能与涉嫌谋反有关。乾隆四年(1739)十月,宗人府议奏庄亲王允禄(雍正的弟弟,乾隆的叔叔)与理亲王弘皙(康熙废太子胤礽的儿子)、贝勒弘昌(怡亲王允祥的大儿子)、贝子弘普(允禄的儿子)、宁郡王弘晈(允祥的第四个儿子,按,怡亲王允祥死后,雍正特命允祥第七子弘晓袭怡亲王爵位,另外,为了报答他的劳苦功高,曾让他任选一子,封宁郡王,均世袭,另外,雍正当初还将允祥的第四个女儿收为自己的女儿,封和惠公主,可见雍正对他们家的照顾)等人,结党营私,谋反作乱。庄亲王本是康熙的第十六个儿子,后来过继给清太宗的孙子博果铎,袭庄亲王。在康熙的诸多王子中,他与雍正关系颇好,所以雍正让他袭封庄亲王后,外界多有议论。雍正为此专门下手诏说:"外间妄议朕爱十六阿哥,令其承袭庄亲王爵。朕封诸弟为亲王,何所不可,而必藉承袭庄亲王爵加厚于十六阿哥乎?"而且雍正也将他的大女儿作为自己的女儿,封为和硕公主。乾隆继位后,对他更是优厚,乾隆元年(1736),他总理事务,食亲王双俸。而弘晳作为罪人之后,雍正仍然给他理亲王的爵位。至于允祥的几个儿子,雍正、乾隆待他们都不错,可是他们竟然勾结起来谋反,这实在是一件奇怪的事。但是,这一事件的处罚结果也很独特,就是庄亲王免了,只是夺双俸,从此不被重用,只让他去研究他擅长的数学、历法之类;宁郡王的爵位是雍正特地封的,所以也保留;只是将弘昌、弘普的爵位废了,却将弘晳等人革除爵位,永远圈禁。

　　引起我们注意的是,首先,这一案件,老怡亲王允祥的多位儿子牵扯进去了。我们知道,曹家与怡亲王府的关系一向密切,这一次的事件,曹家说不定同样受了牵连。其次,平郡王福彭很有可能也被牵扯进去了。因为在这一事件之前,福彭是个很活跃的人物,可是这一段时间,他突然在重要活动中消失了,特别是这一次的谋反案本来是他参与审理的,可是在审讯过程中他消失了,直到乾隆六年(1741)才再次看到他的身影。另外,此前,乾隆三年(1738),傅鼐已经因为失察家人、违例发俸而被罢官,发往军台效力,结果很快去世。诸如此类,都标志着一种可能,即曹家的重要亲朋好友,再次集中失势。他们也许还有东山再起的机会,但是,曹家本是仰仗他们的权势的,这一下,曹家没了依靠,甚至受牵连,被处罚,彻底失去了往日的繁华了。

　　另外,这一次变故,也很可能与曹家自己的因素有关。《红楼梦》中探春曾说:"可知这样大家人家,若从外头杀来,一时是杀不死的……必须先从家里自杀自灭起来,才能一败涂地呢!"这是说,自作孽,不可活。从《红楼梦》中的有关描写来看,作者对长房一直有看法。宁府与荣府,作者对荣府颇多亲近之情,对宁府则深恶痛绝,曾经借柳湘莲之口说;"你们东府里,除了那两个石头狮子干净,只怕连猫儿狗儿都不干净。"这话说得相当难听。另外,在金陵十二钗判词与《红楼梦曲》中,曹雪芹更是直接出面,将所有的罪过,全部推在宁府。说什么"漫言不肖皆荣出,造衅开端实在宁",明显是为荣府辩护;并说秦可卿"画梁春尽落香尘。擅风情,秉月貌,便是败家的根本。箕裘颓堕皆从敬(指贾敬),家事消亡首罪宁。宿孽总因情(谐音,指秦)"。包括在正文的情节中直接写"秦可卿淫丧天香楼",可见他对宁府的刻骨仇恨,只是后被脂砚斋劝说删削了。即使在荣府,凡是长房的都是不好的。贾赦且不说,即使是邢夫人也极其讨人厌,她的娘家人与贾珍等沆瀣一气,她的手下王善保家的更让人愤恨。连贾母也对二房特别偏爱。这些,都是耐人寻味的。曹寅的儿子中,死去的不谈,曹颙是长房,过继的曹頫是二房(从这一点看,我们也觉得曹雪芹更可能是曹頫的儿子)。曹颙的遗腹子是不是个儿子我们还不能断定,但是曹雪芹即使没有亲兄长,这个遗腹子很可能就是个儿子,而且活下来了,他比曹雪芹大。说不定,曹家这次灾难就有可能与他有关。

  这样的人生经历,对曹雪芹来说,也许是太不幸了。造化作弄人,让他从幸福中再次惊醒。本来,曹家自以为痛苦已经过去、繁华已经回来;可是,短暂的复兴,犹如一场春梦,到头来,依旧是一场空。《红楼梦》中充满人生如梦的虚无思想,与曹雪芹这样的人生经历显然密切相关。《好了歌》及其注解、十二金钗的判词、《红楼梦曲》,等等,作者都反复渲染着这样一种情调:"为官的家业凋零,富贵的金银散尽。有恩的死里逃生,无情的分明报应。欠命的命已还,欠泪的泪已尽。冤冤相报实非轻,分离聚散皆前定。欲知命短问前生,老来富贵也侥幸。看破的遁入空门,痴迷的枉送了性命。好一似食尽鸟投林,落了片白茫茫大地真干净。"最典型的是秦可卿对自家前途的预测:"常言'月满则亏,水满则溢';又道是'登高必跌重'。如今我们家赫赫扬扬，已将百载，一日倘或乐极悲生，若应了那句'树倒猢狲散'的俗语，岂不虚称了一世的诗书旧族了！"秦可卿的这段话，与曹家有着极其密切的关系，有三点值得注意：第一是"树倒猢狲散"这句俗语，是曹寅生前的口头禅；第二，从清人入关（顺治元年，1644）到乾隆四年（1739），已经将近百年，如果算到雍正五年（1727），那离百年还挺远的，所以我们认为这话应该是针对曹家二次遭祸、彻底败落而说的；第三，所谓"诗书旧族"，从小说中的描写来看，贾府并不能算是"诗书"旧族，而曹家当初倒一直是以"诗书"发家的，祖父曹寅更是诗酒风流，标准的"诗书旧族"。可见，秦可卿这些话，寓有作者针对曹家而发的感慨。

秦可卿的告诫，有一些值得注意的地方。首先，她解释说，家族的败亡是不可避免的必然趋势，所谓"否极泰来，荣辱自古周而复始，岂人力能可常保"，这话说到根子上去了。其次，她说，"眼见不日又有一件非常喜事"，"也不过是瞬息的繁华，一时的欢乐，万不可忘了那'盛筵必散'的俗语"，这与曹家复兴时不断遇到的喜事和最后的结局相比，是何等的贴切、吻合！由于曹雪芹反复经历了这样的人生大喜大悲，陡起陡落，"陋室空堂，当年笏满床；衰草枯杨，曾为歌舞场……金满箱，银满箱，转眼乞丐人皆谤。正叹他人命不长，那知自己归来丧。训有方，保不定日后作强梁；择膏粱，谁承望流落在烟花巷。因嫌纱帽小，致使锁枷扛；昨怜破袄寒，今嫌紫蟒长。乱哄哄你方唱罢我登场，反认他乡是故乡。甚荒唐。到头来，都是为他人作嫁衣裳"，所以，才会有融入个人人生经历的惨痛吟唱。

曹雪芹此后的生活，有关资料记载很少，应该是日见贫困了。《红楼梦》中曹雪芹说自己"背父兄教育之恩，负师友规谈之德，以致今日一技无成半生潦倒"，甚至是"茅椽蓬牖，瓦灶绳床"，可见他此后生活的窘况。敦诚的《寄怀曹雪芹》诗中写道："劝君莫弹食客铗，劝君莫叩富儿门。残杯冷炙有德色，不如著书黄叶村。"这首诗第一句"劝君莫弹食客铗"，所用典故出自《战国策》"冯谖客孟尝君"，冯谖在孟尝君门下做门客，曾依柱弹铗高歌："长铗归来乎，食无鱼！"后面的典故出自杜甫的诗《奉赠韦左承丈二十二韵》："朝扣富儿门，暮随肥马尘。残杯与冷炙，到处潜悲辛。"敦诚所用的这些典故，形象地说明了曹雪芹的末期生活，已经到了何种地步。

作为旗人，曹雪芹全家应该有固定的禄米等生活补助；如果长大成人，还可以当差。曹雪芹有没有当过什么差使，现在已经很难考知。有人说他做过内务府的堂主事，还有的说他做过侍卫，也有说他做过宗学的教习或者杂役。根据周汝昌先生的看法，他应该只是担任过宗学（清朝为宗室子弟开办的学堂）里的地位较高的杂役，而且从时间来看，最早可能是乾隆九年（1744），因为这时敦诚开始进入宗学，最晚不会晚于乾隆二十一年（1756），因为这一时期他已经移居西郊山村了。

落拓京华的曹雪芹，并没有因为自己生活的日益贫困，就四处干谒、侯门曳裾了。他从小形成的艺术气质与独特的人生经历，使他迅速成长为一位具有铮铮傲骨的伟大的艺术家。在宗学里当差，使他有机会结识了一批同样沦落不遇、也一样才华横溢的贵族子弟，比如敦诚、敦敏兄弟。他们相聚在一起，狂放不羁，高谈阔论，饮酒高歌，写诗作画。敦诚后来写有《寄怀曹雪芹》一诗，回忆当时的情景："当时虎门数晨夕，西窗剪烛风雨昏。接䍩倒著容君傲，高谈雄辩虱手扪。"敦敏则有《题芹圃画石》绝句一首，诗中说："傲骨如君世已奇，嶙峋更见此支离。醉余奋扫如椽笔，写出胸中块垒时！"曹雪芹所画的嶙峋怪石，正是他自己个性与艺术风格的最为形象的写照。

乾隆二十六年（1761），敦诚、敦敏兄弟曾经前来探望曹雪芹，留下了极其珍贵的两首诗。哥哥敦敏的诗题为《赠芹圃》：

"碧水青山曲径遐,薜萝门巷足烟霞。寻诗人去留僧舍,卖画钱来付酒家。燕市哭歌悲遇合,秦淮风月忆繁华。新愁旧恨知多少?一醉酕醄白眼斜。"敦诚的诗题为《赠曹雪芹》,诗中写道:"满径蓬蒿老不华,举家食粥酒常赊。衡门僻巷愁今雨,废馆颓楼梦旧家。司业青钱留客醉,步兵白眼向人斜。何人肯与猪肝食?日望西山餐暮霞。"不但描写了曹雪芹当时的生活处境,而且生动地记载了他当时的情感活动与内心世界,对我们理解《红楼梦》有着极大的帮助。

除了与朋友们诗酒唱和外,曹雪芹这一时期还有可能回过江南,包括有可能去过扬州、南京、苏州等地,但具体情况已经不可考了。

就在这一时期,曹雪芹开始创作《红楼梦》了。最迟在乾隆十九年甲戌(1754),《红楼梦》前八十回初稿已经写成。脂砚斋抄阅再评《石头记》,甲戌本第一回中说:"至脂砚斋甲戌抄阅再评,仍用《石头记》。"此后,曹雪芹不断修订、整理,前后历时十年左右的光阴。"于悼红轩中披阅十载,增删五次,纂成目录,分出章回","字字看来皆是血,十年辛苦不寻常",这正是曹雪芹呕心沥血写作、修改《红楼梦》的绝佳写照。在这一过程中,不断有人(主要是脂砚斋)抄录、评点《红楼梦》,庚辰本、己卯本等抄本上都有脂砚斋的评语,表明他已经第四次或者是第五次抄录过《红楼梦》了,使这样一部不朽名著迅速地传播出去,很快赢得了读者的喜爱。

乾隆二十七年(1762)冬天,饥寒交迫中的曹雪芹,仍然在苦苦地修改润色着他的不朽巨著《红楼梦》。但是,由于一生坎坷,迭遭折磨,加上写作这样一部巨著,耗费了他太多的精力,他的身体状况与精神状态,都已经承受不住任何打击了。这时他的幼子又不幸夭折。曹雪芹悲痛欲绝,不久,也就离开了人世,仅仅留下了他的千古绝唱——《红楼梦》。

第三节　关于高鹗及《红楼梦》续书

《红楼梦》的通行本是一百二十回，一般认为是出于两人之手：前八十回是曹雪芹写的，后四十回是高鹗所作。《红楼梦》的另一个书名叫《石头记》，但《石头记》都只有前八十回，而且都是抄本；而早期的《红楼梦》的刻本都是一百二十回本，它们是由程伟元、高鹗于乾隆五十六年（1791）、五十七年（1792）刊刻的（分别称为程甲本与程乙本）。由于八十回的《石头记》中有脂砚斋等人的批语，所以又叫脂本，以区别于一百二十回本的程高本。这似乎是公认的事实，但是，程伟元、高鹗二人在程甲本与程乙本的前言中，却再三说自己只是在搜集到的八十回以后的原稿基础上进行了修订工作，并不是续作。那么，曹雪芹的《红楼梦》到底应该多少回，他本人创作了多少回，后四十回到底是不是高鹗所作？这些都成了阅读、研究《红楼梦》不可回避的问题。如果后四十回果真是高鹗所作，那么理解、评价《红楼梦》，总包含着一个对四十回高鹗续书怎么看待的问题。高鹗所续写的这一部分，它的情节走向，其中所表达的思想感情，到底合不合乎曹雪芹的本意，如何评价？

尽管直到今天红学家们对后四十回的著作权归属问题仍然众说不一，比如有人认为其中有曹雪芹的残稿，有人认为主要是程伟元写的，高鹗只是做了一定的修订，等等，但更多的人相信它出自高鹗之手，因为有比较可信的证据。清代中叶著名诗人张问陶在其《赠高兰墅同年》一诗的自注中明确说："传奇《红楼梦》，八十回以后，俱兰墅所补。"[1] 由于张问陶是高鹗的妻兄，所以他的话应该是可信的。同时，高鹗本人也写过一首题为《重订〈红楼梦〉小说既竣题》的诗，诗中说自己"老去风情减昔年，万花丛中日高眠。昨宵偶抱嫦娥月，悟得光明自在禅"。当然，这里的"重订"，到底是怎样一种劳动，我们现在很难证实，但是在程伟元《红楼梦序》、高鹗《红楼梦序》以及程、高合写的《红楼梦引言》中，他们详细记述了高鹗的工作："细加厘剔，截长补短，抄成全部。"于是有人说，他们搜罗到曹雪芹的残稿，于是修修补补，重新刻印，这就是他们的工作。但是有一点大家几乎都是赞成的，就是后四十回与前八十回相比较，无论是思想还是艺术，都有一定的差距，这也是不争的事实。尤其是与脂砚斋的批语结合起来看时，会发现一百二十回中，在情节发展的内在逻辑上有一些矛盾，某些情节发展的过程与最后结果及前面的预告有不尽吻合的地方，因此，在没有新的材料推翻旧论之前，我们还是将《红楼梦》后四十回的著作权全部归之于高鹗一人。

高鹗，字兰墅，别号红楼外史，隶汉军镶黄旗，祖籍辽宁铁岭，先世随清兵入关，其后长期生活于北京，其身世与曹雪芹有一定的类似之处。生卒年不详，一般认为他生活在乾隆十八年到嘉庆二十年（1753—1815），也有人说他出生于乾隆三年（1738）。乾隆五十三年（1788）参加顺天乡试中举，乾隆六十年（1795）考取进士，历任内阁中书、内阁侍读、江南道御史、刑科给事中等职，曾在嘉庆六年（1801）担任顺天乡试的同考官。

高鹗早年生活较为放浪，像当时的许多满族少年一样，年少多才，最好的评价是说他"学邃才雄""誉满京华"，因此狂放不羁。另外他性喜冶游，经常出入歌楼舞榭，"趁蝶随蜂，浪赢两袖香留"，正是他早年生活的写照。中年以后功名蹭蹬，"泥途悲

---

[1]《船山诗草》卷十六，中华书局1986年版。

潦倒",逐渐意志消沉,"天涯倦客楼头妇,一种消沉奈落何","金粉飘零旧梦怀,凄凉往事付歌喉"。正是在这样的心境中,他参与了修订或者续作《红楼梦》的工作。

高鹗等人续作或修订的《红楼梦》,在很长时间里遭到红学家们的严厉批判,他们以脂砚斋的批语提示、小说第五回的人物判词和小说前八十回的自然逻辑为依据,对八十回以后的情节发展做探佚的工作,结果发现高鹗等人续作的《红楼梦》多有违背作者原意的地方,最突出的问题是《红楼梦》最后的大结局,不是"落了片白茫茫大地真干净",而是给《红楼梦》续了个"兰桂齐芳""家道复初"的光明尾巴,落入大团圆结局的窠臼,这从根本上违背了作者的创作思想,削弱了《红楼梦》深刻的批判意义。另外,有些人物形象也有一些问题,比如林黛玉,进入后四十回以后竟然也支持贾宝玉去学堂好好读书,而贾宝玉在后四十回中则几乎灵气全无,等等,不符合前八十回的发展逻辑。

我们认为,后四十回(或者是三十回,或者二十回)应该是主要用来交代整个故事的结局。在前八十回书中曹雪芹把一切伏线和准备都已布置停妥,已经将故事逐步往高潮上过渡,经过第七十四回抄检大观园的预演,到八十回末已经是"山雨欲来风满楼"。尤其是到了第七十七回、七十九回,代表作品中最高理想的大观园中的清秀的女儿,已经开始被迫离开大观园,经受折磨,甚至黯然去世。先是晴雯,再是迎春,上到小姐,下到丫环,金陵十二钗中的人物开始陆续地死亡。根据这样的趋势,下面应该是形势急转直下,一个接一个惊心动魄的悲剧相继上演,直到"盛席华筵终散场","好一似食尽鸟投林,落了片白茫茫大地真干净"。

但是,这仅仅是我们今天的一种揣测而已。高鹗所做的,也是站在他所处的那个时代的高度,根据他的理解,重新构思,或者依据已有的线索,敷衍成文,写成了今天这样的结局。对这样的结局，我们不应该有过多的指责。平心而论，我们今天能看到的，包括脂批，他们大多也曾经看过；对作品的深刻思考与深入探寻，也许比我们做得更多。尤其是将高鹗续作的四十回与同时或者后来的续作相比较的时候，我们更能够看出高鹗的高明。也许，他不能与曹雪芹并肩齐名，但仅仅凭借这后面的四十回小说，他一样可以跻身于清代优秀小说家的行列。即使从全书的结局这一角度来看，他也有过人之处。在他的笔下，首先是爱情理想的破火。伴着金石姻缘的锣鼓喧闹，世俗的婚姻利益取得了胜利，精神世界的木石前盟随林黛玉泪尽而逝，魂归离恨天成为一种永恒的缺憾。可是这是一场没有胜利者的战争。宝玉看破红尘、离家出走，使宝钗不但没有获得爱情，连婚姻也只流于形式了，从此只得于无望的平淡岁月中消磨自己多情的生命。其次是家族命运、个人遭际的悲剧，贾母这样一个享尽人福还祷福的老祖宗，虽然一生中见过无数次的大风大浪，可这一次也未能挽救家族的噩运，贾家被抄了家，贾母这个贾府富贵形象的代表，在无福可求的时刻溘然长逝；争强好胜的王熙凤不但没有能力保护自己辛辛苦苦积攒下来的金钱，甚至连自己的亲生女儿也无力保护，更不用说她自己了；探春、湘云、鸳鸯、妙玉，等等，这些曾经生机勃勃的形象，全都一去不返，这同样体现了极深的悲剧意义。这也是两百多年来，一百二十回本《红楼梦》赢得广大读者喜爱的根本原因。

第四章 《红楼梦》的版本

中国古代的书籍由于其写作、刻印、传播的特殊性,一般都有不同的版本特征。而《红楼梦》由于其作者、写作过程、抄写、刻印、评阅以及收藏、流传具有特殊性,故版本问题十分复杂。《红楼梦》的版本是《红楼梦》研究的基础,所以引起了学术界广泛的关注,也引起了不少争议。可以说,《红楼梦》版本问题的讨论是近年《红楼梦》研究的热点之一。

《红楼梦》的版本一般分为脂评本系统和程刻本系统,每个系统都有若干版本。下面分别加以介绍。

第一节 脂评本

脂评本亦称脂本,是指附有脂砚斋评语的《红楼梦》抄本。一般具有如下特点:

一、脂评本都是抄本。

二、脂评本只有八十回。

三、脂评本的底本书名为《脂砚斋重评石头记》。

四、脂评本附有大量的脂砚斋等人的评语。

脂评本中的"脂"是指脂砚斋。脂砚是脂砚斋评阅《红楼梦》时所使用的砚台。此砚原为明代江南名妓薛素素(号素卿)

之物，砚盖内刻有薛素素小像一帧，砚侧刻有"脂研（砚）斋所珍之研其永保"字样，砚背刻有明代著名文士王稚登的题诗手迹。砚匣底部刻有"万历癸酉姑苏吴万有造"字样。此砚1955年发现于重庆，曾为吉林博物馆收藏。后来薛素素称其书房为脂砚斋。

脂评本是乾隆年间的手抄本，依附正文有各种形式的批注，一般有五种：开首总批、眉批、夹批、文中双行批注、回末总批。特殊的有混入正文写成大字的批注、正文中双行批注下面的双行再批注。用笔有朱墨两色，共计四千多条。批注中少数有批者的署名和纪年，也有只署名或只记年的，大多数只有批注，纪年的干支有甲戌、丙子、丁丑、己卯、壬午、乙酉、丁亥、戊子、辛卯、甲午等，自乾隆十九年（1754）至乾隆三十九年（1774），前后达二十年之久。

脂评本书名中的"脂砚斋"，实际是一个集体笔名，给《红楼梦》写评语的不止脂砚斋一人，计有十个名字。他们是：脂砚斋、畸笏叟、常（棠）村、梅溪、松斋、立松轩、玉蓝坡、绮园、左绵痴道人、鉴堂。其中以脂砚斋批语最多，亦最重要，畸笏叟次之。

脂评本是一个笼统的称谓，目前发现的十二个手抄本，不一定都有脂评，但其底本都是脂本。

一、甲戌本。又称脂铨本、脂残本。书名为《脂砚斋重评石头记》，现存十六回，即第一回至第八回，第十三回至十六回，第二十五回至二十八回，卷首有凡例五条。其祖本为乾隆十九年甲戌（1754）抄本。第一回有"脂砚斋甲戌抄阅再评"字样。由清代同治年间大兴刘铨福收藏。1927年归胡适。1962年中华书局上海编辑所影印出版。原件现藏美国康奈尔大学图书馆。

甲戌本脂评最多，十六回共有脂批1 631条（后人批语除外），有署名、纪年。最接近作者手稿。

值得注意的是，甲戌本的评阅年份是甲戌，而抄写年份难以确定，因为其批语中羼入了丁亥（1767）和甲午（1774）的脂批。

近有学者提出，《红楼梦》版本史上并未有过"甲戌本"原本的存在。这样的稿本只能存在于曹雪芹身后。"甲戌"多半是"甲申"之误。[1]

二、己卯本。又称脂怡本、脂馆本。书名《脂砚斋重评石头记》。原存三十八回，即第一回至二十回，第三十一回至四十回、第六十一回至七十回。其中所缺六十四、六十七回，系抄配而成，故亦称脂配本。1959年又发现五十五回后半回，第五十六、五十七、五十八三回，第五十九回前半回，这样合计共四十一回又两个半回。其第二册封面题"己卯冬月定本"。己卯为乾隆二十四年（1759），系清怡亲王府抄本。在该封面书名下注"脂砚斋凡四阅过"。据考，这是第二代怡亲王弘晓（1722—1778）时的抄本，弘晓与曹雪芹同时代，其父与曹家关系甚密。

己卯本由董康、陶洙先后收藏。现藏北京图书馆。后发现的残抄本（三回又两个半回）现藏北京中国博物馆。1981年7月上海古籍出版社影印出版。

己卯本文字与庚辰本大体相同，可惜残缺不全。

三、庚辰本。又称脂京本。书名《脂砚斋重评石头记》。现存七十八回，分八册，即第一回至六十三回，第六十五回至六十六回，第六十八回至八十回。其中第十七、十八两回未分开。封面题"庚辰秋月定本"，系乾隆二十五年庚辰（1760）抄。徐郙旧藏，1933年归北京大学图书馆。1955年由文学古籍刊行社用朱墨双色影印出版。其中所缺第六十四回、六十七回据己卯本抄配补足。而七十五回缺中秋诗，八十回无目，十一回之前无批语。抄本系多人抄写而成。人民文学出版社1975年影印出版。

---

[1] 徐乃为：《红楼梦探真》第166页，江苏文艺出版社1999年版。

1981年中国艺术研究院《红楼梦》研究所校注本即以庚辰本为底本,缺文依其他脂本或程本补齐。

四、列宁格勒(今圣彼得堡)藏本。又称脂亚本。书名《石头记》。存七十八回,即第一回至第四回,第七回至第八十回。其中七十九回和八十回未分开。此本有110条眉批和73条夹批,与一般脂批,并不相同,清道光十二年(1832)由访问中国的俄国宗教使团成员帕维尔·库尔梁德采夫带回俄国。藏于苏联亚洲人民研究院列宁格勒分院。中华书局1986年影印出版。

五、有正本。又称戚序本、脂戚本。书名《石头记》(有正书局石印本题《国初抄本原本红楼梦》,1973年人民文学出版社翻印本题《戚蓼生序本石头记》)。存八十回,有脂砚斋的评语,但批注者署名及纪年被删。卷首有戚蓼生的《石头记序》。光绪年间俞明震旧藏,后归上海时报馆有正书局主人狄葆贤。

有正本印行过三次,1911—1912年石印大字本,1920年缩成小字本,1927年再版。人民文学出版社1973年影印出版。该本字迹工整,清楚有条理,便于阅读,流传甚广。

六、蒙古王府本。又称蒙府本、脂蒙本。书名《石头记》,存一百二十回,前八十回与脂戚本基本相同。其特点是有六百多条夹批,为其他脂本所无。清蒙古王府原藏。1960年底在北京发现,现藏北京图书馆。书目文献出版社1986年影印出版。

七、南京图书馆藏本。又称脂宁本。书名《石头记》,存八十回,与脂戚本为同一祖本。眉批、批注者署名及纪年被删,保存了大量脂批。20世纪40年代抗日战争时期,落入汉奸陈群之手。现藏南京图书馆。

八、靖应鹍藏本,又称脂靖本、靖本。书名《石头记》,存七十八回,即第一回至第二十七回,第三十回至八十回。其中第三十回残失三页。扬州靖应鹍藏。1959年曾在南京出现,1964年尚存。全书只有第三十五回无批语,其余章回均有大量朱墨批语。

有些批语不见于其他脂本。南京师大《文教资料简报》1974年第8、9期合刊刊登全部评语。靖本脂批国外大量运用。有些批语对于廓清迷障，了解后四十回情节有重要价值。可惜此本不慎迷失。

九、甲辰本。又称脂晋本、脂梦本。书名《红楼梦》。存八十回，缺半页。是现存各种抄本中最完整的本子。系乾隆四十九年甲辰（1784）抄本。卷首有"梦觉主人甲辰菊月中浣序"。正文接近甲戌本，内有脂砚斋批语，但已被梦觉主人删削，异文较多。第十九回回前总评云："原本评注过多，未免旁杂，反扰正文，今删去。以俟观者凝思入妙，愈显作者之机灵耳。"这是《红楼梦》从批注本转到白文本的过渡本。此本1953年发现于山西，今藏北京图书馆。程刻本主要据此。书目文献出版社1989年影印出版。

十、科学院藏本。又称梦稿本、脂稿本。书名《红楼梦稿》，存一百二十回。前八十回底本由两个脂本抄配而成。扉页有"兰墅太史手定《红楼梦稿》百廿卷"的题签。第七十八回末有朱笔"兰墅阅过"字样。此本据四种抄本过录而成，有意将前八十回批语删去，剩下少量脂批。清道光年间杨继振旧藏。1959年春在北京发现。现藏中国社会科学院文学研究所。1963年1月中华书局影印出版。此本对于研究《红楼梦》的续补问题有一定价值。

十一、己酉本。又称脂舒本、舒序本。书名《红楼梦》，存四十回，即第一回至四十回。经过篡改，无批语，底本仍为脂本。乾隆五十四年（1789）抄，卷首有舒元炜"乾隆己酉序"，序云："就现在之五十三篇，特加雠校；借邻家之二十七卷，合付抄胥。"原本即抄配而成，脂批被删尽。中国社会科学院文学研究所吴晓铃收藏，北京图书馆有副本。中华书局1986年影印出版。

十二、郑振铎藏本。又称脂郑本。书名《红楼梦》。残存两回，即二十三回、二十四回。经过篡改删削，没有批语，但其底本出自脂本，郑振铎原藏，现藏北京图书馆。

上面十二个脂评本又可以分为三类。第一类是原本手抄本，即过录时未经篡改，保存了作者原文和脂批。有甲戌本、己卯本、庚辰本、列宁格勒藏本。第二类是经过加工整理的抄本。保留了正文和批语，但脂砚斋等人署名及纪年被删，书名被改为《石头记》。有有正本、南京图书馆藏本、蒙古王府本、靖应鹍藏本。第三类是被增删篡改的抄本。原文被改动，脂批被删，甚至没有批语，书名改为《红楼梦》。有甲辰本、科学院藏本、己酉本、郑振铎藏本。

第二节　程刻本

程刻本又称程本，是由程伟元、高鹗将原文的八十回抄本补足一百二十回后而印行的版本，一般有如下特点：

第一，程本都是刻本。

第二，程刻本都是一百二十回。

第三，程刻本的书名是《红楼梦》。

第四，程刻本没有脂砚斋等人的批语。

清末以降，石印、铅印业兴旺发达，由程本派生出来的本子遍天下，故程本是近二百年来流布最广、影响最大的本子。程本书名全称《新镌全部绣像红楼梦》，有甲、乙、丙三种版本。

一、程甲本，乾隆五十六年辛亥（1791）萃文书屋木活字印本，一百二十回。卷首有程伟元序，次高鹗序，次木刻绣像二十四页，前图后赞。正文每面十行，每行二十四字。

程伟元序云：

《红楼梦》小说本名《石头记》……然原目一百廿卷，今所传只八十卷，殊非全本；即间称有全部者，及检阅仍只八十卷,读者颇以为憾。不佞以是书既有百廿卷之目,岂无全璧?爰为竭力搜罗,自藏书家甚至故纸堆中,无不留心。数年以来,仅积有廿余卷。一日偶于鼓担上得十余卷,遂重价购之,欣然翻阅,见其前后起伏,尚属接笋,然漶漫不可收拾;乃同友人细加厘剔,截长补短,抄成全部,复为镌版,以公同好,《红楼梦》全书始至是告成矣。

高鹗序云:

予闻《红楼梦》脍炙人口者,几廿余年,然无全璧,无定本。向曾从友人借观,家以染指尝鼎为憾。今年春,友人程子小泉过予,以其所购全书见示,且曰:"此仆数年铢积寸累之苦心,将付剞劂,以公同好,子闲且惫矣,盍分任之?"予以是书,虽稗官野史之流,然尚不谬于名教,欣然拜诺,正以波斯奴见宝为幸,遂襄其役。

两序透露了程甲本收集、整理以及刻印的过程。至此始有一百二十回本《红楼梦》流行,后来各种通行的一百二十回本均据此本翻刻刊行。

二、程乙本。乾隆五十七年壬子(1792)萃文书屋木活字印本,一百二十回。卷首有高鹗序,次小泉、兰墅引言,次木刻绣像二十四页,前图后赞。引言七条,云:

初印时不及细校,间有纰缪。今复聚集各原本详加校阅,改订无讹……书中前八十回抄本,各家互异。今广集校勘,准情酌理,补遗订讹。其间或有增损数字处,意在便于披阅,非敢争胜前人也……后四十回系就历年所得,集腋而裘,更无他本可考。惟按其前后无照者略为修辑,使其有应接而无矛盾。至其原文,未敢臆改,俟再得善本,更为厘定,且不欲掩其本来面目也。

由此可见,程乙本是前一年出版的程甲本的修订本。两本问世时间仅相隔七十天。据统计,程乙本共改了程甲本21 506字,其中前八十回改了 15 539 字，后四十回改了 5 967 字。有十一回回目的文字做了改动。显然，程乙本删改小说原著的内容比程甲本更多。因此，后来不及程甲本那样引人注目和大量翻印，直到1927 年上海亚东图书馆才据胡适的一个藏本重新排印。

三、程丙本。台湾青石山庄影印乾隆壬子（1792）木活字本。底本为配本，后半系程甲本；前半为程丙本，略同于程乙本。此本刊行时间在程乙本刊行同年的夏天，两者相距一个季度。其正文和回目不但与程甲本不同，而且与程乙本也有显著区别，故称程丙本，是乾隆五十七年壬子（1792）萃文书屋的又一次重排的木活字本，亦称"第三版原版"。台湾程丙本的底本，其实是甲、乙、丙三个版本的散页聚集的混合本。

四、评本。程甲本问世后，据其翻印的东观阁本、抱青阁本、藤花榭本等三种本子影响较大。尤其是东观阁本所传的子本中，出现了依附正文加以批注的本子。以道光十二年（1832）刊行的王希廉评本影响最著。

1. 王希廉评本。王希廉字雪香，号护花主人，江苏吴县人。旧红学评点派的巨擘。其评本《新评绣像红楼梦全传》前有护花主人批序、《红楼梦》总评，每回正文后有回末总评。此评本流布甚广，《忏玉楼丛书提要》称："考《红楼梦》最流行时代，初为程小泉本，继则王雪香本"，可见其对程甲本《红楼梦》传播作用之大。

2. 张新之评本。张新之号太平闲人，又号妙复轩。道光三十年（1850）刊出《妙复轩评石头记》。其《石头记读法》的主要观点是："《石头记》乃演性理之书，祖《大学》而宗《中庸》"，"全书无非《易》道也"。

3. 姚燮评本。姚燮字梅伯，一字复庄，号大某山民。浙江镇海人。其评点分总评和分评，有《人索》《事索》《余索》，对小说中人物的数目、年龄及宴会、死人数目等进行了分类统计，颇有意义。

4. 王滢评本。王滢字伯沆，江苏南京人。原中央大学教授。他于1914—1938年间，花二十四年工夫评点《红楼梦》。以王雪香评本为底本，分别用朱、黄、绿、墨、紫五色加批，共写评语12 387条。其评语对小说的思想内容和艺术性做了较好的概括，对研究多有帮助。王滢评本原藏南京师大中文系资料室，《红楼梦王伯沆评语汇录》由江苏古籍出版社出版。

其他还有蒙古族评点家哈斯宝（耽墨子）评本，王希廉、姚燮合评本《金玉缘》，等等。

第三节　脂本与程本的关系

《红楼梦》在清乾隆五十六年（1791）前是以抄本形式流传的。现已发现的各种脂本（或其底本）抄录的年代大致如下：

甲戌本　乾隆十九年（1754）。

己卯本　乾隆二十四年己卯（1759）冬月定本。

庚辰本　乾隆二十五年庚辰（1760）秋月定本。

列宁格勒藏本　乾隆二十七年（1762）前后。

有正本　乾隆三十一年（1766）前后。

南京图书馆藏本　乾隆三十一年（1766）前后。

蒙古王府本　乾隆三十一年（1766）前后。

己酉本　乾隆三十五年（1770）前后（舒元炜序写于乾隆五十四年己酉（1789），原藏者抄录时间在前）。

靖应鹍藏本　乾隆三十六年（1771）前后。

郑振铎藏本　乾隆四十年（1775）前后。

科学院藏本　乾隆四十年（1775）前后。

甲辰本　乾隆四十九年甲辰（1784）菊月。

程甲本　前八十回乾隆五十五年（1790）。

至乾隆五十六年（1791），程伟元、高鹗整理程甲本，用木活字排版，由萃文书屋印行后，刻本大行于世；乾隆五十七年（1792）程乙本、程丙本相继问世，于是，出现了刻本与抄本并行的局面。

由于《红楼梦》的创作与脂砚斋的评阅几乎是同时进行的，所以学术界不少人认为，《红楼梦》最初流行的本子是带有脂砚斋批语的抄本，因而，脂评本在前，程刻本在后。这是传统的观点。"自从二十年代初期胡适介绍脂本以来，多少读者、研究者研读《红楼梦》两种版本系统——脂本和程本，高度重视脂砚斋的批语，毫不怀疑脂本是先于程本，接近原著的早期抄本。"[1]"《红楼梦》版本最初只有抄本，它们是曹雪芹稿本的过录本。"[2]

这一观点最早是由胡适提出来的。他在1928年介绍甲戌本发现的经过时说：

> 去年我从海外归来，便接着一封信，说有一部抄本《脂砚斋重评石头记》愿让给我，我以为"重评"的《石头记》大概是没有价值的，所以当时竟没有回信。不久，新月书店的广告出来了。藏书的人把此书送到店里来，转交给我看。我看了一遍，深信此本是海内最古的《石头记》抄本，遂出重价把此书买了。[3]

胡适深信甲戌本是最古的本子，主要基于两点：第一，此本第一回正文有"至脂砚斋甲戌抄阅再评，仍用《石头记》"十五个字；第二，此本第一回有一条朱笔眉批："壬午除夕，书未成，

---

[1] 陈诏：《正本清源，厚积薄发》，见《红楼梦学刊》1992年第3期。
[2] 应必诚：《关于〈红楼梦〉的版本系统》，见《复旦学报》1992年第1期。
[3] 《胡适红楼梦研究论述全篇》第158页，上海古籍出版社1988年版。

芹为泪尽而逝。"于是他断定"凡最初的抄本《红楼梦》"必定都称为"脂砚斋重评《石头记》"。[1]

这一观点是新红学派的理论基础,风行学术界近七十年,没有人提出异议。随着红学研究的深入,有学者对于脂本与程本的关系提出了新的看法。首先是对甲戌本的来历、题署、年代、格式、讳字进行了考察并指出,胡适1928年只介绍了购得甲戌本的大致经过,而对于抄本的来历未予说明;且此本首页首行有撕去的一角,可能有意隐没收藏者的印章;标明年代的"至脂砚斋甲戌抄阅再评,仍用《石头记》"十五字,为后人所加;尤其是清代当避讳的"玄"字统统没有避讳;此外,抄本的格式表明是后出的抄本,又有许多错别字,因而"抄本绝不是稿本,甚至也不是接近原稿的过录本"[2]。而程甲本才是《红楼梦》的最好版本,不仅"是最可靠的真本",而且"是最出色的善本",[3] 从而得出"程前脂后"的新结论。学术界在1992年至1995年对《红楼梦》的版本问题进行了热烈的讨论。

版本研究也是20世纪末《红楼梦》研究的热点。学术争论必然推动研究的发展,可以相信,通过学术辩论,《红楼梦》的版本问题自会水落石出。诚如中国红学会会长、《红楼梦学刊》主编冯其庸先生在《红学之路漫漫》中所云:"《红楼梦》是永远讨论不完的,它将与人类的历史并存。我确信,在研究《红楼梦》的学术领域里不论有多少见解,也不论其见解是否发自权威,历史只能选择一种,即真实的、符合客观实际的见解。"[4]

---

[1]《胡适红楼梦研究论述全篇》第318页。
[2] 欧阳健:《红楼新辨》第8—11页,花城出版社1994年版。
[3] 欧阳健:《红楼新辨》第315页。
[4]《人民日报》海外版1993年9月22日。

第五章 《红楼梦》的思想内容

第一节 关于主题及分期

关于《红楼梦》的思想内容，历来见仁见智，聚讼纷纭。大致有自传说、爱情说、历史说、政治说、哲理说、伦理说、阶级斗争说、封建社会百科全书说等观点。各家观点从某一特定角度去看，多能自圆其说，有一定道理，但都不够全面。

我们认为，《红楼梦》是以贾宝玉的爱情、婚姻悲剧为线索，写贾宝玉的人生道路；以贾宝玉的人生道路为重点，写贾府子孙不肖、后继无人；以贾府的子孙不肖、后继无人为中心写贾府的衰败；以贾府的衰败为典型，写封建贵族统治阶级的衰败。简而言之，《红楼梦》以贾宝玉与林黛玉的爱情悲剧、与薛宝钗的婚姻悲剧的描写为线索，全面展现了封建社会末期的社会生活画卷，揭示了封建阶级灭亡的必然性。

小说写到了贾、史、王、薛四大家族，其中史、王、薛三家仅仅作为陪衬，没有正面描写；而着重对贾府进行了观照和透示，显然，小说是把贾府作为封建社会末期封建贵族的典型来剖析的。作品涉及贾府一百年的历史，小说第五回写道：

　　警幻忙携住宝玉的手，向众姊妹道："你等不知原委，今日原欲往荣府去接绛珠，适从宁府经过。偶遇宁荣二公之灵，嘱吾云：'吾家自国朝定鼎以来，功名奕世，富贵流传，虽历百年，奈运终数尽，不可挽回。故遗之子孙虽多，竟无可以继业者。其中惟嫡孙宝玉一人，禀性乖张，生情怪谲，虽聪明灵慧，略可望成，无奈吾家运数合终，恐无人规引入正……'"

小说第十三回，秦可卿托梦给王熙凤说：

……常言"月满则亏，水满则溢"；又道是"登高必跌重"，如今我们家赫赫扬扬，已将百载。一日倘或乐极悲生，若应了那句"树倒猢狲散"的俗语，岂不虚称了一世的诗书旧族了。

此外，第七十七回，周瑞家的议论"人参"说：

……这一包人参固然是上好的，但年代太陈了。这东西比别的不同，凭是怎样好的，只过一百年后，便自己就成了灰了……

小说多次提到"百年""百载""一百年"，可见作者有意点明，创作《红楼梦》的时间距清朝开国大约一百年光景。清朝于顺治六年（1644）定鼎，那么《红楼梦》反映的是18世纪四五十年代的社会生活，即雍正、乾隆时期。

"君子之泽，五世而斩。"《红楼梦》写了贾府近百年的历史，涉及贾府五代人，即"水"字辈（贾演、贾源）、"代"字辈（贾代化、贾代善）、"文"字辈（贾政、贾赦）、"玉"字辈（贾琏、贾珍、贾宝玉）、"草"字辈（贾兰）。而小说重点写了最后的二十年，前八十年只通过"勋业有光昭日月，功名无间及子孙"的对联以及侧面介绍做了交代。周汝昌《红楼纪历》认为，前八十回写了十五年间发生的事情。有人说，《红楼梦》写贾府的兴衰史，仔细分析，其实，兴并未写及。严格说来，小说写了贾府的衰败史，表现了衰败的必然趋势。

一百二十回的《红楼梦》，洋洋洒洒百余万言，其情节阶段如何划分呢？其实，情节阶段的划分取决于对思想内容的理解。旧红学阶段，有人用花的新陈代谢和一年四季喻贾府的兴衰际遇。话石主人《红楼梦精义》云：

> 自开卷至演说，如牡丹初吐，香艳未足，颜色鲜明；至游幻，如花初开，浓艳温香，精彩夺目；至归省，则楼上起楼，直是国色天香，锦帷初卷；至寿怡红，则重楼大开，碧白红黄，一时秀发；锦天绣地，繁华极盛。至贾母生辰，则花已开乏，香色虽酣，丰韵已减。至黛玉生辰，则红干香老，光艳已销，独花心一点，生红不死。以后如花之老境，渐次摇落，不堪入目矣。

二知道人《红楼梦说梦》则云：

> 《红楼梦》有四时气象：前数卷铺叙王谢门庭，安常处顺，梦之春也。省亲一事，备极奢华，如树之秀而繁阴，葱茏可悦，梦之夏也。及通灵失玉，两府查抄，如一夜严霜，万木摧落，秋之为梦，岂不悲哉！贾媪终养，宝玉逃禅，其家之瑟缩愁惨，直如冬暮光景，是《红楼》之残梦耳。

上述二家所论不无道理，但稍觉迂腐牵强。后来有人按宝黛爱情悲剧的进程划分为：介绍（一至十八回）、试探（十九至四十一回）、默契（四十二至七十回）、衰败（七十一至八十回）四个阶段。但《红楼梦》肯定不是纯粹的爱情小说，那么这种分期便难以被接受了。也有人据秦可卿语"三春去后诸芳尽，各自须寻各自门"提出：元春省亲，回光返照；探春理家，死而不僵；迎春误嫁，后手不接；惜春出家，烟消火灭。还有人按故事发展的脉络将小说划分为：序幕（一至五回），开端（六至五十四回）、发展（五十五至七十五回）、高潮（七十六至八十回）、结局（八十一至一百二十回）。这些都有一定的道理。

我们认为，划分情节阶段应该注意重大事件、重要标志，以及人物活动环境的变化转换。据此,可以将小说划分为四个情节阶段,即序幕(一至五回)、回光返照(六至二十二回)、死而不僵(二十三至八十回)、烟消火灭(八十一至一百二十回)。

第二节 序 幕

《红楼梦》第一回至第五回堪称小说的序幕,其时,主要人物贾宝玉为八岁。

中国古代小说一般都有楔子,讽刺小说《儒林外史》第一回《说楔子敷陈大义,借名流隐括全文》便记叙王冕的故事来概括全书"功名富贵无凭据"的主题。而王冕其人后来再也没有露面,其内容与小说毫不相干。这种在小说正文前面起引头作用的故事叫作楔子。这类似于宋元话本和明清拟话本小说中的入话,又称头回,或得胜头回。其主题与正文或一致或相反,是古代小说开头的一种形式。

《红楼梦》的第一回至第五回与正文内容具有联系,甄士隐、贾雨村两个人物后来都在小说中出现过。所以它不是楔子,而是序幕。其作用大致有四个方面。

首先,通过甄士隐、贾雨村荣枯沉浮的故事作为前奏,概括揭示了小说的主题。

甄士隐与贾雨村在《红楼梦》中不仅仅是提携全书的线索人物,一部《红楼梦》更以甄士隐、贾雨村开端,又以甄士隐、贾雨村终结,暗寓"真事隐去""假语村言"的意思;而且是具有审美价值的人物形象。甄士隐是一个由荣到枯的典型,他是一个经历了天灾人祸、骨肉分离、家道中落、后半世坎坷艰辛而终于醒悟出世的人物形象。他可能寄托了作者的身世之感,《红楼梦》

由盛而衰、最后必然败落的主题，首先从甄士隐的经历中预示出来。甄士隐的大彻大悟也预示着小说主人公——贾宝玉未来相同的结局。由此可见，高鹗续书中写到宝玉出家是符合作者原意的。

贾雨村，名化，表字时飞，雨村是他的号。原系湖州人氏，出身于诗书仕宦之族，因家道中落，流寓苏州，寄居古庙中以卖字作文为生。后得甄士隐慷慨相助，进京赶考。雨村会试考中进士，选入外班，升了知府。虽才干优长，不免贪酷，且又恃才侮上，官员皆侧目而视，终被上司参了一本，革职为民。后游至维扬地方，充当巡盐御史林如海的西席。恰逢朝廷有起复旧员之举，便随女学生林黛玉入京，与贾府连宗，经贾政举荐，谋补了金陵应天府知府。上任之后第一件事便是审理薛蟠杀人案。雨村从门子处得悉，若得罪贾、史、王、薛四大家族这一护官符集团，不仅会断送前程，而且连性命也难保。于是便徇情枉法，胡乱判了此案，使薛蟠逍遥法外。雨村由此官运亨通，升任御史、吏部侍郎、兵部尚书等职，飞黄腾达、青云直上。贾雨村的发迹，全靠贾府，可后来他居然恩将仇报，反过来狠狠地踢了贾家一脚，致使贾府被查抄。他是一个追名逐利、忘恩负义的无耻官僚的典型，与甄士隐形成鲜明对照。从他的所作所为，可以蠡测封建末世没落的世道人心。这是封建社会衰败的标志之一。

值得注意的是，小说第一回跛足道人疯疯癫癫唱的《好了歌》以及甄士隐的《好了歌注》，也被视为全书的主题歌。作者以朴素的辩证法解剖了封建社会末期的人际关系，分析了形形色色的社会现象，描绘了封建末世统治阶级内部的剧烈争夺以及贵族之家兴衰变幻、荣辱交替的历史画面。表现了封建贵族阶级必然走向衰亡的规律。《好了歌》分四段，分别指出世人对功名、金钱、妻妾、儿孙的痴心追求及其必然落空的结局。《好了歌注》有相应的四段为之疏解，首尾另有总起和总收，一共六段，每段各四句。第一段概括了封建贵族的兴衰史;第二段写封建时代女性的美的毁灭;第三段写金钱追逐者的悲剧;第四段写封建贵族家庭子孙不肖、后继无人的悲剧;第五段则写权势追逐者的可悲结局;第六段总收,综述封建末世统治阶级内部的剧烈争夺,告诫人们如果把功名富贵、妻妾儿孙作为人生根本去追求是徒劳而枉费心力的。总之,《好了歌》及其注解形象地揭示了封建贵族阶级日趋衰亡的必然性,是预示全书主题的重要笔墨。

当然,《好了歌》及其注解在结构上还有透露小说情节发展的轮廓以及预示主要人物命运的作用。同时,《好了歌》在一定程度上也表现了作者思想深处若有若无的色空观念,显示出思想的复杂性。

其次,通过甄士隐、贾雨村的牵引,介绍了小说中的重要人物。作者采用由远及近、由外及内、由抽象到具体的介绍方法。先写贾雨村被革职,担风袖月,游览胜迹,游至维扬听到林如海任盐政的信息。由林如海说到他命中无子,"今只有嫡妻贾氏,生得一女,乳名黛玉,年方五岁",推出了《红楼梦》中最重要的核心人物林黛玉。再由冷子兴演说荣国府,交代了贾府的谱系血脉:一支由宁国公到贾代化到贾敬,再到贾珍,最后到贾蓉;另一支由荣国公到贾代善、贾母到贾赦、贾政,再到贾珠、元春、宝玉。这样,推出了小说中又一核心人物宝玉。接着通过介绍贾府元春、迎春、探春、惜春四姐妹的命名,联系到上辈的贾赦、贾政、贾敏,点出贾敏已亡故,揭示贾、林两家之关系。其后,说到贾琏与王熙凤。有板有眼,一丝不乱。

由第二回的冷子兴演说荣国府到第三回林黛玉进贾府,读者对小说人物的印象也由抽象到具体。我们循着林黛玉进贾府的踪迹,首先认识了史太君,其次是迎春、探春、惜春,再次是未见其人、先闻其声的王熙凤,复次是邢夫人、王夫人,又次是贾宝玉。第四回,继续跟随林黛玉,可以认识李纨、贾兰。接着家住金陵的薛姨妈携带子女进京投亲，薛姨妈、宝钗、香菱、薛蟠等人物亦与读者见面了。第五回，介绍了尤氏和秦可卿。至是《红梦楼》中的主要人物基本上都出场了。这样，由扬州、金陵说到京都，由林家、薛家说到贾府；由演说荣国府到进贾府。人物介绍不重复、不遗漏，真是大手笔。

复次，通过甄士隐、贾雨村把天上的爱情故事搬到人间。

第一回交代情鬼前缘。

贾宝玉何许人也？原来女娲炼石补天之时，于大荒山无稽崖炼成高经十二丈、方经二十四丈的顽石三万六千五百零一块。娲皇氏只用了三万六千五百块，只单单剩下一块未用，便弃在此山青埂峰下。谁知此石自经锻炼之后，灵性已通，因见众石俱得补天，独自己无才不堪入选，遂自怨自叹，日夜悲号惭愧。

此石听一僧一道高谈阔论，尤其是红尘中荣华富贵，便动了凡心，恳求到"那富贵场中，温柔乡里受享几年"，"那僧便念咒书符，大展幻术，将一块大石登时变成一块鲜明莹洁的美玉，且又缩成扇坠大小的可佩可拿"。此便是贾宝玉出生时衔在口中的通灵宝玉。此石经茫茫大士、渺渺真人携至人间，投胎转世，这便是荣国公后裔、贾政之子贾宝玉的由来。

林黛玉的身世亦不平凡。"只因西方灵河岸上三生石畔，有绛珠草一株，时有赤瑕宫神瑛侍者，日以甘露灌溉，这绛珠草始得久延岁月。后来既受天地精华，复得雨露滋养，遂得脱却草胎木质，得换人形，仅修成个女体，终日游于离恨天外，饥则食蜜青果为膳，渴则饮灌愁海水为汤。只因尚未酬报灌溉之德，故其五内便郁结着一段缠绵不尽之意。"后因神瑛侍者下世为人，便也下凡投胎，声称"但把我一生所有的眼泪还他，也偿还得过他了"。这便是林黛玉的由来。她后来见了贾宝玉就哭，就是践"还泪"的诺言。

第二回，正面描写林黛玉幼年丧母的不幸遭遇，为其投奔贾府埋下伏笔。第三回,由贾雨村尾随同行,林黛玉进贾府,开始了与贾宝玉的木石前盟。第四回薛宝钗投奔贾府,是金玉良缘的开始。第五回,通过贾宝玉梦游太虚幻境的见闻,交代了情鬼的性格、经历和结局。

又次,交代了特殊的艺术手法。小说第一回开宗明义:

> 作者自云:因曾历过一番梦幻之后,故将真事隐去,而借"通灵"之说,撰此《石头记》一书也。故曰"甄士隐"云云……虽我未学,下笔无文,又何妨用假语村言,敷演出一段故事来,亦可使闺阁昭传,复可悦世之目,破人愁闷,不亦宜乎?故曰"贾雨村"云云。

可见,小说人物"甄士隐""贾雨村"是用谐音的方法交代"将真事隐去""用假语村言"的艺术手法。

"将真事隐去""用假语村言"主要指艺术虚构的方法。前五回用实例解释了"将真事隐去"的手法。表面是情鬼下凡,悲金悼玉,金玉良缘与木石前盟难解难分,仿佛是风月笔墨。其实从作者的构思看来,这只是内容的一个方面,属于"假语村言"。另一方面则以介绍甄士隐与贾雨村的经历为由头,由远及近、由表及里地交代了贾、史、王、薛四大家族,从姑苏、维扬逐步延伸到金陵和长安,以"演说荣国府"勾勒外部轮廓,"贾母接孙女"则登堂入室,写其内部重要人物,进而抓住"葫芦案",交代"护身符",揭示衰败的社会性质。最后借助"警痴顽"的虚幻描写,预示贾府子孙不肖、后继无人、运终数尽的历史命运。如果作者单纯为了介绍"木石前盟"和"金玉良缘"的来龙去脉,那么第四回"护官符"和"葫芦案"的描写便失去了必要性。因为"护官符"与"葫芦案"的描写和"风流公案"并没有内在联系。唯其如此,历来有读者把这段文字当成"闲文"。但从写"四大家族"的衰败方面看,这些绝不是闲文,"护官符""葫芦案"关系重大,无怪乎有正本第四回回首总批云:"请君着眼护官符，把笔悲伤说世途。"这告诉读者，不仅要看到爱情描写，而且要看到爱情描写所掩盖的内容。同样对于具有政治色彩的爱情笔墨，作者也做了必要的掩护。他一方面在第一回明白指出："假拟出男女二人名姓，又必旁出一小人其间拨乱"的描写，是坏人子弟的"风月笔墨"；另一方面，又恰恰假拟了贾宝玉与林黛玉这一对男女的"名姓"，"旁添"了薛宝钗"拨乱其间"，是不折不扣的"风月笔墨"。对于这一矛盾现象，我们只能说，类似"风月笔墨"的描写，只是"假语村言"而已。对于这些"假语村言"的津津乐道，目的是掩盖叛逆者的爱情和反封建的主题。

作为"序幕"，《红楼梦》前五回仅为全书的缩影，其借助爱情笔墨掩盖政治描写的特点，以及利用"风月笔墨"隐蔽叛逆者爱情的特点，也在正文的各个方面相应地表现出来。

第一，故意强调"擅风情、秉月貌，便是败家的根本"，借以隐蔽四大家族败落的真正原因。在作者看来，贵族之家的儿孙往往"一代不如一代"，"略可望成"的儿孙又往往走上叛逆道路，这就必然形成后继无人的悲剧。而封建家族纵然遭到革职、查抄，但只要子孙成器，依然中兴有望。为了表现贾府的彻底败落，他浓墨重彩地描写了宝黛爱情悲剧，揭示了他们种种叛逆情状，扑灭了这个家族中兴的最后的一点希望。但作者故意做了掩盖，把叛逆者的爱情悲剧巧妙地蒙上了"情"和"痴"的面纱。对于贾宝玉，则用"抓周"来掩盖叛逆思想的产生；用"风流痴病"和"内帏厮混"来掩盖叛逆思想的发展；用坚持"木石前盟"、反对"金玉良缘"来掩盖其与正统卫道者斗争的要害；用"终不忘世外仙姝寂寞林"来掩盖"悬崖撒手"的真实原因。一言以蔽之，就是用"天下古今第一淫人"来掩盖贾宝玉的叛逆性格，用"情"来掩盖贾府衰败的真实原因。

第二，作者故意用爱情和两性关系的描写来隐蔽某些重大事件的政治性质。比如四大家族的内部斗争以及与其他护官符集团的倾轧，无不具有鲜明的政治色彩。忠顺亲王府与贾府主子之间的矛盾由来已久，这种矛盾关系着贾府的命运。所以当贾政得知宝玉确实转移了忠顺亲王府的优伶琪官时，便毒打宝玉，直欲置之于死地。但为了隐蔽这种尖锐的政治冲突，作者把事态严格控制在"流荡优伶，表赠私物"的范围之内，而且特别详尽地描写了"淫辱母婢"、致死金钏的全过程以及贾环告密的情况。这样，宝玉挨打事件以及与忠顺亲王府的矛盾冲突，都打上了桃色的印记。再如"抄检大观园"，明明是大观园中各种矛盾特别是主奴矛盾、家族内部矛盾高度激化的结果，政治色彩十分浓烈，作者却故意让傻大姐"误拾绣春囊"，邢夫人、王夫人与王熙凤都各怀鬼胎，于是定计、抄检、清洗，仿佛这场剑拔弩张的政治冲突是由一个小小的"十锦春意香袋"引起的，是痴男怨女的情场角逐。

　　第三，小说往往利用爱情纠葛，夹枪带棒地抨击时政。第十六回贾宝玉将"圣上亲赐"给北静王、北静王又转赠给他的鹡鸰香珠串郑重地送给林黛玉。可黛玉却说："什么臭男人拿过的，我不要这东西！"这个臭男人不仅骂到贾宝玉、北静王，连当今皇上也被骂到。这无疑是罪不容诛的弥天大罪，但黛玉并不知道香串的由来，这无名之火不过是对宝玉的轻嗔薄恼而已。再如第四十六回，鸳鸯发誓不嫁贾赦，便当着贾母之面回击邢夫人和他嫂子说："我这一辈子别说宝玉，就是'宝金''宝银''宝天王''宝皇帝'，横竖不嫁人就完了。"这里的"宝皇帝"一语双关，点到了乾隆皇帝弘历。这就是"假语村言"掩盖政治描写的生动例证。

　　当然，"将真事隐去""用假语村言"的艺术特点并不限于艺术虚构一个方面，他如"多立异名，摇曳见态"[1]，作者为小说设计了《石头记》《情僧录》《红楼梦》《风月宝鉴》《金陵十二

---

[1] 鲁迅：《中国小说史略》第240页，人民文学出版社1973年版。

钗》等异名，并不概括作品的主要内容和形式，反而强调某些"荒唐言"以及若干次要内容及一个方面的人物形象，这也是出于掩盖社会内容的需要。对于作品的社会背景，诸如时间、地点、官职、生活习俗等方面也真假参半，扑朔迷离，有利于隐蔽反封建的主题。此外，根据表达主题的需要，作品详略交错，对某些重大事件和次要事件设计了特殊结构。有关贾府败落过程和败落的一般原因，小说通过事件和场面的正面描写来揭示；而对于贾府抄家的关键原因则惜墨如金，绝不构成场面，往往一言半语，点到为止，绝不生发。作者还常常借助于概括交代和反笔描写，隐蔽了作品的倾向性。[1]

第三节 回光返照

《红楼梦》第六回至二十二回是贾府的回光返照阶段。人物活动地点在荣、宁二府。小说写了三年左右的事情，贾宝玉九至十二岁。

如果说，"序幕"只是概括小说的主题，介绍主要人物，交代某种艺术手法的综述性文字的话；那么，从第六回开始才真正展开小说的情节。作者经过深思熟虑，让"千里之外，芥豆之微，小小一个人家，因与荣府略有些瓜葛"的刘姥姥首先登台亮相。让她以一个旁观者的身份，进贾府借贷。通过一个乡下老太婆的眼光观察贾府"外面的架子虽未甚倒，内囊却也尽上来了"的现实。惟其是一个与荣府略有瓜葛而又没有往来的局外人，所

---

〔1〕 谈凤梁：《〈红楼梦〉"真事隐去"的艺术特点》，见《古小说论稿》第200页，浙江古籍出版社1989年版。

以观察更为冷静、客观、真实，不带主观感情；唯其是个乡下富有阅历的老妇人，故观察更为细致，评判更加准确；而其朴实善良的性格，则不仅可以充当贾府由盛而衰的见证人，而且在贾家事败之后，能够知恩图报，从而与势利的官场形成鲜明对比。作者用心良苦，刘姥姥既是贯穿小说始终的线索人物，又具有其独立的审美价值，是《红楼梦》中刻画得极为成功的小人物之一。

刘姥姥一进荣国府是小说正文的开端。小说通过刘姥姥的目光再现了贾府昔日的辉煌，"荣府大门"前的"石头狮子"无比威严，"簇簇轿马"，人来人往，"挺胸叠肚指手画脚"的家人在"说东谈西"，他们对刘姥姥赔笑的请求"都不瞅睬"。钟鸣鼎食之家的气势、威风通过几个镜头便突现出来了。刘姥姥此行的目的是告贷，逗留的时间亦不长，其作用在于揭开了贾府日常生活的序幕，展示了部分人物的关系。这里刻画比较集中的是王熙凤。读者在第三回黛玉进贾府时已经对其有了初步的了解。一句"我来迟了，不曾迎接远客"，打破了恭肃宁静的氛围，其放诞无礼的举动，赢得了"凤辣子"的称号。这里进一步进行工笔描绘，先通过周瑞家的说："……这位凤姑娘年纪虽小，行事却比世人都大呢！如今出挑的美人一样的模样儿，少说些有一万个心眼子。再要赌口齿，十个会说话的男人也说他不过。回来你见了就信了。就只一件，待下人未免太严些个。"这里介绍了她容貌美、心眼多、能说会道、待人严刻的性格侧面。其次又推出了一个特写镜头：

> 那凤姐儿家常带着秋板貂鼠昭君套，围着攒珠勒子，穿着桃红撒花袄，石青刻丝灰鼠披风，大红洋绉银鼠皮裙，粉光脂艳，端端正正坐在那里，手内拿着小铜火箸儿拨手炉内的灰。平儿站在炕沿边，捧着小小的一个填漆茶盘，盘内一个小盖钟。凤姐也不接茶，也不抬头，只管拨手炉内的灰，慢慢的问道："怎么还不请进来？"一面说，一面抬身要茶

时，只见周瑞家的已带了两个人在地下站着呢。这才忙欲起身；犹未起身时，满面春风的问好，又嗔着周瑞家的怎么不早说。刘姥姥在地下已是拜了数拜，问姑奶奶安。凤姐忙说："周姐姐，快搀起来，别拜罢，请坐。我年轻，不大认得，可也不知是什么辈数，不敢称呼。"周瑞家的忙回道："这就是我才回的那姥姥了。"凤姐点头。

这里把凤姐雍容华贵的气度，贵族管家少奶奶的风范，待人接物的做派，乖滑伶俐的举止言行，具体形象地表现出来了。

作者在描写凤姐处理刘姥姥借贷事件过程中还穿插了有关的其他事件。贾蓉来借玻璃炕屏，凤姐忸怩作态，欲说还休，透露出她与贾蓉非同一般的关系，令人对她的生活作风产生疑窦，多少给人作风不检点的印象。再参看第七回贾琏戏熙凤，可见凤姐放荡的一面，显示出人物性格的丰富性和复杂性。诚如甲戌本脂批云："此回借刘妪，却是写阿凤正传，并非泛文。"

小说第七回"焦大骂府"是别开生面的优秀篇章，不仅刻画了焦大居功自傲而敢说敢骂的老奴形象，而且反映了贾府错综复杂的矛盾，揭示了封建大家庭必然崩溃的主题，也透露了作者的阶级同情和政治识见，对于全书起了以一斑窥全豹的作用。

小说第八回用较多的笔墨描写了"比通灵""识金锁"的过程，这固然是交代金玉良缘的由来，表现薛宝钗性格特点的需要，但也透出一点信息，即贾府的亲戚们纷纷投奔贾府，许多女孩子聚集到贾宝玉身边，这是不吉之兆，说明史家、林家、薛家已比贾府早一步衰败。史家早就垮了，薛宝钗父亲亡故，林黛玉母亲逝世，其根本原因是政治、经济上的衰败。"六亲同运"，说明贾府好景不长，进入了回光返照阶段。

第九回"闹学堂"的描写颇有深意。贾府义学"原系始祖所立，恐族中子弟贫穷不能请师者，即入此中肄业"。家塾、祠堂是祖宗的遗传，是孝的象征。在封建社会里"百行孝为先"，宝玉等人在家塾学堂中不是发愤读书，而是随心所欲，拈花惹草，乃至在课堂上大打出手，这是对封建统治者所提倡的"孝"的怀疑和挑战。从精神角度看，贾府已经岌岌可危，有正本回后脂批云："此篇写贾氏学中，非亲即族。学乃大众之规范，人伦之根本，首先悖乱，其贾家之气数即此可知。"

第十一至十二回"王熙凤独设相思局"，侧重表现凤姐狠毒的性格侧面。

小说叙写贾府的回光返照，注意突出重点，着重写了两件大事：一是第十三回至十五回的秦可卿之死；二是第十八回前后的元春省亲。

先说秦可卿之死。

秦可卿本是宁国府贾珍之媳、贾蓉之妻。第五回警幻仙姑介绍"吾妹一人，乳名兼美，字可卿"，甲戌本朱笔旁批："妙，盖指薛、林而言也。"据此可知，秦可卿之美貌当在宝钗、黛玉之上。可卿病死，本可以一般丧葬之礼料理后事，用不着铺张、浪费。其原因有四：一是她辈分最低。她是贾府的第五代，"草"字辈的媳妇，是贾母的重孙媳妇。二是身份卑贱。她本是寒门养女，"他父亲秦业，因当年无儿女，便向养生堂抱了一个儿子并一个女儿。谁知儿子又死了，只剩女儿，小名唤可儿。"三是未及中寿。封建社会认为长寿者有福，受到尊敬。而秦氏年不满二十而卒，乃短命之人，丧事可从简。四是没有子息。封建社会母以子贵的情况非常普遍。秦氏没有生育，后事可以随意操办。

然而，当众人与贾珍商量如何料理秦可卿后事这一问题时，贾珍拍手道："如何料理，不过尽我所有罢了。"集族长、家长于一身的贾珍一句话，便定下了丧事的规格。显然，贾珍决定恣意奢华，以最高的规格来操办丧事。我们不妨根据小说记载，大致统计一下秦可卿之死所花费的财力、人力和物力。

第一，棺木。楠木，"出在潢海铁网山上，作了棺材，万年不坏。""原系义忠亲王老千岁要的,因他坏了事,就不曾拿去。现在还封在店内,也没有人出价敢买。""帮底皆厚八寸,纹若槟榔,味若檀麝,以手扣之,玎珰如金玉。""拿一千两银子来,只怕也没处买去。"

第二,买官。因贾蓉只是个黉门监生,灵幡经榜上写时不好看,执事也不多。为了丧礼上风光些,便求老内相戴权,花一千二百两银子,捐了个五品龙禁尉的官。当时明码标价一千五百两,但银子送到戴权家里只要一千二百两。这是清初卖官鬻爵的一个缩影。

第三,作好事。"择准停灵七七四十九日,三日后开丧送讣闻。这四十九日,单请一百单八众禅僧在大厅上拜大悲忏,超度前亡后化诸魂,以免亡者之罪;另设一坛于天香楼上,是九十九位全真道士,打四十九日解冤洗业醮。然后停灵于会芳园中,灵前另外五十众高僧、五十众高道,对坛按七作好事。"稍加统计可知,有僧人一百五十八人,道士一百四十九人,念经四十九天,折合一万五千零四十三人天。以一个僧道念一天经花费一两银子计算,应花一万五千零四十三两白银。

第四,办丧事动用家人。二十个人单管倒茶;二十个人单管亲戚茶饭;四十个人单管灵前上香添油,挂幔守灵,供饭供茶,随时举哀;四个人收管杯碟茶器;四个人单管酒饭器皿;八个人单管监收祭礼;八个人单管各处灯油、蜡烛、纸札;三十个人单管各处上夜,照看门户,监察火烛,打扫地方。共计动用一百三十四人。

第五,吊丧。"这四十九日,宁国府街上一条白漫漫人来人往,花簇簇官去官来。"前来吊唁的有大明宫掌宫内相戴权、忠靖侯史鼎的夫人、锦乡侯、川宁侯、寿山伯等。

第六,送殡。"只见宁府大殡浩浩荡荡,压地银山一般从北而至。"参加送葬的官府有镇国公牛清之孙牛继宗、理国公柳彪之孙柳芳、齐国公陈翼之孙陈瑞文、治国公马魁之孙马尚、修国公侯晓明之孙侯孝康。京城"八公",除贾府、荣宁二公之外,其余几乎都来了。还有南安郡王之孙、西宁郡王之孙、忠靖侯史鼎、平原侯之孙、定城侯之孙、襄阳侯之孙、景田侯之孙、锦乡伯公子、神武将军公子等,真是数不胜数。"大小轿车辆,不下百余十乘","各色执事、陈设、百耍,浩浩荡荡,一带摆三四里远"。更加风光的是还有东平王、南安王、西宁王、北静王四郡王府各家路祭。"路上彩棚高搭,设席张筵,和音奏乐",颇为壮观。北静王水溶不仅亲自探丧上祭,而且设路奠,并接见了贾宝玉,还询问了宝玉读书等情况,又将圣上亲赐的鹡鸰香念珠一串作为敬贺之礼,送给宝玉。这对于宝玉及贾府,是何等荣耀!

从以上数端看来,秦可卿之死,贾府确实在人力、财力上投入甚多。这一方面说明,贾府当时的政治地位和经济实力仍然具有优势,"百足之虫,死而不僵";另一方面说明,像贾珍这样的"安富尊荣者",还未意识到"外面的架子虽未甚倒,内囊却也尽上来了"的危机,因而小事大办,铺张浪费,只图体面风光,而这恰恰是贾府迅速败落的重要原因。

秦可卿之死是作者惨淡经营的重要事件之一,其作用不容低估。这是贾府回光返照时期的第一件大事,也是贾府由盛转衰的重要转折点。本来可以从简的丧事却耗费了数以万计的银两,既表现了贾府统治者的奢华习惯,也使贾府大伤元气,预示着贾府江河日下的大势已无法逆转,反映了封建贵族统治阶级走向衰败的必然性。其次,通过为秦可卿吊丧、送葬,展示了贾府盘根错节的社会关系。除了贾、史、王、薛四大家族之外,还有京城六公:镇、理、齐、治、修、缮,东平、西宁、南安、北静四大郡王,还有难以胜数的侯、伯、将军。这样一个"同难同荣"的关系网,不仅记录了贾府的历史,而且助长了统治者骄奢淫逸的气焰和盲目乐观心理,这样必然导致悲剧的发生。再次,通过操办丧事,刻画了一些人物形象。"王熙凤协理宁国府"是描写凤姐的重头戏,着重表现了王熙凤杀伐决断、威重令行、治家严厉的能力与魄力,塑造了一个善于治家的女强人形象。庚辰本十四回后脂批云:"写秦死之盛,贾珍之奢,实是却写得一个凤姐。"又次,在治丧过程中穿插了一些琐事记叙,具有非同寻常的意义。如"王熙凤弄权铁槛寺",写凤姐贪图三千两银子,利用权势,活活拆散和逼死了一对未婚夫妻,不仅表现了王熙凤贪婪、恣意作为、好卖弄手段的性格侧面,而且写活了一个老谋深算、钻营说事的奸尼净虚的形象,真实地反映了封建社会末期的世态人情。

作者对可卿之死是浓墨重彩、精心刻画的。先后安排了治病、托梦、买官、治丧、路祭、出殡等场面。这样的着力描写与后来的贾敬、林黛玉、王熙凤、贾母等人的丧事描写,构成了鲜明对照,有力地表现了小说的主题。

甲戌本十三回回后朱笔脂批云:"'秦可卿淫丧天香楼',作者用史笔也。老朽因有'魂托凤姐''贾家后事'二件,岂是安富尊荣坐享人能想得到处?其事虽未漏,其言其意则令人悲切感服,姑赦之。因命芹溪删去。"

据此可知,曹雪芹原著第十三回回目是"秦可卿淫丧天香楼",后来因为秦可卿死前曾托梦给王熙凤,念念不忘家族的存亡及子孙教育问题,提出在祖墓附近多置田庄、房舍、地亩,开设家塾的建议,有功于贾府,故脂砚斋命曹雪芹将回目改为"秦可卿死封龙禁尉",并改写了相关内容。这一说法是可信的。这是因为,小说在删改过程中,留下了不少痕迹,如可卿死讯传来,"彼时合家皆知,无不纳罕,都有些疑心",此处脂砚斋朱笔眉批:"九个字写尽天香楼事,是不写之写。"贾蓉死了妻子,不见伤心,而"贾珍哭的泪人一般",不合常情。脂砚斋朱笔旁批:"可笑,如丧考妣。此作者刺心笔也。"小说第一百一十一回写到鸳鸯自杀殉主,"只见灯光惨淡,隐隐有个女人拿着汗巾子好似要上吊的样子",仔细一看,是东府里小蓉大奶奶,后来便跟了秦氏可卿而去。此外从第五回《金陵十二钗正册》"后面又画着高楼大厦,有一美人悬梁自缢"及其判词亦可知悉。看来,秦可卿是与公公贾珍有苟且之事,被丫环撞见,蒙羞悬梁自尽。小说第七回焦大骂道:"如今生下这些畜牲来!每日家偷狗戏鸡,爬灰的爬灰,养小叔子的养小叔子。""爬灰"亦在这里找到了注脚。显而易见,这里主要是揭露贵族阶级的荒淫无耻,道德沦丧。从这些描写中可以看出,后四十回的确有部分是曹雪芹原稿。

秦可卿之死,由于作者曾做了删改,因而歧见迭出,争议较大。秦氏的身份问题成为研究的热点。有学者指出,秦可卿出身未必寒微。[1]从其托梦的内容、居室陈设、选用棺木、北静王亲吊等方面进行论证,似有一定道理。

次说元妃省亲。

元春是荣国府贾政的长女,生于大年初一,故名元春。"因贤孝才德,选入宫中作女史去了。"后来命运两济,晋封为凤藻宫尚书,加封贤德妃。皇上以孝治天下,想到宫里嫔妃才人皆入宫多年,离父别母,大伤天和之事,难遂天伦之乐。于是启奏太上皇、皇太后,大开方便之门,恩准诸椒房贵戚,除二六日入宫外,凡有重宇别院之家,可以驻跸关防之处,便可启请内廷銮舆入其私第。此风一开,后妃之家,纷纷行动,贾府亦不甘落后,预备接驾。

贾府的准备工作之一是盖造省亲别院。这是一项浩大的工程。园子的规模不小。"从东边一带,借着东府里花园起,转至北边,一共丈量准了,三里半大,可以盖造省亲别院了。"建造的时间共一年多。至于如何建造的,小说没有写。庚辰本脂批云:"大观园一篇大文,千头万绪,从何处写起?今故用贾琏夫妻问答之间,闲闲叙出,观者已省大半。后再用蓉、蔷二人重一

---

[1] 刘心武:《秦可卿出身未必寒微》,《红楼梦学刊》1992年第2期。

渲染，便省却多少赘瘤笔墨。此是避难法。"这种避难法可以理解为作者为了避免没有生活基础的事件记叙，而采取的化难为易的简略笔法。这是一种明智的选择，也是一个严肃的现实主义作家的艺术风格。

从贾政率众清客游大观园、试才题对额以及后来入住使用的情况来看，大观园的主要建筑有怡红院、潇湘馆、蘅芜院、秋爽斋、大观楼、缀锦阁、含芳阁、蓼风轩、稻香村、藕香榭、暖香坞等轩馆。主要风景点有紫菱洲、荇叶渚、花溆、芦雪亭、沁芳亭、凹碧馆、凸晶堂等。

这些庭院轩馆的建筑格局如何呢？

> 一面走，一面说，倏尔青山斜阻。转过山怀中，隐隐露出一带黄泥筑就矮墙，墙头皆用稻茎掩护。有几百株杏花，如喷火蒸霞一般。里面数楹茅屋。外面却是桑、榆、槿、柘，各色树稚新条，随其曲折，编就两溜青篱。篱外山坡之下，有一土井，旁有桔槔辘轳之属。下面分畦列亩，佳蔬菜花，漫然无际。

这一都市中的乡村，便是后来李纨入主的稻香村。其别出心裁的构思固然令人赞叹，而所耗费的代价也是可想而知的。

> 行不多远，则见崇阁巍峨，层楼高起，面面琳宫合抱，迢迢复道萦纡，青松拂檐，玉栏绕砌，金辉兽面，彩焕螭头……只见正面现出一座玉石牌坊来，上面龙蟠螭护，玲珑凿就。

这是大观园的主体建筑大观楼。

> 于是一路行来，或清堂茅舍，或堆石为垣，或编花为牖，或山下得幽尼佛寺，或林中藏女道丹房，或长廊曲洞，或方厦圆亭……忽又见前面又露出一所院落来……一径引人绕着碧桃花，穿过一层竹篱花障编就的月洞门，俄见粉墙环护，绿柳周垂……两边都是游廊相接。院中点衬几块山石，一边种着数本芭蕉；那一边乃是一树西府海棠，其势若伞，

丝垂翠缕，葩吐丹砂。

这是后来贾宝玉居住的怡红院的外景，再看其内部构造陈设：

> 只见这几间房内收拾的与别处不同，竟分不出间隔来的，原来四面皆是雕空玲珑木板，或"流云百幅"，或"岁寒三友"，或山水人物，或翎毛花卉，或集锦，或博古，或万福万寿，各种花样，皆是名手雕镂，五彩销金嵌宝的……或有贮书处，或有设鼎处，或安置笔砚处，或供花设瓶、安放盆景处。其槅各式各样，或天圆地方，或葵花蕉叶，或连环半璧。真是花团锦簇，剔透玲珑。倏尔五色纱糊就，竟系小窗；倏尔彩绫轻覆，竟系幽户。且满墙满壁，皆系随依古董玩器之形抠成槽子。诸如琴、剑、悬瓶、桌屏之类，虽悬于壁，却都是与壁相平的。

人们在惊叹其设计精巧的同时，也不能不估算其昂贵的造价。

贾府为元妃省亲的准备工作之二是下姑苏聘请教习，采买女孩子，置买乐器行头等。由贾蔷负责。预算支出三万两银子，从江南甄家代收的五万两银子中支付。

准备工作之三是置办花烛彩灯，并各色帘栊、帐幔。预计支出二万两，亦从江南甄家代收的五万两银子中支付。各种帘帐名目繁多，色样齐全。有妆蟒绣堆、刻丝弹墨并各色绸绫大小幔子一百二十架，帘子二百挂，猩猩毡帘二百挂，金丝藤红漆竹帘二百挂，墨漆竹帘二百挂，五彩线络盘花帘二百挂，椅搭、桌围、床裙、桌套，每份一千二百件。

准备工作千头万绪，绝不止上述几端，难以备述。贾府上下忙了一年多时间，准备工作基本就绪。"直到十月将尽，幸皆全备：各处监管都交清账目；各处古董文玩，皆已陈设齐备；采办鸟雀的，自仙鹤、孔雀以及鹿、兔、鸡、鹅等类，悉已买全，交于园中各处饲养。贾蔷那边也演出二十出杂戏来；小尼姑、道姑也都学会了念几卷经咒。贾政方略心意宽畅，又请贾母等进园，色色斟酌,点缀妥当,再无一些遗漏不当之处了。于是贾政方择日题本。本上之日,奉朱批准奏:次年正月十五上元之日,恩准贾妃省亲。"

应该说,贾府通过紧张而有序的准备,取得了令人满意的效果。诚如元春为大观园所题绝句云:

衔山抱水建来精,多少工夫筑始成。
天上人间诸景备,芳园应赐大观名。

在元春眼里,"只见园中香烟缭绕,花彩缤纷,处处灯光相映,时时细乐声喧,说不尽太平气象,富贵风流"。她下舆登舟,"只见清流一带,势如游龙,两边石栏上,皆系水晶玻璃各色风灯,点的如银花雪浪;上面柳杏诸树虽无花叶,然皆用通草绸绫纸绢依势作成,粘于枝上的,每一株悬灯数盏;更兼池中荷荇凫鹭之属,亦皆系螺蚌羽毛之类作就的。诸灯上下争辉,真系玻璃世界,珠宝乾坤";"于是进入行宫,但见庭燎绕空,香屑布地,火树琪花,金窗玉槛。说不尽帘卷虾须,毯铺鱼獭,鼎飘麝脑之香,屏列雉尾之扇"。

贾府元宵之夜,元妃归省之时,确实如鲜花着锦,烈火烹油。这是千载难逢的际遇,是贾府最荣耀、最辉煌的时刻,也是贾府家族发展史上的鼎盛气象。毫无疑问,这一刻也是贾府盛极而衰的转折点。

甲戌本十六回回前脂批云:"借省亲事写南巡,出脱心中多少忆昔感今。"学术界一般认为,元妃省亲的生活原型是曹家接驾。曹寅自康熙三十一年(1692)至康熙五十二年(1713)任江宁织造,康熙六次南巡有四次驻跸织造府,曹家曾有四次接驾的经历。小说中借赵嬷嬷之口说:"只预备接驾一次,把银子都花的淌海水似的!""独他家接驾四次,若不是我们亲眼看见,告诉谁谁也不信。别讲银子成了土泥,凭是世上所有的,没有不是堆山填海的,'罪过可惜'四个字竟顾不得了";"也不过是拿着皇帝家的银子往皇帝身上使罢了！谁家有那些钱买这个虚热闹去？"可见贾府筹备省亲事宜，开销是十分惊人的。所谓"拿着皇帝家的银子往皇帝身上使"，不过是不明真相的臆测，其实贾府是负了债建造大观园的。有人说元妃省亲是"虚热闹"，"只怕再省一回亲，就要精穷了"。可见省亲之举，的确使贾府在经济上大伤元气，而且从此一蹶不振，陷入江河日下的境地。

元春自戌初起程归省，至丑正三刻回銮，在贾府逗留两个多时辰，其活动可分为观光、团聚、宴会、赐名、试才、看戏、行赏、话别等数端。值得注意的是小说通过演戏暗示了贾府及其主要人物的结局，己卯本脂砚斋夹批云："《一棒雪》中伏贾家之败"；"《长生殿》中伏元妃之死"；"《邯郸梦》中伏甄宝玉送玉"；《离魂》"伏黛玉死《牡丹亭》中"。"所点之戏剧伏四事，乃通部书之大过节、大关键。"元春临别时对贾母、王夫人说："倘明岁天恩仍许归省，万不可如此奢华靡费了。"这既表明元春头脑清醒，对省亲活动的奢华浪费颇有异议，同时又预示着贾府好景不长。己卯本脂砚斋夹批："只有如此现成一语，便是不再之谶。只看他用一'倘'字便隐讳，自然之至！"

元春省亲是贾府的大喜事。贾府上下人人引以为荣。但元春作为这次活动的主角，却表现出与环境气氛不太和谐的举动。她贵为皇妃，黄袍加身，值此归府省亲之际，本应春风得意，欢天喜地，畅叙荣耀，她却以泪洗面，泣不成声。请看，小说写她流泪有十多次："满眼垂泪"、"呜咽对泣"、"忍悲强笑"、"哽咽起来"、"哭泣一番"、"含泪"、"泪如雨下"、"满眼又滚下泪来"，等等。她对贾母、王夫人说：

> 当日既送我到那不得见人的去处，好容易今日回家，娘儿们一会，不说说笑笑，反倒哭起来。一会子我去了，又不知多早晚才来！

她隔帘含泪谓其父曰：

田舍之家,虽齑盐布帛,终能聚天伦之乐;今虽富贵已极,骨肉各方,然终无意趣!

这里的描写有几点意义:一是袒露了元春丰富的感情世界。元春看上去身着黄袍,不苟言笑,其实是一个感情丰沛的女性。一旦有适宜的环境条件,感情的潮水便放纵奔流。这表现出人情美和人性美。二是表现了元春对自由生活、天伦之乐的向往。她幽居深宫,行动受到限制,感情受到桎梏,长期与家人不通音问,故静极思动,渴望精神自由,更希望能与家人团聚。三是包含了对封建皇权的批判。她称皇宫是"不得见人的去处","终无意趣",说明富贵荣华的物质生活并不能填补其精神上的空虚,所以她长吁短叹,有流不完的泪水。"倾向应当从场面和情节中自然而然地流露出来,而不应当特别把它指点出来"[1]。侠人《小说丛话》云:"绝不及皇家一语,而隐然有一专制君主之威在其言外,使人读之而自喻。"四是表现了曹雪芹的人性观、妇女观,以及对薄命女儿的同情。从作者构思看,元春也是"金陵十二钗"之一,是"千红一哭""万艳同悲"的青年女子,她精神上所受的折磨并不在林黛玉、薛宝钗之下,她也是封建制度与礼教的牺牲品,是貌似喜剧的悲剧角色。这些是作者民主思想的闪光。关于元春省亲的描写是可以窥见作者的艺术匠心的。

元妃省亲的场面描写很有特色。特别是省亲仪仗队的活动场面,非常真实:

一时传人一担一担的挑进蜡烛来,各处点灯。方点完时,忽听外边马跑之声。一时,有十来个太监都喘吁吁跑来拍手儿。这些太监会意,都知道是"来了,来了",各按方向站住……忽见一对红衣太监骑马缓缓的走来,至西街门下

---

[1] 恩格斯:《致敏·考茨基》,见《马恩列斯文艺论著选读》第258页,江西人民出版社1983年版。

了马,将马赶出围幪之外,便垂手面西站住。半日又是一对,亦是如此。少时便来了十来对,方闻得隐隐细乐之声。一对对龙旌凤翣,雉羽夔头,又有销金提炉,焚着御香;然后一把曲柄七凤黄金伞过来,便是冠袍带履。又有值事太监捧着香珠、绣帕、漱盂、拂尘等类。一队队过完,后面方是八个太监抬着一顶金顶金黄绣凤版舆,缓缓行来。贾母等连忙路旁跪下。早飞跑过几个太监来,扶起贾母、邢夫人、王夫人来。那版舆抬进大门,入仪门往东去,到一所院落门前,有执拂太监跪请下舆更衣。于是抬舆入门,太监等散去,只有昭容、彩嫔等引领元春下舆。

这里对仪仗队的先后次序、太监的人数、服色、所持器物、站立方向、动作等描写得具体细致,令人如身历其境,己卯本夹批云:"画出内家风范。《石头记》最难之处,别书中摸不着","形容毕肖";庚辰本侧批云:"难得他写的出,是经过之人也","一丝不乱"。元春与贾母、王夫人见面的描写也"追魂摄魄","传神摹影";己卯本夹批云:"说完不可,不先说不可,说之不痛不可,最难说者,是此时贾妃口中之语。只如此一说,千贴万妥,一字不可更改,一字不可增减,入情入神之至。"

秦可卿之死与元妃省亲,一丧事,一喜事,真实地再现了贾府盛极一时的光景。两事时间相距不远,是贾府辉煌的顶点。但两件盛事,开销巨大,这是贾府经济上亏空的直接原因。丧事全面展示了贾府的社会关系,揭示了四大家族与最高统治阶层千丝万缕的联系;而喜事表明贾府政治上又找到了新的后台,这个后台就是皇帝。不过,小说用画龙点睛之法,旁敲侧击,写政治靠山并不可靠。"登高必跌重","树倒猢狲散","乐极生悲",预示着贾府盛极而衰的开始。经济上的巨额亏空,元春省亲的悲剧气氛,以及各路亲戚纷纷投奔贾府,种种迹象表明,贾府的衰败已成定局,这一趋势无法逆转。

这一阶段其余几回亦循着小说发展的线索，重点写贾宝玉的人生道路，全面展开贵族家庭的日常生活，表现其必然衰败的主题。第十九回，"情切切良宵花解语"写宝玉探望袭人，袭人借母兄要赎她回家的由头，趁机规劝宝玉，要宝玉改掉三件"毛病"，由于袭人善解人意，以情动人，宝玉表示愿意改正。"意绵绵静日玉生香"则是宝黛爱情发展过程中的一支奏鸣曲，着力刻画了"宝玉情不情，黛玉情情"的"情痴"品格。第二十回"王熙凤正言弹妒意，林黛玉俏语谑娇音"，主要表现了贾府内部错综复杂的矛盾斗争以及宝、黛之间的轻嗔薄恼。其他如袭人嗔玉、贾琏淫乱、宝玉悟禅、宝钗生辰等笔墨都是贵族家庭生活的剪影，也刻画了一些人物形象。

第四节 死而不僵

《红楼梦》第二十三回至八十回是贾府的死而不僵阶段。人物活动地点是在大观园。其间近两年光景，贾宝玉十三岁至十五岁。

这一阶段是贾府衰败过程中最为重要的阶段。笔墨主要涉及经济、政治两个方面。即经济上寅吃卯粮，后手不接；政治上在在生事，防不胜防。

《红楼梦》作为世情小说，善于通过日常生活描写表现一个深刻的主题。在这一情节阶段通过一系列日常事务、饮食起居的描写，便揭示了经济上坐吃山空而必然衰败的主旨。

首先，我们剖析一下贾府的衣、食、住、行及不合理开支、外祟等情况，看看其支出状况。七十五岁的刘姥姥二进荣国府，以见证人的眼光，全面审视了贾府的日常生活，特别是饮食起居，为贾府的奢华浪费做了一个中肯的鉴定。

一是食。贾母吃的菜是由贾母的大厨房里，把天下所有的蔬菜，用水牌写了，天天转着吃。贾母吃点心也很讲究，她吃腻了"藕粉桂糖糕""松穰鹅油卷""一寸来大的螃蟹馅小饺儿"；也不喜欢奶油炸的各色小面果，便不惜人力将面饺做成各样的玲珑剔透的小果子。贾宝玉喝的汤是用汤模子做出来的，小说第三十五回写道："原来是个小匣子，里面装着四副银模子，都有一尺多长，一寸见方，上面錾着有豆子大小，也有菊花的，也有梅花的，也有莲蓬的，也有菱角的，共有三四十样，打的十分精巧。"再拿几只鸡，另外添了东西才做出十来碗。第三十四回载："王夫人听说贾宝玉吃絮了糖腌的玫瑰膏子，连忙送来两瓶供奉皇帝用的香露"，只见两个玻璃小瓶，却有三寸大小，上面螺丝银盖，鹅黄笺上写着"木樨清露"，那一个写着"玫瑰清露"。这"好金贵东西"是"进上的"。林黛玉生病时，每天用一两燕窝熬粥补养身体。据小说第三十九回记叙，贾府一顿螃蟹宴要吃七八十斤，刘姥姥说："这样螃蟹，今年就值五分一斤，十斤五钱，五五二两五，三五一十五，再搭上酒菜，一共倒有二十多两银子。阿弥陀佛！这一顿的钱，够我们庄稼人过一年了。"

贾府主子挖空心思，能把平常的蔬菜做出不平常的味道。小说第四十一回叙，王熙凤制作的茄鲞，连刘姥姥也吃不出茄子的味道来。她细嚼了半日，笑道："虽有一点茄子香，只是还不像是茄子。告诉我是个什么法子弄的，我也弄着吃去。"凤姐儿笑道："这也不难。你把才下来的茄子把皮劆了，只要净肉，切成碎钉子，用鸡油炸了，再用鸡脯子肉并香菌、新笋、蘑菇、五香腐干、各色干果子，俱切成钉子，用鸡汤煨干，将香油一收，外加糟油一拌，盛在瓷罐子里封严，要吃时拿出来，用炒的鸡瓜一拌就是。"刘姥姥听了，摇头吐舌说道："我的佛祖，倒得十来只鸡来配他，怪道这个味儿！"小说第四十二回说，贾府治病有一个秘方，"只是要清清净净的饿两顿就好了"。

贾府使用的餐具也可以体现出其饮食的档次。用的酒杯：有木头杯子，一套十二个，从大到小；还有毛竹根的，一套十二只；黄杨木根整抠的，一套十二只。杯子雕镂奇绝，一色山水树木人物，有草字及图印。使用的筷子有象牙镶金筷、乌木镶银筷，等等。

茶。贾母不喝六安茶，只喝老君眉。用陈年雨水沏的才喝。平常饮用的有沏三四次才出色的枫露茶，有暹罗国进贡的西洋茶。还喝用五年前从梅花上收的雪水泡的茶。

药。秦可卿生病时，贾蓉用一斤人参为秦氏熬药。薛家为了配一副药，用了两三年时间，花了上千两银子。小说第七回写道："要春天开的白牡丹花蕊十二两，夏天开的白荷花蕊十二两，秋天的白芙蓉花蕊十二两，冬天的白梅花蕊十二两。将这四样花蕊，于次年春分这日晒干，和在药末子一处，一齐研好，又要雨水这日的雨水十二钱……白露这日的露水十二钱，霜降这日的霜十二钱，小雪这日的雪十二钱。把这四样水调匀，和了药，再加十二钱蜂蜜，十二钱白糖，丸了龙眼大的丸子，盛在旧磁坛内，埋在花根底下。若发了病时，拿出来吃一丸，用十二分黄柏煎汤送下。"这便是"冷香丸"的制作过程与服用方法。虽其托名于薛宝钗服用，但亦可推知贾府类似的情况。

二是衣。据小说第四十九回记载，宝玉下雪天出门时，"穿一件茄色哆罗呢狐皮袄子，罩一件海龙皮小小鹰膀褂，束了腰，披了玉针蓑，戴上金藤笠，登上沙棠屐，忙忙的往芦雪庵来。"而第五十二回写宝玉出门赴宴时，穿了一件"俄罗斯国拿孔雀毛拈了线织的"，"金翠辉煌，碧彩闪灼"的雀金呢氅衣。由于不小心，被手炉里的火迸上了，在后襟上烫了一个指顶大的烧眼。他们赶忙叫人悄悄地拿出来，找能干的织补匠人织补，可是找了半日，不但能干的织补匠人，就连裁缝绣匠并作女工的，都不认得这是什么，都不敢揽。最后是"勇晴雯病补孔雀裘"，"先将里子拆开，用茶杯口大的一个竹弓钉牢在背面，再将破口四边用金刀刮的散松松的，然后用针纫了两条，分出经纬，亦如界线之法，先界出地子来，后依本衣之纹来回织补。补两针，又看看，织补两针，又端详端详"，"刚刚补完又用小牙刷慢慢的剔出绒毛来"。折腾到将近天明，好不容易补完了。偌大的京都居然没有人认识孔雀裘，其稀有、珍贵便可想而知了。

第四十九回写大观园中的少男少女在稻香村赏雪吟诗，服饰穿着争奇斗艳，异彩纷呈。林黛玉"换上掐金挖云红香羊皮小靴，罩了一件大红羽纱面白狐狸里的鹤氅，束一条青金闪绿双环四合如意绦，头上罩了雪帽"；众姐妹"都是一色大红猩猩毡与羽毛缎斗篷"；薛宝钗"穿一件莲青斗纹锦上绿花洋线番羓丝的鹤氅"；史湘云穿着一件貂鼠脑袋面子、大毛黑灰鼠里子、里外发烧大褂子，头上戴着一顶挖云鹅黄片金里大红猩猩毡昭君套，又围着大貂鼠风领，"里头穿着一件半新的靠色三镶领袖秋香色盘金五色绣龙窄褙小袖掩衿银鼠短袄，里面短短的一件水红妆缎狐褶子，腰里紧紧束着一条蝴蝶结子长穗五色宫绦，脚下也穿着麀皮小靴，越显的蜂腰猿背，鹤势螂形"。而薛宝琴披的一领斗篷，金翠辉煌，则是"野鸭子头上的毛作的"。这些穿戴琳琅满目，美不胜收。

贾母见潇湘馆窗纱颜色旧了，就叫人用名贵的软烟罗去做窗纱。其纱薄如蝉翼，故被称作蝉翼纱。"那个软烟罗只有四样颜色：一样雨过天晴，一样秋香色，一样松绿的，一样就是银红的，若是做了帐子，糊了窗屉，远远的看着，就似烟雾一样，所以叫作'软烟罗'。那银红的又叫作'霞影纱'。如今上用的府纱也没有这样软厚轻密的了。"刘姥姥念佛说道："我们想他作衣裳也不能，拿着糊窗子，岂不可惜？"后来贾母送了她两匹。"如今的上用内造的竟比不上"的软烟罗，竟能随便送人，那贾府的奇货可居，便不难想象了。

三是住。刘姥姥二进大观园时,由贾母陪同,游览了大观园的各处风景和建筑。当贾母问刘姥姥这园子好不好时,刘妪说:"……谁知我今儿进这园里一瞧,竟比那画儿还强十倍……"这里或许有溢美成分,但也说明,大观园确实秀美如画,贾府上下的居住条件确实是优越的,其装饰是颇为豪华的。

贾母的大院在荣国府西角门内,小说第三回写道:"进了垂花门,两边是抄手游廊,当中是穿堂,当地放着一个紫檀架子大理石的大插屏,转过插屏,小小的三间厅,厅后就是后面的正房大院。正面五间上房,皆雕梁画栋,两边穿山游廊厢房,挂着各色鹦鹉、画眉等鸟雀。"这仅是贾母居所的外观。作者笔法错综有致,紧接着介绍了贾政、王夫人的居所:"穿过一个东西的穿堂,向南大厅之后,仪门内大院落,上面五间大正房,两边厢房鹿顶,耳房钻山,四通八达,轩昂壮丽,比贾母处不同……进入堂屋中,抬头迎面先看见一个赤金九龙青地大匾,匾上写着斗大的三个字,是'荣禧堂',后有一行小字'某年月日,书赐荣国公贾源';又有'万几宸翰之宝'。大紫檀雕螭案上,设着三尺来高青绿古铜鼎,悬着待漏随朝墨龙大画,一边是金蜼彝,一边是玻璃盒。地下两溜十六张楠木交椅,又有一副对联,乃乌木联牌,镶着錾银的字迹,道是:座上珠玑昭日月,堂前黼黻焕烟霞。""原来王夫人时常居坐宴息,亦不在这正室,只在这正室东边的三间耳房内……临窗大炕上铺着猩红洋罽,正西设着大红金钱蟒靠背,石青金钱蟒引枕,秋香色金钱蟒大条褥。两边设一对梅花式洋漆小几。左边几上文王鼎匙箸香盒;右边几上汝窑美人觚——觚内插着时鲜花卉,并茗碗痰盒等物。地下面西一溜四张椅上,都搭着银红撒花椅搭,底下四副脚踏。椅之两边,也有一对高几,几上茗碗瓶花俱备。其余陈设,自不必细说。"可以推知,其他主子的书房、卧室的陈设亦大同小异。

大观园中宝玉与诸姐妹一人一座大院。宝玉占了怡红院,黛玉驻潇湘馆，宝钗居蘅芜院，迎春缀锦阁，探春秋爽斋，惜春蓼风轩，李纨稻香村。可见其居住条件十分优越。第四十回写了探春书房与卧室的格局：

> 探春素喜阔朗，这三间屋子并不曾隔断。当地放着一张花梨大理石大案，案上磊着各种名人法帖，并数十方宝砚，各色笔筒，笔海内插的笔如树林一般。那一边设着斗大的一个汝窑花囊，插着满满的一囊水晶球儿的白菊。西墙上当中挂着一大幅米襄阳《烟雨图》，左右挂着一副对联，乃是颜鲁公墨迹，其词云：烟霞闲骨格，泉石野生涯。案上设着大鼎。左边紫檀架上放着一个大观窑的大盘，盘内盛着数十个娇黄玲珑大佛手。右边洋漆架上悬着一个白玉比目磬，旁边挂着小锤……东边便设着卧榻，拔步床上悬着葱绿双绣花卉草虫的纱帐。

其他姐妹们的书房也大致相似，当然各人的风格不同，陈设也会有异。如此而已。

四是行。据小说第七十五回记叙，贾母晚上上山散步，疏散筋骨，有贾赦、贾政等在前引导，又有两个老婆子秉着两把羊角手罩，鸳鸯、琥珀、尤氏等贴身搀扶，邢夫人等在后尾随，真是前呼后拥，举家出动了。而下雪天，贾母则坐着小竹轿，玩赏雪景，也是前后簇拥，兴师动众。其实这并不奇怪，像王熙凤这样二十出头的少妇，一走动就有一大群媳妇、婆子簇拥着，还有丫头搀扶着。

出门走路随从最多的要数贾宝玉。小说第五十二回记载了宝玉出门的情况：

> 老嬷嬷跟至厅上，只见宝玉的奶兄李贵和王荣、张若锦、赵亦华、钱启、周瑞六个人，带着茗烟、伴鹤、锄药、扫红四个小厮，背着衣包，抱着坐褥，笼着一匹雕鞍彩辔的白马，早已伺候多时了。老嬷嬷又吩咐了他六人些话，六个

人忙答应了几个"是",忙捧鞭坠镫。宝玉慢慢的上了马,李贵和王荣笼着嚼环,钱启、周瑞二人在前引导,张若锦、赵亦华在两边紧贴宝玉后身……于是出了角门,门外又有李贵等六人的小厮并几个马夫,早预备下十来匹马专候。一出了角门,李贵等都各上了马,前引傍围的一阵烟去了。

不难统计,贾宝玉出门除了有六个大人保护,还有四个小厮相随。而六个成人也颇有脸面,他们还配有小厮和马夫,这样,跟随宝玉出行的不下二十人。

由此联想到宝玉居家时服役的丫环也很多,叫得出名字的有:袭人、晴雯、碧痕、秋纹、茜雪、麝月、檀云、绮霞、小红、惠香、定儿、春燕、坠儿、佳蕙、寿儿、柳五儿,共计有十六人之众。其中有的丫环可能有服役先后之别,各自职责亦不同,但可以发现,贾府内部确实等级森严。无怪乎贾宝玉不认得在他屋里服役的小丫头小红,宝玉与小红的对话透露了一些信息:

> 宝玉看了,便笑问道:"你也是我这屋里的人么?"那丫头道:"是的。"宝玉道:"既是这屋里的,我怎么不认得?"那丫头听说,便冷笑了一声道:"认不得的也多,岂只我一个。从来我又不递茶递水,拿东拿西,眼见的事一点儿不作,那里认得呢。"宝玉道:"你为什么不作那眼见的事?"那丫头道:"这话我也难说……"

这里至少可以说明三点:一是贾宝玉屋里有许多"不作那眼见的事"的小丫头,如小红等人;二是这些小丫头贾宝玉因不常见,故不认得;三是小丫头的工作有严格的分工,不得僭越。有人把贾府的女性分为十等:主子、姨娘、陪房、奶妈、大丫头、小丫头、老婆子、粗作婆子、粗作丫头、唱戏女孩,是有道理的。分工越细,等级越严,经济开销的差别越大,这是显而易见的。

除了食衣住行的巨额开支之外,贾府还有一些不合理的开支。比如小说第四十七回,写老色鬼贾赦想占贾母的丫头鸳鸯为妾，鸳鸯以死相拒。后来"终久费了八百两银子买了一个十七岁的女孩子来，名唤嫣红，收在屋里"。当然，贾赦买妾不止一次，贾府买妾者亦不止贾赦一人，这也是一笔不小的开销。

贾府每年要应酬的外祟亦颇可观。小说第七十二回，夏太监打发一个小内监来，向贾琏借钱。"有现成的银子暂借一二百，过一两日就送过来。"这个夏太监是经常来打抽丰的。小太监道："夏爷爷还说了，上两回还有一千二百两银子没有送来，等今年年底下，自然一齐都送过来。"尽管此时贾府手头拮据，但不敢拒绝，凤姐叫旺儿媳妇来，"出去不管那里支二百两来"，最后只好叫平儿把两个金项圈拿出去押了四百两银子，了却这一公案。贾琏说："昨儿周太监来，张口一千两。我略应慢了些，他就不自在。将来得罪人之处不少……"由于贾府外面架子没有倒，虚名在外，这类外祟自然难免。

还有亲友之间的往来应酬，贺吊迎送，也使管家人贾琏、王熙凤大伤脑筋。第七十二回写贾琏求鸳鸯说："明儿又要送南安府里的礼，又要预备娘娘的重阳节礼，还有几家红白大礼，至少还得三二千两银子用，一时难去支借。俗语说，求人不如求己。说不得，姐姐担个不是，暂且把老太太查不着的金银家伙偷着运出一箱子来，暂押数千两银子支腾过去……"由于贾府社会关系极其复杂，盘根错节，礼尚往来不胜其烦。对于日渐败落的贾府确实难以支持，有时便捉襟见肘了。

其次，我们再粗略地计算一下贾府的收入情况。一是恩赏很少。外人都以为皇帝和娘娘有赏，第五十三回借贾蓉之口说："岂有不赏之理，按时到节不过是些彩缎古董玩意儿。纵赏银子，不过一百两金子，才值了一千两银子，够一年的什么？这二年那一年不赔出几千两银子来……"显然，皇帝的赏赐十分有限。二是俸禄不高。贾府的主子或是才能平庸，如贾政；或是不好生做官，如贾赦，整天和小老婆喝酒，所以升不了官，俸禄当然也不高。有学者认为，曹寅是小说中贾政的原型，而曹寅的年俸不过一百零五两银子。三是地租是主要收入，但连年灾荒，地租减少。第五十三回庄头乌进孝交租，向贾珍告苦说：

> 今年年成实在不好。从三月下雨起，接接连连直到八月，竟没有一连晴过五日。九月里一场碗大的雹子，方近一千三百里地，连人带房并牲口粮食，打伤了上千上万的，所以才这样。小的并不敢说谎。

贾珍皱眉说：

> 我算定了你至少也有五千两银子来，这够作什么的！如今你们一共只剩了八九个庄子，今年倒有两处报了旱涝，你们又打擂台，真真是又教别过年了。

乌进孝道：

> 爷的这地方还算好呢！我兄弟离我那里只一百多里，谁知竟大差了。他现管着那府里（荣府）八处庄地，比爷这边多着几倍，今年也只这些东西，不过多二三千两银子，也是有饥荒打呢。

这里乌进孝的交租单是用数据说明，作为贾府主要收入的地租逐年减少。其他还有些不合理收入，如王熙凤放高利贷，中饱私囊。后来抄家时搜出两箱地契、一箱借票，约有六七万两银子。第三十九回袭人说起月钱的事，平儿悄悄告诉她说："这个月的月钱，我们奶奶早已支了，放给人使呢。等别处的利钱收了来，凑齐了才放呢。""这几年拿着这一项银子，翻出有几百来了。他的公费月例又使不着，十两八两零碎攒了放出去，只他这体己利钱，一年不到，上千的银子呢。"不过这项银子是王熙凤的私人积蓄，不能解决贾府的经济危机。王熙凤还包揽词讼，自从在铁槛寺弄权，坐享三千两银子之后，"自此凤姐胆识愈壮，以后有了这样的事，便恣意的作为起来。"由此可见凤姐必然有这一类非法收入。此外还有贾赦通过贾雨村，倚势强索石呆子古扇，当属敲诈之举。

再次，我们看看贾府面对日渐败落的经济形势，进行垂死挣扎的情况。小说第五十五回至五十七回的探春理家是大观园内部的一场改革。由于凤姐卧病，王夫人将事务交由李纨与探春裁处，后来又请了宝钗，组成一个三人班子，其中李纨尚德，探春有才，而宝钗有权术。她们本着兴利除弊、开源节流的精神，主要采取两项措施：一是将大观园中的树木花草承包给奴才经营，可以结余二百两银子；二是省俭笔墨纸张、油头脂粉，每月十多两。两项加起来，有四百多两银子。但对于偌大的贾府，只是杯水车薪，无济于事，根本挽救不了经济崩溃的局势。

最后，我们来审视一下关于贾府败落的描写。作者匠心独运，对于贾府的败落并没有构成情节，只通过若干个细节加以表现。这包含了作者的复杂感情。

第七十二回，为了给贾母做寿，所有的几千两银子都使了，贾琏求鸳鸯"暂且把老太太查不着的金银家伙偷着运出一箱子来，暂押千数两银子支腾过去"。王熙凤为了筹二百两银子打发小太监，拿两个金项圈押了四百两银子。

第七十五回，贾母吃稀饭的红米已很拮据，鸳鸯说："如今都是可着头做帽子了，要一点儿富余也不能的。"想当初，平儿曾装了两斗御田粳米送给刘姥姥回去熬粥吃。现在则形势有了变化。王夫人说："这一二年旱涝不定，田上的米都不能按数交的。这几样细米更艰难了，所以都可着吃的多少关去，生恐一时短了，买的不顺口。"

第七十七回，王熙凤要用二两上等人参配药。王夫人找了半日，没有合适的。贾母命鸳鸯取出当日所余的来，还有一大包。"但年代太陈了。这东西比别的不同，凭是怎样好的，只过一百年后，便自己就成了灰了。如今这个虽未成灰，然已成了朽糟烂木，也无性力的了。"只好遣人到外面去买，幸亏薛宝钗来打了圆场。这里的人参"过一百年"除了有交代写作时间及象征意义之外,也直接反映了贾府的败落。

从"红米""人参"这些小事上,我们可以发现,贾府此时已"精穷了","内囊"已尽上来了。

小说第六十二回借局外人林黛玉之口说:
> 要这样才好,咱们家里也太花费了。我虽不管事,心里每常闲了,替他们一算计,出的多进的少,如今若不省俭,必致后手不接。

后来的事实证明,贾府的经济状况被林黛玉不幸而言中,真的寅吃卯粮,后手不接了。

死而不僵阶段在政治上集中笔墨主要写了宝玉挨打、"红楼二尤"、抄检大观园等三件大事。表现了贾府在在生事、防不胜防的政治危机。作者真中有假地写矛盾的产生与发展,又假中有真地写矛盾的激化。

先说第三十三回前后的"宝玉挨打"。

宝玉挨打是贾府内外各种矛盾激化的结果。其根本原因是两条道路的矛盾,即正统与叛逆的矛盾,表现为贾政与贾宝玉的父子矛盾。宝玉生性聪明乖觉,但素来不喜读书。而家长对这唯一略可望成的儿子,则要他留意于孔孟之间,委身于经济之道。于是父子之间便产生了矛盾。祖母的溺爱助长了他的叛逆性格,宝玉一味在女孩子中厮混,正经书不读,专爱杂学旁收。史湘云劝他:该常常地会会这些为官做宰的人们,谈谈讲讲些仕途经济的学问,也好将来应酬世务。宝玉则称之为混账话。随着宝玉年龄的增长,这一矛盾便越来越尖锐。

金钏之死是宝玉挨打的远因。金钏本是王夫人房里的大丫环。一次宝玉去玩,见王夫人在凉榻上睡觉,金钏儿坐在旁边捶腿,便与金钏儿调笑,并要向王夫人讨金钏儿。金钏为了支开宝玉,便逗他往东院去拿环哥儿同彩云去。哪知王夫人并未睡着,翻身起来,打了金钏一个嘴巴子,指着骂道:"下作小娼妇,好好的爷们,都叫你教坏了。"并叫她母亲来,带走金钏。金钏忍辱含羞,赌气跳井自杀了。宝玉五内摧伤,适逢贾雨村来访时,他垂头丧气,委委琐琐,脸上一团愁闷气色,全无一点慷慨潇洒的谈吐,使贾政很不高兴,想教训教训儿子。所以,雨村来访是宝玉挨打的近因。前者是主奴矛盾,后者则是两条道路矛盾的反映。

宝玉挨打的导火线是忠顺亲王府派人至贾府来寻找戏子琪官。这是两个护官符集团之间的矛盾。贾府与忠顺亲王府属于不同的护官符集团,素无来往。贾政见到忠顺亲王府长史官这一不速之客,心中疑惑。而长史官对贾政冷笑四声更令他毛骨悚然。原来忠顺亲王有一个演小旦的琪官和宝玉相厚,近几天出走,遍找不见,便求宝玉交出其下落。宝玉起初不知琪官是何人,后来长史官说出红汗巾子,宝玉方知是蒋玉菡,于是说出了他在紫檀堡买房之事。送长史官时,贾政便命宝玉"不许动",大有"山雨欲来风满楼"之势。

贾环告状成了宝玉挨打的催化剂。这对于贾政的一腔怒火无异于火上浇油。这是嫡庶之间的矛盾。原来贾政送客回身,见贾环带着几个小厮一阵乱跑。贾环见父亲大怒,为了转移视线,说出那井里淹死了一个丫头,并趁机进谗:"宝玉哥哥前日在太太屋里,拉着太太的丫头金钏儿强奸不遂,打了一顿。那金钏儿便赌气投井死了。"这一说把个贾政气得面如金纸,大喝:"快拿宝玉来!拿宝玉!拿大棍!拿索子捆上!把各门都关上!有人传信往里头去,立刻打死!"

一般说来,宝玉有祖母撑腰,贾政等也难以下手。这一次也事有凑巧,宝玉找人向里头捎信,偏偏没有人。他的小厮不在,厅上只有一个老太婆,却又耳聋。宝玉着急,吐词不清,加上老太婆耳聋,将"要紧"听成"跳井";将"小厮"的"厮"听成"事",于是宝玉终于以"在外流荡优伶,表赠私物,在家荒疏学业，淫辱母婢"的罪名，被按在凳子上。小厮们"举起大板打了十来下"，"贾政犹嫌打轻了，一脚踢开掌板的，自己夺过来，咬着牙狠命盖了三四十下"。直到王夫人进房来，才抱住板子，此时宝玉早已动弹不得了。"只见他面白气弱，底下穿着一条绿纱小衣皆是血渍……由臀至胫，或青或紫，或整或破，竟无一点好处。"王夫人的痛哭苦劝，使贾政痛悔交加。此时贾母闻讯而至，经过和贾政一番舌战，终于制止了一场家庭暴力。

宝玉挨打，意味着统治阶级已经认识到人才问题的重要性。打，只是手段，不是目的。贾政之流无非是想用打这一手段，要宝玉改邪归正，把宝玉拉到读书做官的正统道路上来。打，也是日趋没落的贵族阶级进行的垂死挣扎。而具有讽刺意义的是，贾母的出场，使这一教育宝玉的举动不了了之。这无疑说明，挣扎是无效的。同时我们也清楚地看到，宝玉的叛逆性格正是由于贾母等人的纵容溺爱而潜滋暗长起来的。

宝玉是大观园中的核心人物，他的挨打不同于一般的父亲教育儿子，而是封建正统卫道者与叛逆者的一次冲突，因而在大观园中掀起轩然大波。各种人物纷纷粉墨登场，亮相表态。值得注意的有三个人。袭人见到宝玉的累累伤痕，咬牙切齿地说："我的娘，怎么下这般的狠手！你但凡听我一句话，也不得到这步地位。幸而没动筋骨，倘或打出个残疾来，可叫人怎么样呢？"袭人是宝玉内定的小老婆，所以字里行间充满了私情；而急于表现自我，出言粗鄙，则显示出文化教养的贫乏。比起袭人来，宝钗的语言高明多了。她是第一个来探视宝玉的人，"手里托着一丸药走进来"，首先向袭人交代了丸药的用法，其次再询问伤情，还点头叹道："早听人一句话，也不至今日。别说老太太、太太心疼，就是我们看看，心里也疼。""刚说了半句又忙咽住，自悔说的话急了，不觉的就红了脸，低下头来。"仔细品味她说的两句话，第一句话与袭人所云有异曲同工之妙，只是她把"我"换成"人"了，一字之别，修养迥异，不啻天渊。可见作者语言艺术之一斑。第二句话则又透露出一个妙龄少女的微妙的心理。她故意用"我们"来代替"我"，且将自己置于老太太、太太之后，毋庸多言，心迹自明。这对于表现青年女性的爱情心理可谓是神来之笔，然而却过于刻露。程刻本将"心里也疼"的"疼"省略，改为省略号或破折号，则更为传神，且"刚说了半句"亦有照应，艺术性更高。

探视宝玉的人当中，林黛玉来得比较迟。宝玉从梦中醒来，见黛玉两眼肿得桃儿一般，满面泪光，虽然自己疼痛难忍，却装着没事的样子，安慰黛玉。"听了宝玉这番话，心中虽然有万句言词，只是不能说得。半日，方抽抽噎噎的说道：'你从此可都改了罢！'宝玉听说，便长叹一声，道：'你放心，别说这样话。就便为这些人死了，也是情愿的！'"林黛玉说的一句话其实概括了她心中的"万句言词"，所以不能坐实句末用惊叹号，而应该是包含各种语气，可以是疑问号、句号、惊叹号、破折号、省略号等。再说，曹雪芹当初写初稿时，并没有用标点符号。其实，从贾宝玉的回答中也可以推断出林黛玉的问话不是肯定语气，而是既希望他改而又不希望他改，处于极度的矛盾之中。这是因为，如果宝玉不改，将来可能有被打死的危险——因此希望他改；如果宝玉真正改了，她将失去一个知己，一个战友——因此希望他不改。或者说，在改与不改之间。唯其矛盾之至，故有如此一问。而宝玉心领神会，给出了一个令黛玉十分满意的回答。一言以蔽之：不改。

打，没有解决问题，不仅没有把宝玉从叛逆的道路上拉回来，而且宝玉义无反顾，越走越远，越走越快。第三十四回的题帕定情，便是宝玉与黛玉旗帜鲜明地结合起来、共同走叛逆道路的标志。宝玉挨打之后，自然可以一心一意将养身体，用不着再上学读书了。也许是闲则生非，静极思动，他忽然想起了林黛玉,便打发晴雯过去看看。为了找个由头,他便伸手拿了两条半新不旧的手帕子,撂与晴雯,让她送去。黛玉起初心中发闷,不知何意。后来细心搜求,思忖一时,方才大悟过来。一时百感交集:

> 这里林黛玉体贴出手帕子的意思来,不觉神魂驰荡;宝玉这番苦心,能领会我这番苦意,又令我可喜;我这番苦意,不知将来如何,又令我可悲;忽然好好的送两块旧帕子来,若不是领我深意,单看这帕子,又令我可笑;再想令人私相传递与我,又可惧;我自己每每好哭,想来也无味,又令我可愧。如此左思右想,一时五内沸然炙起。

于是研墨蘸笔,在两块旧手帕上题诗三首。这标志着宝、黛爱情发展到一个新阶段,即由试探发展到默契。此后宝、黛之间不再发生猜忌、摩擦,黛玉不再担心宝玉"见了姐姐,就忘了妹妹"。宝玉挨打,赋予宝、黛爱情全新的意义,不仅是爱情的叛逆,而且是叛逆的爱情。这与封建家长的初衷正好相反,是统治阶级所始料不及的。

次说第六十四回到六十九回的"红楼二尤"。

"红楼二尤"是指宁国府贾珍妻子尤氏的两个异母异父的妹妹尤二姐、尤三姐。两人生得美貌异常,"真真一对尤物,他又姓尤"。二尤的遭遇与大观园中的众女子互有异同,不仅表现了红颜薄命的主题,而且反映了贾府男性主子的糜烂和女性主子的毒辣,以及传统的贞操观念、封建习惯势力对纯洁爱情的扼杀。

二尤性格是迥然不同的,代表了两种不同性格的女性。一个刚烈泼辣,一个温顺善良,两人的遭遇不同,都以自杀而告终,表现了封建社会妇女的不幸及悲剧结局。

宁府贾敬亡故,上下为丧事奔忙,贾珍妻子尤氏将其继母接来宁府看家,尤老娘将两个未出嫁的小女带进了贾府,于是便拉开了尤氏二姐妹悲剧的序幕。虽说贾珍袭了世职,又是族长,但他是纨绔习气的集大成者。"今日会酒,明日观花,甚至聚赌嫖娼,渐渐无所不至,引诱的薛蟠比当日更坏了十倍。"第二十五回,小说让薛蟠特别提到,贾珍是专在女人身上做功夫的。那么尤氏姐妹进入宁府无异于羊羔落入虎口,想全身而退是不可能的。第六十四回写到贾琏"知与贾珍、贾蓉等素有聚麀之诮",才乘机与二姐调情。后经贾珍、贾蓉撮合,瞒着王熙凤,偷娶尤二姐,把尤二姐推进了火坑。所以,尤二姐的堕落不仅有个人的原因,而且更主要的是宁国府这样一个淫荡的环境使然。柳湘莲所云"你们东府里除了那两个石头狮子干净,只怕连猫儿狗儿都不干净",实在是对以贾珍为首的宁国府子弟的一个极其中肯的评价。

王熙凤听说贾琏在外偷娶尤二姐,气得七窍生烟,思考良久,忽然眉头一皱,计上心来。接着,趁贾琏外出,便亲自带人登门,用推心置腹的语言及其呜呜咽咽的哭泣,骗得尤二姐的相信,以为她是个好人,甚至认为知己,便乖乖地跟她搬进大观园。二姐先在李纨处住了几天,凤姐设法将她的丫头一概退出,将自己的丫头善姐送她使唤。三天之后,善姐便不肯去取头油,后来连饭食也不肯按时供给。凤姐一面在二姐面前装得和颜悦色,满嘴"好妹妹"不离口;一面暗中行事。她既派人唆使尤二姐的未婚夫去官府状告贾琏;又派人带三百两银子去打点都察院。她甚至有恃无恐地说:"便告我们家谋反也没事的。"官司一起,她便以此为由头,大闹宁国府,对尤氏、贾蓉尽情辱骂恐吓,乘机敲诈了五百两银子。回到荣国府,又主动带尤二姐去见贾母,请求允许贾琏取二姐为妾,赢得贾母等人"贤良"的赞语。等到时机成熟,便密令派人将张华治死,以斩草除根。

贾琏出差回家,凤姐假装与二姐亲密无间,私下却对二姐进行精神摧残。说她的名声不好听,在家做女孩儿就不干净,又和姐夫有些首尾。此时贾琏又新得宠妾秋桐,两人打得火热。凤姐煽动秋桐去辱骂二姐,二姐又愧又怒又气,凤姐则坐山观虎斗。二姐病体怀孕,又被庸医用错药,打下一个男胎,病情加重。最后二姐忍不住种种折磨和打击,吞金自杀。王熙凤满心欢喜,假意痛哭。

凤姐害死二姐的全过程,实施了一系列阴谋诡计,归纳起来有十个层次。一是迎骗入园,二是清除"君"侧,三是操纵官司,四是大闹宁府,五是沽名钓誉,六是斩草除根,七是造谣装病,八是借刀杀人,九是烧香拜佛,十是猫哭老鼠。真是一计接着一计,一环紧扣一环。小说淋漓尽致地表现了凤姐贪婪狠毒、狡猾奸诈的个性,以及纵横捭阖、诡计多端的本领。这个口蜜腹剑、心狠手毒的两面派人物被刻画得活灵活现。

杀害尤二姐的罪魁祸首是贾珍、贾琏、贾蓉。因为尤二姐生得标致,又能生育,对王熙凤构成了威胁,有夺宠的可能,所以王熙凤千方百计要杀害她。凤姐唆使张华告发,"就告我们家谋反也没事的",后来被政敌赵全、侍郎、内监、御史利用,作为查抄贾府的公开理由。因而这是贾府死而不僵阶段的又一件大事。

尤三姐是《红楼梦》精心设计的人物形象,第六十五回贾琏的小厮向尤二姐介绍:"奶奶不知道,我们家的姑娘不算,另外有两个姑娘,真是天上少有,地下无双。一个是咱们姑太太的女儿,姓林,小名儿叫什么黛玉,面庞身段和三姨不差什么,一肚子文章,只是一身多病……"据此可知,林黛玉与尤三姐肯定有相似的性格和命运。其中最突出的相似点是对自由爱情的执着追求,以及这种理想的破灭。

尤三姐与尤二姐不同的是,她有自己的主见,有个人的追求。据庚辰本六十九回尤三姐托梦二姐所说:"……你我生前淫奔不才,使人家丧伦败行,故有此报",可知尤三姐本来亦有淫行。但她却有自己的爱情观,决不受人摆布。贾琏与二姐厮混,眉目传情,三姐"只是淡淡相对"。贾琏偷娶二姐之后,曾想撮合贾珍与三姐,哪知却被三姐尽情数落一顿,拿他兄弟二人嘲笑取乐。有时将贾琏、贾珍、贾蓉三个泼声厉言痛骂一番;有时又做出淫情浪态来,"哄的男子们垂涎落魄,欲近不能,欲远不舍,迷离颠倒",似乎是自暴自弃。其实她已对二姐将来的结局有了清醒的认识,绝不肯蹈其覆辙;而自己要嫁一个可心如意的人儿。她自由择偶,选中了柳湘莲。她说:"我们不是那心口两样的人,说什么是什么。若有了姓柳的来,我便嫁他。从今日起,我吃斋念佛,只服侍母亲,等他来了,嫁了他去;若一百年不来,我自己修行去了。"并将一根玉簪,击作两段。可见其决心已下,不可改移。

难得的是,贾琏到平安州去,途中巧遇柳湘莲与薛蟠,遂殷勤作伐。湘莲大喜,以随身携带的鸳鸯剑为聘礼。三姐自然喜出望外,以为终身有靠。

天有不测风云。柳湘莲竟起了疑心,又听人说宁府中淫秽成风,只有石头狮子才是干净的。于是悔恨交加,决意辞婚,要索回订婚宝剑。三姐闻信,伏剑自刎。她勇敢、执着地追求真挚的爱情,但传统的贞操观、封建习惯势力迫使她选择了自杀。她是封建制度的牺牲品。

小说让执意辞婚的柳湘莲盛赞尤三姐为"刚烈贤妻,可敬,可敬","反扶尸大哭一场,等买了棺木,眼见入殓,又抚棺大哭一场"。且想到"原来尤三姐这样标致,又这等刚烈",自悔不及,后竟削发出家,遁入空门;表现出对尤三姐的褒扬和礼赞。这一点也是与林黛玉极为相似的。

"红楼二尤"是小说中撼人心魄的片断。一方面,通过宁府父子聚麀、贾珍、贾琏二马同槽等描写,揭露了贾府统治者空虚、庸俗、卑劣的灵魂和腐朽的生活方式,是《红楼梦》衰败主题的重要内容;另一方面通过王熙凤的借剑杀人,迫害尤二姐,大闹宁府,操纵官司,表现出贾府统治者狠毒残忍的本性,同时为日后查抄贾府留下了口实,"强占良民妻女不遂而死",酝酿着贾府政治上的危机。尤三姐除了作为薄命女子中的一员之外,还有与尤二姐形成对比、与林黛玉同中见异的审美意义。她的自杀,说明封建礼教仍然具有极大的杀伤力,与封建势力的斗争任重而道远。

最后说第七十四回前后的抄检大观园。

这是《红楼梦》中一个引人注目的高潮,暴露了贾府内部的各种矛盾日渐尖锐。主子与主子之间,主子与奴仆之间,奴仆与奴仆之间,矛盾不断激化,已到了剑拔弩张、一触即发的地步。学术界大多认为,内抄是外抄的预演。大观园中的一举一动,无不与外部世界息息相关。首先是金陵甄家被抄,甄、贾两家如影随形,故是贾府被抄的预兆。贾府主子气急心虚,惶惶不可终日,唯恐受到牵连。其次是投亲的人越来越多,尤二姐、尤三姐、薛宝琴、李纹、邢岫烟等纷纷投奔贾府,政治气候对贾府不利,分明是四面楚歌。再次,大观园内外,在在生事。贾府主子心烦意乱,草木皆兵。于是经过密谋策划,决定搞一次内抄。

抄检大观园是由一个小小的绣春囊引起的。这里包含着作家的巧妙构思,将政治事件烙上了桃色印记。贾母那边有一个提水扫院、专做粗活的傻大姐,心性愚顽,一无知识。在园内掏促织,于山石背后捡得一个五彩绣香囊,上面绣着两个人赤裸裸地盘踞相抱,还有几个字。无奈傻大姐不解风情,以为是两个妖精打架。她拿在手里,不巧被邢夫人看见。由于大观园是王夫人的势力范围,邢夫人便故意封好后派陪房王善保家的送交王夫人。王夫人见了这伤风败俗的东西,以为是王熙凤夫妇遗失的。经过王熙凤的辩解,遂怀疑大观园中的丫环。并商定以查找"一件要紧的东西"为由,对大观园进行一次查抄。

值得一提的是,查抄之前,邢夫人陪房王善保家的向王夫人告晴雯的状:"那丫头仗着他生的模样儿比别人标致些,又生了一张巧嘴,天天打扮的像个西施的样子,在人跟前能说惯道,掐尖要强。一句话不投机,他就立起两只骚眼睛来骂人,妖妖趫趫,大不成个体统。"王夫人则称:"……有一个水蛇腰、削肩膀、眉眼又有些像你林妹妹的,正在那里骂小丫头。我的心里很看不上那狂样子。"这里不仅指出林黛玉与晴雯外貌特征的相似,而且说明林黛玉此时在王夫人心目中的地位一落千丈。这种含蓄的表达方法是《红楼梦》的特色之一。同时还有一条材料能够印证这一观点,即在查抄过程中,凤姐说:"我有一句话,不知是不是。要抄检只抄检咱们家的人,薛大姑娘屋里,断乎抄检不得的。"具有讽刺意味的是,他们"一头说,一头到了潇湘馆内"。既然"只抄检咱们家人",那么到潇湘馆去做什么?只能说明,林黛玉也是王夫人怀疑的对象。

抄检由王熙凤总体负责,由王善保家的、周瑞家的等人具体操作。抄检的路线是由宝玉至黛玉至探春至李纨,再至惜春,最后是迎春。第一个搜查的重点是受人暗算的晴雯。

> 到了晴雯的箱子,因问:"是谁的,怎不开了让搜?"袭人等方欲代晴雯开时,只见晴雯挽着头发闯进来,豁啷一声将箱子掀开,两手捉着底子,朝天往地下尽情一倒,将所有之物尽都倒出。王善保家的也觉没趣,看了一看,也无甚私弊之物。回了凤姐,要往别处去。凤姐儿道:"你们可细细的查,若这一番查不出来,难回话的。"众人都道:"都细翻着了,没什么差错东西。虽有几样男人物件,都是小孩子的东西,想是宝玉的旧物件,没甚关系的。"凤姐听了,笑道:"既如此咱们就走,再瞧别处去。"

王善保家的所忌恨的晴雯,对抄检表示反对,采取了不合作的态度。实践证明,她是清白的,光明磊落的。这意味着这次抄检必然无功而返。

对抄检表示强烈反对的是探春。她猜想必有缘故,遂命众丫环秉烛开门而待。对于凤姐所说的"丢了一件东西","大家搜一搜,使人去疑",她冷笑道:"我们的丫头自然都是些贼,我就是头一个窝主。既如此,先来搜我的箱柜,她们所有偷了来的都交给我藏着呢。"并命丫头们将箱柜一齐打开,还有镜奁、妆盒、衾袱、衣包等物一齐打开,请凤姐抄阅。凤姐礼让她三分,赔笑着解释,命丫环将东西关上。探春道:

> ……你们别忙,自然连你们抄的日子有呢!你们今日早起不曾议论甄家,自己家里好好的抄家,果然今日真抄了。咱们也渐渐的来了。可知这样大族人家,若从外头杀来,一时是杀不死的,这是古人曾说的"百足之虫,死而不僵",必须先从家里自杀自灭起来,才能一败涂地!

这番话既切中时弊,又符合生活的辩证法。我们不能不佩服这位"才自精明志自高"的巾帼英雄的卓越见识。

更加不同凡响的是,探春居然当众打了王善保家的一个响亮的嘴巴,表现出对抄检大观园的坚决抵制。这是《红楼梦》中令人拍案叫绝的精彩片断:

> 那王善保家的本是个心内没成算的人,素日虽闻探春的名,那是为众人没眼力、没胆量罢了,那里一个姑娘家就这样起来;况且是庶出,他敢怎么。他自恃是邢夫人陪房,连王夫人尚另眼相看,何况别个。今见探春如此,他只当是探春认真单恼凤姐,与他们无干。他便要趁势作脸献好,因越众向前拉起探春的衣襟,故意一掀,嘻嘻笑道:"连姑娘身上我都翻了,果然没有什么。"凤姐见他这样,忙说:"妈妈走罢,别疯疯癫癫的。"一语未了,只听"拍"的一声,王家的脸上早着了探春一掌。探春登时大怒,指着王家的问道:"你是什么东西,敢来拉扯我的衣裳!我不过看着太太的面上,你又有年纪,叫你一声妈妈,你就狗仗人势,天天作耗,专管生事。如今越发了不得了。你打量我是同你们姑娘那样的好性儿,由着你们欺负他,就错了主意!你搜检东西我不恼,你不该拿我取笑。"说着,便亲自解衣卸裙,拉着凤姐儿细细的翻,又说:"省得叫奴才来翻我身上。"凤

姐、平儿等忙与探春束裙整衱，口内喝着王善保家的说："妈妈吃两口酒就疯疯癫癫起来。前儿把太太也冲撞了。快出去，不要提起了。"又劝探春休得生气。

这个嘴巴虽然打的是王善保家的，斗争矛头则不仅指向那些狗仗人势、专管生事的奴才，而且直逼奴才背后的主子。这一行动不仅为庶出的子女争了一份光，而且为被欺负、被侮辱的奴才出了一口气。

抄检队伍在李纨丫环们房中未搜出任何东西，然而，在惜春丫环入画的箱子里竟寻出一大包金银锞子，约三四十个，又有一副玉带板子并一包男人的靴袜等物。这是贾珍赏给入画哥哥的。惜春胆小，心里害怕。入画哭着求饶，凤姐命人记下，将东西收着，明日再议。

最后一站是迎春，迎春的丫头司棋是王善保的外孙女儿。王善保家的一心想搜出点东西好邀功请赏，不料却被周瑞家的在司棋箱中搜出"一双男子的锦带袜并一双缎鞋"，"一个同心如意并一个字帖儿"。这字帖儿是其表弟潘又安写给司棋的情书，凤姐巴不得看笑话。

说着从头念了一遍，大家都唬了一跳。这王家的一心只要拿人的错儿，不想反拿住了他外孙女儿，又气又臊……这王家的只恨没有地缝儿钻进去。凤姐只瞅着他嘻嘻的笑，向周瑞家的笑道："这倒也好，不用你们作老娘的操一点儿心，他鸦雀不闻的给你们弄了一个好女婿来，大家倒省心。"周瑞家的也笑着凑趣儿。王家的气无处泄，便自己回手打着自己的脸，骂道："老不死的娼妇，怎么造下孽了！说嘴打嘴，现世现报在人眼里。"众人见这般，俱笑个不住，又半劝半讽的。凤姐见司棋低头不语，也并无畏惧惭愧之意，倒觉可异。

王善保家的以害人的动机开始，没想到搬起石头砸了自己的脚，却以害己的结局告终。读者对她的现世现报无不发出扬眉吐气的会心微笑。不过更值得称道的是，司棋敢作敢当，无惭无畏。绣春囊的主人的确是司棋，她与表弟潘又安从小青梅竹马，两情相悦，逐渐产生爱情。这种爱情是纯洁的、健康的；和贾宝玉与林黛玉的爱情是同类的，带有叛逆色彩。像贾府这样的贵族家庭，偷鸡摸狗可以纵容，而自由恋爱则如同洪水猛兽，是绝不允许的，这就是其悲剧的必然性。从这一意义上说，司棋与潘又安的爱情是值得肯定和同情，乃至歌颂的。小说让他们两人最终殉情而死，正是对他们反封建的爱情的礼赞。

在抄检大观园这场正统卫道者与叛逆者的短兵相接当中，从形式上看，晴雯被逐，入画遭撵，司棋自杀，似乎叛逆者受到镇压。其实，从贾府叛逆者的代表人物贾宝玉的表现看来，他的叛逆锋芒不仅没有任何收敛，而且更加肆无忌惮。宝玉竟然不顾身份，亲自去探视晴雯，并为她洗碗倒茶，表达了对晴雯的关爱之情。晴雯则剪下两根葱管一般的指甲，脱下贴身穿着的一件旧红绫袄，交给宝玉。宝玉宽衣换上，藏了指甲。此时两颗心紧紧相连，这里既有叛逆者之间的灵犀相通，又有青年男女之间的纯真的爱情。

《红楼梦》第七十八回，贾宝玉专门写了一篇《芙蓉女儿诔》，这是一篇悼词，是《红楼梦》全部诗词歌赋中篇幅最长的一篇，也是作者发挥文学才能最为充分的一篇。诔文对晴雯的思想品质和精神风貌做了精当的概括："其为质则金玉不足喻其贵，其为性则冰雪不足喻其洁，其为神则星日不足喻其精，其为貌则花月不足喻其色"，用排比的句法，一连列举了金玉、冰雪、星日、花月等最美好、最光辉的事物，来比附其人，赞美之情溢于言表。更为难能可贵的是，诔文仿效《离骚》，直接抒发爱憎之情，对现实生活中迫害生命的丑恶制度进行了抨击。"毁诐奴之口，讨岂从宽；剖悍妇之心，忿犹未释"，这里的"诐奴""悍妇"不是某一个人，而是封建恶势力的代表。

黛玉和晴雯是出身于不同阶层的令人同情的女性，两人相互映衬，相得益彰。甲戌本第八回脂砚斋夹批云："余谓晴有林风，袭乃钗副，真真不错。"这篇诔文寓意颇深，庚辰本七十九回脂批云："明是为阿颦作谶"，而靖藏本七十九回眉批亦云："观此知虽诔晴雯，实乃诔黛玉也。"小说在艺术构思上用晴雯的悲惨遭遇来烘托黛玉的不幸命运，晴雯抱屈夭风流预示着黛玉魂归离恨天。由此可见，《芙蓉女儿诔》不仅是俏丫环的挽歌，而且是叛逆者的颂歌。

抄检大观园没有解决问题，叛逆者依旧叛逆。这说明，贾府没有抓住主要矛盾，只是抓了次要矛盾，实际上贾府已经到了不可救药的境地。

在死而不僵阶段，政治上除了集中笔墨描写了宝玉挨打、红楼二尤、抄检大观园三件大事之外，还穿插描写了王熙凤放高利贷、贾赦胁迫鸳鸯以及讹诈古扇等事件。这都是零碎笔墨，不引人注意，但多有深意。

第三十九回通过平儿与袭人的闲话，揭出了王熙凤放高利贷的内幕：

> 袭人又叫住问道："这个月的月钱，连老太太和太太还没放呢，是为什么？"平儿见问，忙转身至袭人跟前，见方近无人，才悄悄说道："你快别问，横竖再迟几天就放了。"袭人笑道："这是为什么？唬得你这样？"平儿悄悄告诉他道："这个月的月钱，我们奶奶早已支了，放给人使了。等别处的利钱收了来，凑齐了才放呢。因为是你，我才告诉你，你可不许告诉一个人去。"袭人道："难道他还缺钱使，还没个足厌？何苦还操这心。"平儿笑道："何曾不是呢。这几年拿着这一项银子，翻出有几百来了。他的公费月例又使不着，十两八两零碎攒了放出去，只他这体己利钱，一年不到，上千的银子呢。"

这里揭出了王熙凤通过先支月钱，挪用放高利贷，而私下敛财的秘密，交代了王熙凤被抄出借契的缘由。

第四十七回，贾母和邢夫人促膝谈心，委婉地批评了她为丈夫说媒娶妾的荒唐行为，申述了鸳鸯的重要作用。明确告诉她："他要什么人，我这里有钱，叫他只管一万八千的买，就只这个丫头不能，留下他服侍我几年。"至此，贾赦胁逼鸳鸯一事遂告一段落。同一回又交代说："只得又各处遣人购求寻觅，终久费了八百两银子买了一个十七岁的女孩子来，名唤嫣红，收在屋内。"说明老色鬼贾赦终不死心，终于又找到一个牺牲品。

第四十八回，通过平儿与宝钗的对话，交代了贾赦通过贾雨村讹诈夺石呆子古扇的经过：

> 平儿笑道："老爷把二爷打了个动不得，难道姑娘就没听见？"宝钗道："早起恍惚听见了一句，也信不真。我也正要瞧你奶奶去呢，不想你来了。又是为了什么打他？"平儿咬牙骂道："都是那贾雨村什么风村，半路途中那里来的饿不死的野杂种！认了不到十年，生了多少事出来！今年春天，老爷不知在那个地方看见了几把旧扇子，回家看家里所有收着的这些好扇子都不中用了，立刻叫人各处搜求。谁知就有一个不知死的冤家，混号儿世人叫他作石呆子，穷的连饭也没的吃。偏他家就有二十把旧扇子，死也不肯拿出大门来。二爷好容易烦了多少情，见了这个人，说之再三，把二爷请到他家里坐着，拿出这扇子略瞧了一瞧。据二爷说，原是不能再有的，全是湘妃、棕竹、麋鹿、玉竹的，皆是古人写画真迹，因来告诉了老爷。老爷便叫买他的，要多少银子给他多少。偏那石呆子说：'我饿死冻死，一千两银子一把我也不卖！'老爷没法子，天天骂二爷没能为。已经许了他五百两，先交银子后拿扇子。他只是不卖，只说：'要扇子，先要我的命！'姑娘想想这有什么法子？谁知雨村那没天理的听见了，便设了个法子，讹他拖欠了官银，拿他到衙门里

去，说所欠官银，变卖家产赔补，把这扇子抄了来。作了官价送了来。那石呆子如今不知是死是活。老爷拿着扇子问着二爷说：'人家怎么弄了来？'二爷只说了一句：'为这点子小事，弄得人坑家败业，也不算什么能为！'老爷听了就生了气，说二爷拿话堵老爷，因此这是第一件大的。这几日还有几件小的，我也记不清，所以都凑在一处，就打起来了……"

看似漫不经心的家常话，却在贾琏被打的叙述中交代了贾雨村夺古扇孝敬贾赦的事实。这几桩日常生活中的区区小事，后来却成了贾府被抄家的理由。王熙凤放高利贷，贾赦强占古扇致死人命，便成为"专利盘剥""恃强凌弱"的有力证据。可见小说一方面写贾府外抄之前的"内抄"，另一方面又在为外抄准备必要的条件。

第五节　烟消火灭

《红楼梦》第八十一回至一百二十回是贾府的烟消火灭阶段。人物一一搬出了大观园，活动地点有了变化。其间有三年光景，贾宝玉十六岁至十九岁。

现行《红楼梦》的第八十一回至一百二十回是高鹗续写而成的。《红楼梦》后四十回续书有三十余部之多，时至今日，仍有人在做这一工作。有人分别从八十回、九十七回、一百二十回始续，由于续作者的思想认识、文艺修养、创作动机千差万别，《红楼梦》各种续书也良莠不齐。西方哲人说过，凡是存在的就是合理的。尽管有人对高鹗的续书进行否定，但绝大多数读者的认同便是最好的肯定。我们认为，高鹗的续书基本上是成功的，大体完成悲剧结尾便是最大的成功。鲁迅说"大故迭起,破败死亡相继"[1]。具体说来,写到了死亡、抄家、奴隶逃跑反抗、宝玉出家等方面。

首先是写到了一系列重要人物的死亡,第九十五回元春薨逝,意味着贾府后台的倒坍;第九十七回林黛玉焚稿断痴情,是小说主要人物的夭折;第一百一十回写贾母归天,她作为贾府的最高统治者,其死亡说明封建宗法偶像失灵;第一百一十四回王熙凤病死,当家人、管家婆的死亡,是贾府这所封建大厦顶梁柱的折断。这些人物的亡故从一个侧面表现了贾府的破败。

其次,写到了抄家,这是符合曹雪芹原意的,第一百零五回写查抄宁国府,其实荣国府也该查抄。贾府被抄是贾府破败的重要标志。

再次写到了奴隶的逃跑反抗。贾母病逝时荣国府的花名册上,统共只有男仆二十一人、女仆十九人、合计四十人。想当年元春省亲时,奴仆有一百多人,后来大抵非死即逃,还有的走上了反抗之路。第一百一十一回写周瑞的干儿子何三,因和人打架,被撵在外,遂趁贾母病逝出殡、举家忙于丧事之际,便带了几个有通天本事的朋友夜劫贾府,连尼姑妙玉也被劫走了。这是奴隶反抗的一个缩影。

最后,写到贾宝玉出家。贾宝玉是贾府儿孙中唯一略可望成的人物,他悬崖撒手,遁入空门,便意味着贾府子孙不肖,后继无人。这也是贾府彻底败落的重要标志。

鉴于上述几点原因,我们应该肯定高鹗的续书。当然,其中有曹雪芹部分原稿。比如,小说一百零五回抄家的描写,非常真实,等闲之辈写不出来,非亲身经历者难以凭空杜撰,显然高鹗是在部分原稿的基础上写成后四十回的。

---

[1]《中国小说史略》第203页。

不过，高鹗续书有不少违背曹氏原意的地方：一是写到"家道复初，兰桂齐芳"，抄没的家产又被发还，革去的世职又得到恢复，贾赦、贾珍等被逮的罪犯又放还，贾珠之子贾兰与宝玉之子贾桂均飞黄腾达；二是写到贾宝玉中举，宝玉平素最讨厌仕途经济，写他中举有违人物性格逻辑，这只能是高鹗本人中举思想的反映；三是有些人物的结局描写不符合曹雪芹原意，最突出的是王熙凤。其判词云："凡鸟偏从末世来，都知爱慕此生才。一从二令三人木，哭向金陵事更哀。"尽管学术界对此有三十余种解释，但绝大多数人同意王熙凤日后被休、哭向金陵娘家一说，可见现行《红楼梦》第一百一十四回"王熙凤历幻返金陵"的结局不合原意。

综上所述，虽然高鹗的后四十回也存在某些缺陷，有的甚至是非常严重的缺陷，如贾宝玉的性格被歪曲了，但总体上看是成功的。高鹗的续书是目前所见到的三十多种续作中最好的一种。

贾府衰败的原因是什么呢？

新红学派的代表人物胡适认为贾府不会理财，导致坐吃山空，是其败家的原因。这种说法并不全面。还有人认为是阶级斗争的原因。地主与农民的矛盾，统治阶级的内部矛盾，还有叛逆者与正统卫道者的斗争，等等。这种观点客观上涉及了贾府衰败的原因，但作者主观命意并非如此。

《红楼梦》所提供的贾府衰败的主要标志是败家、抄家和出家。败家的描写主要见于前八十回，是衰败的经济原因，是本质的问题；抄家是衰败的政治因素，是关键问题；而出家是衰败的人才原因，是要害问题。由此可见，贾府衰败的根本原因是第一百零五回描写的抄家。

贾府为什么会被抄家？表面理由有三条：一是人命案，第四十八回叙及的石呆子命案，第六十七回写到的尤二姐被逼自杀案；二是交通外宦，小说第六十六回写到"老爷有事，是件机密大事，要遣二爷往平安州去"，被指控为勾结官僚，包揽词讼；三是贪污，贾政放江西粮道，手下贪污，被人告发。其实，这些都是借口。这是因为，封建社会没有官吏不贪污的，相互勾结，致死人命，也是屡见不鲜的。比如小说写太监经常到贾府敲诈，第七十二回说到夏太监从前借了一千二百两未还，又要借二百两；周太监张口一千两，这比贪污还严重。薛蟠先后打死冯渊、张三两条人命，第四回打死了冯渊，"他竟视为儿戏，自谓花上几个臭钱，没有不了的"，自己进京省亲，扬长而去。第八十五回打死张三，经过打点、行贿，由死刑改判误杀；府里驳下，再行贿；道里不通，再行贿；最后刑部又通不过，由于没有烧到香，直到大赦才赎出来。两桩命案，一如儿戏，一命关天，有天壤之别，其中的奥秘值得深思。当初正当贾、王二府鼎盛之时，所以贾雨村"乱判葫芦案"，徇情枉法，薛蟠方能逍遥法外。而后来的情况便不可同日而语了。还有第四十四回，鲍二家的上吊自杀，王熙凤说："死了罢了，有什么大惊小怪的！""只管让他告去。"第六十八回，王熙凤唆使张华告状，说"便告我们家谋反也没事的"。后来就成了话柄，变成抄家的理由。如此看来，贾府被抄家的真实原因是钱财和权势的丧失。由于贾府经济上钱财亏空，后手不接；政治上后台倒坍，丧权失势。其他人抓住这两点，整治贾府。

从钱财方面看，钱财是权势的外在表现形式，有权势的自然有钱财。那种轻柔如烟、薄如蝉翼的软烟罗，只有贾府才有；供奉皇帝的木樨清露、玫瑰清露，也只有贾宝玉才能享用。甚至有些东西皇帝家没有的贾府却有。第五十三回领春祭恩赏，贾珍说："到底不如这个又体面，又是沾恩锡福的。"虽然数量不多，"不等这几两银子使"，但有与没有大不一样，政治价值远远超过经济价值。再如第四十八回，讹诈石呆子的古扇，也是凭权势而索取的财富。另一方面，钱财又是取得权势的资本。有钱财可以联络感情，沟通关系，可以用钱去买权势。第十三回，宁国府花一千二百两银子买了一个五品龙禁尉的官，仅仅为了灵位上写得好看，丧礼上风光些。

贾府是如何丧失钱财的呢？第一百六回，贾政查看近来支用账簿，"所入不敷所出，又加连年宫里花用，账上有在外浮借的也不少。再查东省地租，近年所交不及祖上一半，如今用度比祖上更加十倍"。从收入看，贾府的主子升不了官，无法扩大财源。做官的是"文"字辈，多是世袭，贾政只做到工部郎中、粮道，不足称道，"玉"字辈没有官，"草"字辈更没有。地租收入不及祖上一半，天灾人祸，三月至八月连续下雨，佃户歉收加抗租，影响了贾府的经济收入。从支出看，贾府主子挖空心思，追求物质享受，带有资产阶级的消费特征。恣意奢华，往皇帝脸上贴金，还有亲友间的往来应酬，更有漫无休止的外祟。这样入不敷出，寅吃卯粮，经济必然崩溃，也就必然失去权势。部里的郎中、太监与贾府过不去，无非因为政治上不是一个派系，经济上没有烧到香。如此而已。

再说权势。权势的作用在于可凌驾于封建法律之上，取得特权，甚至可以任意杀人而逍遥法外，可以敲诈勒索，违禁取利，有人吹喇叭抬轿子。贾雨村起先认同宗，后来徇情枉法，为薛蟠开脱；到最后，反过来狠狠踢了一脚，便是贾府权势由盛到衰的直接反映。有权势还可官官相护，有人照应。贾府与节度使周琼攀亲是为了相互勾结，第一百二回，探春的公公上了一本，参贾政在江西粮道任上部下勒索，贾政连降三级，其实是明告暗保，告发是为了挽救。如果此时不刹车，贾政下场更惨，可能身败名裂，倾家荡产。因为贾政迂腐无能，管束不了下属，必然祸及贾府。

贾府权势丧失的原因主要有四个方面：一是钱财越来越少，经济是权势的基础，经济崩溃必然导致权势丧失。二是贾府主子资质平庸，缺少才干，升不了大官，影响了权势，这是关键。三是史家、林家、薛家早在贾府垮台之前就寿终正寝了。小说第十四回叙及巡盐御史林如海逝世，而史家、薛家失势更早，这对于贾府极为不利，势单力薄必然崩溃。四是元春早逝，后台倒坍，使贾府大伤元气，一蹶不振，否则不至于抄家。第九十五回元春薨逝，时隔不久，贾府便被查抄。

当然，贾府权势的丧失有一个过程。在整个护官符集团中，首先是史家、薛家垮台，后来王家、贾家接着倒台。其中王、史两家虚写，薛、贾两家实写。贾府实际上处于孤立的境地。小说第九十二回，冯紫英想出售从西洋进口的子母珠给贾政，"看见那些小珠子儿滴溜滴溜滚到大珠身边来，一回儿把这颗大珠子抬高了，别处的小珠子一颗也不剩，都粘在大珠上"。这里实际一语双关。母珠是核心，没有母珠，小珠一钱不值。在贾府这一护官符集团中，贾府是母珠，其他几家是小珠。贾府失去子珠，只是孤零零一棵大树，而且树根被刨，树枝枯萎了，没有了生气。后来，树叶零落纷飞，奴隶或逃走或赎身，有的反抗抢劫。贾府一败涂地。第一百一十八回，贾政护送贾母灵柩回金陵，因盘费不敷，写信向赖大之子赖尚荣借五百两银子。赖尚荣告苦不迭，只肯借白银五十两，贾政生气，原书发回，白银送还。赖尚荣立即修书回家，叫父亲设法告假赎身。赖大则差人叫赖尚荣告病辞官。当初这个赖尚荣是靠贾府之力才捐了一个前程，于此可见世态的炎凉。

贾府权势的丧失源于经济的崩溃，主子们心理受到严重威胁。第八十三回有一个细节，周瑞家的告诉王熙凤，如今外头流传一首民谣："宁国府，荣国府，金银财宝如粪土。吃不穷，穿不穷，算来总是一场空。"凤姐觉得可怕，"人怕出名猪怕壮"。第八十八回，王夫人打发人找贾琏，说"外头有人回要紧的官事"，凤姐听见唬了一跳，后来听说是工部里的事，"才把心略略的放下"。第九十三回，平儿告诉凤姐，水月庵贾芹的事犯了，不留神说错了,说是馒头庵的事情。

  凤姐本是心虚,听见馒头庵的事情,这一唬直唬怔了,一句话没说出来,急火上攻,眼前发晕,咳嗽了一阵,哇的一声,吐出一口血来。平儿慌了,说道:"水月庵里不过是女沙弥、女道士的事,奶奶着什么急。"凤姐听是水月庵,才定了定神,说道:"呸,糊涂东西,到底是水月庵呢,是馒头庵?"平儿笑道:"是我头里错听了是馒头庵,后来听见不是馒头庵,是水月庵。我刚才也就说溜了嘴,说成馒头庵了。"

凤姐因在铁槛寺弄权,致死人命,而铁槛寺与馒头庵相距不远,故有此惊。这些事例说明,王凤姐已预感到大事不妙,心理极其脆弱,已经不起风浪。这是后台崩坍、权势动摇的结果。不久,贾政罢官;刚刚拜相、奉调进京的王子腾死在路上,人才断气,朝廷说他贪污,要追究赔偿,由其弟、子王子胜、王仁偿还。节度使也意识到危险,及时上了一本。抄家是各种矛盾的总爆发,是内外夹攻的结果。内有鲍二、何三勾结告发,外有太监、郎中攻讦作怪,直接导致查抄宁国府。

后说出家问题。宝玉出家标志着贾府整个家族子孙不肖,后继无人,从而彻底败落。作者看到了人才的重要性,因此《红楼梦》是写贾府没有人能重振家业。有学者认为,《红楼梦》的主题是一代不如一代,这有部分是正确的。

作者认为,贾府中男人没有人才。贾宝玉说,男人是泥做的骨肉,都是庸才、蠢材,而女人中才有人才。贾府男人大抵有三种类型:一类是贾敬,热衷于修道炼丹,荒唐透顶;一类是贾赦、贾珍,满足于淫乐;另一类是贾政,道貌岸然,是恪守封建礼教的正人君子。这三种人都不能解决家庭问题。贾政上不能为官,下不能管家,又不能过宝玉式的风流诗酒生活。贾府中没有一个人有德有才。贾赦花白胡子,妻妾成群,还逼娶鸳鸯为妾;贾珍、贾琏也是专在女人身上做功夫,眼馋肚饱,吃着碗里看着锅里的。贾环乘人之危,出卖巧姐,真是麻布袋、草布袋,一代不如一代。贾府子孙大多走贾赦的道路。其他几家也大致如此:王家王子胜请人送寿礼,被王仁捞进腰包;王仁发死人财,发讣告叫人家送礼;王仁伙同贾环出卖外甥女;薛家薛蟠一味吃喝嫖赌,把"唐寅"读成"庚黄",唱的曲不能入耳。这些男性主子都无才无德。

四大家族的主子只有宝玉略可望成,偏偏他又走了叛逆道路,本来有希望继承家业的又出家了。宝玉有两个绰号,一是"富贵闲人"。第三十七回宝钗道:"还得我送你个号罢。有最佳的一个号,却于你最当。天下难得的是富贵,又难得的是闲散,这两样再不能兼有,不想你兼有了,就叫你'富贵闲人'也罢了。"宝玉笑:"当不起,当不起,倒是随你们混叫去罢。"宝玉在经济上、礼教上离不开家族,否则一天也活不下去。富贵家庭十分讲究礼节。他尊敬四个人:祖母、父亲、母亲、黛玉。其中有三个人都是对立面,只有黛玉才是知己。富贵的生活条件与严格的礼教束缚是分不开的。封建社会很多才子佳人为了爱情而叛逆,以私奔为结局。宝玉不敢,显然他受礼教束缚很深。另一个绰号是"混世魔王"。第三回王夫人说:"我有一个孽根祸胎,是家里的'混世魔王'。""混世魔王"带有贬义,有不务正业、不服管束的内涵,一定程度上概括了贾宝玉叛逆性格的特征。

他反对封建礼教,对封建礼教有所反抗、批判。他不尊重自己的地位,专在内帏厮混,是对礼教的违拗和亵渎。他最终的出家是对孝道的背叛。《芙蓉女儿诔》中矛头直指迫害晴雯至死的封建家长。在《姽婳词》中,写到恒王教练女兵姽婳将军闺中习武,恒王出剿"流寇"而英勇战死,林四娘奋起出击,最终全军覆没。诗篇最后写道:"天子惊慌恨失守,此时文武皆垂首。何事文武立朝纲,不及闺中林四娘。我为四娘长太息,歌成余意尚彷徨。"揭露和讽刺了"天子"和"文武"们的昏庸无能,做出了须眉浊物不及闺中裙钗的结论，这显然表现出强烈的叛逆色彩。有论者认为，《姽婳词》在《红楼梦》悲剧结构中具有重要地位，《姽婳词》应是贾府被抄没、宝玉坐牢的主要原因，是有一定的道理的。

他反对仕途经济。宝玉把谈讲仕途经济的学问称为混账话。第三十二回，史湘云劝他常会会为官做宰的，谈讲些仕途经济，以便将来应酬世务。宝玉大觉逆耳，说道："姑娘请别的姊妹屋里坐坐，我这里仔细污了你知经济学问的。"并且说，林姑娘从来不说这些混账话，"若他也说过这些混账话，我早和他生分了。"显然，不说混账话、反对仕途经济是宝、黛爱情的基础。应该指出的是，后四十回中的贾宝玉读书应举，热心仕途经济，是高鹗人生观的反映，并不符合曹雪芹的原意。

宝玉反对仕途经济的性格渊源有自。小说第二回冷子兴演说荣国府时曾说："那年周岁时，政老爷便要试他将来的志向，便将那世上所有之物摆了无数，与他抓取。谁知他一概不取，伸手只把些脂粉钗环抓来。政老爷便大怒了，说：将来酒色之徒耳！"这似乎是他叛逆性格产生的根源。他生性不喜读书，指斥八股文为"饵名钓禄之阶"，视热衷功名者为"禄蠹""国贼"，不愿交接士大夫。他认为除"明明德"外无书，贬斥程朱理学。他进家塾则大闹学堂，平时好读闲书，杂学旁收。挨打以后，索性以养伤为名，将书本置之脑后。与林黛玉形成默契，在叛逆道路上越走越远。

他反对封建婚姻制度。面对"金玉良缘"与"木石前盟"的选择，宝玉始终坚持自己的价值取向，而不向封建家长屈服。在贾府的回光返照阶段，"木石前盟"在贾府得到较多的认同。第二十五回王熙凤说："你既吃了我们家的茶，怎么还不给我们家作媳妇？""你瞧瞧，人物儿、门第配不上？根基配不上？家私配不上？那一点还玷辱了谁呢？"王熙凤非寻常等闲之辈，是参与重大决策的人员，她的话是有一定的权威性的。应该说，林黛玉起初是贾府上下公认的宝二奶奶的候选人。但随着时间的推移，她的孤高自许、目无下尘的个性，或者说她的叛逆性便越来越多地显露出来。她的地位发生了微妙的变化。第二十二回宝钗生日看戏，大家看出一个戏子活像林黛玉，但都不肯说出口，后来心直口快的史湘云冷不防说了出来："倒像林妹妹的模样儿。"众人听了留神细看，都笑起来了。为此林黛玉觉得委屈。因为戏子地位最低，所以她不愿意被人比作戏子取笑。小说翻到第七十四回，王夫人对凤姐说："上次我们跟了老太太进园逛去，有一个水蛇腰、削肩膀、眉眼又有些像你林妹妹的，正在那里骂小丫头。我的心里很看不上那狂样子，因同老太太走，我不曾说得。后来要问是谁，又偏忘了。今日对了坎儿，这丫头想必就是他了。"将那个模样标致、能说惯道、掐尖要强、话不投机就要骂人的晴雯与林黛玉相比。王夫人简单地将两人视为同一类型的轻薄女子了。可见此时黛玉的地位一落千丈了。

当然，王夫人不是贾府的主要决策人。贾宝玉的婚姻问题要听命于贵为皇妃的元春。元妃虽独处深宫，但对贾府起着神秘莫测的遥控作用。她与贾府虽然"路远山高"，但对大观园的风吹草动都了如指掌。她在省亲时曾问起薛姨妈、宝钗的情况，甲戌本第十八回脂批云："谅前信息皆知，故有此问。"值得注意的是，元妃归省时赏赐物品，"宝钗、黛玉诸妹妹等，每人新书一部，宝砚一方，新样格式金银锞二对。宝玉亦同此。"而到第二十八回，端午节元春赏赐节礼，却是宝玉、宝钗一样，林黛玉与迎、探、惜三春一样。难怪宝玉说："这是怎么个原故？怎么林姑娘的倒不同我的一样，倒是宝姐姐的同我一样！别是传错了罢？"这么一个微妙的变化表现了元春对宝玉择偶的态度。后来贾府便是秉承了元春的懿旨来为宝玉定亲的。在这个问题上，后四十回倒是与前面一脉相承的。第八十三回元妃染恙，贾母等进宫探视，元春问道："宝玉近来若何？"紧接着第八十四回，标题

"试文字宝玉始提亲",赫然在目,贾母提出定亲标准:"也别论远近亲戚,什么穷啊富的,只要深知那姑娘的脾性儿、模样儿周正的就好。"论亲戚关系,黛玉与宝玉系姑舅表兄妹,自然更亲一层;但"脾性儿、模样儿周正的"当属宝钗了。同一回中,贾母与薛姨妈说:"我看宝丫头性格温厚和平,虽然年轻,比大人还强几倍……都像宝丫头那样心胸儿脾气儿,真是百里挑一的。不是我说句冒失话,那给人家作了媳妇儿,怎么叫公婆不疼,家里上上下下不宾服呢。"老祖宗的意向不是一清二楚了吗?再说,第五十四回贾母听了女先生说书,发了一通议论:"这些书都是一个套子,左不过是些佳人才子,最没趣儿。把人家女儿说的那样坏,还说是佳人,编的连影儿也没有了。开口都是书香门第,父亲不是尚书就是宰相,生一个小姐必是爱如珍宝。这小姐必是通文知礼,无所不晓,竟是个绝代佳人。只一见了一个清俊的男人,不管是亲是友,便想起终身大事来,父母也忘了,书礼也忘了,鬼不成鬼,贼不成贼,那一点儿是佳人……"这里从批评才子佳人小说的千篇一律,到痛斥青年男女自由恋爱,暗示了她对宝、黛爱情的态度,也预示了"木石前盟"最终将被扼杀的命运。

封建家长的态度是明朗的,宝玉自然有所觉察。然而他却一意孤行,我行我素。第三十四回题帕定情之后,他更加坚定执着了。第三十六回,宝玉在睡梦中喊道:

和尚道士的话如何信得?什么金玉姻缘,我偏说是木石姻缘!

坐在一旁边做针线、边赶蚊蝇的薛宝钗听了这话,不觉一怔。作者这样安排,显然是为了突出宝玉反对封建婚姻制度的特征。

综合起来看,宝玉的叛逆并不彻底,更多停留在言论上,行动不很多,有极大的妥协性。这与他在生活、礼教方面对家庭的依赖性有关。但他的爱情远远超过了《西厢记》和《牡丹亭》,不仅仅是爱情的叛逆,而且是叛逆的爱情。

在婚姻爱情问题上,宝玉有三点局限。一是意淫。"意淫二字惟心会而不可口传,可神通而不可语达。"其核心是情,讲感情。话本小说讲情,更多的是男女之情,而意淫带有叛逆之情。他过分重视男女之情,整天在女孩子中厮混,这不正常。二是泛爱,对女性普遍地怜爱,对林黛玉、薛宝钗都爱,黛玉死后爱宝钗。对袭人有恨的一面,可又是初试云雨情的对家。三是移情。小说第二十八回写道:"宝钗生的肌肤丰泽,一时褪不下来,宝玉在旁看着雪白一段酥臂,不觉动了羡慕之心,暗暗想道:'这个膀子要长在林妹妹身上,或者还得摸一摸,偏长在他身上。'……再看看宝钗形容,只见脸若银盆,眼似水杏,唇不点而红,眉不画而翠,比林黛玉另具一种妩媚风流,不觉就呆了。"喜欢黛玉又移到宝钗身上。他喜欢晴雯,晴雯死了。因为五儿长得像晴雯,又喜欢五儿。如果说,意淫可以肯定的话,那么泛爱、移情则应受到批判。泛爱是一夫多妻制的曲折表现。总而言之,对于贾宝玉的叛逆性应该一分为二地看待。

最后,我们附带讨论几个与《红楼梦》思想内容有关的问题。

关于贾宝玉的新思想问题。这是一个有争议的问题。有人认为贾宝玉没有新思想,只是农民思想;也有人认为,通过贾宝玉表现出来的作者思想是自古以来就有的一种思想,是地主阶级内部的开明思想和农民阶级思想的糅合。我们认为作者思想具有可贵的初步民主思想的萌芽,贾宝玉也具有新思想。他尊重人的价值,放任自己的个性,认为人的欲望不该压抑,而要表现出来,人的因素应得到重视。第三十一回,晴雯撕扇,宝玉说:"你爱打就打,这些东西原不过是借人所用,你爱这样,我爱那样,各自性情不同。比如那扇子原是扇的,你要撕着玩也可以使得,只是不可生气时拿他出气。就如杯盘,原是盛东西的,你喜听那一声响，就故意的碎了也可以使得，只是别在生气时拿他出气。这就是爱物了。"资产阶级主张物为我所用，以人为本，所以这里表现了资产阶级思想的萌芽。地主阶级不肯糟蹋事物，否则称之为暴珍天物。此外，第六十二回，香菱的一条新裙子被污湿了，香菱说："这是前儿琴姑娘带了来的。姑娘做了一条，我做了一条，今儿才上身。"宝玉跌脚道："若你们家，一日糟蹋这一百件也不值什么。只是头一件既系琴姑娘带来的，你和宝姐姐每人才一件，他的尚好，你的先脏了，岂不辜负他的心。二则姨妈老人家嘴碎，饶这么样，我还听见常说你们不知过日子，只会糟蹋东西，不知惜福呢。这叫姨妈看见了，又说一个不清。"宝玉与薛姨妈两种价值观，新旧判然。宝玉头脑中的女尊男卑思想，未必是资产阶级思想，但也是新思想。他认为："凡山川之精秀，只钟于女儿，须眉男子不过是些渣滓浊沫而已。"他说："女儿是水做的骨肉，男人是泥做的骨肉。我见了女儿，便清爽；见了男子，便觉浊臭逼人。""女儿"指没有结婚的年轻女性，这里包含了他对封建社会被压在最底层的年轻女性悲剧命运的同情。但他这种思想又是不彻底的。他对秦钟、蒋玉菡两个男子的态度就值得怀疑。他又认为，女人也未必个个都是好的。这是作者思想的矛盾在贾宝玉身上的反映。宝玉提倡主奴平等，也是新思想的一种体现。他成天与奴才混在一起，和他们没有界限。第三十回，他看到龄官画"蔷"，心里想道："这女孩子一定有什么话说不出来的大心事，才这样个形景。外面既是这个形景，心里不知怎么熬煎。看他的模样儿这般单薄，心里那里还搁的住熬煎。可恨我不能替你分些过来。"他看到这个女孩，认不得是谁，再留神细看，大有林黛玉之态，"不忍弃他而去，只管痴看"；又看到她画"蔷"，"里面的原是早已痴了"。看她画了几千个"蔷"，"外面的不觉也看痴了"。然后再设身处地地为她着想，这样由远及近、由表及里的描写，表现了宝玉对女孩的体贴入微。但他这种主奴平等思想也不彻底。一方面他不以主子自居，与奴才打成一片；另一方面，有时又耍公子哥儿脾气。第三十回，袭人开门稍迟了一刻，被宝玉狠狠地踢了几脚。第三十一回，要将不驯服的晴雯撵出去。唯其如此，才是真实的宝玉。

关于《红楼梦》重点写爱情婚姻问题。很多读者乃至一些学者认为《红楼梦》是爱情小说，这种认识是不正确的。但《红楼梦》确实是重点描写爱情婚姻的。这是因为，婚姻爱情是带有普遍性的社会问题。任何人遇到阻碍都会表现出叛逆性，不因为阶级不同而有所区别。败落家族中的纨绔子弟精神空虚，两性关系便成为生活的重要内容。有的是两性相悦，更多的是偷鸡摸狗，地主阶级也是如此。而对于败落的家庭而言，婚姻又是关系到能否重振家业、起死回生的大问题，阶级烙印特别明显，封建家长往往希望通过攀龙附凤来达到中兴。《红楼梦》以贾府为典型写封建贵族阶级的衰败，所以重点写爱情婚姻。

《红楼梦》关于爱情描写的作用有三个方面。

首先是直接表现了反封建主题，歌颂了叛逆爱情。小说着力描写了贾宝玉和林黛玉建立在反封建基础上的爱情发生、发展到默契、毁灭的全过程，字里行间充满了对封建势力、封建礼教和封建婚姻制度的批判，而对于宝、黛爱情悲剧则表示出同情和歌颂。这样，有力地深化了《红楼梦》反封建的主题。

其次，用爱情描写来烘托封建贵族家庭衰败的情况。"四大家族"败落过程中的爱情婚姻故事多种多样。既有元春加封贵妃的高攀，又有迎春误嫁中山狼的低就，也有出于某种政治目的的探春远嫁，更有尤二姐等人的私情苟合，还有司棋、小红等丫环的自由恋爱。在这些爱情婚恋故事中处于中心位置的是宝、黛爱情悲剧。这一悲剧以封建叛逆者与正统卫道者的斗争为主要内容，涉及封建社会的各种矛盾和斗争，揭示了这个钟鸣鼎食之家子孙不肖、后继无人而必然崩溃的历史命运。宝、黛二人海誓山盟，默许终身，是对封建礼教的亵渎，他们不仅在婚姻问题上有所叛逆，而且对封建制度有所冲击。处于江河日下之势、急剧败落的贾府为了垂死挣扎，势必要扼杀叛逆的爱情。这样，爱情描写对于贾府衰败便产生了烘托作用。其他如探春的远嫁、迎春的误嫁也是贾府衰败的一种征兆。

又次，用爱情描写掩盖了某些政治斗争描写。据肖奭《永宪录》卷一记载，康熙皇帝临终前，"以所带念珠授雍亲王"，是为鹡鸰香串。《诗经·小雅·常棣》诗云："鹡鸰在原，兄弟急难。每有良朋，况也永叹"，以鹡鸰鸟群聚而飞，咏兄弟群居共处，有灾难急于相救。康熙希望雍正继位后兄弟友好、患难与共、同舟共济，可谓用心良苦。后来圣上亲自转赐给北静王，北静王又转赠给贾宝玉。当贾宝玉郑重地送给林黛玉时，黛玉却说："什么臭男人拿过的，我不要这东西！""臭男人"连皇帝也骂到了。不仅如此，雍正皇帝又恰恰是在残杀诸王兄弟的基础上登基的，林黛玉这一骂，偏偏揭开了清代王室内部尔虞我诈、骨肉相残的血淋淋的内幕。但黛玉并不知道香串的来历，似乎是对宝玉的轻嗔薄恼。小说利用情场风波来抨击朝政的本领可谓达到炉火纯青的境界。这种利用爱情纠葛，夹枪带棒抨击政治的笔墨在《红楼梦》中还有几处，形成了一种用爱情描写掩盖政治描写的特殊手法。

最后，说说《红楼梦》描写贾府衰败的典型意义。我们认为，小说通过贾府衰败过程的描写，有意无意地揭示了封建社会走向没落而必然崩溃的趋势。可以说，贾府是封建社会的缩影。或者说，贾府作为封建大家庭，只是封建社会的一个细胞，一个重要部位的细胞。通过这一细胞，我们可以看到封建社会的大千世界。中国古代长篇小说，特别是世情小说常写一个家族，如《金瓶梅》写西门庆家族，《歧路灯》写谭姓家族，西周生《醒世姻缘传》也写一个家族中的夫妻恩怨，这样作者比较容易把握。读者通过《金瓶梅》西门庆家族的兴衰，可以上察朝廷，下窥市井，看到封建社会的黑暗，但典型意义较小。《红楼梦》有意安排了一个大家族，涉及封建社会的各个领域各个方面。侠人说，《红楼梦》写一个世家，概括了千百个世家，这对于小说典型意义的评价十分精当。永忠《因墨香得观小说〈红楼梦〉吊雪芹三绝句（姓曹）》之三云：

都来眼底复心头，辛苦才人用意搜。
混沌一时七窍凿，怎教天不赋穷愁。

永忠读过《红楼梦》之后，感受特别深刻，引起了强烈的共鸣。他说的"搜"，其实就是典型概括的过程。永忠与曹雪芹有着较为相似的经历，所以他的感受说明《红楼梦》确实具有不同凡响的客观效果。

从《红楼梦》描写的内容来看，小说以贾府作为描写的重点，由贾府扩大到四大家族，由封建官僚、地主、皇商的家庭生活涉及封建社会的政治、军事、文化、宗教等各个领域。作家的笔触深入各个细部，比如封建大家庭具有极强的宗法观念，人与人之间等级森严，贾府中女人分为十等，月例银有多有少，相差悬殊，都写得十分清楚。再如，贾宝玉从父母门前经过要下马，这是封建时代满人的规矩。这样的事例不胜枚举。《红楼梦》确确实实涉及了封建社会大千世界的每个角落。

从小说描写的事件和矛盾看，在大观园内部，写到荣、宁两府之间的矛盾，王熙凤大闹宁国府便是一例；还写到父子之间、兄弟之间、妯娌之间、嫡庶之间的矛盾，如贾琏被贾赦毒打，贾赦与贾政兄弟的隔膜，贾赦批评贾母偏心，邢夫人与王夫人的暗斗导致抄检大观园，贾环母子串通马道婆谋害宝玉，等等。在大观园外部，写到贾府与其他社会集团的矛盾，如忠顺亲王府的长史官来贾府寻找一名戏子，宝玉便遭鞭笞；还有贾府与太监、侍郎等官宦的矛盾，表现为太监一而再、再而三的索贿等方面。还写到主奴矛盾，如王夫人等逼死金钏、晴雯、司棋，撵走入画，贾珍与乌进孝为租银的争执属地主与农民的矛盾，也是这种矛盾的曲折表现，因为大观园中的奴才都是农民、市民的子女。小说描写的重点是叛逆者与封建卫道者的矛盾，叛逆思想与正统礼教的矛盾，对于贾宝玉、林黛玉与封建制度、封建礼教、家长、环境的冲突做了精雕细刻，这些都属于日常生活琐事。我们不应苛求古代作者，要求他们去写重大事件、重大题材。马克思、恩格斯在《共产党宣言》中说："封建社会行将崩溃时，其内部矛盾更尖锐。"小说作者凭着现实主义的敏锐触觉已经意识到这种现象。通过贾府及大观园内外的各种纠葛，典型地表现了封建社会末期的各种矛盾，所以关于贾府败落的描写具有典型意义。

第六章 《红楼梦》人物论

《红楼梦》又名《石头记》，写的是"通灵"的"石头"进入滚滚红尘后的经历；正是"在人间"的酸甜苦辣，被镌刻为永恒的艺术杰作，所以《红楼梦》的世界，是一个站在人生边缘上的哲人、诗人对于人生、对于人的丰富感悟而构成的。"人"，是《红楼梦》也是一切伟大的艺术杰作的真正核心。对于《红楼梦》中的人物，从小说问世起就有许多饶有兴味的猜测与研究、品评与分析，"红学"研究中则形成了"人物论"的重要成果。因为只有解开"红楼"人物的性格之谜，才能真正进入《红楼梦》的精神世界和艺术世界。

第一节 《红楼梦》人物系统

据统计，《红楼梦》共写了四百四十八个人物，这些人物，是按照怎样的结构方式组织成密切相连的整体的？如果说，这个整体是一个大的系统，那么在它之下又有哪些"子系统"？我们应当从整体与部分、部分与部分的有机联系中考察事物，了解众多红楼人物究竟处在怎样的结构和程序中，他们之间是如何相互作用和制约的，这样有助于我们从整体、宏观的角度把握红楼人物的特征，探讨那些不能仅仅归结于单个人物自身某些属性的根源，进一步把握《红楼梦》那张庞大而又复杂的人物关系网。

首先，逆向而动的两股人流。是甘当"猢狲"，还是直立为"人"，是红楼人物做出历史抉择时所表现出来的一个重要特征。在《红楼梦》的人生舞台上，交织着逆向而动的两股人流：一股，趋向于人性，千方百计地要挣脱奴性的桎梏；另一股，趋向于奴性，自己为奴还强迫着他人为奴。这是把《红楼梦》里几百号人物排列、组织起来的一个序列。《红楼梦》第十三回写秦可卿托梦王熙凤，用了一句俗语："树倒猢狲散"。的确，拿这句话来形容《红楼梦》所表现的历史背景和社会氛围，是相当准确的。天崩地裂，大难临头，出路何在？钟鸣鼎食、花柳繁华的贾府以及它所代表的封建社会的百年老树眼看着要从内里蛀空了！树倒而猢狲散，一些不甘同归于尽的"猴子"，挣扎着想站起来，开创新的生活局面，这便是宝、黛等人的求索和反叛，他们在求生存的斗争中不自觉地摧毁着"老树"，而"老树"的速朽又加快了他们直立为"人"的进化过程。当然，还有另一类"猢狲"，如贾母、贾政、王熙凤、薛宝钗、花袭人等，他们同"百年老树"有着根深蒂固的联系，就是不愿意站起来为"人"，哪怕与"老树"同归于尽！从这个角度着眼，我们可以看出红楼人物序列的几个特点：

第一，两头小，中间大。像贾宝玉、林黛玉、晴雯这些热烈向往人生自由、追求个性心灵解放的人物，是少数；像贾母、贾政、薛宝钗、花袭人这些甘当"猢狲"、奴性十足的人物，也是少数；更多的，是介乎两者之间、人性和奴性都不太自觉的"人猿"和"猿人"。因为《红楼梦》所展示的生活背景，恰恰是近代中国黎明的前夜，虽然天崩地裂，枯树动摇，但新与旧、正与邪、美与丑等社会因素的矛盾和消长，却依然交错复杂、泾渭难分。只有那些由于主客观条件皆备而锋芒初试的先进人物，以及那些惯于"一叶知秋"的"百年老树"的忠实维护者，才可能以各自特有的敏感，去热烈地张扬人性或顽固地鼓吹奴性——他们是为数不多的。绝大多数人，依旧徘徊在从"猿"到"人"的历史十字路口。

第二，阶级界线模糊。在趋向人性的一端，有身为下贱、失去了一切的女奴，也有养尊处优的贵族公子和小姐；在趋向奴性的一端，有封建贵族阶级的当权者，也有身世凄凉、被剥夺了人格尊严的奴隶。所以，维系《红楼梦》里众多人物的，主要是思想意识上的去就、离合关系，即压抑"人欲"与褒扬"人欲"、维护"天理"与反对"天理"之间的矛盾关系。

曹雪芹作为伟大的作家更注重深入笔下人物内心深处发生的巨变，注重发生在心灵战场上的你死我活的搏斗。因为这种巨变与搏斗往往使人们越出了自己的经济地位，甚至同自己的掘墓人走到了一起。不正视这一点，就无法理解荣国府的法定继承人、可以占有奴隶们一切的贾宝玉，何以跟晴雯同声相应、同气相求；就无法理解身为奴隶的花袭人何以充当"西洋花点子哈巴儿"！曹雪芹正是着眼于此，构思了他的《红楼梦》。在他的笔下，人物所处的经济地位并不直接左右他的人生愿望，人与人之间的阶级界线也不是泾渭分明的。他强调的，是两种对立的人生信仰，两种求生存的人生道路，两种不同性质的思想统一战线。一言以蔽之，"枯树"欲倒，大难临头，任何人都面临这样的抉择——是甘当"猢狲"，还是直立为"人"？因为，那一时代赋予思想界的使命，主要是人性的启迪，是对"人欲"的肯定和礼赞，曹雪芹正是呼吸感应了时代的气息而对人物进行"排列组合"的。

第三，相互制约，均为"逆水行舟"。在这个逆向而动的人物序列中，每个人都同时受到人性和奴性的牵引；而且，越是趋向于一"极"，就越是受到另一"极"的制约。这就使人物的性格进程变得十分迂回曲折、复杂艰难。贾宝玉从反叛的第一天起，就每时每刻面对着"招安"的黄旗。改邪归正吧，宝玉！浪子回头金不换，只要你留心仕途经济，就依然是贾府的孝子贤孙！——封建当权者们这么向他呼唤。伴随着这种呼唤的，有溺爱，有规劝，有哀求，有眼泪，当然，也有企图"矫枉过正"的板子。由于贾宝玉"先天"不足——养尊处优所生成的纨绔习气，严格管束所造成的生活视野的狭小，精神食粮贫乏所带来的思想空虚，等等，就为实现"招安"提供了极大的可能性。所以，贾宝玉每前进一步，总要受到奴性的内外夹攻，使他苦闷、迷惘、彷徨，一步一回头！他见了姐姐忘了妹妹，同薛蟠鬼混，当贾芸的干老子，见了贾政就丧魂落魄，踢袭人，骂晴雯，逐茜雪，在金钏被打时"一溜烟跑了"，等等，都说明他的人性觉醒是何等不易，恰如"逆水行舟，不进则退"！幸好，生活又在"夹缝"中为他提供了另外一些课堂，使他有可能在"两小无猜"的外衣下发展同林黛玉的生死之恋，在相对清净的"女儿世界"中接受真、善、美的滋养，在目睹了金钏、尤三姐、晴雯这些人的死亡之后变得深沉而又愤激。所以说，贾宝玉直立为"人"的过程，是自觉而又不自觉的，是"斡流而迁"的。在他的身上，人性的"量"在增加，奴性的"量"在减少，出现了总的"量变"中的部分"质变"，但还没有脱胎为民主主义的新人，他是夹着"尾巴"做"人"的。从这个角度着眼，我们对贾宝玉和许多"红楼"人物就应当从总体上动态地考察奴性和人性在这些人物身上的激烈搏击和复杂消长，着眼于人物性格矛盾的"合力"，它呈现出来的生动复杂的状态，它显示出来的性格发展趋向，来对红楼人物做出较为全面而准确的把握。

其次，由"震中"向外扩散的悲剧人物圈。红楼人物不同质量的"人生价值"的毁灭，是构成人物系统的又一重要依据。在《红楼梦》中，曹雪芹打破了传统小说人物善恶两分、忠奸分明的"格套"，从而形成了一种更为丰富复杂的、也更为贴近现实生活的人物形象。传统悲剧以好人、坏人划分阵线，坏人毁灭了，好人的模式也由此而被打破。曹雪芹的《红楼梦》是将"人生有价值的东西"毁灭了给人看，他的悲剧观是同鲁迅相通的。《红楼梦》里的几百号人物，几乎无一例外具有某种"人生有价值的东西"，但究其质、量，则明显地有高下、巨细之别，或如火炬在燃烧，或如流萤在飘忽……那一社会是容不得任何有价值的东西存在的，总是千方百计地加以摧残和毁灭；这就使《红楼梦》里的众多人物，面临着各种各样的、程度不等的苦难和折磨，分别在不同的生活领域感受到那一时代"天崩地解"的震荡力。加倍地受到摧残的，当然是那些具有较高"人生价值"的人物，如贾宝玉、林黛玉、晴雯等，因为他们的思想言行，总是有意无意地同那一时代的伦理道德、典章制度相抵触，而那一时代也必然要尽其可能把这些"异端""准异端"人物投向山摇地动、岩浆喷突的"震中"，以加快他们的毁灭！由此类推，我们不难把握《红楼梦》的悲剧人物系统，那就是以"震中"为圆心，向外围层层扩散的悲剧人物圈：越是具有"人生价值"，就越是靠向"震中"，受到的毁灭越大，悲剧的意味也越浓；反之，越是缺乏"人生价值"，就越是远离"震中"，受到的毁灭越小，悲剧的意味也越淡。

拿对女性尊严的捍卫来说，这在漫漫的中国封建长夜里，无疑是对"男尊女卑""唯女子与小人为难养"的伦理道德观念的挑战，是颇有价值的东西。这种"人生有价值的东西"，在《红楼梦》里许多人物的身上皆有体现，如做"抽样检查"，就会发现其表现形式的思想内涵很不一样，可以分出许多层次：贾宝玉、林黛玉、晴雯等人，比较自觉地捍卫女性的尊严，显得相当热烈和执着。贾宝玉以惊世骇俗的语言宣称："女儿是水做的骨肉，男人是泥做的骨肉。我见了女儿，便清爽；见了男子，便觉浊臭逼人！"他和晴雯联袂上演的"撕扇子作千金一笑"的生动一幕，便是对女奴人格的大胆肯定和热情礼赞。林黛玉的敏感、多疑和自尊，在许多场合下都是为了捍卫"清净女儿"借以立身的"一抔净土"；"质本洁来还洁去，莫教污淖陷渠沟"，她宁可牺牲自己年轻的生命，也决不让白璧无瑕的灵魂受到一丝一毫的污染！他们这些人的所作所为，不仅带有一般的正义性和合理性，而且体现了某种"历史的必然要求"，是质量较高的"人生有价值的东西"。

探春，是另一类人的代表，她向往做一个"可能出得去"的"男人"，好"立一番事业"。她雄心勃勃地宣称："孰谓莲社之雄才，独许须眉？直以东山之雅会，让余脂粉。"她"兴利除弊"，表现了卓越的"理家"才能。她在抄检大观园的非常时刻，毫不手软地打了为虎作伥、小看姑娘家的王善保家的一记耳光，等等，简直是一个勇敢的"女权主义者"。她的所作所为，确实为那一时代的少女们扬了眉，吐了气，颇有一点"人生价值"。但是，她总是过多地考虑到树立自己的"威信"，考虑到与生俱来的庶出的"缺陷"，考虑到如何像"须眉"那样成就一番"事业"，所以，她那些"有价值的东西"就在无形中贬值了，不大可能反映出"历史的必然要求"，仅仅带有一般的正义性与合理性。

再看王熙凤、薛宝钗、花袭人等人。她们也会维护女性的尊严吗？会的。只不过在质和量上要大打折扣罢了。王熙凤出台亮相干的第一件缺德事，就是"毒设相思局"，害死了贾瑞。若从事情的起因看，分明是由贾瑞的"淫心"引起的，王熙凤的各种阴险"手段"，或多或少地带有自卫还击的味道，是对女性尊严的维护。你瞧，连贾瑞"这样禽兽的人"也来调戏凤姐，这怎能不叫她又气又恼，觉得受了莫大的侮辱呢？"协理宁国府"一节，王熙凤并没有明确的"补天"思想动机，她关心的主要是大显身手，露一露自己的才能，这对歧视和压抑妇女的封建礼教，客观上也是一种挑战。装愚守拙的薛宝钗，实际上也是相当敏感和自尊的。有一回，贾宝玉无意间把她比作杨贵妃，这立时使她"大怒"，原因不仅仅在于杨贵妃是误国误君的"祸水"，还在于杨贵妃略微胖了一点，——作为一个对贾宝玉不无眷恋之情的少女，薛宝钗是十分注意贾宝玉对自己的体态的评价的。由此看来，她在此时此刻的"大怒"分明带着一种少女的纯真，一种不甘为尤物的自矜，是正当的、有价值的。她对宝玉的恋情，也是少女青春感情的自然流露，并非全是虚伪和功利的。而花袭人在第十九回中对"奴才"命运的"不平之鸣"，则同样是具有一定的抗争精神。只不过，在她们身上，这些"人生有价值的东西"无论在量与质上，都不能构成其性格的重要部分。

因此，我们说《红楼梦》的悲剧人物系统是由层层扩散的悲剧人物圈构成的。每一个悲剧人物，都依据自己的"人生价值"的质量，处于特定的位置上，受到不同程度的震动和毁灭，因而显示出不同的悲剧意义。

再次，历史螺旋上的葬礼和更生。"好"便是"了"，"了"便是"好"，在"好"与"了"的蝉蜕与升华中考察人物的相互关系。事物总是波浪式前进、螺旋形上升的。作为中国封建末世的一部形象的历史，《红楼梦》没有因袭"历史循环论"的旧套，它给我们展示的历史轨迹，不是一个封闭式的圆圈，而是一条开放式的螺旋线。对全书有特殊意义的《好了歌》，就显示了曹雪芹深刻的历史意识，具有特定的历史内涵：第一组，"好便是了"。这里的"好"字，指的是"功名""金银""姣妻""儿孙"，即封建阶级及其仆从们拼命追求的"妻、财、子、禄"。然而，这又是一种"好景不长""好梦难成""好话说尽，坏事做绝"的"好"，其结果只能是走向绝路，"荒冢一堆草没了"，"及到多时眼闭了"，"君死又随人去了"，"孝顺儿孙谁见了"！这里的"了"，指的是封建"百足之虫"必然死灭的命运，一种劫数难逃、家亡人散的悲惨结局。第二组,"了便是好"。这里的"了"字,应读作"了结"和"了却"。所谓"了结",即对前面所说的那种虚幻的、罪恶的、自欺欺人的"好"有所认识,进而大彻大悟,不再为它鲜花着锦、富丽堂皇的华裳所迷惑,了如指掌地看到它的种种病态和丑态。所谓"了却",即割断同虚幻之"好"的联系,干脆忘记了"功名",忘记了"金银",忘记了"姣妻",忘记了"儿孙",从而超凡脱俗,进入新的境界。这新境界,便是真正"好"的"神仙境界",——它风景秀美,人物姣好,没有肆虐的"风刀霜剑",没有肮脏、自私的人欲,许多"清净女儿"平等相处,亲密无间,并能成就"一番事业"。很显然,这里的"好"是对前一种"好"的"蝉蜕"和升华,它没有"循环"到原先的状态,而是在埋葬了昔日之"好",挣脱了可怕的旧梦之后,在新的历史高度上获得的新生。

曹雪芹正是怀着这种比较合理、比较深刻的历史意念去构思他的《红楼梦》的。所以,他书中的人物形象尽管数以百计,但在这一段历史螺旋上的聚合是秩序井然、各得其所的。如果综合前面论及的两个"子系统",我们可以这样来描述:趋向于奴性、人生价值较低的那些人物,一般排列在"好便是了"的历史程序中;趋向于人性,人生价值较高的那些人物,一般排列在"了便是好"的历史程序中。

在那以贾母为首脑的一大群男女中间,普遍笼罩着一种"今朝有酒今朝醉"的情绪,人人都在"抓现",都想在财产的争夺和权力的角逐中多捞上一把。这一种争斗,有明的,有暗的,有文的,有武的,简直是集中国封建社会种种阴谋诡计之大成!可以说,在宁、荣二府的"最后的晚餐"上,几乎每一个座上客都是"犹大"。曹雪芹敏锐地把握和表现了这一种畸形的、令人心悸的人际关系,从而很有层次地展示了他们相互掐脖子,由追逐虚幻之"好"到"食尽鸟投林"的人生踪迹。他们行进在中国封建末世面临深渊的下坡路上，是没有希望、没有前途的人物队列。

在那以贾宝玉为核心的一群人物之间，充满了纯真的友谊和情爱。他们"情重愈斟情"，为的是寻觅千金难易的"知音"。他们相互敬重，平等相处，结成了刎颈之交和生死之恋。这是一个没有受到多少污染，或者说正在努力洗去污淖的比较清净的感情世界。这一切，都来自对虚幻之"好"的绝弃，以及对神仙之"好"的追求。他们向往着远在天边的自由清净的"香丘"，然而，现实生活却给他们布下了遍地的榛莽和陷阱；这就需要他们心心相印，并肩携手，结伴而行。否则，便不可能摆脱和战胜种种肮脏的欲望，一步一步地走向新的历史天地，完成"了便是好"的人生进程。在《红楼梦》的人物关系系统中，两种"好"和两种"了"是相比较而存在、相斗争而发展的。为了阻止贾宝玉等人的更生，宁、荣二府的"乌眼鸡"们会结成临时的"统一战线"；为了反抗这种扼杀，冀求更生的人们也会不约而同、用种种办法和手段"揭竿而起"。当贾政等人大做虚幻的、罪恶的、自欺欺人的"好"梦的时候，贾宝玉等人已经开始从这种噩梦中醒来，并且梦寐以求地向往那平等、自由的"神仙境界"；当宁、荣二府的封建主子们相互倾轧，自杀自灭，一天天走向末路的时候，贾宝玉等人已经逐步了解到这个封建世家病入膏肓、盛筵必散的严酷情势，并且从多方面着手探求，力图"了却"尘缘，挣脱樊笼，直立为"人"，不做殉葬品。所以说，《红楼梦》的"葬礼"中孕育着"更生"，而"更生"的逐步实现又加速了"葬礼"的完成，二者是相辅相成的、对立统一的。弄清了这一点，我们才能比较准确地理解《好了歌》的深刻含义，比较自然顺当地理清这一历史螺旋上的人物序列。

最后，从总体上把握《红楼梦》的人物系统，应当抓住一个中心环节，那便是："情不情"向"情情"的运动和转化。据脂砚斋所云,《红楼梦》最末一回归结"情榜"时,贾宝玉得到的"考语"是"情不情",林黛玉得到的"考语"是"情情"。所谓"情不情",是指贾宝玉不但用情于对己有情的人,而且还用情于对己无情的人和无知者。所谓"情情",是指林黛玉用情专一,只对那些有情于自己的人表示眷恋和关怀。且不论曹雪芹的主观意图到底如何,单从贾宝玉的实际表现来看,他并不是一个自始至终的泛爱主义者,其感情活动确实经历了一个由"情不情"向"情情"靠拢和转化的过程。他对钗、黛态度的微妙变化,他在《芙蓉女儿诔》里发出的"毁诐奴之口,讨岂从宽?剖悍妇之心,忿犹未释"的愤怒的声音,都说明他的爱、憎、好、恶之情已经日趋明朗了。林黛玉初进贾府时,也曾经搞过一点"情不情"式的"外交"。只不过,由于她过早地失去了双亲,失去了家门权势,小小年纪就领受到人情冷暖,体察到世态炎凉,所以她在这方面觉醒得比较早,先于宝玉成长为一个"情情"的人物。

《红楼梦》里的其他人物,是不是也有一个由"情不情"向"情情"转化的过程呢?这要做具体分析。晴雯、尤三姐一类人,有点像林黛玉,较早地成了"情情"的人物。小红、香菱一类人,则是在经历了一番蹭蹬和挫折之后,才开始染上了"情情"的感情色彩。那么,贾母、贾政、王夫人、凤姐、宝钗一干人呢?他们的爱憎、好恶是比较明确的,是否也充当过"情不情"的角色呢?要回答这个问题,必须先查一查他们所承继的那些儒家思想的衣钵。"孝悌"乃"仁之本","亲亲,仁也","博爱之谓仁",他们信奉或标榜的正是这些儒家道德教条。"体仁沐德"的贾府当权者,是舍不得彻底撕破"仁者爱人"的脉脉温情的面纱的。有时候,只要不触犯封建阶级的根本利益,他们甚至能对奴隶表示一点"仁爱",如贾母之于鸳鸯。有时候,他们考虑到自己的得失,可以屈尊俯就地同那些异己的人物周旋,如王熙凤看在贾母的面上迎合黛玉。对贾宝玉,他们更是以极大的耐性去施加种种"温情",为的是把这一个"孽障"拉上"正轨"。由此看来,不管是真是假,他们确实能在某些场合用"情"于"不情者"。这可能是出于对儒家道德教条的宗教式的热忱,但更多的是一种策略上的需要。一旦他们觉得这些"不情者"毫无"招安"的希望,那种必欲置之死地而后快的情绪便顿时溢于言表,如贾政毒打贾宝玉,贾母诅骂林黛玉"成了什么人"。到此时,他们就完全扯下了"情不情"的面具,剩下的便是他们那伙"乌眼鸡"之间的"情情"了。这种"情情",不同于林黛玉式的"情情",因为在封建统治阶级内部,是谈不到什么纯真感情的。他们之所以能暂时凑合到一处,彼此有那么一点关照,完全是出于对"不情者"的仇视和恐惧,以及封建阶级内部相互投合的需要。

  因此《红楼梦》的人物关系是不稳定的。最初,贾宝玉等人天真地用情于"不情者",贾政等人出于虚伪的道德和斗争的策略,也能够用"情"于"不情者",人际关系显得比较平稳。后来,随着矛盾的激化、斗争的深入,这种相对稳定的人际关系就被打破了。贾宝玉等人开始向"情情"的方向转化,善善、恶恶、扬美、抑丑,情绪变得昂扬而激愤。贾政等人也开始向另一种"情情"的方向转化。这实质上是调集封建势力,组成临时"统一战线",以扑灭"不情者"的斗争火焰。这便是《红楼梦》里几百号人物去就离合、相生相克的关系史,它像一条纲绳似的维系和带动了其他许多"子系统",而其他许多"子系统"也共同关注和成就了这条统率全局的总纲。无论是逆向而动的两股人流,不同质量的"人生价值"的毁灭,还是历史螺旋上的葬礼和更生,都以自己的分化、震荡和代谢,加速了《红楼梦》里众多人物的感情离合过程,最后,顺应着"天崩地解"的社会情势,《红楼梦》里旧的人物关系网被撕得粉碎,而新的人物关系网也编织得快要成形了。

第二节 宝玉论

宝玉是《红楼梦》的主要人物，小说的精神内涵与总体结构都是围绕这一人物而形成的。从大荒山下的顽石到红尘中的宝玉，再回到女娲炼石补天之处，心灵的经历构成了这位贵族公子的性格世界的主轴。有人说《红楼梦》是作者的自叙传，也正是因为在贾宝玉身上投射着曹雪芹的思想意识。所以，进入贾宝玉的性格世界，我们就可以把握《红楼梦》精神世界的重要支柱。

一、今古未有之一人

脂砚斋评宝玉为"今古未有之一人"，指出了贾宝玉形象的新颖性。这一人物在中国古代小说中，乃至在中国文化中，究竟有哪些新颖的方面呢？

"今古未有"的角色，在中国古代小说人物画廊中并不鲜见。毛宗岗读《三国演义》，就发现了好几个"千古第一"的人物："千古第一贤相"诸葛亮，"千古第一名将"关羽，"千古第一奸雄"曹操。这当然是有目共睹的：诸葛亮、关羽是"大贤""大忠"的典型，曹操是"大奸""大恶"的典型，他们都不同凡响，与芸芸众生迥异，故毛宗岗把他们称为"三奇""三绝"。凡是新的不平常的东西都能在想象中引起一种乐趣，因为这种东西使心灵感到一种愉快的惊奇，满足它的好奇心，使它得到它原来不曾有过的一种观念。中国古典小说之所以在相当长的时间内与"志怪""传奇"结下了不解之缘，一个重要的原因，乃是为了满足广大读者（主要是市井小民）追求"奇""绝"的欲望。小说和戏剧，比起诗歌来更好地承担了这一任务，无论在戏剧舞台上，还是在小说作品里，诸葛亮、关羽、曹操这一类形象，都体现了世俗生活和人生愿望的高度浓缩、夸张和变异。这一种创造，往往使人物形象奇透、绝透，超凡出俗，成为"某种孤立的性格特征的寓言式的抽象品"[1]，如诸葛亮是智慧的化身，关羽是勇义的化身，曹操是奸诈的化身，等等。到头来，"状诸葛之多智而近妖"的那一种审美效果，就令人遗憾地产生了。

既要有振聋发聩的新奇之感，又要有扑面而来的世俗原野气息，这是小说艺术经历了漫长的发展道路之后向作家提出的庄严课题。曹雪芹较好地解答了这一课题。他的《红楼梦》，不写"大贤大忠、理朝廷、治风俗的善政"，"其中只不过几个异样女子，或情或痴，或小才微善，亦无班姑、蔡女之德能"。他创造的主要人物，不在"大贤""大忠""大凶""大恶"之列，而是"正、邪两赋而来一路之人"，"上则不能成仁人君子，下亦不能为大凶大恶，置之于万万人中，其聪明灵秀之气则在万万人之上，其乖僻邪谬不近人情之态又在万万人之下"。这些创作自白，并不意味着曹雪芹一概排斥写风云际会，写"大贤""大奸"。这是题材问题，小说家有充分的选材自由；他强调的是，小说中的人物既要"异样"，又要置身于"万万人中"，是在同整个人类做比较的过程中显示出奇光异彩的。如果不是微言大义，那么，脂砚斋对贾宝玉的评价，其着重点明显地落实在一个"人"字上：他"奇""绝"得"今古未有"，但说到底还是一个"人"！

写"神"（包括美好的"神"和丑恶的"神"），容易给人以新奇之感，但缺少经久的魅力，因为"神"化的结果必然是性格的抽象、个性的瓦解。写"人"（包括显赫的"人"和平凡的"人"），必须在丰富的个性因素中蕴含着某些普遍的人性特征，

---

[1] 黑格尔：《美学》第一卷第295页。

既叫读者熟悉，又叫读者感到陌生，这一种散发着"生人"气息的新奇性，其魅力是永久的。首先，在贾宝玉丰富的个性因素中积淀着人类的某些普遍的人性特征，是人类追求纯洁的爱及自由、平等精神的艺术表现。宝玉那些令人瞠目的"怪僻"和"乖张"，总是直接地或间接地体现着普通人的主要特征：其思想，遵循着人们通常的思维规律；其行为，与人们社会实践的一般方式相一致；其情感，表现出普通人酝酿和宣泄喜、怒、哀、乐的生动性。一句话，他的神奇个性，不是来自神秘的"上帝"，而是孕育于人的自身。例如，小说中所着力表现的宝玉对女儿的那种特殊方式的亲近，里边既有着处于生命蓓蕾时期的"多情公子"对"清净女儿"的热烈向往和眷恋，又有着青春活力被压抑、被扭曲时一般人所表现的那种内心骚动和不安，分明是青春期的一种"少年维特之烦恼"。而贾宝玉从封建大家庭以及封建的伦理道德规范中所感受到的种种精神桎梏，以及对它们的反抗，则是他和黛玉爱情的最为深刻的基础。正是基于要"把爱推向每一片绿叶"的精神渴望，在宝玉身上产生了人与人之间的平等意识，产生了一系列在那一时代看来是"乖张"而"怪僻"、似傻而如狂的举动。只不过，由于贾宝玉承受了太多的时代重压，他胸中蓄积的那些感情流水被逼进了生活的"峡谷"，越发变得骚动、喧啸、飞腾、旋转、不守规矩罢了。

其次，从宝玉性格的内部结构来看，他那些惊世骇俗的个性因素并不是孤立存在的，总是同其他许许多多极普遍、极常见的个性因素纠缠在一起的。这样，当他的性格步履向着"今古未有"的奇绝境界突进的时候，就不由自主地带上了世俗的风度和普泛人情的尘埃。这看来是一种"中和"和"抵消"，其实，正是这种牵制作用和消铄作用，使宝玉的奇特个性因素锻炼得更加凝重厚实，并且更能为读者的感情所接受、所浸润。宝玉对女奴的人格是十分尊重的，对她们的命运是十分关心的，他可以鼓励晴雯"撕扇子作千金一笑",他可以忘了自己被雨淋而提醒画"蔷"的龄官赶紧避雨,这些奇特的举动,表现了贾宝玉对女奴的异乎寻常的尊重和爱护。但是,曹雪芹又用十用精彩的笔墨,描写了贾宝玉对待女奴的"随俗之举"甚至是"媚俗之举"。譬如,他可以由着贵族公子哥儿的脾气踢袭人,骂晴雯,逐茜雪;更有甚者,他竟然在金钏被打的严峻时刻,"一溜烟跑了",自个儿到大观园里溜达。所有这一切,交叉回薄,使贾宝玉的性格构成始终处于不平衡、不稳定的状态中:他一会儿获得了反叛封建秩序的"自我",并将它狂飙突进地推向奇绝的思想峰巅;他一会儿又失去了反叛封建秩序的"自我",在世俗偏见的泥淖中艰苦地跋涉,成了一个惯常意义的入世未深的世家公子。正是这一种异向发展的矛盾运动,使贾宝玉的本质性"自我"得到了锻炼和加强,具有一往无前的坚定性;同时,非本质性的"自我"又显得相当活跃,常常将人物的性格步履引入歧径。众所周知,没有多种可能性的必然性是不存在的。贾宝玉的惊世骇俗的个性,其所以是必然的、可信的,就在于它不是孤军突进、独木擎天,而是得到了多种个性因素的制约,有所徘徊,有所顾盼,在奇与不奇中显出"大奇",在俗与不俗中显出"大异"。

再次,贾宝玉作为"今古未有之一人",其性格特征表现为既从中国文化中汲取了诸多精神要素,又以自己独特的感受力和创造性为中国文化人格提供了全新的内容。宝玉"无故寻愁觅恨",与中国古典诗词中那些忧郁的天才对时代的凄风苦雨做出的敏感反应相似,但分明又带有迥然不同的色彩,那就是宝玉是基于对"千红一哭""万艳同悲"的青春、生命如落花一样被葬送而产生的哀愁。有人说宝玉与魏晋南北朝时一些不守礼法的"性情中人"相似,在曹雪芹的思想中找出了阮籍等人的影子,但是宝玉是在爱情的"启蒙"下对"礼法"产生怀疑与背叛的。至于庄、禅,以及明清之际的其他思想,在宝玉的性格中也都可以找到投影，但是宝玉之读《庄》、参禅，却总是与情感的纠缠和折磨分不开，宝玉最终出家也还是"情憎"，就表明宝玉的精神世界中已经有了独一无二的、属于自己的东西。

二、"童心"的灵光

从"顽石"成为"宝玉"，曹雪芹是用中国神话中最伟大的女性之手"锻炼"而"通灵"的。宝玉的形象，从一开始就带着原始的、纯朴的，但也是最具人性的因子、最具新鲜而活泼的情感的人格光辉。用明代思想家李贽的话来说，就是在宝玉的身上，放射着"童心"的灵光。

首先，宝玉是以对女性的"清净洁白"的美好世界的维护表现出他的"童心"的。贾宝玉有一段令人玩味的话："女孩儿未出嫁，是颗无价之宝珠；出了嫁，不知怎么就变出许多的不好的毛病来，虽是颗珠子，却没有光彩宝色，是颗死珠了；再老了，更变的不是珠子，竟是鱼眼睛了。分明一个人，怎么变出三样来？"问得有些"愚"，却闪烁着"大智"之光。在宝玉看来，女孩儿本来是很"清净洁白"的，并不懂得"沽名钓誉"，也不会"讲谈那些仕途经济"之类的"混账话"，其所以逐步"入国贼禄蠹之流"，全因为受了"浊臭逼人"的男人们的污染。于是，贾宝玉高擎起"护法裙钗""作养脂粉"的思想旗帜，鸣金击鼓地向"泥做"的男人阵线发起了勇猛的冲击。在这里，贾宝玉所说的"女儿"，其实就是"得山川日月之精秀"，为"万物之灵"的"人"；而"男人"，则是那些"沽名钓誉"、"只管胡闹"、遍身污浊的"禄蠹""国贼""俗人"。前一种"人"，从灵魂深处透散出"自然之气"，"其为质，则金玉不足喻其精；其为貌，则花月不足喻其色"，分明是没有受过世俗污染的"天生"的人，类似于庄子所谓的"全性保真"的人、"逍遥"自在的人。后一种

"人"，由于在"功名仕进"的泥潭中打滚，在"昏君"的导演下上演了一幕幕"君子杀身以成仁"的丑剧和闹剧，结果失去了"清净洁白"和自身，变成了"混账"的人。很明显。贾宝玉把"人"分成两类：归返"自然"的一类和失却"自然"的一类；所谓"女儿"和"男人"，只不过是他独家发明的、分别贴在这两类人身上的标签罢了。何以见得？贾宝玉本人在斗争实践中早已打破了自己的理论"模式"。薛宝钗是个没有出嫁的"女儿"，但在贾宝玉看来已经"入了国贼禄蠹之流"，应当"和他生分"。花袭人同样如此，宝玉对她并不十分信任，如面临"赠绢"这样的头等大事，便是委派晴雯充当"红娘"，花袭人只能靠边站。对于"男人"，贾宝玉也没有一概"打倒"，而是区别对待。他欣赏秦钟的"眉清目秀"和"举止风流"；他尊重"名驰天下"的艺人蒋玉菡，一旦相见即互赠私物；他向往"不为官俗国体所缚"的北静王；他结交专好"挥拳行猎"的冯紫英和"素性豪爽、不拘细事"的柳湘莲，等等。如此看来，贾宝玉的"护法裙钗"并不仅仅停留在反对"男善女鄙"的表层，它的更深层含意是呼唤人性和维护人性。他高举着的"女儿是水做的骨肉，男人是泥做的骨肉"的思想旗帜，说到底，是对"人"之"魂"的召唤。既然由于肮脏世俗的污染和侵蚀，许多人已经丧魂落魄，失去了"光彩宝色"，变成了可悲、可憎的"鱼眼睛"，那么，以"清净洁白"为生命、以"自然之气"为精神的贾宝玉，怎能不忧心如焚，高呼"魂兮归来"呢？

其次，宝玉的"童心"还表现在他与世俗社会扼杀人性中最美好感情的各种礼法秩序的抵触与对抗上。在宝玉的"人学"辞典中，"女孩儿"是最高贵的，越是接近生命之初的人物就越是纯真。这看来是"唯年龄论"了。其实，"年龄"在这里仅仅是一件外衣，它所包裹着的是比较成功地抵抗了世俗污染的"天真烂漫"的心。宝玉把女子的"三变"同她们入世的深浅直接联系在一起，其锋芒明显地指向了扭曲人性的封建末世的人际关系、社会结构和时代氛围。他认为人之初、性本善，这是唯心的；但在探寻扭曲人性的原因时，他的视线投向了血泪斑斑的现实生活大地，力图在当时的社会关系中找到问题的答案。这样，他所呼唤和捍卫的"人"，就同封建末世的邪恶势力以及各种社会秩序发生了对抗，从而打上了鲜明的时代印记。譬如，他主张"使人各得其情，各遂其志"，鼓励晴雯撕扇子、砸盘子，以维护一个奴隶的人格和尊严；在他的怡红院内，丫头们可以"无法无天"，"凡世上所无之事"都"玩耍"得出来；他甚至要解放奴婢，"全放出去与本人父母自便"，让她们获得人身自由，如此等等，都强调了人生来就是自由的，彼此平等的。这一种自由、平等观，顺应了正在新兴的市民阶层的思想动向，是对垂死的封建阶级强化精神奴役、扼杀人权的反动，故带有朴素的民主主义思想的光彩。在这里，宝玉呼唤的，正是李贽大力推崇的"童心"。李贽在《焚书·童心说》里写道："夫童心者，绝假纯真，最初一念之本心也。若失却童心，便失却真心；失却真心，便失却真人。"他认为，"童心"之所以会"失却"，"盖方其始也，有闻见从耳目入，而以为主于其内而童心失。其长也，有道理从闻见而入，而以为主于其内而童心失。其久也，道理闻见日以益多，则所知觉日以益广，于是焉又知美名之可好也，而务欲以扬之而童心失；知不美之名之可丑也，而务欲以掩之而童心失。""闻见道理，皆自多读书识义理而来"，其中最有害的乃是儒家的所谓"经典"。请看，其思想意蕴、语言方式、内在逻辑同贾宝玉那番评论"女子三变"的话语相比较，简直如出一辙！李贽在前，致力于理论探讨；宝玉在后，谈的是人生体会；一个是哲学，一个是形象，但师承关系自现。认清了这一点，我们就会把贾宝玉的"人论"，放到明清之交那个"天崩地解"的社会大背景下加以考察，就会从启蒙思潮的澎湃和幽咽中追摄宝玉的"清净"之人的踪影。

再次，宝玉的"童心"，又表现在他对于被社会所污染、摧残与毁灭的美好事物的挽救与挚爱上。宝玉与黛玉的爱情，在《红楼梦》中有着神话的色彩：生命对生命的浇灌与滋润，造成了前世今生的一场爱情。所以，宝、黛的心在"童心"上有着共同的深层体认。当人们读到宝、黛二人共同葬花的时候，心头会不由自主地一动：那在"风刀霜剑"下零落的花瓣，不是有如遭到摧残的"童心"吗？宝玉要"水葬"，黛玉要"土葬"，看来形同儿戏，其实正是以极大的专诚，在努力挽救被污掉了的"童心"。当然，还是黛玉看得更远些，想得更透些，"举世皆浊"，哪容许一线清流涓涓地流淌，"水葬"是避免不了污染的，应当更彻底一些，让落红化作春泥，说不定朝一日还会在春风春雨里更生呢！这巧妙的象征，这诗一般的意境，的确能启发读者的思维，在顿悟中谛听到主人公心底的呼声。而在宝玉与晴雯、芳官、香菱乃至平儿等人的关系中，尤其是在他那由深情而激发的《芙蓉女儿诔》中，我们更可以观察到宝玉的"童心"的各种具体情状和运动状态。

三、弱的天才

曾有人把卡夫卡说成是"弱的天才"，是因为在他的心灵中有着深重的悲剧情结，世界征服了他而他永远无法征服世界；但卡夫卡的敏锐的感悟与思索又是天才的，能够看清这种境遇、表现悲剧境遇却无力摆脱悲剧境遇。宝玉也是这样的天才，他的忧郁与犹疑，他的多情善感与无力承担责任，他的妙悟神解与行为能力的缺乏，都构成了强烈的悲剧色彩，使他的性格既有天才的光辉，又有一种弱者的悒郁与无奈。

宝玉性格"弱的天才"特征首先同宝玉情感的深沉性相关。

在贾宝玉的感情天地里，很少有庸俗浮浅、无病呻吟的东西；他抒发的，往往是悲剧人生的至情至感，一种深而广的忧愤。作为贵族之家的精神囚徒，贾宝玉被禁锢在宁、荣二府的高墙深院之内，生活视野十分狭窄。然而，狭小的生活空间反倒激起了他振翅长天、鸟瞰人寰的强烈愿望。"我只恨我天天圈在家里，一点儿做不得主"，他失去了行动自由和言论自由，只好做自己内心生活的主人，凝神注目地考察着周围的人生，成了一个"无事忙"的"富贵闲人"。多亏这种"无事忙"，使他有机会从近处看到了人生的种种泪痕悲色，看见了"许多死亡"。这样，就为贾宝玉提供了由点而面、由近而远地认识悲惨世界的可能性。譬如，他听了林黛玉吟诵的《葬花词》后，顿时"一而二，二而三，反复推求"，不但联想到宝钗、香菱、袭人等人"无可寻觅"的将来，而且联想到"斯处，斯园，斯花，斯柳"不知"当属谁姓"，很明显，贾宝玉并不满足于一味"咀嚼着身边的小小悲欢"，他的泪眼已经开始顾盼于较为广阔的人生天地了。这主要表现在：他的忧愤，不但笼罩着自己的前途难测的爱情，而且倾注到众多女儿（特别是女奴们）被迫埋葬爱情的辛酸土地；他的如焚忧心，不但为自己的人生去向不安地跳动，而且为许多人的升沉、俯仰而顾后瞻前，甚至连死去的晴雯，他也由衷地期望"必有一番事业"。如果说，上述情形体现了宝玉忧愤之情的"广度"，那么，它的"深度"则主要表现为："能够先于别人在自己身上发现大家共有的病痛"，勇敢地将许多人还认识不清或认识不到的不幸和痛苦揭示出来。当许多人羡慕他食精衣锦、在"温柔富贵之乡"里畅饮人生甘泉的时候，他却感到了难以言表的痛楚："可恨我为什么生在这侯门公府之家？若也生在寒儒薄宦之家，早得与他（秦钟）交接，也不枉生了一世。"基于这一种切身体验，他高度概括地发出了挑战性的警世宣言："'富贵'二字，真真把人荼毒了！"再比如，当宁、荣二府上下内外人等

"莫不欢天喜地"地迎接元妃归省时,独有宝玉"置若罔闻",心中感到"愁闷",他的忧愤之情分明已经同至高无上的皇权发生了抵触。

其次,宝玉"弱的天才"性格,还蕴藏在他那丰富复杂的情感世界之中。曹雪芹笔下的贾宝玉"心情魔态几千般",其情感世界,交织着各种纷繁复杂的社会经纬。他"无故寻愁觅恨,有时似傻如狂",忽悲忽喜,忽忧忽乐,忽慷慨高歌,忽低徊吟唱,甚至酸、甜、苦、咸一齐来,"别是一般滋味在心头"。这一种变化无常的内心波动,固然同主人公的贵族公子情调有关,但更重要的,是如磐的时代气压使其然。那"乱哄哄你方唱罢我登场"的喧嚣与骚动,那一年三百六十日凋残着思想新蕾和爱情精英的"风刀霜剑",那"天崩地解"的时代震荡力,那形形色色的人生梦想,相互作用,连环纠结,一齐壅塞到贾宝玉的心头,使他的情感反应急速而又迷乱,呈现出"并""交""补""差""偏""正"的矛盾复合状态。一个尚未真正成长、初出茅庐、用罗绮包裹着脊梁的贵家公子,承受这么多的时代重负,消化这么复杂的生活内容,该要耗费多少心力,忍受多少痛苦啊!这的确是叫人同情的。然而,也正是在这种灵魂的磨难中,贾宝玉以其处理各种生活信息的机敏,以其高视阔步中的迷惘,以其穷途之哭的猖狂,以其绝假纯真的爱情,深深地打动了读者的感情心弦,使人们听到了一曲"嘈嘈切切错杂弹,大珠小珠落玉盘"的浩渺悲歌。贾宝玉情感结构的复杂性,还有一种审美妙趣,那就是生动显示"专注"和"走神"的矛盾状态,让人们从更加完整的意义上去认识"人",去探测主人公心潮深处的潜流。"见了姐姐"就"忘了妹妹",在钗、黛双峰对峙时常无所适从,这是贾宝玉的一个不大不小的"毛病"。他的心已经毫无保留地献给了林黛玉,因为他们是"情重愈斟情"的、千金难易的"知音",然而,作为一个有血有肉的多情公子,他对女孩子的形体美、健康美不是没有追求的。所以,他常常在下意识中被薛宝钗"杨妃"式的丰采,以及温文尔雅的气派所吸引,有一回竟忘形得如同"呆雁"!这种"专注"与"走神"的矛盾,正是面对各种现实诱惑与压力和坚持自己的理想追求的内在情感冲突的反应。宝玉痛苦的情感权衡,正体现了一种"弱的天才"常有的心灵状态。

再次,宝玉"弱的天才"性格特征,还体现于其内在的情感的"焦点"——"痴"上。"焦点",即汇聚所有情感能量的中心点。情感焦点可以使深沉、丰富、跳荡的情感流水,从各个方面汇聚到一起来,形成一个内涵深广、传神的"泉眼"。这是灵魂的"眼睛"。它对读者来说,具有勾魂摄魄的力量,并能以特有的凝眸叫你经久难忘,就是在多少年之后也能从千千万万双眼睛中迅速地识别这一双眼睛。贾宝玉的情感焦点,在于一个"痴"字。"傻""疯""怪""僻""狂""傲""愚顽"等等,全是以"痴情"为出发点和归宿的。故曹雪芹在《红楼梦》里多次称贾宝玉为"情种""情痴"。脂砚斋也认为,"除'情'字外,俱非宝玉正文",宝玉的主要特点是"重情不重礼",一切皆以"情"为尺度,"悟禅亦由情,读书亦由情,读《庄》亦由情",在《情榜》上是一个"情不情"的人物。这一种以整个心智和全部精力去追求爱情、友情和亲情的执着与狂热,使贾宝玉异帜独擎地屹立于"孽海情天"之间。譬如第四十三回,写贾宝玉野祭金钏,这位多情公子用特殊的方式哀悼金钏的冤魂:"不了情暂撮土为香",以一种心事浩茫的"痴情",强烈地感染着读者。又如第十九回,写宝玉到东府看戏、赏花灯,忽念及:"素日这里有个小书房,内曾挂着一轴美人,画的很得神。今日这般热闹,想那里自然无人,那美人也自然是寂寞的,须得我去望慰他一回。"想着,便往那里去。这分明是想入非非;然而,却正表现了他在感情荒漠上的痛苦寻觅,以及"元妃省亲"留给他的迷惘和空虚。所以,宝玉作为"绝代情痴",放射出人性中最为夺目的光彩。

说不清贾宝玉"终是何等人物"。在曹雪芹的笔下，贾宝玉是一个多方面的，内在联系着各种思想、情欲、能力、美德、恶习的统一体，一个活生生的人。他有时清澈得如一汪碧水，有时又云遮雾障得近于一个"谜"。他由着自己的性子，在人生舞台上做了充分的表演，给读者留下了种种印象：他是一个带有纨绔习气的贵家公子，一个甘为女奴效劳的"仆人"，一个"无人敢管"的封建世家的命根子，一个"圈在家里""做不得主"的"囚徒"，一个无法无天的"混世魔王"，一个见了老子就丧魂落魄的胆小"耗子"，一个聪明绝顶的少年，一个啥也不懂的糊涂蛋，一个白眼向青天的狂人，一个自惭形秽的谦卑的人，一个飘然不羁的"庄子"，一个精明得能推荐王熙凤协理宁国府的务实派，一个整日价痛骂"国贼、禄蠹"的儒学异端，一个"护法裙钗"的男子汉，一个跟薛蟠一起用歪诗作践"女儿"的无赖，一个爱情专一的"理想情人"，一个见了姐姐忘了妹妹的"摇摆分子"，一个一点刚性儿也没有的"面团儿"，一个面对着"往死里打"的板子而不改初衷的硬汉，一个诗人，一个音乐、戏剧爱好者，一个"杂学旁搜"的人，一个多梦者，一个"无事忙"……统而言之，他是一个充满了矛盾的人，人们很难用三言两语将他描述，只好像仰望星空似的，并不细数星斗几多，只觉得"今夜星光灿烂"。这一种意会于心、不可言传的审美感受，常常使《红楼梦》的读者相逢一笑，以哲人的机智和大度道一声："宝玉嘛，说到底就是宝玉啊！"

这样看来，"这一个"宝玉是由许许多多的"宝玉"组合而成的复杂的形象统一体。在贾宝玉的性格世界中存在着错综复杂的"人际关系"。这种"人际关系"，不是我们通常所说的各种社会人之间的吸引和排斥，而是许许多多个"贾宝玉"之间的关系，用黑格尔的话说，即本身统一的"自己和自己发生关系的主体的个性"〔1〕。曹雪芹作为一个伟大的艺术天才,成功地展示了各种"贾宝玉"之间矛盾统一的生动画面,为我们提供了一个如脂批所云"终是何等人物"的丰满而充实的人物形象。

具体地说,各种"贾宝玉"之间的关系主要有以下几种形式:

其一,叠印。这是指大同小异的"贾宝玉"之间的相互"接力",层层递进,不断强化。如,似傻如狂地扰乱封建秩序,怒气冲冲地痛斥"国贼""禄蠹",热情洋溢地张扬自由、平等,大胆执着地追求纯真爱情,等等;这种种形态的"贾宝玉",都闪烁着朴素民主主义的思想光彩,它们前呼后拥,携手并肩,同声相应,同气相求,以极大的鲜明性和蓬蓬勃勃的生气活跃在贾宝玉的性格世界之中,保持着优势的审美地位,在读者的心灵屏幕上留下了熠熠生辉、难以磨灭的"亮点"。

其二,交切。一些差异颇大的"贾宝玉",在相互摩擦中形成了你中有我、我中有你的"交切点",这样,就加强了宝玉性格世界内部的凝聚力。譬如,"绝圣弃智"、否定一切的"贾宝玉",与追求"天然"、反对虚伪的"贾宝玉",都在《庄子》中找到了自己的归宿;前者的虚无和后者的"保真"相互补充,交切到对封建道德和现存秩序的强烈反感之上。一方面,他深恶痛绝得要遗世独立,羽化登仙;一方面,他沉醉于"天然图画"之中,呼唤着现实世界里的"自然之理"和"自然之趣",其着眼点都是"绝假纯真",只不过,一只"翅膀"在空虚中吃力地伸展,另一只"翅膀"却鼓荡着比较充实的大气,这就使贾宝玉如发育不全的孤鸿,在霜天中艰难地保持着平衡,歪歪扭扭地飞向那温暖的去处。

其三,逆反。这是指处于对立状态中的"贾宝玉",如何相

---

〔1〕 黑格尔:《美学》第一卷第301页。

反相成，在深刻的心灵撞击中保持了自己的一情一性，使读者从南辕北辙的性格踪迹中，寻觅到主人公的人生坐标和心灵天平的实际支撑点。譬如，作为养尊处优、颐指气使的贵族公子哥儿的"贾宝玉"，常常要不由自主地践踏奴隶的人格与尊严，不但袭人被他踢过，连晴雯也受过他的恶言恶语。沿着这条路子走下去，宝二爷无疑要加入薛蟠、贾环的行列。另一方面，我们又看到，贾宝玉还是一个同情和体贴女奴的人物，甚至开明得要解放所有的奴婢，沿着这条路子走下去，宝二爷将跻身于近代民主主义先驱的队列。究竟何去何从，曹雪芹没有明确地告诉读者（他的理论水平也不能达到这种境地），人们只能从根本对立的两种"贾宝玉"的逆反运动中进行估量和揣测。曹雪芹生动地、有分寸地展示了这种复杂的矛盾运动过程。他让贾宝玉刚刚骂了晴雯就立即赔礼道歉，上演了"撕扇子作千金一笑"的精彩一幕；他让贾宝玉在袭人被踢的当夜，心中不安，辗转反侧，"悄悄地秉灯来照"，有生以来头一回"服侍"他人。这一种急促地摇摆于"两极"之间的性格变化频率，以及在平等观念上的迅速"定格"，使读者获得了颇为深刻的印象：贾宝玉是"夹着尾巴"做"人"的，他的思想重心偏向于民主主义一端，但要成为一个比较自觉的民主主义者还是为时过早。

很明显，统一于贾宝玉本身的"自己与自己发生关系"的生动情景，对于人们弄清他"终是何等人物"有着不可低估的"向导"作用。各种"贾宝玉"相互影响，相辅相成或相反相成，从而产生了一股强大的性格合力，把主人公的本质特征鲜明、突出地推到读者面前。

说不完的《红楼梦》，说不完的贾宝玉。

第三节　黛玉论

林黛玉，这个中国古典小说中堪称不朽的艺术形象，凝聚了曹雪芹极大的热情和诗意的灵感。她是花之魂，诗之骨，月之魄，是《红楼梦》的又一个精神凝注的焦点。从一个贵族之家的千金小姐，到一个寄人篱下的孤女，特殊的经历造成了她精神的特殊觉醒。"一年三百六十日，风刀霜剑严相逼"，在温柔富贵的华丽家族中，是她最先、最敏锐地感应到肃杀、严酷而衰败的氛围。因此，黛玉的精神世界中也有着与曹雪芹最为切近的身世之感与艰难困苦中磨炼出来的铮铮傲骨。"冷月葬诗魂"，被那一社会所鄙弃与埋葬的灵魂，在曹雪芹的笔下就放射出异样的光彩，令我们心凝神往，低徊无尽。

一、论黛玉的性格特征

分析林黛玉的性格，我们可以看到她的性格世界的丰富复杂性，是多种性格素质的统一体。这位浸润在中国古典诗歌中的女性，具有高深的文化素养与独特的生活阅历，形成了她深情而敏感、孤高而又渴望亲情、友情的特殊的精神世界。在进入黛玉的精神世界时，我们就必须从她的性格的丰富性与复杂性所凝聚而成的主导方面入手，以把握其性格特征。

（一）黛玉性格的一个主导方面是她的叛逆精神和高尚境界。所谓叛逆精神，是指黛玉对当时社会所崇尚的一些行为规范和主要价值准则的反叛。而高尚的境界，是指黛玉的人格精神所达到的完善性的标志，是符合历史的必然要求的价值的体现。

曹雪芹写林黛玉，处处表现她的叛逆精神，但是，没有一个地方仅仅表现这一主导方面，同时还搅拌着其他许多明显的、甚至是无可名状的性格特征。他没有把林黛玉的主导性格从性格整体中游离出来，天马行空，独来独往，使人物变成"某种孤立的性格特征的寓言式的抽象品"[1]。他总是深入林黛玉复杂内心世界的各方面去描写，从而形成多种多样的性格素质。譬如：傲岸不驯、敏感多疑、贵族情调、诗人气质等。然而，曹雪芹又不让林黛玉的这些性格素质顾影自怜地停滞在那里，它们一方面受到叛逆精神的入微的"渗透"，一方面又众星拱月般地将自己的光彩投向主导性格。这样，人物的性格就在"渗透"和"凝聚"的过程中保持了整体性，有一个演化发展的基础。

在《红楼梦》里，林黛玉显得那么"孤高自许、目无下尘"。她像一位高傲的公主那样君临人世，谁也触犯不得，稍不如意就要闹得不可开交，连紫鹃都批评她"太浮躁"、"小性儿"、时常"歪派"人。有一次，她和宝玉一道在薛姨妈那里喝酒，李嬷嬷不让宝玉多喝，并且抬出贾政来，要宝玉提防老爷问书。黛玉见此情景，马上当着薛姨妈和宝钗的面，把李嬷嬷教训了一通，急得李嬷嬷说："真真这林姐儿，说出一句话来，比刀子还厉害。"对于深得主子欢心的丫头袭人，林黛玉也不放过，甚至当着袭人的面说："你说你是丫头，我只拿你当嫂子待。"把人人缄口的袭人与宝玉的暧昧关系毫不客气地捅了出来。那一回，贾母要给宝钗过十五岁生日，这是大观园的一次"盛典"，大家都忙不迭地讨贾母的欢心。唯有林黛玉，先是不肯去，不愿借薛宝钗的光看戏；后来，薛宝钗给宝玉说《山门》这出戏，喜得宝玉拍膝摇头，乐不可支，夸奖宝钗无书不知，无事不晓，林黛玉却把嘴一撇道："安静些看戏罢！还没唱《山门》，你就《妆疯》了。"这

───────
[1] 黑格尔：《美学》第一卷第295页。

种挖苦的语言，几乎冲撞了贾母以下的所有人，扫了大家的兴。看来，林黛玉简直不懂得一点为人处世的诀窍，不知道如此锋芒毕露会给自己带来什么样的严重后果。然而，透过这种很不乖觉、很不随和的性格素质，我们曲折地看到了支撑林黛玉整个性格的一种力量，那应当是憎恶封建道德、捍卫纯真的爱情：她斥责李嬷嬷，是因为这个老妈子用贾政的权威和仕途经济一类的说教来制约贾宝玉；她揭露花袭人，是因为这个效忠主子的奴才显得那么庸俗、卑下、伪善和缺乏人性；她挖苦贾宝玉，是为了借题发挥，表示自己对这一幕有意抬举薛宝钗的闹剧的不满，以及对贾宝玉过分亲近薛宝钗的言行的警戒。总之，黛玉的高傲既是与她的反叛主流价值观念的精神相关，又是因为在她的内心世界中有着更高的价值准则的支撑，那就是对人本身的自由与平等，以及真正的两心相印的爱情的追求。

（二）黛玉的性格世界中，又具有敏感、多疑和伤感的性格素质。敏感，是指对周围的人与事具有超乎寻常的感受力；多疑，则是由于自己的身世而形成的自卑感所建立起来的一种本能的防御机制，即时时刻刻防备意外的伤害。但是这种伤害总是无法逃避，甚至也是难以反抗的，所以这也形成了黛玉性格中挥之不去的伤感。曹雪芹为这种性格素质的成长提供了丰厚的土壤和养料，使它不断充实，变得相当活跃，充满生气。例如第二十六回，她去敲怡红院的门，晴雯正没好气，挡了她的驾。这一无端的误会，却立时叫她思前想后，越想越动气，越伤感，她不顾苍苔露冷，花径风寒，独立花荫之下，悲悲切切，呜咽起来，直哭得"花魂点点无情绪，鸟梦痴痴何处惊"。请看，曹雪芹为"廓大"林黛玉的善感多愁，投下了多么精彩、多么凝练的笔墨啊！巡察林黛玉的性格历史，我们不难发现：她太多疑，太易愁了，仿佛大观园里的欢声笑语、无端误会、冷露寒风、飘零红雨，都能够勾起她的无边愁绪，使她的眼泪源源不断，春流到夏、秋流到冬。但是，作家对这种性格素质的充实又不是孤立的，它始终被笼罩在一种强大的精神力量里，那就是：叛逆！是的，叛逆精神的执拗的注入，使林黛玉的泪珠儿沉重了，叹息声激切了。原来，林黛玉的多愁善感，悲泣流泪，并不是闲得发愁的贵族小姐的无病呻吟，而是承受着封建末世的时代压力，从纯真美好的心灵的深处，发出的破裂的声音！失去了双亲，失去了家门权势，甚至将来还要贾府"多费得一副嫁妆"的林黛玉，在那样的年代里就等于失去了一切：人格、尊严、发言权，以及在婚姻（不是爱情）问题上的起码的要求。林黛玉的一颗高傲的、神飞于理想云端的心，正是被这种封建私有制度的磨石隐秘地、无情地碾碎了！所以，她的每一种疑虑，每一声叹息，每一滴眼泪，都始终是一个情感焦点的爆炸和迸射：越寄人篱下，越是要维护人格的尊严；越是在爱情问题上没有希望，就越是要把绝望和期望反复咀嚼，夜夜品味。很显然：历史的必然，生活的逻辑，诱发和强化了林黛玉的叛逆精神；这种精神，又凭借性格的内在逻辑力量，润物无声地洒入那些非主导性格素质里去了。

（三）在黛玉的叛逆精神中，黛玉的性格素质又显得娇贵、清高，带有相当浓厚的贵族气味。当她头一次迈进贾府门槛的时候，想到的首先是"步步留心，时时在意，不要多说一句话，不可多行一步路"，这固然反映了贾府的森严秩序和令人窒息的气氛，但此时的林黛玉，着眼点主要是在盐课老爷家千金小姐的身份上。她反复叮咛自己：不可有失身份，"被人耻笑了去"。这一幕小心翼翼、进退有度、礼数周详的开场戏，把林黛玉摆布得简直如同一位高贵的"使节"——从一个袭过列侯的门庭，去拜访另一个更为显赫的贵族世家。后来，她寄人篱下了，但是这种贵族小姐的气味并没有因此削减。你看，当乡村老人刘姥姥被贾府上下捉弄得手舞足蹈时，林黛玉却悠闲自得地笑道："当日圣乐一奏，百兽率舞，如今才一牛耳。"后又煞费苦心地把刘姥姥嘲讽为"母蝗虫"。她那么热衷于阅读"词句警人"的《西厢记》和《牡丹亭》,然而,又羞于行酒令时的无意引用,央求薛宝钗为她遮掩,好维护"千金小姐""不出屋门的女孩儿"的脸面。她十分强烈地向往着同贾宝玉的美满爱情,但是,又总是躲躲闪闪,当贾宝玉说了句"同鸳帐"的直率话时,她竟然急得哭了,斥责贾宝玉"看了混账书,也拿我取笑儿"。确实,封建贵族阶级的偏见和教养,在林黛玉的身上留下了深深的鲜明的"胎记",使她的性格世界不能不纠缠着娇柔的、易脆的藤蔓。曹雪芹凭借现实主义大师的敏锐,恰如其分地把握了它、表现了它。这固然使林黛玉的性格色彩变得格外精确,格外丰富,但同时,它又紧随着性格逻辑流向,汇入并融化在林黛玉叛逆性格的主流和旋涡之中。因为,林黛玉的叛逆精神不可能超脱她那贵族本性的羁绊。她对封建秩序的反抗,说到底,只是一个具有初步民主精神的贵族少女的反抗。她的羽翼,只能在金丝鸟笼里寂寞鼓动;她的挣扎,说什么也割不断封建家族留给的血脉。正是这种质的和量的规定性,使林黛玉的叛逆精神必然地要与她的贵族情调纠缠在一起,从而蒙上了一层抹不去的阴影。同时,黛玉的贵族精神又具有积极的、正面的价值,即对自身尊严的捍卫与高扬。贵族精神本来是建立在人的等级制基础上的,但在那个尚无法瞩望打破等级制的历史背景下,拥有一种贵族精神或在精神上保持一种贵族气概,也不失为一种精神反抗的手段及精神高尚的标志,尤其是与奴性相比,更是如此。

(四)黛玉的性格中又充溢着诗性的芳馨,使她的叛逆精神带着一种诗意的激情和神韵。在《红楼梦》里,林黛玉表现了卓越的诗歌天才。诗魂,总是从她的言谈举止中飘散出沁人心肺的芳香,为了培养林黛玉的这一性格素质,曹雪芹在她的性格土壤里进行了辛勤的耕耘与灌溉。他让林黛玉轻松活泼地给香菱讲评诗歌创作的奥秘,他让林黛玉襟怀舒朗地在大观园里结社吟诗,他让林黛玉生活在凤尾森森、龙吟细细的充满了诗情雅趣的潇湘馆里,他让林黛玉微妙、深沉地用诗歌来传递爱情的信息。说真的,假如没有诗歌,林黛玉绝不是我们今天所神交的那个样儿。但是,如同诗歌有"眼"一样,林黛玉诗情的喷发也有一个"泉眼"。这泉眼,就是她用整个生命来追求的爱情与自由。且不说"凹晶馆联诗"那一段,且不说"绢上题诗"那一段,让我们来读一读有名的《葬花辞》吧!落花,使林黛玉想起了自己的身世和命运,触发了她的点点愁绪和满腔悲愤。她抗议:"一年三百六十日,风刀霜剑严相逼!"她向往:"愿侬此日生双翼,随花飞到天尽头!"她诘问:"天尽头,何处有香丘?"她宣言:"质本洁来还洁去,不教污淖陷渠沟!"她哭诉:"尔今死去侬收葬,未卜侬身何日丧?"她哀叹:"侬今葬花人笑痴,他年葬侬知是谁?"这样的歌声,明显地应和着林黛玉叛逆性格的主旋律,使林黛玉的诗人气质里更多地带有叛逆者与求索者的基因。

通过以上四个方面的粗略分析,我们看到:作为林黛玉主导性格的叛逆精神,并没有"惟我独尊",单独突出,它总是自然地、巧妙地把自己的影响力渗透到其他一些性格素质里去,在"礼贤下士"的过程中保持自己的"统治地位",从而使丰富复杂的非主导性格素质,也曲折地或明或暗地透射出叛逆精神的光彩。

事物总是在矛盾关系中变化发展的。有作用就有反作用。当人物的主导性格通过"渗透"作用,把自己的影响施于各种非主导性格素质的时候,这些非主导性格素质则通过"凝聚"过程,反作用于主导性格,使主导性格分明地打上这一个人物的特有的印记。不妨拿林黛玉同贾宝玉做一个比较。他们主导性格的内涵基本上是相同的。要想用三言两语道出宝、黛二人主导性格表现出来的差异,看起来是不太容易的。幸好,曹雪芹为他的男女主人公准备了两个"雅号",可以借来一用,这便是:贾宝玉的

"混世魔王",林黛玉的"颦儿"。细细想来,贾宝玉的叛逆性格带有较多的浪漫色彩,而林黛玉则带着浓郁的现实主义味道:贾宝玉是在"厮混""顽劣"的掩护下进行叛乱,林黛玉是在弱不禁风的外衣下抵挡时代的风雨;贾宝玉时常用痛骂"禄蠹"来震撼贾府的殿宇,林黛玉每天用辛酸的泪水来浸润叛逆的种子;贾宝玉着了魔似的要把"乖僻"形之于外,林黛玉力不从心地把守着自己的灵魂窗户;贾宝玉对生活存在着较多的幻想,林黛玉对生活始终是紧皱着眉头;贾宝玉用悬崖撒手、同归于尽的方法来攻击封建世家,林黛玉用只求速死的手段去敲响抗议与控诉的钟声。这一切,使我们对宝、黛二人的主导性格产生了一种印象:前者是韧性的脆弱,后者是脆弱的韧性;尽管两个人的叛逆都称得上坚决,爱情都称得上热烈。

为什么会出现上述情形呢?这只有在"渗透"与"凝聚"的矛盾关系中寻找答案。由于主导性格的渗透,林黛玉性格世界里的各种性格素质都被团结起来了。这种团结,必然产生一种"向心力"。凭借着这股"向心力",林黛玉的敏感多疑、傲岸不驯、贵族情调、诗人气质等等,都会争先恐后地将自己的特有色彩,涂抹到主导性格上去。我们知道,在宝、黛二人的性格世界里,非主导性格素质是不尽相同的。这主要取决于人物的不同遭际。譬如,林黛玉自幼丧失双亲,寄人篱下,这就比养尊处优、被贾母等人视为"命根子"的贾宝玉更早地接触到"人情冷暖";林黛玉从反叛的第一天起,就已经是"背水作战",连投降的余地也没有,这就比经常面对着"招安"黄旗的贾宝玉更显得专一、执着和不抱过多的幻想。这样一来,就酿成了宝、黛二人的许多不同的性格素质,例如敏感、偏狭、尖刻、孤傲、多疑之类,便是林黛玉之所有,而贾宝玉之所无的。当宝、黛二人用独有的性格色彩去涂抹自己的主导性格,去发挥牵引和制约的能动作用时,他们的主导性格就呈现出差异来了。

二、论黛玉的性格演变

林黛玉的叛逆性格是和她的叛逆爱情一道成长的。她和贾宝玉的爱情从萌动到被毁,大体上经历了这么几个阶段:试探,定情,相对和谐,冀求婚姻归宿,落入"机关",情断人亡。在每一阶段中,黛玉的性格都保持一种主要的特质,但又不是凝滞的。随着人生旅程的延伸,生活环境的变化,各种矛盾线索的纽结和牵动,她那"单一的杂多"的性格,总是不断地、有层次地向前推进。为了论说的简便,我们就"赠绢""忆绢""焚绢"几节,对林黛玉的性格演变做一番分析。

"赠绢"是宝、黛二人的定情标志。从此以后,他们的爱情生活由试探阶段进入了相互体贴、相对平和阶段。在那一社会里,男女之间的纯真爱情,就意味着对森严的封建秩序的反叛,必然要遭到卫道者们的切齿诅咒和无情摧残。而追求爱情的女性,更是被压在黑咕隆咚的枯井的最底层,承受着加倍的侮辱与折磨。所以,林黛玉从萌动爱情的第一天起,就已面临着"破釜沉舟"、无法回头的境地——那一社会是不肯宽恕和赦免她的,哪怕她痛哭流涕地表示彻底悔改!这种苦寒透骨的时代气氛,迫使林黛玉在探求爱情的过程中战战兢兢,如履薄冰,如临深渊。幸好,她和宝玉的爱情胚芽,包上了一层"两小无猜"的薄薄外衣,能够暂时避开封建当权者们的严密督察,在坚硬的石块下寻觅着生存的缝隙。正由于此,林黛玉的爱情试探才得以延续,同时,又显得相当隐秘、相当艰难,恰似"幽咽泉流冰下滩"。加之生活又似乎偶然地在林黛玉的心头抹上了另一层阴影,那便是薛宝钗的金锁和史湘云的金麒麟。这不是一般的多角恋爱纠葛。因为,在"金玉良缘"的言笑声中,封建统治者已将"宝二奶奶"的质量标准浇铸出来了,而薛宝钗的精神和行状恰恰就是这一标准的生动体现。后来者居上，宝钗的竞争力是不容置疑的：一方面她有着整个封建势力的强大后盾，一方面她那"杨妃"式的风采和气韵又总是勾牵着贾宝玉的迷恋。这情势，对于十分敏感的林黛玉来说，是不言自明的。所以，她在探测爱情的时候又多了几层压力、几多痛苦。当然，最要紧的试探工作还在于深刻入微地弄清自己的爱恋对象，"万两黄金容易得，知心一个也难求"，贾宝玉的品格如何？能不能同自己心心相印，肝胆相照？面对着这些至关重要的问题，林黛玉进行了多么精细的审察啊，委实是"情重愈斟情"！贾宝玉没有辜负她的一片深情。他把《西厢记》《牡丹亭》一类的"好文章"，悄悄地拿来与黛玉共赏；他"人前一片私心"，称扬黛玉从来不说"仕途经济""为官作宦"的"混账话"；他在被打之后仍然坚定地向黛玉表示，即使去死，也不改往日的行径！到此时，瓜熟蒂落，水到渠成，林黛玉的爱情试探告一段落，贾宝玉的"赠绢"之举合乎逻辑地发生了。在赠绢和绢上题诗之前，宝、黛二人各自擎着灵魂的火把，在茫茫的黑夜里，在飘忽的磷火间，寻寻觅觅、曲曲折折地呼应着，映照着，接近着；现在，他们定情了，两支火把合成一把，燃烧更旺了。高兴啊，首先是值得庆幸的高兴！宝玉在支使晴雯送绢时，是连连"笑道"，黛玉在受绢时是"神痴心醉"，往日的疑虑、焦躁、猜度、怄气一下子云散烟消。幸福的人是容易相信自己的力量的，两条旧绢似乎在林黛玉的筋骨里注进了新的活力，她在竞争力很强的薛宝钗面前，说话的口气也大了："姐姐也自己保重些儿。就是哭出两缸泪来，也医不好棒疮！"当然，一颗久悬的心一旦落地，整个身心可能会出现某种松弛，林黛玉甚至对自己所厌恶的人也失去了惯常的警觉。这些情绪：高兴、自恃、松懈等，顺其自然地交织在一起，使林黛玉的待人接物产生了某种微妙的变化。不妨把第二十回的"俏语谑娇音"，与第四十五回的"闷制风雨词"做一番比较。在第二十回中，林黛玉面对贾宝玉狠狠地数落了薛宝钗:"你又来做什么?死活凭我去罢了!横竖如今有人和你玩。比我又会念,又会作,又会写,又会说会笑,又怕你生气,拉了你去哄着你。你又来做什么呢?"锋利,急促,七个"又"字到底,简直在放连珠炮!到了第四十五回,林黛玉竟然在薛宝钗的一番关照、几两燕窝面前,十分恳切地做起自我批评来了,她叹道:"你素日待人,固然是极好的,然我最是个多心的人,只当你有心藏奸。从前日你说看杂书不好,又劝我那些好话,竟大感激你。往日竟是我错了,实在误到如今……"又笑道:"东西是小,难得你多情如此!"语气悠缓,侃侃而谈,推心置腹。为什么前后殊异呢?这固然由于生活遭际的局限,林黛玉无法透彻地看出薛宝钗的本性,但同时,我们不能不承认:由于爱情上的暂时胜利,林黛玉对薛宝钗的精神防线放松了。她不再那么认真地从品格上、志趣上,去搜寻薛宝钗的可鄙之处和藏奸之态;她更多地从那一时代妇女不能自主的角度,去理解薛宝钗的"同病相怜",去领受薛宝钗的闺阁友情,甚至"爱屋及乌",十分和蔼地、有说有笑地接待了送燕窝来的两个老婆子,这确实是难得的事儿。对于贾宝玉呢?她的态度也有颇大的变化。请比较下面两段文字:

>黛玉听了,低头不语,半日,说道:"你只怨人行动嗔怪你,你再不知道你呕的人难受!——就拿今日天气比,分明冷些,怎么你脱了青肷披风呢?"宝玉笑道:"何尝没穿?见你一恼,我一暴躁,就脱了。"黛玉叹道:"回来伤了风,又该讹着吵吃的了。"(第二十回)

>黛玉听说,回手向书架上把个玻璃绣球灯拿下来,命点一枝小蜡儿来,递与宝玉,道:"这个比那个亮,正是雨里点的。"宝玉道:"我也有这么一个,怕他们失脚滑倒了打破了,所以没点来。"黛玉道:"跌了灯值钱呢,是跌了人值钱……怎么忽然又变出这'剖腹藏珠'的脾气来?"(第四十五回)

都是对贾宝玉日常生活琐事的关心，但意态颇不一样。前一段，林黛玉分明还在生贾宝玉"见了姐姐，忘了妹妹"的气；所以，她一方面凭借着初恋者之间的特有敏感，察觉到贾宝玉的衣裳穿得太单薄了，一方面又无端地把穿衣单薄同平日的怄气联系起来，指责贾宝玉故意同她闹别扭。林黛玉的诘问，明显地是在"歪派"人，完全不成其理由，大概连她自己也不指望贾宝玉的回答。谁知，贾宝玉竟然一本正经地进行了解释，而且解释得情深意长。这顿时熨了她的心，消了她的疑，感叹道："回来伤了风，又该讹着吵吃的了。"虚晃一枪，自己下了台。后一段文字，就完全看不到这种爱的褊狭和爱的折磨了，呈现在我们面前的林黛玉，是温柔、贤淑的化身，她含情脉脉，轻言慢语，既有娇嗔之态，又有体贴入微的叮咛。很显然，由于赠绢定情，她已经明确地把贾宝玉作为终身伴侣来爱护、来关照了，他们之间，开始了一段清风徐来、水波不兴的爱情生活……

"忆绢"则是黛玉性格演变的又一重要阶段。在这一阶段，由于对爱情的必然归宿——婚姻——的无力自主和悲观情绪，黛玉的性格中出现了对既有社会秩序的幽怨、怀疑与愤恨的因子。这是因为，在黛玉和宝玉的真挚深邃的爱情和美满婚姻之间出现了阴风浊浪。就在林黛玉笑语温存地送走了贾宝玉的那个晚上，她第一次在心头触动了这个问题。伴随着窗外竹梢蕉叶上的淅沥雨声，她神思飘忽地想到了宝玉的将来，羡慕着有母有兄的宝钗。是的，作为那一时代的叛逆女性，林黛玉可以勇敢地把自己的爱情献给宝玉，但是，她不可能用自己的双手去争得美满婚姻的归宿。"娇羞默默同谁诉？""醒时幽怨同谁诉？"她已经在"海棠诗"和"菊梦诗"中隐约地透露出这样的心曲。谁能够倾听她的倾诉呢？谁能够成全她和宝玉的美事呢？这个问题日甚一日地折磨着她，使她的痛苦超过了爱情试探时期。指望父母之命吗？不行，她失去了双亲，无人作主。指望贾府里的舆论吗？也不行，她早就在许多人的心目中留下"孤高自许"的印象，尽管那个颇有一点实权的王熙凤，曾经赤裸裸地说要她做贾府的媳妇，但这也仅仅是逢场作戏而已。看来，只有求助于宁、荣二府的最高权威史太君了。然而，恰恰是这位"老祖宗"始终"不见有半点意思"。这怎能不叫林黛玉的心中"干着急"呢？于是，演出了"痴魂惊恶梦"那一段；紧接着，宝玉始提亲，袭人探紫鹃，紧锣密鼓渐起。就在这样的情势下，《红楼梦》向我们展示了黛玉"忆绢"的动人篇章。时维九月，秋声紧起，落叶敲窗，一阵晚桂的清香沁人心脾，林黛玉触景生情，神往水秀山明的江南故土，又一次迸发了思家怀乡之疾："今日寄人篱下，纵有许多照应，自己无处不要留心。不知前生作了什么罪孽，今生这样孤凄！"她曾经深恨父母在时没早日定了这头婚姻。但转念一想，倘若父母定了别处婚姻，又怎能似宝玉这般心地人才？她陷落在难以自解的矛盾之中，紫鹃却偏要用贾母的"庇护"来劝慰她："姑娘是老太太的外孙女儿，又是老太太心坎上的。"这简直叫林黛玉啼笑皆非。所以，她只点点头儿，立即把话岔开。话头虽然岔开了，内心的波涛并没有因此平伏下去，它汹涌着，蓄积着，终于从一个十分敏感的小口中喷泻出来！她无意间拣出了宝玉病时赠送的旧绢，上面题诗依旧，泪痕犹在！仿佛黑漆无垠的夜空中划出一道耀眼的闪电，旧绢，拭亮了珍藏在林黛玉心头的几多往事，使她比较冷静地思索着这么一个严峻的问题：为什么昔日的"旧啼痕"未干，今日的"新啼痕"又已经斑斑点点？她一边抚琴，一边深沉地唱道："风萧萧兮秋气深，美人千里兮独沉吟"，"子之遭兮不自由，予之遇兮多烦忧"！在这里，聪明灵秀的林黛玉几乎抓住了问题的内核，那就是：自由！她和贾宝玉所没有的自由！那一社会是容不得爱情自由的，很显然，林黛玉根本无法把自己的爱情之舟驶向婚姻的彼岸！就说她曾经指望过的贾母吧，一旦谴责起谈情说爱的故事来，便一点儿也不慈祥了：

"鬼不成鬼，贼不成贼，那一点儿像个佳人？"言辞之尖刻，语气之森冷，简直叫人不寒而栗！祈求这样的"老祖宗"来成全宝、黛二人的终身大事，岂不是缘木求鱼吗！等待着林黛玉的，除了孤凄、烦忧、忆绢洒泪之外，还能是什么呢？

只能是"焚绢"。把这两条浸透着爱情，洒满了泪水的旧绢投入火盆，林黛玉该是怀着怎样的决绝之情啊！赠绢，使她惊喜痴迷；忆绢，使她沉吟思索；焚绢呢？只能激起她对整个贵族世家的加倍仇恨！自从"颦卿绝粒"之后，贾府的统治者们已经觉察到林黛玉的"心病"，他们的憎恶之情立刻溢于言表，甚至在林黛玉病危的时候，贾母还谴责她"成了什么人"！封建当权者们的险恶阴谋和肆意摧残，迫使林黛玉在反叛的道路上加快了步伐，她决定用自己的生命来做最后的抗议。焚绢，便是这一冲刺的最初闪光和起步信号。别了，爱情！别了，青春！你们是十分叫人留恋的，但是，为了诅咒这一肮脏的人世，林黛玉决心亲手将你们掩埋。"质本洁来还洁去"，你们将在烈火中升华，将在青泥中永生！至于赠绢人呢？林黛玉理解他，信任他，体谅他，然而，又似乎不能宽恕他。此情谁解？此意谁度？此味谁识？到如今，连她本人也是"剪不断，理还乱"的。所以，她在生命的最后瞬间，给人们留下了一句未了的呼叫："宝玉！宝玉！你好……"让我们试着填全这句话吧："你好狠心！""你好好保重！""你好生想想自己的将来！""你好生照料，送我回苏州去吧！"都不够理想。看来，要想深刻地把握林黛玉的性格逻辑，确实是很不容易的啊！

第四节 宝钗论

《红楼梦》是一部为"闺阁昭传"的书,曹雪芹的"红楼"悲剧是为了"千红一哭""万艳同悲"的女性而上演的。在构成《红楼梦》主要情节宝、黛的爱情悲剧中,薛宝钗扮演了一个重要的角色。后四十回安排的"林黛玉焚稿断痴情,薛宝钗出闺成大礼"的"调包计",更把她在宝、黛爱情中的作用突出地表现出来。因此,以某种男性中心的观念,来品评钗、黛优劣,历来是《红楼梦》读者的一个热门话题;甚至有过因尊彼抑此而"遂相龃龉,几挥老拳"的情况。当然,也出现了对钗、黛二人不相轩轾,而认为她们是"双峰并峙,二水分流",各有千秋而各臻其美的看法。无论如何,宝钗在人们的心目中都占据着特殊的位置,爱憎情感的复杂纠葛说明了这个人物形象的丰富性与典型性。

一、论宝钗的性格特征

"都道是金玉良缘,俺只念木石前盟",曹雪芹以两种不同的婚姻观展开了宝玉与钗、黛的关系。"金玉良缘"是金钱与权力的结合,宝钗项上所带的金锁与宝玉所佩的玉分别象征了"富"与"贵",金不必说,玉作为封建社会礼器的代表,正是贾府高贵门第的符号。而"木石前盟"则是一种与功利无关,而纯是出自天然的情感誓约,在《红楼梦》中是以神瑛侍者对绛珠仙草以生命浇注生命,使对方"遂得脱却草胎木质,得换人形"的无私挚爱来表达的。因此,金玉与木石代表了两种不同的生活态度和人生境界。理解与分析钗、黛之别，应当从这一基本的规定性出发。而要具体地揭示宝钗的性格特质，则需要深入其生平遭际与心性行为之中。

（一）注重现实的功利是宝钗性格的重要特征。

在《红楼梦》中，宝钗向来是以温柔敦厚、谦恭自抑的形象出现的。但是，在最能表达人的心声的诗歌中，她就往往抑制不住地让自己的情感趋向乃至人生目标宣泄出来。她写螃蟹是"眼前道路无经纬，皮里春秋空黑黄"，于刻毒地讽刺世人时却恰恰暴露了自己内心的人世"春秋"；而以"白玉堂前春解舞，东风卷得均匀"来写柳絮这样"轻薄无根的东西"，并祈望"好风频借力，送我上青云"，则显示了宝钗这种依附于权贵而又不甘屈居人下，想借着"好风"青云直上的热辣辣的内心欲望。正是为了实现自己的人生目标，宝钗在现实中才时时处处注意各种人际关系，步步为营地走向自己梦想中的"青云"。那么，宝钗的人生目标究竟是什么呢？在《红楼梦》中宝钗从来没有明显地展露过，那一时代也不允许一个女性公然说明自己的人生追求，因为一切早就由封建的礼法规范规定好了。但是，我们从小说中还是可以见出其蛛丝马迹来的。最为明显的是她劝宝玉"上进"，"在大事上用心"，希望宝玉能够在那一社会所倡导和规定的主流价值观念下进入名利之场，挣一个前途，获得功名利禄。而她自己呢，虽然未曾像王熙凤和贾探春那样显示出治家治国的才能，但是从她对各种矛盾的分析、形势的判断以及提供的措施等方面来看，谁又能说她的能力弱于凤姐与探春呢？

既然她在这样的事情上如此用心，则其目标所在，岂不是昭然若揭了吗？

作为一名皇商的女儿，正如诸多研究者所指出的，在宝钗性格中存在着某种商人的气质，那就是把金钱看得比较重，在人际关系中注重交换。表面看来，宝钗无论是对上对下都显得宽宏大度，处处为别人着想，并且在别人遇到困难时往往伸出援助之手。但是，从许多事情上都可以看出，宝钗认为难以解决的纠葛，只要用钱就可以摆平的。如金钏之死，她劝王夫人赏一些银子以摆脱良心的谴责；对贾府的管理，她提出"小惠全大体"的方案，即花最少的钱，以获得最大的"边际效用"。而在人际关系之中，她更注重的乃是以笼络的手段、广施恩惠而获得最大的利益。而对于宝钗来说，在大观园中最大的利益便是登上"宝二奶奶"这一位置。

（二）宝钗性格的另一个特征是世故而虚伪。

所谓世故，是指通晓人世的各种表面的社会价值规范之下的潜在的规则。有人说，社会规则有两种：一种是公开出来的要求大家遵守的规则；一种是潜隐的，虽然未曾公开，但同样是不能触犯的规则。我们理解的世故，就是指不仅对于人与人之间显示的规则的了解达到了熟练的程度，而且对潜隐的规则也谙熟于心、运用自如。宝钗作为一名贵族之家的少女，本来应当与社会潜规则相距较远的；但由于家道的败落，哥哥"呆霸王"的不争气，以及家庭以经商为生的境况，使她过早地领略到了人世间、人心间潜隐着的诸多东西。宝钗在处理事情时，就善于趋利避害，利用人心中、人性中潜在的各种东西达到自己的目的。如"滴翠亭杨妃戏彩蝶"中，宝钗"嫁祸"于黛玉，便是明显的例子。或许有人认为"嫁祸"之说是小题大作，我们不妨来看一下原文中的宝钗是如何想的："怪道从古至今那些奸淫狗盗的人，心机都不错。这一开了，见我在这里，他们岂不臊了。况且说话的语音，大似宝玉房里的红儿的言语。他素昔眼空心大，是个头等刁钻古怪东西。今儿我听了他的短儿，一时人急造反，狗急跳墙，不但生事，而且我还没趣。如今便赶着躲了。料也躲不及，少不得要使个'金蝉脱壳'的法子。"她首先认定自己碰上的是"奸淫狗盗"的人，而这些人是最害怕别人发现自己的秘密的。

按照社会的公开规则，宝钗应当揭发指责这些下人们的胡作非为，但是深知其中复杂性的宝钗，一害怕小红的"刁钻古怪"，一害怕他们的"狗急跳墙"，影响自己，而更重要的是其中有宝玉房中的丫头，闹出事来，影响她与宝玉身边人的关系，从而影响她与宝玉之间的关系。那是她决不愿意的。而经过如此缜密的分析，她使用了计谋，却是以牺牲黛玉为代价的。这无论如何都不能说是宅心仁厚者所为。

而正因为宝钗实际上遵循的是潜隐的规则，所以她表面上的温柔敦厚就不能不是一种虚伪的行为。在宝钗待人接物的处世哲学"不关己事不开口，一问摇头三不知"之中，除了一切以自己的利益为指归的自私之外，更重要的是把"已知"当作"不知"的虚伪，所以她的谦恭与她实际上的才能、才华的不相称，她的对人厌恶而表面仍然春风满面，就都是虚伪的最充分表现。而由于其"表"符合社会的一般价值观念，所以其"里"就很难被人发现。只是在宝玉怒斥其沦于"国贼禄蠹"之时，我们才意识到宝钗的心里隐藏着的究竟是怎样的一种热切的欲望。

（三）宝钗性格中存在着冷静甚至冷酷的高度理性特征。

《红楼梦》写宝钗在大观园中居住的蘅芜院虽"只觉异香扑鼻"，但"那奇草仙藤，愈冷愈苍翠"。"及进了房屋，雪洞一般，一色的玩器全无。案上止有一个土定瓶，瓶中供着数枝菊，并两部书、茶奁、茶杯而已；床上只吊着青纱帐幔，衾褥也十分朴素。"曹雪芹让宝钗姓薛，所谓"丰年好大雪"，所以她住的乃是"雪洞"。这位青春少女的生命激情被深深地掩埋在了冷冰冰的理性结构之中，甚至她经常服用的药都是"冷香丸"，充分表现了曹雪芹对宝钗性格之"冷"的看法。

这种"冷"自然与她的功利及世故相关，由于洞悉了人世间的一切关系都随着利益的改变而改变，所以宝钗就冷却了对他人乃至对一切生命的情感，而让冷冰冰的理性计算来支配自己的行为。人们常说，政治家只有理智，没有情感，就是指政治家需要冷静地处理一切利益关系，而切断对象与自己的情感纽带。宝钗也堪称大观园中的政治家，她的最大的政治便是一切以自己的利益为转移。所以无论发生怎样的事情，她都能够迅速地从情感的缠绕中解脱出来，加以冷静地处理。例如，宝玉被贾政痛打之后，宝钗难得地流露了自己的感情，但是一涉及自己的哥哥薛蟠，她的言辞立刻客观、冷静起来："你们也不必怨这个，怨那个，据我想，到底宝兄弟素日不正，肯和那些人来往，老爷才生气。就是我哥哥说话不防头，一时就带出宝兄弟来，也不是有心调唆：一则也是本来的实话，二则他原不理论这些防嫌小事。袭姑娘从小儿只见宝兄弟这么样细心的人，你何尝见过天不怕地不怕、心里有什么口里就说什么的人。"她首先明确地指明了宝玉的"素日不正"，才是致祸之由，其他原因都只是次要的，以从根本上说明薛蟠即便有问题，也不是真正的原因。接着有条有理、有礼有节地说明了即使薛蟠透露风声的事实存在，那也是因为他"实话实说"的直率性格。由此把自己的"呆霸王"哥哥的卑劣（争风吃醋）与肆无忌惮用美好的辞句包装了起来。而对宝玉刚刚涌流的情感立刻被利害关系的计算所代替。她对宝玉的"冷静"，在宝玉正当伤痛之时已近乎冷酷，而《红楼梦》后四十回中所写的"调包计"，则以两种情景的强烈对比，映衬了宝钗的冷酷。但是更能显示她冷酷的正如王昆仑所论，是当黛玉死后，众人都瞒着宝玉，而宝钗却毅然决然地说破，使宝玉放声大哭而昏死过去。[1] 让宝玉"在绝望中诞生"，死了心之后再对自己产生感情。而当探春远嫁之时，又是宝钗对着伤心悲痛的宝玉说出"异常狠辣"（王昆仑语）的话来："据你的心里，要这些姐妹都在家陪到你老了，都不为终身的事吗？要说别人，或者还有

---

[1]《红楼梦人物论》第205—206页，三联书店1983年版。

别的想头。你自己的姐姐妹妹,不用说没有远嫁的;就是有,老爷作主,你有什么法儿?打量天下就是你一个人爱姐姐妹妹呢?要是都像你,就连我也不能陪着你了……这么说起来,我和袭姑娘各自一边儿去,让你把姐姐妹妹都邀了来守着你!"这种恶毒的话却仍然是以似乎严密的推理说出来的,但是她有意模糊了"姐姐妹妹"的概念,从而把宝玉推到一种不利的境地。可是她的冷血与残酷却赤裸裸地表现了出来。

二、论宝钗的性格矛盾

宝钗是一个看起来完美无缺的人。她美丽,并且是一种健康、丰满而高贵的美;她有才华,其诗才及其他艺术才能丝毫不逊色于黛玉;她更有人缘,没有什么敌人,连令贾府上下讨厌的赵姨娘,她都送礼,博得人人称赞。但恰恰是这种完人才最令人感到害怕。因为她把自己的爱憎情感都深深地隐藏了起来,其"皮里春秋"上写着的往往是刀枪剑戟的搏杀与争斗。但是,我们在宝钗的精神世界中,也可感受到不同的力量之间发生着的矛盾冲突,尽管是不显山不露水地暗中运行,但是情感的潜流与旋涡却将她的性格搅动出重重波纹、叠叠浪涛。

(一)"做人"与"恋爱"。

王昆仑在《薛宝钗论》中精辟地概括说:"黛玉是恋爱,宝钗是'做人'。"[1]对钗、黛性格之分野做这样的总结当然是非常准确的。但是,我们应当看到,在宝钗世故的"做人"中,追求恋爱的成功也是异常重要的一个目标。作为送到京城"待选"入宫的贵族之家的闺秀,宝钗未必愿意到那"不得见人的去处",若是能够结成"金玉良缘",让金钱与权势以婚姻为纽带牢固地

---

[1] 《红楼梦人物论》第207页。

结合在一起,则是一种"双赢"的结果。这就是贾、薛二家最终能"亲上加亲"的最根本的原因。而宝钗的"做人",也是为了实现这个目标。所以,对贾府上下,特别是能主宰宝玉婚姻或与宝玉有亲密关系的人,她都加意笼络、奉承与施恩。上到对贾母,下到对袭人,她都充分表现了自己善于"做人"的才能。那么,对于宝玉,她难道未曾真正动过感情吗?在这位少女的内心世界中,宝玉究竟占有什么样的地位呢?应当看到,宝钗对宝玉这位生活圈内唯一可以接近的年龄相近的异性,是有着自己的基本判断的。一方面,她看到了宝玉对仕途经(世)济(国)的反感;另一方面,她确实看到了宝玉的才华、柔情与细心等方面的优点。更重要的,作为一名少女,对自己的初恋对象,她着实投入了自己的许多心力与热情的。这在小说中有多处描写。我们不能因为宝钗的虚伪与冷酷而抹杀她性格中的这一方面。但是在两者的矛盾冲突中,宝钗确实不是以恋情对待宝玉,而是以"人情"来对待能够主宰宝玉婚姻的人而走向自己的目标的。

(二)"冷"与"热"。

有人说,在宝钗表面冷冰冰地对待一切事物的态度下,隐藏着她极其热衷的功利心态。这大抵是正确的。但是,即便是功利之心,不也是表明了宝钗的生命热情吗?"愈冷愈苍翠"的蘅芜院,也象征着宝钗在冰中藏火的性格矛盾。《红楼梦》以"冷香"名其常服的药丸,也说明了宝钗性格的症结所在。同时,也表明了在"冷"之外,尚有"香"的一面。但是,宝钗也有"热"的一面,宝钗的"热"又并不总是负面的,其中包含着一些积极的因素。这就是青春的生命热情地迸发与开放。

在她戏彩蝶的娇憨与活跃中,在她"羞笼红麝串"的情感萌动之中,在她忘情地向宝玉表达爱意的言语与行为中,我们看到的不是一个对生活中的美好事物充满热情的少女吗?即使是她对黛玉、湘云的友情,也并非都是虚伪、世故的,其中同样流露出一位少女对于人与人之间的爱与理解的渴求。但是,同样的,这种情感的火花,在她的内心中被冰冷的"雪"静悄悄地掩盖而熄灭了。不过,却也有一部分恰如鲁迅笔下的冰中之火,凝固为美丽而又诡异、残酷的性格奇观。

(三)"儒"与"道"。

探求宝钗的性格根源,我们不能不看到她被人们认为是"假道学"的东西,其实这并不都是虚伪的。因为那都是由社会的主流价值观念儒家思想所熔铸而成的。《红楼梦》在第五回用"举案齐眉"来形容她与宝玉一度有过的夫妻关系,说明了宝钗即便不满于宝玉的不求上进,但仍然是按妻子的"三从四德"规范自己的行为的。而她的"做人",也正是儒家思想的核心。所以宝钗尽管有许多功利的目标与行为,但是她是努力将其纳入儒家的礼教所要求的规范中的。不过,在宝钗性格中,还有道家的"装愚守拙"的一面,即大智若愚、大巧若拙,把自己的聪明才智掩盖起来,用谦卑的态度来对待别人。而这当然是"将欲取之,必先予之",用后退来求得前进,用"失"来求"得",成为宝钗做人做事的心法。而道家思想中这种谋略,发展为法家及兵家的对人对事的冷静计算、冷酷控制的种种理论,在宝钗性格中我们可以发现这些精神因素的存在。但是,儒、道又有其不相兼容的矛盾冲突,所以在两家思想发生、发展的过程中,都有相互揭发、批判的理论。这在宝钗的性格中同样有着充分的反映。一方面她装愚守拙,一方面她往往又才华横溢;一方面她但求素朴、简洁,另一方面她又注重自己的美丽,在冷中放出异香;一方面她处处当心自己言行的合"礼"合"法"性,另一方面她又有与家人怄气乃至任性而为的一面……凡此种种,不仅表现了宝钗性格矛盾冲突的深层原因,而且也从一个侧面表达了曹雪芹对中国古代精神世界的反思。

第五节 凤 姐 论

我们可以毫不勉强地称王熙凤为凤姐,那是因为她具有可以亲近的品质与性格。贾府中的上上下下有怕她的、恨她的,有尊敬她的、憎恶她的,却没有人不觉得她有一种强烈得难以抵御的魅力。凤姐没有什么文化,却有着永远机智、巧慧百出的天才;她洞明世事,看穿了各个人的心思与欲望,并且能够巧妙地加以利用,但是她有着一种无形的亲和力;她敢于杀伐决断,在治家理财上显示了大略雄才,但是自己浮华而无能的丈夫能够轻易地制服甚至离弃她……凤姐像猫儿一样可爱,像狐狸一样狡猾,像狮子一样凶猛,却又像豺狼一样凶残、贪婪而且卑劣,最终像一只被咬伤的野兽那样孤独无助而可悲可悯。在《红楼梦》中,凤姐是独特的存在,她照出了男性世界的衰落腐化与无能,却又在女性世界的清净优美中加入一种势利而庸俗的毒素。曹雪芹对这个人物是爱恨交加的,她那"行事见识,皆出上"的"修齐治平"功夫与"机关算尽太聪明"的谋略与深心,像一柄双刃剑,解构着"红楼"世界的精神框架。

一、"都知爱慕此生才"

王熙凤是"脂粉队里的英雄",曹雪芹的"何我堂堂须眉,诚不若彼裙钗哉"之叹当包括凤姐。"金紫万千谁治国,裙钗一二可齐家",王熙凤的才干是可以施之于经世济国的更为广阔的天地之中。而她的聪明智慧在相貌、口才、处世等方面都有着充分的展示。

（一）凤姐的经世济国之才。

"家"作为一个社会的基层单位，是包含着封建社会"国"的所有生活结构与生命根源的细胞。在曹雪芹的心目中，自己笔下的"家"汇聚了历史与时代的万千风云，是一个洋洋大观、琳琅满目的世界。大作家不是能够把大千世界纳之于芥粒之微的微雕家，而是可以从一道冷风观照出山雨欲来的气象与景色的天象家，因为他的胸中本来就包罗着整个世界的广阔背景。《红楼梦》中凤姐的"协理宁国府"也就在牛刀小试中表现了她的才略具有何等超出群伦的性质。这一段故事前面已经有人从行政管理、经济管理等各个方面进行过分析，现代的社会科学似乎也只能为凤姐的才能做诠释。真正的天才注定是创造性的，而实证的、经验的分析却往往是第二义的。凤姐的天才在经世济国上可谓得到充分的展示。但是，在实际的政治运作中，充满着阴谋与斗争，往往需要以消灭对手来做最后的结论。所以，传统政治生活中儒家的礼法往往只是一个堂皇正大的幌子，而法家的"法""术""势"才是更为根本的决定胜负的武器。凤姐深通传统政治的黑幕，她的两面三刀，"明里一把火，暗里一把刀"，在"毒设相思局""借剑杀人"等事件中表现得尤为突出而成功。即使是一些生活小事，在凤姐的言行举止中都呈现出一种"准战争"的政治斗争的色彩，日常生活演变成了尔虞我诈的政治角斗场。然而，只有能够保持这种旺盛的斗志，把生活中的一切矛盾都视为政治斗争的人，才可以算得上天生的政治家。凤姐"千古文章未尽才"，在一个大家族的兴衰中只能"弄小巧"，逗小慧，无论如何都只能说是一种悲剧。既是男性世界的悲剧，更是女性世界的悲剧。正是在凤姐的"经世济国"式的行为中，显示了封建政治不可化解的矛盾。一方面是对积弊与祸端的洞察力，另一方面是治家理国者本身一旦获得权力后必然的弄权贪酷，从而使任何天才最终都只能愈力愈勤而愈不至。

（二）凤姐的语言天才。

凤姐的出场是文学史上"未见其人，先闻其声"的著名篇章；这位大字不识几个的贵妇人，也能够在芦雪庵的诗社雅集中脱口而出"一夜北风紧"的著名开场诗句，不能不令人叹服她的语言天才。黑格尔曾说，语言是作为精神而存在的。凤姐的精神、气质以及性情风韵在她的语言才能中得到最为充分的展露。凤姐曾有一段关于口语的理论，是为口声"简断"而伶俐的丫头小红而发的，代表了她的"语言观"："好孩子，难为你说的齐全。别像他们扭扭捏捏的蚊子似的。嫂子你不知道，如今除了我随手使的几个丫头、老婆之外，我就怕和他们说话。他们必定把一句话拉长了作两三截儿，咬文咬字，拿着腔儿，哼哼唧唧的，急得我冒火，他们那里知道！先前我们平儿也是这么着，我就问他：难道必定装蚊子哼哼就是美人了……"她要求的是刚健而婀娜的女性语言，决不迁就那种纤弱而病态的语言趣味。这当然反映了凤姐这样的以干"大事"、抓"主脑"为人生目标的干才对沉浸于柔情与温馨世界中的小儿女情态的不满，她这样的主张本身体现的精神却不能不说是健康而有爽朗之气的。凤姐的语言充满了机智与幽默，甚至可以说是体现了一种难得的智慧，因而连对她又怕又恨的下人们也喜欢听她的舌粲生花。而"《红楼梦》读者恨凤姐，骂凤姐，不见凤姐想凤姐"（王昆仑语）也主要是因为她那恣肆而纵溢的语言天才。试看她"斑衣戏彩"一如仿效"女先生"说话的一段："罢，罢，酒冷了，老祖宗喝一口润润嗓子再掰谎。这一回就叫作《掰谎记》，就出在本朝本地本年本月本日时，老祖宗一张口难说两家话，花开两朵，各表一枝，是真是谎且不表，再整那观灯看戏的人。老祖宗且让这二位亲戚吃一杯酒看两出戏之后，再从昨朝话言掰起如何？"真如两个"女先生"所言："奶奶要一说书，真连我们吃饭的地方也没了。"虽说是为了奉承"老祖宗"，但是凤姐表现出来的游刃有余和超越姿态，不正是她语言天才的来源吗？在哄着贾母、欺骗着其他的人开心之时,凤姐其实是站在她们之上的某个位置中冷眼旁观的,故能在语言中发挥出非同寻常的智慧。而一旦利害攸关,或者面对黛玉、宝钗这样的更有才华者,她的语言则呈现出另外的一种风貌。

(三)凤姐的生存智慧。

贾母以及李纨等都曾指出凤姐性格中的泼辣一面,称她为"凤辣子",有着"泼皮破落户"一样的无赖与强悍。所谓"辣子"泛指光棍流氓,我国残唐五代时的口语本有"赖子"这个名称,指"无赖"而说,"辣子"与"赖子"乃一音之转,同样是指泼皮无赖。在当今尚流传的扬州评话《皮五辣子》中,写出的这类人的生存状态,就是靠一种独特的智慧——"无赖"和"撒泼"的智慧,来求得生存的安乐的。凤姐被称为"辣子",表明了她性格中存在的这种智慧。无赖与撒泼的智慧,一方面是对上的,一方面是对下的,其要害都在于取得某种打破既有规范的权力。而对上,则需要特殊的恩宠与宽容,这一方面需要逢迎投合在上者的欲望,另一方面又需要把握住他们的弱点与软肋所在。凤姐对贾母、对自己的丈夫,以及对待王夫人、邢夫人,都充分运用了这样的技巧。她运用自己出众的智慧与魅力,时时处处投合"老祖宗"的心意,获得荣、宁二府最高统治者的宠爱,从而"挟天子以令诸侯",让一切人都无法撼动自己的地位。一旦发生某些险变不测,她就抓住贾母的弱点,用软性的撒泼逼"老祖宗"就范。对待下人,凤姐恩威并重而更多地用威权和辣手来进行征服。由于泼皮无赖都有的"不信邪"的放肆无忌惮,凤姐"毒设相思局","弄权铁槛寺",逼死鲍二家的,借剑杀死尤二姐,等等,都是因为:"从来不信什么阴司地狱报应的,凭什么事,我说行就行!"泼皮的"泼"是不在乎什么社会规范与道德说教的,无法无天而又把自己的行为放置在现实的权力结构可以允许的范围之中,最大限度地"用足政策"。泼皮之"皮"则是指毫无羞耻地扯破各种伪装,用无赖的手段对待一切已有或可能有的批评。在《红楼梦》中没有几个敢于当面说凤姐儿的不是,但在背后下人们的嘴里"二奶奶"的形象则是非常不堪的。而他们揭出的凤姐的生存智慧,也无非是泼皮无赖常用的而已。在对待与自己形成敌对关系的地位相当者时,这种"辣子"式的生存智慧就会显出更大的效力。例如,在尤二姐事件中她对尤氏的打滚撒泼与破口大骂,就使自己处在一种绝对有利的地位之上而称心如意地达到了自己的目的。但即使如此,在贾府这个错综复杂的大家庭中,凤姐的生存之道也不能不说是表现了杰出的才能。由于纲常的松弛与家族中男人的或平庸或无耻,人际关系中主奴之间的纷争也日趋激烈,凤姐的生存智慧就成为应付这种局面的直截了当而见效甚快的苦口良药。虽然她永远是从自己的生存目标出发的,但趋向目标中燃烧出来的才能却是照亮"红楼"的一缕炫目而又奇诡冷峻的光芒。

二、"机关算尽太聪明"

在"女子无才便是德"的历史条件下,凤姐的聪明智慧虽然给她带来了一展雄才的舞台和种种利益,但在根本上因与社会的主流价值观念的相悖而处于一种天然的易受攻击的境地。她的"辣子"精神的产生在相当大的程度上也与此相关。曹雪芹的着眼点当然并不在此,他的价值评判主要是指向凤姐的聪明背后的东西,即她主要是为了得到什么。在这样的判断之下,才有"机关算尽太聪明"的叹息,乃至幸灾乐祸:"反算了卿卿性命"的结果仍然是一种道德审判的姿态。聪明而"太",其过失在于这种聪明与算计都超出了道德的底线,在扩张其个人欲望的过程中伤害与摧毁着别人的利益乃至生命。

凤姐初显才干是在"毒设相思局"的计谋中让贾瑞"正照风

月鉴"从而枉送了性命。《红楼梦》中首次出现的死亡事件就是由凤姐一手造成的。一个被她的美貌与风流所迷惑而产生"癞蛤蟆想吃天鹅肉"念头的"没人伦的混账东西",凭她的手腕,是很可以用别的办法来打消其念头的。但是这位与贾蓉有着不干不净的关系的贵妇人,偏偏采取了以色相诱惑而最终让其送命的办法来解决,"机关"就算得"太尽"而失去了起码的人性。这种毒辣的手段在对付尤二姐时又发展成"借刀杀人"的目的更为明确、意念更为强烈的动机。总之只要是凤姐认为妨碍或侵害了自己的尊严与利益的人,就用尽一切心机加以剪除。可以说,在凤姐的权谋机变与险恶难测的"意悬悬半世心"中,浓缩了封建宫廷与官场上那些翻云覆雨、口蜜腹剑的纷争与机变的奥秘。在政治权力的绞肉机与家族权利的绞肉机上,最初的成功与最终的失败虽则具有不同内容,但对于精神的素质要求和整个过程的表现形式是惊人相似的。"多少长安名利客,机关用尽不如君""哭向金陵事更哀"的王熙凤,最终只能在宽厚而自然的乡村大地上寻找到与自己生涯形成强烈对照的景象。但是,以后的恩人刘姥姥,在王熙凤得意时,不过是她用来逗引"老祖宗"开心的道具,其精巧的设计甚至连甘于当女清客的刘姥姥有时都发出微词。"太聪明"就"聪明"在对别人的生命价值的漠视,对别人的情感世界的漠视和鄙夷,以及对异己者的无情剿杀。

凤姐又是贪婪而自私的,她的"机关算尽"相当重要的内容就是"权"与"利"。关于权力的获取与运用,前面我们已有所分析。凤姐尽管深谙权力的秘密,但是她掌握权力的最终目的不是挽大厦于将倾,秦可卿的托梦并没有被她认真地对待。相反,她的行为推波助澜地促使大厦更加快速、彻底地倾覆。这就像坐在浮出海面上的一座冰山上的人,不停地凿取冰块来作饮料,为了自己的贪欲而断送生存的依托。"弄权铁槛寺"是凤姐"协理宁国府"的副产品,而在各项工程建设项目中,凤姐利用权力和各种手段来谋求个人好处的行为就显得更肆无忌惮。与贾母的关系是凤姐聚敛钱财的重要支点,她很懂得欲取先予的道理,往往用尽一切方法来满足老祖宗的贪心与好胜心,而暗地里却是连贾母的钱都敢打主意的。在各种事情上,凤姐都能透过纷繁复杂的表象,触及其中包含着的利益实质,用"钱"来感觉事物,思考问题。这与宝钗可谓灵犀相通,当李纨带着众姊妹去邀请王熙凤加入诗社做"监察御史"的时候,她一语中的:"你们别哄我,我早猜着了,那里是请我做'监察御史'?分明叫了我去做个进钱的'铜商'罢咧……你们的钱不够花,想出这个法子来勾了我去,好和我要钱。可是这个主意不是?"她也确实是个"铜商",为了钱什么手段都敢使用,"太聪明"的结果是贪婪的欲念毁灭了她内心中一切美好的东西。在个人的私生活上,从小说开始不久就描绘的贾琏戏熙凤的生活场景中可以看出其私生活的放浪,小说中多次暗示凤姐对于个人性享乐的追求。但这一切由于都是仅仅由欲望推动,所以,男性的荒淫无耻在给她以享乐的同时,最终给她带来的是沉重的伤害。双方以欲念相计算,以心机相较量,虽然凤姐可以取得暂时的胜利,但聪明的过度发挥仍给她带来背叛与离弃。

三、"凡鸟偏从末世来"

"我来迟了",凤姐出场时的话似乎有着某种宿命的色彩,她来到的时代不对头,没有赶上好时候,反而碰上了末世。凡鸟合起来是凤("鳳"),凤姐究竟是"凤"还是"凡鸟"呢?抑或因"末世"而使"凤"变成了"凡鸟"呢?这里我们不妨做些具体分析。

王昆仑先生在论贾母时对曹雪芹的历史感有着精辟的分析:"使至今的读者都不能不敬服的是:作者曹雪芹生在康熙末年,死在乾隆早期,正值大清帝国文治武功的黄金时代,他却能指出了种种虚有其表的统治者所逃不出的历史规律。只靠着'天恩祖德'的'太上家长'也罢，'太上皇'也罢，人称你'多福多寿的老祖宗'也罢，自命为太平无事'十全老人'也罢，从外面看起来还正像是一个高耸云霄、光辉远近的宝塔顶，可是到了最后，还需要跟着塔身的腐朽，嗡喇喇地坍塌坠地。"[1] 进一步地分析，我们不妨说，曹雪芹在"康乾盛世"烈火烹油般的气势中，却已经嗅到了末世的气息。《红楼梦》中有那么多神经过敏的"悲谶语""感凄情"，以及种种"异兆悲音"，都是让自己笔下的人物在最繁华时感觉到最悲凉的历史趋势。凤姐在这样的气息中的一切努力、挣扎与苦心的奋斗，最终只能是徒劳而悲惨的。

曹雪芹让凤姐初展鸿才是在办理丧事上，这本身就有很强的隐喻与象征色彩。但是读者被秦可卿越礼过分的豪华葬礼所眩惑，为凤姐充满活力与智慧的表演所吸引，往往忽视凤姐演出的背景乃是晦气而又对贾府衰落"造衅"的死亡事件。末世之感正是由此而弥漫于"红楼"的温柔富贵之乡的。在这样的背景下，凤姐展示的"凤"一样的超轶出群的才干，就具有极其强烈的反讽与冷嘲的色彩。而荣、宁二府中，凡是需要凤姐付出心力的时候，总是各种各样的事故与险诈，而凤姐也总是不辱使命，即便是自己已经日薄西山，但仍然"恃强羞说病"，而"知命强英雄"，"日暮途穷，则倒行而逆施之"，硬着头皮坚持下去。就这个意义上来说，凤姐仍然是人中的凤凰，是高高地飞翔于荣、宁二府的世俗世界之上的高贵而凄迷的神鸟。

凤姐永远是拣高枝儿栖息的。她飞得越高便越能摆脱各种各样的限制，自己决定自己的命运并且在权力的高峰上主宰着别人的命运。凤姐与王夫人、邢夫人不同，她比她们更有主动进击、

---

[1]《红楼梦人物论》第125页。

扼住命运的喉咙的意识。王夫人用吃斋念佛来掩盖自己心中的种种欲望与不满，邢夫人则只知道一味贪婪、顺从，其人生质量和容量都远远小于凤姐。与贾探春相比，凤姐不仅占了出身高贵的有利地位，而且比"兴利除弊"的改革者更有洞明世事的穿透力，处理起各种事务来更加游刃有余而又能始终控制着攻防退守的主动权。这是因为凤姐永远有着高超而明亮的眼光与眼界，在女性中她是唯一能够在"家"与"国"的密切联系的天地中施展才能的女中豪杰。凡此种种，都使凤姐处于一种特殊的位置，一种令"红楼"中所有的男人、女人都必须仰视的位置。

但是，凤姐又毕竟是"凡鸟"。这不仅是因为她作为女性而无可改变的宿命，更重要的是她的性格存在着与世俗社会的"权"与"利"胶着在一起的坚硬内核。与她的才能相比，凤姐的德操把她降落到"凡鸟"的位置上来。以"凡鸟"与"末世"相结合，则凤姐的一切作为都无可挽回地把贾府及她自己推向一种"昏惨惨似灯将尽"的境地。在中国古代文化中，凤凰是高贵而又高洁的精神象征，是"非梧桐不止，非练实不食，非醴泉不饮"的直上九天之鸟。与贪食"腐鼠"的鸱鸟（猫头鹰）有天壤之别。而凤姐恰似对从肮脏腥臭的阴暗角落中攫食"腐鼠"有极其强烈的热情。因此，她只能是一只卑污的凡鸟，在灵魂的天地中永远也无法飞越俗世的羁縻。

那么，是"凡鸟"造成了"末世"，还是"末世"造成了"凡鸟"呢？这两者在"红楼"世界中是牢牢地捆绑在一起、交融为一体的。"末世"的腐朽败落的机制使得任何可能成为凤凰的人物都容易"风尘肮脏违心愿"；而"凡鸟"们的贪得无厌与恣意妄为又从总体上加速了"末世"的到来。曹雪芹对凤姐的刻画，是投射着某种深邃的历史观与人性观的。因此，在凤姐的形象中，我们又可以观照更为深远广阔的精神世界。这就是"凡鸟"与"末世"相联系的精深意蕴。

"凤兮凤兮，何德之衰？"楚狂人感叹嘲讽大成至圣先师的话，用在凤姐的身上，竟是再贴切不过了。那么，凤姐形象包含的文化精神与文化反思，又哪里是上述简单的分析所可穷尽的？

第七章 《红楼梦》艺术论

作为一部杰作,《红楼梦》的美学贡献是巨大的。解读《红楼梦》,如果不探讨其艺术成就,是无法登其堂而入其室的。因为《红楼梦》中的思想意识、人物性格以及社会历史背景,都是曹雪芹以天才的艺术手段表达出来的。不能解开《红楼梦》艺术创造的奥秘,也就无法进入《红楼梦》的艺术世界。尤其是曹雪芹的"一把辛酸泪"是凭着"满纸荒唐言"而倾诉与挥洒的,作者的"痴"情"痴"意,作品的真正意味是迷离恍惚、难以索解的。在"假语村言""真事隐去"的情况下,我们只有不惮予以艺术的解剖,才能真正贴近曹雪芹、贴近《红楼梦》。

第一节 艺术特质论

所谓艺术特质,就是一部作品区别于其他作品的特殊性质。《红楼梦》是一部"令世人换新眼目"的大著作,在艺术上有着自己独特而杰出的贡献。

一、《红楼梦》作为一部"诗体"小说,是曹雪芹以诗人式的创作冲动进行意象经营和融会雅俗文化而创作的艺术精品

首先,曹雪芹是以诗人式的创作冲动投入创作的。创作冲动是作家内在的激情在文学创作中的表现,它驱使作家把自己的经验、感受与想象迫切地表达出来,把创作意图付诸艺术实践。由于文学创作体裁的不同,作家的创作冲动也可以分为不同的类型。诗人的创作冲动更多地体现为"以情写情"的个体情感的抒发,所以无论诗人所写的内容是什么,都带着强烈而浓郁的抒情色彩。

曹雪芹的《红楼梦》被誉为"诗化小说",他的许多男女主人公都有自己的"任凭灵智飞翔、任凭感情燃烧"的"诗的国土"。我们说他首先是个诗人,主要着眼于他的创作冲动。

这里,我们不妨比较一下小说家和诗人的创作冲动的差异:小说家不管如何"心血来潮",他总得有意无意地想到自己的读者,小说必须写给人看,必须进入"流通渠道",甚至带有某种"商品"的品格;诗歌就不同了,诗人可以"我歌月徘徊""对影成三人",有一壶酒、一片月,或者什么也没有,便可以诗兴大发、慷慨歌咏了。诗歌的个体经营色彩比小说浓重,诗人可以不理会"大众"的口味而自顾自地独家抒怀,独自吟哦;小说则要求尽可能地"从众""从俗",很少有自己写给自己看、自己说给自己听的小说作品。这一种价值取向长期以来影响着中国的小说文化和诗歌文化,以至到曹雪芹之前的小说家几乎都是一个又一个"群体",而诗国的巨星却早已有了屈原、李白和杜甫……在中国小说史上,第一个比较明显地以诗人的冲动来写小说的当推曹雪芹。

他那强烈的创作欲望,不是来自街谈巷议和书场,也不指望

将自己的"满纸荒唐言"投放到街谈巷议和书场。《红楼梦》是一部很难靠"交头接耳"和"书场演说"来传播的书。因为作者是把它当诗来写的。好诗可以引起千百万人的共鸣，但诗人的初衷纯然是为了倾诉自己的情怀，不吐不快，不吐就要憋死。这不是说诗人可以离群索居，可以不顾社会反响，真正的诗情总是"大庇天下"的，真正的诗人总是努力寻觅知音。但是，由于诗歌比小说更突出"我"的形象，更突出"我心"、"我情"和"我意"，所以诗人的创作冲动更多的是和自我宣泄、自我表露相关。从屈原的"惜诵以致愍兮，发愤以抒情"，到曹雪芹的"醉余奋扫如椽笔，写出胸中块垒时"，中国抒情诗的光辉传统终于比较实在地在小说天地里播下了自己的清芬，中国终于有了一位以倾泻自己心灵血泪为基本写作动因的小说大家。

《红楼梦》的字里行间浸透了曹雪芹的辛酸血泪，曹雪芹之所以舍得花十年辛苦，在极其困难的条件下营造他的"红楼"，说到底，是因为他胸中郁积着许多忧愤、烦恼、迷惘、失望、旧恨与新仇，这一切，必须以某种形式加以宣泄，否则他的精神就将整个儿崩溃。这种形式，便是经他天才地改造过的、获得了"诗魂"的"小说"。中国古代小说历来与"史"——正史和野史，与"论"——正统的和异端的，与"趣"——雅趣和俗趣紧密地联系在一起，而曹雪芹的"小说"则主要成了"情"的载体，他的《红楼梦》从某种意义上说乃是以小说面貌出现的《离骚》。娜嬛山樵《补红楼梦序》说得好："雪芹先生之书，情也，梦也；文生于情，情生于文者也。"平心而论，曹雪芹之前的许多杰出小说家，在投入创作时也是满怀激情的；不过，他们多半是以情写史、写理、写趣，主要执着于对身外世界的"评点"和估价，是以"己情"掂量"世情"。曹雪芹是凭借《红楼梦》抒发"己情"，塑造"我"的形象，并在塑造中审视"己情"、剖析"己情"。像屈骚和李、杜诗歌一样，曹雪芹清晰地为我们勾勒出一位"抒情主人公"的生动形象，它活跃在红楼世界中，接受种种磨难和考验，呼吸并领会那种"遍被华林"的"悲凉之雾"。

其次，曹雪芹在《红楼梦》中着意经营了诸多诗的意象。刘长卿诗云："心镜万象生"。人的心灵屏幕上总是投映着纷纭复杂、变化不已的大千世界的"万象"。中国诗人爱把这种投射与映照能动地融合升华为"意象"，即心意与物象吻合，情与景交融。怀着诗人式的冲动投入写作过程的曹雪芹，自然十分看重意象艺术，心驰神往于意象之美。不过，他所追求的意象有别于中国传统诗歌中的"意象"，而是偏重于"意的象"——物象成了心意的象征。这就使《红楼梦》带上了很浓很浓的象征意味。

假若我们醉眼蒙眬地审视一下《红楼梦》，便会发现在众多的意象之中有一个"君临"一切的意象，它便是"红楼"。有趣的是，许多热衷于《红楼梦》的读者都很难一下子用明确的语言道出"红楼"究竟是什么。《红楼梦》的最初命名是《石头记》；宁、荣二府中找不到什么"红楼"；若说贾宝玉的"怡红院"和曹雪芹的"悼红轩"，也只是勉强占了一个"红"字。如果宽泛一点，仅从红字着眼，那就目不暇接了：全书正文出现的第一个"红"字在"携入红尘"句，大观园中的那些女子都属"红颜"，贾宝玉生就一种"爱红"的毛病，"落红阵阵""红绡帐里"一类的句子不断在书中出现，如此等等，但没有一处与"楼"相关。当然，也有最直接的一处，那便是第五回"警幻仙曲演红楼梦"，有所谓的"新制《红楼梦》十二支"，但那也不是什么"楼"，而是"若非个中人，不知其中之妙"的仙曲。曹雪芹着意经营的"红楼"意象，乃是他心中的"楼"，那是他行神如空，行气如虹，饮酎视八极，在浮想联翩的澎湃诗思中建构起来的象征性楼台。这座"楼"，是难以捉摸的，却又是合目思之"灿然于前"的。因为曹雪芹将他对整个世俗社会的观照都在悄然凝思中化成了一座气象万千的"红楼"。从这个意义上说，"红楼"是充实的，是"真力弥满"而"万象在旁"的。

与"红楼"相类似的意象还有那虚幻而缥缈的时空统一体"大荒山""太虚幻境"等，都在全书的总体构思上留下了诗意经营的轨迹。至于林黛玉与贾宝玉的"木石前盟"，则更是以诗性的想象构建了情感的另一种天地。而小说中诸如对自然环境的描写，人物心曲隐微之处的抉发，往往都是以意象的方式来表现的。著名的"葬花吟"之于黛玉，芙蓉花神之于晴雯，等等，都是以诗的意象连接而成的生命境界。一部《红楼梦》，其主体境界便是由这些精妙的意象有机结合而自然形成的。

再次，《红楼梦》的诗性特质还体现在曹雪芹诗性的高雅与小说的"俗性"进行的融合与升华，使中国古典小说真正获得了"诗魂"。在《红楼梦》之前，中国古典小说已积累了宝贵的艺术经验，特别是在与世俗生活的联系以及艺术形式的世俗化上取得了巨大的成就。而才子佳人小说的向"雅"靠拢，则造成了小说特性的丧失。曹雪芹诗融雅俗，使世俗的日常生活本身显示出了诗意的光辉。从生活画面上看，曹雪芹并不满足于形式上的雅、俗纷呈。《红楼梦》的艺术视野是十分开阔的：忽而是香烟缭绕、花影缤纷的元妃归省，忽而是茅檐草舍、庸俗寒酸的袭人探家；忽而是凤尾森森、龙吟细细的潇湘雅境，忽而是虚伪势利、追铜逐臭的市民俗态；从衙门到娼门，从书斋到村野，从殡仪到婚礼，等等，真是万象如云，雅、俗异趣，交织着形形色色的生活经纬。但是曹雪芹并不是以贵族生活之"雅"来诗化日常生活之"俗"，而是从日常生活本身发现蕴藏着的哲理与诗情的。"雅"的贵族生活有其卑污，而世俗生活本身所散发出来的人情人性之美则是《红楼梦》诗意的源泉。

在《红楼梦》的人物画廊里，不但有市井"俗人"，而且有许许多多上流社会的"雅人"，这些性格内涵大不相同的人物，之所以血肉丰满、生气勃勃，是因为构成他们性格实体的"细胞",都是由世俗生活的"营养"培育出来的,都打上了各自生活圈子的鲜明的印记。无论是诗魂飘荡的林黛玉,还是满口村言的刘姥姥;无论是心狠手辣的王熙凤,还是善良软弱的尤二姐……几乎每一个人物,都散发着世俗原野的新鲜气息,都闪耀着艺术珍奇的瑰丽之光,既可以巧夺天工,又能够归真返璞。试比较两段文字。第四十三回,贾宝玉野祭金钏,仪式之后,有一段焙茗的即兴祝词。第七十九回,贾宝玉读罢追悼晴雯的《芙蓉女儿诔》,有一段林黛玉的即兴评点。从身份和修养上说,焙茗是货真价实的"俗人",林黛玉是地地道道的"雅人";但作为艺术形象,他们在曹雪芹面前是平等的,必须根据各自的世俗人情,尽可能地塑造得精美些、完整些,从而显示出不同韵味的性格风貌。曹雪芹用精炼、传神的笔墨,把焙茗的"俗"语、"俗"情写活了,显示出一种净化人物心灵的"滑稽美";林黛玉在听了贾宝玉的《芙蓉女儿诔》之后,并没有因为宝玉的"分心"而生气,反而"满面含笑"地夸赞贾宝玉的祭文,说它"新奇","可与《曹娥碑》并传",而且情深意长地、十分和谐地跟贾宝玉共同探讨这篇文章的得失,提出了相当中肯的修改意见。在这里,我们看不到林妹妹的"小性儿"了,看不到她对贾宝玉的"爱的折磨"了;呈现在读者面前的,是"心有灵犀一点通"的感情契合,是对明月、芳草的热情赞美,是对"诐奴"和"悍妇"的愤怒谴责!于是,林黛玉的思想意蕴溢出了形式,显示出令人心驰神往的"崇高美"。所以,曹雪芹"艺术塑刀"上的"泥土"基本上取自于世俗生活的"大地",只不过,他根据艺术典型化的法则,把这些"泥土"用活了,从而塑造出一批堪称艺术瑰宝的人物形象来。

从诗情的抒发来看,曹雪芹也取得了很高的艺术成就。一般来说,曹雪芹很少在书中直接抒怀,实在憋不住了,也要巧妙地借助人物之口,在更多的情况下,他总是把自己的仰天长啸和低徊吟唱，不露痕迹地寄寓在人物形象和自然形象之中。为了使大量的诗词唱和，成为《红楼梦》艺术整体的有机组成部分，曹雪芹十分注意"言为心声"和"文如其人"。此外，曹雪芹还善于把环境描写与人物性格融合起来，从而创造出独特的诗的意境，那潇湘馆的竹影、芭蕉、冷雨、苔痕，以及如泣如诉的琴声，使人们不知不觉地嗅到了林黛玉的淡雅的馨香；那雪洞一般素洁的蘅芜院，给人们送来的不正是薛宝钗的压抑青春热情的冷气么？总之《红楼梦》诗情荡漾，称得上是一部"诗体小说"。

二、《红楼梦》的艺术精神中，贯穿着曹雪芹对于世界、人生的哲学思考，是一部寻觅精神家园的杰作；小说渗透着一种形而上的意味

《红楼梦》从女娲补天写起，并以具有哲理性的神话结构全书，使小说自始至终都具有形而上的意味。"石头"成为"宝玉"，"宝玉"返璞归真，乃是由一僧一道携带完成，这就为全书笼罩了佛教与道家、道教思想的氛围。而宝玉的最终人生归宿，也带有浓厚的虚无主义色彩。至于小说中"真""假"宝玉的设置，参玄悟道的描写，也无不如此。但是，《红楼梦》的哲思，更主要地体现在曹雪芹自己所做的哲学思考上：《红楼梦》是曹雪芹的心灵之书，是他寻觅精神家园的"心路历程"的记录。

18世纪德国浪漫派诗人诺瓦利斯说："哲学原就是怀着一种乡愁的冲动到处去寻找家园。"《红楼梦》就是写一块被遗弃的"多余的"石头寻找精神家园的历程。不管路何漫漫，道何崎岖，总有一个"杏花村"或"桃花源"什么的在前面召唤。作为象征，贾宝玉和林黛玉曾经认真地讨论过"花"的"归宿"。贾宝玉主张"水葬"，连"女儿"都是"水做的骨肉"，水当然再干净

不过了。林黛玉主张"土葬",因为她觉得举世皆浊,这里的水干净,只一流出去,有人家的地方儿什么没有?仍旧把花糟蹋了,应当"随土化了",方能"质本洁来还洁去"。这固然是作品中人对人生归宿问题的执着探询,其实,又何尝不是作家本人的一种"乡愁",一种"何处有香丘"的人生咏叹!

《红楼梦》第二十七回的《葬花辞》和第七十八回的《芙蓉女儿诔》,可以反照出曹雪芹寻觅精神"家园"的内心踪迹,值得我们认真揣摩。

《葬花辞》的基调诚如贾宝玉所云,是"悲伤",一种无法在世俗生活中营构人生"香巢"的悲伤。"三月香巢初垒成,梁间燕子太无情!明年花发虽可啄,却不道人去梁空巢已倾?"世事无常,人生短暂,加之"一年三百六十日,风刀霜剑严相逼",谁还能够用心血、用汗水、用"羽毛"、用"春泥"去建成自己的精神"香巢"呢?这无疑叫人倍感神伤。曹雪芹在创作活动中挣不脱这种令人心碎的困扰,所以,他一方面"愿侬此日生双翼,随花飞到天尽头",一方面又不知道"天尽头,何处有香丘"。黛玉葬花,对曹雪芹来说实属无奈,他痛感无能为力替"花魂"鸣奏起"得其所哉"的安魂曲,只好在百无聊赖中愤激地高呼"一抔净土掩风流"!须知,连这"一抔净土"也是他心设的幻影啊!

《红楼梦》开篇不久,曹雪芹就让贾宝玉在太虚幻境"薄命司"中看到了金陵一省许多女子平生遭际的"档案",如是安排,并不仅仅是长篇小说结构经营上的"提示"和"预告",更主要的是作者本人宿命观念的直接显示。他可以勇敢地揭开"千红一哭,万艳同悲"的悲剧帷幕,但是,他又无力解释酿成种种人间悲剧的复杂缘由,故只好归于"命运",用"一切早已注定"来抚慰自己和抚慰他人。"命运",在这里成了惨淡人生的精神"镇痛剂",一种荫庇"游魂"的避难所。

但是，曹雪芹并未就此陷入消极被动、因果循环的泥淖。这是因为，比历代前贤和同时代人更多些复杂性的曹雪芹，还有更深一层的痛苦，还有更进一步的思考和追求。因为，刚刚沉寂下去的明季个性心灵解放的启蒙思潮，以及回光返照的儒家正统思想，正在他的心灵深处进行着一场你中有我、我中有你的激烈较量，其悸痛是任何一个前辈思想家所没有领教过的。这就为曹雪芹抵牾宿命观念，眺望并描画新精神"家园"，提供了难得的思想契机。最能明晰显示这种复杂心态的，莫过于与《葬花辞》遥相呼应的《芙蓉女儿诔》了。

《芙蓉女儿诔》是曹雪芹和脂砚斋认真"对清"、认为可以定稿的前八十回文字中的"最强音"，也是他对晴雯这一个有着完整生命历程的悲剧人物的最后礼赞，所以，它相当充分地展示了曹雪芹寻觅精神"家园"的真实意态。细心的读者均可发现，这篇才华横溢、悲歌慷慨的诔文有许多地方超越了贾宝玉应有的思想水准，成了作者本人直抒胸臆的"文字媒介"，这就更值得我们注目凝神了。首先诱发我们思考的，是曹雪芹并不拘泥于《金陵十二钗又副册》中对晴雯身世的"题咏"（"霁月难逢，彩云易散。心比天高，身为下贱。风流灵巧招人怨，寿夭多因诽谤生，多情公子空牵念"），而是平添一笔，让这位"抱屈夭风流"的女奴当上了"芙蓉花神"，这说明作者并不完全服从"薄命司"中对人物命运的既定安排，只要有机会他便会情不自禁地加以补正或修正。我们今天无法看到曹雪芹留下的八十回之后的文字了，但有一点可以肯定：许多人物的最后结局，都可能像晴雯这样发生新的"情况"，或多或少地偏离"薄命司"中的种种预示和规定。如果说今人依照太虚幻境的"图册"、"题咏"和"红楼梦曲"去刻板地加以续补，那恰恰渲染了曹雪芹的宿命论思想，忽视并抹杀了这位伟大思想家向"注定命运"挑战的兀傲之气和不驯性格。再者，晴雯"死辖芙蓉"之说实属小丫头"见景生情"

的胡诌,以贾宝玉之聪明分明有所察觉,但他"不但不为怪,亦且去悲而生喜",认乎其真地要将"假戏"真唱。这就更进一步地说明,曹雪芹安排这一情节是大有深意的,他也要像贾宝玉一样来一番借题发挥,毫不客气地将《图册》题咏中的"多情公子空牵念"一变为实实在在的、信念明确的万缕情丝,以昭示他对理想的精神"家园"的独到领悟和巨大热情。这种领悟是以"芙蓉花神"为象征的,是从饱含忧伤之泪的"一抔净土"中挺拔出来的希望之花和理想之花。曹雪芹没有叫晴雯死后到太虚幻境向警幻仙姑报到,当一名了却尘缘、从此逍遥在"人迹不逢,飞尘罕到"的幽微灵秀之地的仙子,而是让她由上帝"改派"担负起"芙蓉花神"的重任,这就曲折地否定了"太虚幻境",暗示它并非清净女儿们的必然去处和最佳归宿。这一点十分重要,许多人都把"大观园"和"太虚幻境"合二而一地理解为曹雪芹追求的理想天地。但不是的,曹雪芹乃着眼于"太虚幻境——大观园"的两相映照,投寄了一片深情;又时时躁动不安地要打破这一封闭的人生怪圈,冀求另辟蹊径寻觅到更有作为的人生立足之境,对晴雯"死辖芙蓉"的纵情讴歌生动地展现了他的如是心态。从"葬花"到"辖花",从归为"逍遥仙子"到进为"有为之神",从"一朝春尽红颜老"到崇高、美丽、生命不息的泛神象征,曹雪芹的奋发超越精神得到了比较畅快的挥发,他几乎把握了"生命之根",看到了隐约在熹微晨光中的灵魂的"家园"。当然,要想叫他回答什么是"芙蓉花神"的"一番事业",可能还为时过早,缺乏主、客观方面的许多条件;但是,因果循环的人生封闭圈一旦被打开了缺口,那载欣载奔、得其所哉的美好人生画图就不是过分遥远的前景了。本于此,我们认为,曹雪芹的精神探索仍然是"在路上"。"何处是归程?"在《红楼梦》中传统文化所构筑的"家"已经解体,变成一片"真干净"的白茫茫的大地,梦醒了发现无路可走。但是,无路可走正是开辟新路的契机。曹雪芹的《红楼梦》所做出的万千思虑与痛苦求索，其意义与价值正在于提供了这样的思想契机。

三、《红楼梦》的艺术特质中，又体现了曹雪芹深厚的历史意识，他是以一种宏观的历史视野来安排自己笔下的艺术世界与人物命运的

首先，曹雪芹在《红楼梦》中运用了错乱历史时空的手法，来表现其对于历史的形而上思索。小说开端，以几个神话创造了错综复杂的时空视域，对世界人生进行宏观的考察。"补天"的神话将宝玉的命运与久远到宇宙创辟初期的历史发生相联系："开辟鸿蒙，谁为情种？"神瑛侍者与绛珠仙草的神话虽具有某种宿命论的色彩，但将尘世的所有与天国中滋生的情愫相联系，分明使爱情本身也上升到哲理的境界，与整个人类的历史、人性的历史以及人的情感的历史有了广阔而深邃的联系。至于太虚幻境的设置，以及大观园内外的两个世界，更将"红楼"之中各色人等的生活与人类历史的整体命运结合了起来。当人类从幼年、少年进入青年，或者说当人类进入"成人"世界时，究竟是遗失了哪些东西，又能够得到哪些东西？当"宝玉"在红尘中寻找迷失了的本性时，当我们在为其精神家园的失落而慨叹时，又不能不意识到历史在人类生活中所造成的种种情感的、性灵的悲剧。"红楼"一梦就从广义上揭示了这种"童心"的悲剧、青春的悲剧。

其次，曹雪芹在《红楼梦》的艺术表现中，将四大家族的衰亡史与封建社会整体的衰亡史联系了起来，揭示了封建社会结构内在的不可调和的矛盾冲突。这在《红楼梦》研究中是一个重要的话题。无论是从政治、经济还是从文化等各种角度的分析都已

十分充分，大到元春省亲与皇族奢侈腐败的关系，小到贾府接收乌进孝上交来的账单，对历史与文学相互印证的宝贵资料，都给予了应有的重视。但是，我们认为更重要的是《红楼梦》所写的"家春秋"，即一个家族（连带为四大家族）的兴衰史中寄寓着作者的"皮里阳秋"，即作者对其历史性命运的价值判断。这样，无论是王熙凤的"协理宁国府"，还是"知命强英雄"；也无论是贾探春的"兴利除弊"，还是贾府厨房中发生的"茶杯中的风波"，统统在具体的生动的细节描写中揭示了"家——国"一体或"家——国"同构的关系中，封建社会"内囊"的衰败与沦落。

最后，曹雪芹的历史意识又是通过其悲剧意识表现出来的。这在后面我们论述《红楼梦》的悲剧艺术时将重点讨论。这里我们只是要指出，历史意识必须要通向悲剧意识。因为悲剧是对人的生命的反思，而这需要在时间性的考察中才能完成。司马迁在撰写《史记》时强调要"究天人之际，通古今之变，成一家之言"，曹雪芹的历史意识正是在"上穷碧落下黄泉"的宇宙意识与对古往今来的历史反思中而形成的，在《红楼梦》的艺术构造中曹雪芹形成了自己对于人类历史反思的"一家之言"。这是值得我们深入探索与思考的。

第二节　艺术构造论

《红楼梦》所描写的日常生活画面是十分纷繁而复杂的，千头万绪而纵横交错，这对叙事艺术是一个重大的挑战。在曹雪芹的笔下，我们看到的生活之流似乎如日常生活本身那样自然而然地流淌，几乎不见斧凿的痕迹。而这恰恰是高超艺术技巧的表现，是曹雪芹对中国叙事艺术的巨大贡献。分析《红楼梦》的艺术构造，我们就可以对曹雪芹"十年辛苦不寻常"的呕心沥血的艺术经营有更为深刻的认识。

一、论《红楼梦》的矛盾主线

什么是《红楼梦》的矛盾主线？对于这个问题，人们的看法不一。有人说，《红楼梦》的矛盾主线只能是以贾、史、王、薛"四大家族"为代表的封建地主阶级同广大农民、奴隶的阶级斗争；认为只有抓住了这个"纲"，才能揭示上至皇帝、王公，下至州县官吏所构成的一个以封建专制政权为中心的封建统治网，才能表现这个反动的封建政治集团是怎样对农民和奴隶进行残酷的经济剥削和政治压迫的，才能表现被压迫的农民和奴隶是怎样起来进行斗争的。有人则认为"色空"观念的演绎是《红楼梦》的矛盾主线。还有人认为贾宝玉的生命历程及精神发展是《红楼梦》的主线，因为《红楼梦》从根本上来说乃是曹雪芹的自叙传。我们认为，这些看法尽管都有一定的合理性，但从作品的具体内容来分析，则贾宝玉、林黛玉叛逆性格的发展和叛逆爱情的悲剧，是全书的矛盾主线和全书艺术结构的中心。

在《红楼梦》里，荣国府主要存在着三种矛盾：以贾宝玉、林黛玉为代表的具有初步民主思想的封建叛逆者，同以贾政、薛宝钗等为代表的封建卫道者之间的矛盾；以晴雯、鸳鸯等人为代表的被压迫的奴隶，同以贾母、贾政、王夫人、王熙凤等人为代表的封建统治阶级之间的矛盾；还有封建阶级内部尔虞我诈、勾心斗角、争权夺利的矛盾。这三种矛盾，各有自己的活动范围、运动特征和发展趋向；但是，作为作品里的矛盾副线，后两者总是巧妙地扭结在宝、黛悲剧的矛盾主线上。以"宝玉被打"为例，我们可以比较清楚地看到《红楼梦》的这一结构特色。

宝玉被打的直接起因，除了结交艺人琪官的"罪行"之外，更主要的是由于金钏儿投井自杀。金钏儿是被贾宝玉的母亲王夫人迫害致死的。这一血淋淋的悲惨事件，说明了封建主子和奴隶之间的阶级斗争是何等尖锐，何等残酷！尽管它的思想意义十分重大，体现了当时社会上的主要矛盾，但是，作为《红楼梦》里的一条矛盾副线，它必须自觉地、妥帖地同宝、黛悲剧的矛盾主线挂好钩。只有如此，才能保证作品的和谐统一，不生出"我行我素"的枝蔓来。这种"挂钩"，切忌牵强附会，应当像江河汇流一样，合乎地势，顺乎流向，在最理想的地方形成汇合点。曹雪芹找到了这样的汇合点。他不但详细写了贾宝玉和金钏儿之间"无尊无卑"的关系，强调了贾宝玉对封建等级观念的蔑视，而且以犀利的笔触，揭示了王夫人迫害金钏儿的最根本的动机。请听，王夫人在打了金钏儿一个嘴巴之后，接着骂道："下作小娼妇儿！好好儿的爷们，都叫你们教坏了！"原来，这个被薛宝钗誉为"慈善人"的贵族夫人，不但是一只挂着念珠的吞噬奴隶血肉的猛虎，而且是一个心机缜密、嗅觉特灵的封建庙堂的"把门妇"。她早就嗅到了贾宝玉身上的"孽障"味儿，时刻留心着这个"混世魔王"周围的一切。她决心彻底铲除有可能"教坏了"贾宝玉的人和事，以保证这个封建阶级的逆子改邪归正，留心"仕途经济"，将来荣宗耀祖。正是出于这一阴鸷的用心，她才毫不犹豫地撕下了"慈善人"的假面，露出了杀气腾腾的狰狞嘴脸。很明显，作者没有把他的笔墨停留在主子迫害奴隶的血腥画面上，而是更进一层，力透纸背，把包藏在这一件事里的更隐秘、更复杂的含义揭示出来了。确实，贾宝玉之所以能走上叛逆的道路，除了林黛玉手携手的搀扶，也离不开奴隶们英勇反抗的呼声的召唤。曹雪芹比较清醒地看到这一点，所以，他在描写金钏儿事件的时候，强调和渲染了一个"教"字——究竟按照什么样的标准来教育贾宝玉？是让他跟"下作"的奴婢们厮混、学

"坏",还是把他拖回到主子们的立身之道学"好"?面对着这一严峻的课题,金钏儿被夺去了年轻的生命,而贾宝玉将要为此遭到毒打!曹雪芹真是"一箭三雕",通过短短的文字,把主子和奴隶、奴隶和叛逆者、叛逆者和卫道士之间的错综复杂的矛盾关系表现得淋漓尽致;而这些矛盾关系的展开,又紧紧围绕着贾宝玉叛逆性格的形成和发展这一悲剧主线。可见,只有真正认识了矛盾主线和矛盾副线之间的内在联系,才能合乎逻辑地把两者扭结起来,并且在矛盾主线的牵引下一起向前发展。

随着矛盾主线的运动,作品的矛盾副线也会伴随着发生新的波折。这种波折,看起来是一种"共振现象",但是,由于得到了矛盾主线的引发,它的本质特征也就暴露得更加充分。在荣国府里,封建主子们之间的派系纠纷十分激烈,他们"一个个都像乌眼鸡似的,恨不得你吃了我,我吃了你"。当贾宝玉因为琪官事发,快要受到贾政的严厉制裁时,封建家庭的嫡庶斗争也趁势卷起了邪恶的旋风。那个鄙陋狡诈的庶出公子贾环,给贾宝玉加上了"强奸母婢不遂"的罪名。本来,就贾环这类人来说,兴风作浪、造谣诽谤,早已成为能事,无需再加评点。然而,这次造谣却非比寻常,它编造得十分离奇,简直叫人难以置信。为什么贾环敢于如此呢?这是因为他已经摸透了贾政的脾气,只要一提到贾宝玉亲近奴婢的"不轨"行为,贾政的怒火就马上不可遏制。这叫作"火长风威":贾政越是火冒三丈,憎恶贾宝玉的"不成器",贾环就越是要大刮阴风,张扬贾宝玉的"大逆不道"。果然,他的谎言立竿见影了。贾政根本没有去查究事情的真相,而是一口咬定贾宝玉"坏"到了"这步田地",将来肯定要"弑君弑父","倒不如趁今日结果了他的狗命,以绝将来之患!"在这里,我们清楚地看到,由于矛盾主线的带动,封建统治阶级内部的互相倾轧、互相争夺也出现了新的情况。他们已经不满足于用一般的手段去争夺财产和权力,他们还要打着讨伐叛逆者的旗号开辟新的战场。在这个战场上，贾环首先发难，他贴膝跪在贾政的面前，一本正经地告发了贾宝玉的"罪状"，仿佛除了维护封建秩序之外，并无他意。其实，他和他的母亲赵姨娘一样，时刻不忘动摇王夫人的宝座；而要达到这一目的，扳倒贾宝玉便是最好的办法。当然，王夫人并不示弱，她不久就披挂上阵，向贾环一伙发起了反击。这种反击，是以保护贾宝玉生命的形式出现的。她不能失掉贾宝玉，因为失掉了这个宝贝儿子，她就失掉了正统夫人的整个地位，就不能同赵姨娘、贾环一伙争夺到底。但是，贾宝玉确实是一个"孽障"，这一点连她自己也否定不了。怎么办呢？她采取的是先留下"命根子"，而后再徐图进展的策略。即便这样，她也没有忘记发表一通讨伐叛逆的"宣言"。这是必不可少的。

既然贾环一派以此为突破口，获得主动，向她进攻；她索性以攻为守，采用同样尖利的言辞去表示对"孽障"的不满。她一边叫着"贾珠"的名字，一边哭诉着："若有你活着，便死一百回，我也不管了！"多么赤裸裸的语言！只要那个"十四岁进学，不到二十岁就娶妻生子"的大儿子贾珠还活着，贾宝玉即使死一百回，也是没有什么大不了的。在这里，我们看到了嫡、庶双方的同一副狰狞面孔，那就是对叛逆行为的咬牙切齿和横眉怒目。尽管他们之间势不两立，你掐住我的脖子，我勒着你的咽喉，但是一看到游荡在荣国府里的叛逆者的幽灵，双方的神经便马上绷得更紧了。他们或指责对方纵容和养成了"逆子"，或千方百计地为自己洗刷和辩解。总之，他们都不约而同地把叛逆行为视为"瘟疫"，必欲除之而后快。曹雪芹把握住这种复杂心理的微妙动向，在着力描写贾宝玉和贾政矛盾冲突的同时，巧妙地带动了封建家庭内部权力斗争的矛盾副线，使这条副线所包含的一些本质特征得到了明显的揭示。这种以主带副、同时推进的结构手法，也可以充分地展示错综复杂的生活内容，使作品的结构整体呈现出九派横流、一线贯穿的生动局面。

由于在作品的矛盾主线上,比较集中地提出了人物所关心的重要生活课题,并由此而强烈地影响着人物的喜怒哀乐;所以,伴随着矛盾主线的运动和发展,作品里的人物也会清晰地显示出自己的性格发展逻辑,迸射出色彩鲜明而又合乎情理的思想火花。在"宝玉被打"这一幕惊心动魄的、有声有色的"活剧"中,《红楼梦》里的许多人物都出场了。他们的表演各不相同:有的人暴跳如雷,面如金纸,下狠心往死里打;有的人抱住板子,时而哀号,时而撒野;有的人落井下石,火上浇油,竭尽造谣告密之能事;有的人见势不妙,咬指吐舌,连忙退出这是非之地;有的人颤颤巍巍,摇头喘气,十分可笑地赶来搭救她的心肝宝贝;有的人苦笑,有人的冷笑,有的人抽泣,有的人号哭,有的人啐唾沫,有的人叩响头……真是"八仙过海,各显神通"!在这里,我们着重分析一下薛宝钗和林黛玉,看看这两个重要人物是如何对待"宝玉被打"的严重事件的。在这场拷打中,薛宝钗后来才露面,但没有说话;林黛玉则根本没有出场。她们一个是封建正统派人物,一个是封建阶级的叛逆者,"不是西风压倒东风,就是东风压倒西风",两者很难有共同的语言。曹雪芹没有叫她们正面交锋,而是让两人先后到怡红院探伤,在探望中分别亮相。薛宝钗抢先来到怡红院,她对贾宝玉点头叹道:"早听人一句话,也不至有今日!别说老太太、太太心疼,就是我们看着,心里……"分明是正统派腔调!在她看来,贾宝玉平日乖张,不听金玉良言,结果弄到这步田地,实在是咎由自取,怨不得他人。但是话又说回来,假如从今之后,悬崖勒马,改邪归正,老老实实地"听人一句话",也并非难以造就。这番话,还暴露了薛宝钗的伪善面孔。她不斥责,不流泪,不哀求,采用的是柔情似水的"感化"策略——"心疼"啊"心疼","疼"得人连话也说不下去了!当然,由于过分做作,她也露了一点"马脚"。平日薛宝钗同贾宝玉以礼相见，不苟言笑，始终把想当"宝二奶奶"的心机掩藏得很深。这一回，在奉劝贾宝玉悬崖勒马之时，竟然羞羞答答，说了半句，又忙咽住，不觉眼圈微红，双腮带赤，低头不语。此处无声胜有声。薛宝钗终于在伤势沉重的贾宝玉面前动"情"了。这个"情"，不是纯真的少女的爱情，而是眼看着"宝二奶奶"有可能化为泡影的一种愁肠，一种青云难上的哀怨之情！同薛宝钗的"探"法迥然不同，林黛玉却是另外一种模样。早在潇湘馆内，她就把眼睛哭肿得"桃儿一般"，到了宝玉床边，尽作"无声之泣"，气噎了半天，方才从万句言语中逼出了一句话，抽抽噎噎地说："你可都改了吧！"多么出人意料！这个同贾宝玉在精神上相互鼓舞的少女，竟然说出了如此泄气的话，简直打起退堂鼓来。其实，这句话不能光从字面上理解，在它的背后，有着许许多多的难言之隐。一方面，伴随着贾政的大打出手，敏感的林黛玉已经嗅到了风刀霜剑的血腥味儿，她是多么地为贾宝玉的险恶处境和不幸命运担忧啊！因为，在那阴暗潮湿的大观园里，只有贾宝玉的叛逆精神，才能照亮这个少女的心灵窗户，如果贾宝玉真的有个三长两短，她岂不是被打断了赖以立身奋斗的精神支柱了吗？所以，她经过痛苦的思索之后，还是恳求贾宝玉收敛一点，"改"一"改"以往的行迹；另一方面，林黛玉又生怕贾宝玉顶不住沉重的压力，真的从根本上改了，所以她的语气不能那么坚决，只好在"改"字前面加上一个"可"字，表现了一种战战兢兢的试探和心旌摇曳的不安。这不是微言大义，咬文嚼字，林黛玉的这句话确实可以标点成："你可都改了吧？"果然，贾宝玉马上斩钉截铁地回答了林黛玉的设问，他长叹一声道："你放心。别说这样的话。我便为这些人死了，也是情愿的！"到此时，一切试探都是多余的，两个风雨同舟的知音，终于在生活的激流里更紧地握住了人生的舵把，去迎接新的更大的狂澜。

通过上述分析，我们可以清楚地看到：贾宝玉和林黛玉的悲剧线索，在《红楼梦》里起着多么重要的结构作用。它可以把书中的几条矛盾副线统率起来，扭结起来，牵向更深、更广的去处。它可以把书中的主要人物、次要人物纠集起来，调动起来，让他们充分亮相，表现出各自的性格光彩，从而使作品的情节顺畅地、有节奏地向前展开。

二、论《红楼梦》的叙事艺术

关于《红楼梦》叙事艺术的研究，我们可以采取多种角度与方法进行。如《红楼梦》中叙述人的话语，《红楼梦》的叙事角度及其变化，《红楼梦》的叙事空间与叙事时间及其相互关系，《红楼梦》的叙事结构、叙事节奏、叙事情调等。这些方面都值得我们深入探讨，从而窥测曹雪芹的匠意心曲。但我们在这里主要从中国古典小说的艺术特质，尤其是《红楼梦》本身的艺术实践着眼，来考察其叙事艺术的几个重要特点。

（一）复现和辐射。

1. 复现。复现是指在同一部作品中多次描绘同一类生活景观和画面，在反复出现的同一类生活现象中艺术地表现出其中蕴含的意义的差异。

在日常生活中，许多事儿会反复出现。譬如吃饭，吃了早饭有中饭，吃了中饭有晚饭，一年三百六十日，大抵如此，《红楼梦》里就写了许多"吃饭"的日常生活场景。此外，如庆寿、游戏、互访、结社吟诗等，《红楼梦》也不厌其烦，写了许多，这就有可能给读者带来琐碎、重复之感。小说家是很忌讳这一点的。如果作品所反映的生活具有较强的传奇性，作者完全可以借助曲折的情节和多变的画面，回避这一点，不"犯"此"禁"；然而，曹雪芹偏偏选择了家务事、儿女情作为表现对象，这就无法"绕道儿"走了,——是为"特犯"。怎样才能"特犯不犯"呢?关键在于同中求异,"随物以宛转",依照实际生活的精微变化,去构筑最得体的、各抱地势的艺术"楼台"。

鲁迅说过:"在我的眼下的宝玉,却看见他看见许多死亡。"[1] 鲁迅所说的"许多",就是指同一类的生活现象的反复出现。大观园里的繁花细柳,是用奴隶们的血泪来灌溉的。在贾府这么一个"温柔富贵之乡"里,奴婢们的生命是很不值钱的。她们像瘦弱的小草在风刀霜剑下枯萎、死亡。这在封建主子们看来,是无须大惊小怪的"家常便饭",薛宝钗对金钏的惨死就说得非常轻飘:"不过多赏了几两银子发送他,也就尽了主仆之情了。"正由于封建统治阶级如此草菅人命,所以贾府里死人的事儿是经常发生的,贾宝玉才有可能"看见许多死亡"。多方面地、详细地表现这些死亡,不但符合宁、荣二府日常生活的客观情势,而且有助于推动贾宝玉叛逆性格的发展变化。所以,曹雪芹认真地"复现"了这些同一性质的"死亡",而且把贾宝玉感情活动的微妙差异生动地展示在读者的面前。下面不妨把第四十三回"不了情暂撮土为香"与第七十八回"痴公子杜撰芙蓉诔"做一比较。

这两节文字有很多相似之处,都是贾宝玉私下进行的悼念活动,受祭的冤魂(金钏和晴雯)都是惨遭迫害的女奴,她们同贾宝玉的关系都十分密切,贾宝玉对她们的死亡都怀着满腔的悲愤,等等。这些因素加在一起,很可能将悼念活动写成同一种格局,使人们在阅读之后难分彼此。然而,曹雪芹却写出了它们的不同神韵,使人们既感到"似曾相识燕归来",又觉今日之"燕"已非昔日之"燕"了。

从表现形式上看,人们得到的一个强烈的印象是:悼念金

---

[1] 《〈绛洞花主〉小引》,《集外集拾遗补编》,人民文学出版社1973年版。

钏,是贾宝玉早有所谋的"秘密行动";而痛祭晴雯,则是贾宝玉不加掩饰的感情爆发。

两相对照,我们不难看出:曹雪芹匠心独运地留下了两种笔墨,前者如幽咽流泉在冰下运行,主要写人物的情态和动作;后者如江河奔泻,浪拍云天,主要写人物的慷慨言辞。这不仅仅是为了追求文章构造的变化,以及表现形式的殊状异趣;更主要的,是为了顺应人性事理,揭示运动中的人物性格的踪迹。在追念金钏时,贾宝玉的忧愤之情还没有蓄积到足以喷发的地步。他对金钏的那一种"恋恋不舍",虽然表现了对封建等级观念的蔑视,却也有几分贵族公子哥儿的轻佻;所以,当王夫人勃然作怒、责打金钏时,他并没有真正意识到问题的严重性。当然,他也为金钏的被打感到不平,为自己的不自由感到恼怒,所以心中窝着一团火。这团火应当向谁喷射呢?应当喷向他的"慈母"王夫人!谅此时的贾宝玉还不可能、也不敢这么思考,所以,他只能郁闷地、缺乏理智地拿身边的丫头出气,不但狠狠地踢了袭人一脚,而且责骂晴雯是"蠢才"。不久,金钏儿投井自尽的消息传来,他这才感到整个事件的严重性,顿觉"五内摧伤",但一时还无法明辨大是大非,面对着王夫人的"数说教训",也只是"无可回说","茫然不知何往"。所有这一些感情因素扭结在一起,就形成了贾宝玉野祭金钏时的感情基调:愤懑、不安、内疚。曹雪芹概括得好:"不了情暂撮土为香",贾宝玉确实是为了向金钏致哀致歉来的。这一种"不了情"折磨着他,使他更多地感到:自己的不慎之举招来了大祸,对不起含冤死去的金钏!

在痛祭晴雯时,贾宝玉的忧愤之情已经蓄积得相当深广,他对晴雯之死的认识也相当深刻。在这之前,他与林黛玉的生死之恋已经日渐公开,心灵上承受的封建压力也愈来愈重;又由于他的身边发生了红楼二尤的悲剧以及抄检大观园的严重事件,所以,他对整个封建世家的罪恶也有了比较清醒的认识;特别值得人们注意的，是他与晴雯的庄严诀别，面对着晴雯毫不妥协的斗争精神，面对着晴雯爆炭一般的爱情表白，贾宝玉的心弦受到十分猛烈的震撼，更加真切地感受到那一社会对真、善、美的摧残，谁个劣，谁个不劣，谁是浊臭逼人的污泥，谁是出于清水的芙蓉，这些严肃的、难解的人生课题，都被晴雯的生命闪电在一瞬间照透了！曹雪芹不但在第七十八回写了贾宝玉亲自赶到吴贵家企图在"灵前一拜"的情景，而且，让贾宝玉在奉命写作《姽婳词》之后，迫不及待地写下了悲歌慷慨、振聋发聩的《芙蓉女儿诔》。在这里，作家强调的是主人公的感情气势和思想波澜，所以整个祭礼活动写得十分简略，人物的神态举止也只是寥寥几笔，他要让读者直接听到主人公的控诉和呐喊，他要在《红楼梦》的宏伟交响曲里奏起高八度的强音；这，只能顺乎自然地由贾宝玉出面，毫无顾忌地、涕泪纵横地宣读《芙蓉女儿诔》了。

由此看来，艺术结构的经营必须审慎地考察人物感情的微妙变化，必须按照生活的情势去布局谋篇，这就是刘勰所说的"设情以位体"[1]。当生活的流水以大起大落的波涛向前发展时，这种考察还比较容易进行；当生活的流水微波荡漾、涟漪相因时，这种考察就变得相当困难了。曹雪芹选择了后者，走的是小径。他写人写事，往往从清晨、上午、下午、傍晚一直写到深更半夜，"日程表"安排得相当满。这在中国古代小说史上是罕见的。正由于他对生活的描摹十分精细，所以不可避免地要一而再、再而三地触及某些人物、事物和场面。譬如林黛玉的"哭"，宝、黛二人"三日好了，两日恼了"的爱情试探，就在小说中"复现"许多次。然而，读者并不感到厌烦，反而觉得变化无穷，意趣繁密。这不能不归功于曹雪芹对日常生活的潜心观察。他善于捕捉一瞬间的形象，善于表现每一运动阶段事物的精微变化。他

---

[1]《文心雕龙·熔裁篇》，人民文学出版社1958年版。

懂得，艺术的"复现"不是简单的、机械的"重复"，只要客观情境和内容因素稍微改动一点点，艺术形象便呈现出新貌、新声、新色、新线，并由此而组合成新的姿态。"年年岁岁花相似，岁岁年年人不同"，"一日有一日之情，一日有一日之景"，大千世界，万物流转，物貌难尽！故曹雪芹决不墨守成规，决不刻舟求剑，总是根据变化发展了的新的情势，去设计和构筑他的艺术"红楼"。林黛玉曾经感叹道："一年三百六十日，风刀霜剑严相逼"，"花开易见落难寻，阶前愁杀葬花人"！曹雪芹的创作活动何尝没有这种难处？在宁、荣二府的人生舞台上，天天有风刀霜剑，天天花谢花飞，如何追寻落花的踪影，如何写出片片落花的不同神韵，这实在是叫人耗费心血的事儿！曹雪芹知难而进，不肯媚俗随波。在他的笔下，"千红一哭""万艳同悲"，是复杂而又和谐的"混声大合唱"；哪怕是同一个人的朝啼暮泣，也不会死抱住同一种腔调。他十分注重生活中的"同"与"一"，敢于在自己的作品中表现"一哭""同悲"，寻觅那些日复一日飘零的"红雨"。但是，他决不掉以轻心，大而化之，重蹈"千部一腔，千人一面"的才子佳人小说的覆辙。他善于在不断的"复现"中展示"同"与"一"的奇光异彩，他会用同一座"窑"里的"砖瓦"、同一座"山"上的"木料"构筑起千姿百态的"楼台"。曾经有一个杰出的作曲家庄重地宣布："给我一个音符，我也能写出一首美妙的乐曲！"曹雪芹不就是这样的艺术天才吗？

2. 辐射。辐射是指从生活现象的某个点出发，根据这一现象所维系的复杂的人际关系网络和事情的线索，对生活进行延展性的相互联系的描绘。《红楼梦》主要着墨于宁、荣二府中的荣府；在荣府中，又将艺术的镜头对准大观园。这样一来，曹雪芹所描写的实际生活图景就比较狭小了，书中几百号人几乎都拥挤在荣府的围墙之内。人口密度这么大，生活空间这么小，新闻的传播只在附耳之间，于是，哪怕是一桩芝麻绿豆大的事儿，只要一发生，便立时在许许多多人的心中引起形形色色的反响，而且还逼着人们迅速地表态（包括回避、沉默）。这一种难处，不但每日每时地折磨着书中人，而且严峻地考验着曹雪芹的艺术功力。他必须经常从一点出发，"辐射"出条条生活"线头"，分别描写每条"线头"上人物的喜怒哀乐和所作所为。这里边，交织着通向"辐射点"的"向心力"，以及背离"辐射点"的"离心力"，情况十分复杂。弄得不好，就可能出现两种毛病：一种是，各条"线头"自行其是，闹独立性，使小说显得支离破碎；另一种是，每条"线头"都缺乏个性，使小说的结构显得机械、刻板。曹雪芹处理得比较好，在他的笔下，"辐射点"总是有力地牵制着各条生活"线头"，使它们"条条大路通罗马"；同时，又放开手脚，让每条"线头"按照自己的实际情况向前伸展，做到"大路朝天，各走一边"。

例如，在小说中围绕着宝玉被打这一严重事件，牵动了荣国府里的诸多人际关系网络。以宝玉的病床为中心，以探望二爷的伤势为契机，各路人马都进行了积极的活动，生活的"线头"霎时间向四面八方伸展开来。比较重要的有这么几条：袭人的活动，黛玉的试探，宝钗的探望，王夫人的心事，宝、黛的定情，薛氏兄妹的口角，等等。为了把这些"辐射"出去的生活"线头"组织好，形成完整严密的生活有机体，曹雪芹审慎地注意了以下几点：

（1）过细地鉴别每条线上的独特内涵，决不让人物泛泛而谈，做一些游离于性格逻辑之外的事情。对于林黛玉和薛宝钗来说，她们的思想信仰很不一样，其"探望"的方式和情态必定迥然有异，这一点，作家还比较容易鉴别和把握。薛宝钗和花袭人就不同了，她们都觉得是宝玉有"错"，贾政教训得有"理"，只是下手狠了一点。宝钗说："到底宝兄弟素日肯和那些人来往，老爷才生气。"袭人说："论理，二爷也得教训教训才好呢；要老爷再不管,不知将来还要做出什么事来呢。"异口同声,都认为贾宝玉咎由自取,分明是一种正统派腔调!如果只强调这一点,那么,这两条"辐射"出去的"线"就会完全重叠,难分彼此。曹雪芹没有这么做,他区别得很仔细,让读者清晰地看到了这两条"线"的不同色彩和运动特征。花袭人自恃与贾宝玉的特殊关系,当然要在私下里对宝玉的伤势表示特殊的关心。所以,她在贾母、王夫人等人去后,首先查看了二爷的伤势。好家伙,打得多重呀!她不由地动了感情,咬牙切齿地说:"我的娘!怎么下这般的狠手?"言语很粗鄙,而且在没有第三者的情况下,谴责了贾政的"狠手",颇对宝玉的胃口。薛宝钗如何呢?她有很高的文化修养,又是贵族小姐,决不会喊"我的娘",更不会对贾政有半点微词;她的心很细,无须察看,也不便察看伤势,——这顿板子肯定打得宝玉皮开肉绽了。如今需要的是病中送药,方能表示自己对宝玉的一片真情;于是,她"手里托着一丸药"走向宝玉的病床,见了面也很有分寸地问了一句:"这会子可好些?"丝毫不触及他们父子间的冲突。花袭人劝贾宝玉,是"我"字当头,很自信,并不避嫌:"你但凡听我一句话,也不到这个份儿。"薛宝钗则巧妙地运用了"外交辞令":"早听人一句话,也不至有今日!"口气与内容皆与袭人相似,但她是不肯把"我"挂在口上的,那不符合千金小姐的身份,更不符合她的处世哲学;但此时,若不把自己摆进去,就显得见外了,也无法将自己的感情倾向显示出来,所以用了一个"人"字,虽是泛指,却分明有薛宝钗在内,十分得体。花袭人面对着宝玉的严重伤势,马上想到了自己的将来,她有点慌了!如果万一把宝玉打残了,打死了,那她一番苦功岂不是付诸东流了吗?所以,她叫道:"可叫人怎么样呢!"说得很焦急,又有些忸怩,故不好意思再赤裸裸地讲"我"了,只得请"人"来帮忙。薛宝钗面对贾宝玉的严重伤势,也动了情。一方面,她对宝玉的确有某种少女的眷恋;

一方面，她觉得"宝二奶奶"的宝座也实在不坏。所以，她情不自禁地难受起来："别说老太太、太太心疼，就是我们看着，心里也——"措辞仍旧很委婉，讲的是"我们"，但感情分量加重了，她也"心疼"了。然而，薛宝钗不论在什么时候都是薛宝钗，这"心疼"二字是万万不能脱口而出的，所以她赶紧刹住话头，"刚说了半句，又忙咽住，不觉眼圈微红，双腮带赤，低头不语了"。此处无声胜有声。薛宝钗的心机，比起花袭人的手段来，确实要沉稳得多，高雅得多了！由于以上这些很有分寸、很有个性色彩的描写，薛宝钗和花袭人这两条"线"就越发泾渭分明了。它们都从贾宝玉的病床边"辐射"开去，分别沿着自己的性格轨道向前伸展，谁也不会将两者混同起来。

（2）恰当地处理每条"线"之间的内在联系，让它们在必要的时候相互交叉，形成一个新的、共同的"兴奋点"。譬如，那天掌灯时分，王夫人和花袭人的一番谈话便是如此。她们主、仆二人，为了一个共同的目标——将宝玉纳入"正道"，走到一起来了。在那个母以子贵的社会里，贾宝玉是王夫人的"命根子"，没有这个宝贝儿子，她在荣国府的整个地位就要动摇，就不能同敌对派系统争夺到底。她十分赞成花袭人的话，应当"教训教训"宝玉"才好"。为了启发袭人放开胆子讲下去，她不但亲切地称袭人"我的儿"，而且主动亮出了"底牌"："我已经五十岁的人了，通共只剩他一个"，"设若打坏了，将来我靠谁呢！"这话也触动了袭人的隐忧，她的"将来"同样要"靠"宝玉！于是，主仆二人有了更多的共同语言，花袭人索性将"日夜悬心"的一桩事儿和盘托出，十分阴险地将宝玉和黛玉的亲密关系、宝玉和女奴们的平等交往，向主子"告发"了；非但如此，还进一步出谋划策，提出了"预先防着点儿"的具体措施——"叫二爷搬出园外来住就好了"。这样一来，王夫人对花袭人就格外赏识了，竟眉开眼笑起来："我的儿，你竟有这个心胸，想得这样周全!""我索性就把他交给你了。好歹留点心儿。"至此,主奴二人拍板成交,勒在贾宝玉身上的绳索又加了一条,这是贾政的板子打出来的"最新成果",——宝玉被打事件向纵深发展了。可见,由"辐射中心"伸展开去的各条"线",并不是孤立地发展的,它们有着千丝万缕的"横"向联系。准确地表现这种内在联系,会使整个艺术结构出现经纬交织、网络舒张的生动局面。

(3) 分清主次,突出诸多"线头"中最重要的一条,使"辐射中心"所包蕴的思想光彩显得更加耀目。如果平均用力,十个指头勾住十根"线头"往外拉,必然要削弱作品的思想意义和认识价值,使整个"辐射"体系陷入精神涣散的窘境。曹雪芹尽管从宝玉被打事件中牵引出许多"线头",但始终没有忘记,其中有一条是最主要的,最有表现价值的,它便是:宝、黛叛逆性格和叛逆爱情的新动向。面对着贾政的大打出手,贾宝玉和林黛玉的叛逆精神受到了严峻的考验,它将何去何从?这不能不是作家和读者最关心的问题。所以,曹雪芹以极大的热忱和专注,用饱满的笔墨描写了这一方面的新进展。林黛玉为贾宝玉哭肿了眼睛,这是十分自然的事,姑且不论。现在,这位苏州姑娘最担心的是贾宝玉今后的思想言行。如果坚持自己的人生信仰,继续同贾政硬顶下去,那势必要遭到更加严厉的制裁,所以,林黛玉为贾宝玉的险恶处境担忧,希望他收敛一些,"改"一"改"往日脾气。但是,如果贾宝玉真的全"改"了,那就不再是林黛玉的"知己",就等于爱情的毁灭,从某种意义上讲,这比死在贾政的板子底下更叫人心痛!所以,林黛玉又不希望贾宝玉真"改"。这种矛盾的心情,折磨着林黛玉,使她在探望宝玉的时候尽作无声之泣,老半天,才从万种言词中逼出一句试探的话:"你可都改了吧!"贾宝玉深知林黛玉的用意,立即做了坚定的回答:"你放心。别说这样的话。我便为这些人死了,也是情愿的!"真是一锤定音,宝、黛二人的思想意绪霎时间完全沟通了,两颗赤诚的心结合得更加紧密了！接下来的，自然是赠绢，题诗，宝、黛定情，——他们的爱情试探工作已经胜利结束，相对平衡的爱情生活从此开始。应当"感谢"贾政老爷，是他用沾满鲜血的板子，"敲"定了宝、黛二人的爱情关系；这在封建统治者们来说，是万万没有料到的。然而，它竟是这样出人意料地、合乎逻辑地发生了！这是宝玉被打事件所酿成的最重要的、也是最积极的成果；曹雪芹敏锐地抓住了它，让它光彩照人地从"辐射中心"伸展开来，深深地打动了读者的心灵弦索。

（4）节外生枝，写好从某条"线"上滋生出来的、有表现价值的新枝蔓。在宝玉被打事件中，薛蟠是没有多少干系的；然而，在事后"追查"挑唆人的过程中，他却成了最主要的"嫌疑犯"。于是，从薛宝钗那条"线"上，旁生出一条新的枝蔓：薛氏兄妹竟然发生了争执，而且赌咒发誓地闹得不可开交。粗粗一看，这是一幕荒唐的闹剧，与"辐射中心"所揭示的严峻思想斗争没有多少直接联系；然而，曹雪芹并没有放过它，因为他觉得通过薛氏兄妹的争闹，可以更深入地探测薛宝钗的内心世界，补充和强调她在宝玉病床前所没有说出口的话。果然，堡垒是最容易从内部攻破的，薛蟠终于在气急败坏之下道出了宝钗心底的秘密："好妹妹，你不用和我闹，我早知道你的心了。从先妈妈和我说：'你这金锁要拣有玉的才可配'，你留了心，见宝玉有那劳什子，你自然如今行动护着他。"这是紧接着宝、黛赠绢定情之后发生的事，"金玉之媒"被作者以迅雷不及掩耳之势一下子推到了台前，它预示着宝、黛的爱情将面临怎样的挑战和考验！所以，这一旁生出来的枝蔓，不但对表现薛宝钗的性格有积极作用，而且对全书来说，有着相当重要的结构意义。

（二）流动和切入。

1. 流动。这是指在描述生活现象时，注意考察事件之间的相互勾连、相互承传的关系，使生活变迁的连贯性在叙事中得到原生状态的表现。

《红楼梦》在表现日常生活的变迁时，不用过多的突起突收、飞扬跳荡的笔墨，来造成"跳跃"与"惊奇"的效果，而特别注意气韵的贯通和画面的衔接，讲求"起、承、转、合"的自如，追求"抽刀断水水更流"的艺术效果。这与曹雪芹以日常生活本身作为写作的中心是分不开的。

在贾府的日常生活中，常常有这样的情景：人们分别在自己的"窝巢"里干着自己的事儿，这些事几乎是在同一时刻发生的，孤立地看，并没有多少意思，一旦将它们串连起来，就顿时射出奇异的光彩，使人们对这个封建世家的生活底蕴和运动节奏有更加真切的了解。怎样把这些齐头并进的生活溪流，巧妙地揽到一起来呢？曹雪芹多采用"渔舟逐水"法，即选择一个人，让他驾着流动的"小舟"，去浏览每条"小溪"、每个"港汊"的风光，最后获得一个完整的印象。用今天的话说，就是用流动的"视点"去观察流动的生活。譬如"送宫花"一段，便是由周瑞家的在"串门儿"中完成的。周瑞家的送走了刘姥姥之后，便上来回王夫人的话，谁知王夫人到梨香院去了，她赶到梨香院见王夫人和薛姨妈正在闲谈，只好先到后间来，跟薛宝钗言论了一番"冷香丸"；王夫人终于听见里间的说话声，唤出周瑞家的，听取了关于刘姥姥的情况汇报；周瑞家的正欲退出，薛姨妈忽然心血来潮，支使她去分送宫花；她走出房门，碰上金钏、香菱，问了问香菱的身世，叹息了一回。接下来，宫花送到"第一站"，迎春、探春忙住了棋，欠身道谢，收了宫花；宫花又送到了"第二站"，只见惜春正同水月庵的小姑子智能玩耍，大家取笑了一回，由丫环将宫花收下；"第三站"是王熙凤的院子，这里气氛有点神秘，原来贾琏正在"戏"熙凤，宫花由平儿收了；周瑞家的这才往贾母这边来，过了穿堂，顶头撞上了自己的女儿，因为女婿冷子兴近日和人打官司，特叫女人来讨情，当丈母娘的听了根本不当一回事，仗着主子的势，晚上求求凤姐便完了；宫花这才送到最后一"站"，黛玉正在宝玉房中玩"九连环"，少不了林姑娘的"刻薄话"，少不了宝兄弟的问长问短，周瑞家的应付了一番，终于圆满完成了任务……

这是一道由许多并行的"小溪"汇成的"生活流"，它不紧不慢，微波荡漾，同荣国府中那种慵慵散散的日常生活节奏相合拍。周瑞家的做了"蜻蜓点水"式的巡察。正因为如此，她的见闻不可能十分深入，只能体察到一些表面现象。曹雪芹是不肯做表面文章的。所以，他集中笔力，描写了两条"小溪"上最晶莹、最传神的"浪花"。譬如，写王夫人和薛姨妈，是"长篇大套的说些家务人情话"，两个闲得发愁的贵妇人的形象跃然纸上，她们之间的亲热厚密关系也巧妙地表现出来；写薛宝钗，是让她不厌其烦地介绍"冷香丸"，淡淡的言辞中透露出自命不凡的味道；写惜春，则强调她那种令人哭笑不得的机智和幽默，"我这里正和智能儿说，我明儿也要剃了头跟他作姑子去呢，可巧又送了花来。要剃了头，可把花儿戴在哪里呢？"小小的年纪，已把韶华扑灭，向往那青灯古佛，多么可悲，可叹！写贾琏和王熙凤，则突出他们的荒淫和无耻，那相互调笑的"笑声儿"，那舀水的"大铜盆"，实在令人作呕；写黛玉，主要表现她的敏感、多疑和尖刻："我就知道么，别人不挑剩下的，也不给我呀。"弄得周瑞家的"一声儿也不敢言语"，等等。这样一来，"蜻蜓点水"就点到生活的"旋涡"上，貌似平淡的"生活流"就飞出了颇有分量的"浪花"；人们追随着这位"巡回大使"的视线，便可以透过表象，发现生活的某些本质的方面。

为了把这些色彩纷呈的"小溪流"汇在一起，曹雪芹还巧妙地设置"环扣"，使它们前后呼应，首尾相衔，自然而然地向前流淌。最明显的一个"环扣"，就是"闲"。王夫人和薛姨妈"闲"得无聊，只好在闲谈中打发时光。薛宝钗得了富贵病，在家中静养,"闲"得嘴也碎了,话也多了,把"冷香丸"的来历和配方说得津津有味。金钏儿"闲"得在台阶上晒太阳。迎春和探春"闲"得在窗下下棋。惜春"闲"得要当尼姑。贾琏和凤姐"闲"中取乐,还要叫一帮人"值班"伺候。黛玉"闲"得坐不住,去找宝玉解"九连环"。宝玉也"闲"出病来了,"着了凉",懒得动,连说话也是倦倦的……几乎所有的人都无所事事,贾府的日常生活就这样失去了起码的活力;等待着它的,除了变成一潭绝望的死水,还能是什么呢?另一个比较隐蔽的"环扣",就是"香菱"。薛宝钗一家子,不但"从家里带来了"冷香丸,而且带来了可怜的香菱。一提到香菱,人们不由得想起了"护官符",它那可怕的阴影无处不在,就连眼下这道极其平常的生活流水,也曲折地映照出它的狰狞嘴脸。试问:假如没有它的魔力,没有它所代表的封建统治阶级的财力和关系网,那些贵妇人和娇小姐能有条件如此消磨时光吗?薛宝钗的"海上仙方儿"能配得起来吗?薛姨妈能拿出"宫里头作的"宫花吗?贾琏夫妇能如此荒淫无度地生活吗?周瑞家的能笃笃定定地帮女婿打赢官司吗?惜春的青春能如此灰暗吗?林黛玉的心中能有这么多忧愁和猜疑吗?绝对不会!所以,曹雪芹在展示这条生活流水时,五次提到了香菱,两次提到了周瑞家的不把"官司"放在眼里;如此安排和调度,就让读者不但看到由富贵而来的"闲",而且看到了由富贵而带来的"势"。"闲"与"势"的结合,形成了这道"生活流"的基本特征,它从总体上约束了那些"小溪"的流向,不管周瑞家的如何串来串去,那生活的内在脉络是不会紊乱的。

在《红楼梦》里,还有另一种展示"生活流"的方法:它不是用一个人的眼睛去扫描流动的生活,而是让"后浪"推"前浪",相互"接力",向纵深发展。例如,那天湘云正在宝玉屋里跟袭人说闲话,袭人央求湘云帮帮忙,为宝玉做双鞋。湘云还在生黛玉铰了扇套儿的气,执意不肯。宝玉在一旁听着,没有开口。忽报贾雨村来访,老爷叫二爷去会。宝玉正没好气,湘云又劝他多同为官作宦的人来往,谈讲谈讲仕途经济。贾宝玉大为逆耳,引出了"林妹妹不说这些混账话"的肺腑之言。谁知黛玉在外边听了,不觉又惊又喜,又悲又叹。"接力棒"传到了林黛玉手中,她和宝玉在门外说了一番肝胆相照的知心话,不觉将宝玉"迷"住了,呆着脸,错把袭人当黛玉,"胆大说出"了"我的这个心"。袭人接过"接力棒",又是怕,又是急,又是臊,惊疑不止,思谋着如何处治,方能免此丑祸?恰巧宝钗从那边走来,十分自然地接了袭人手中的"棒",发表了一通关于"体谅"湘云的通情达理的人生见解,并且不露声色地揽过了湘云不肯做的针线活,悄悄地"实习"起宝二奶奶的分内事来。一语未了,忽见一个老婆子匆匆走来,报告金钏儿投井死了。薛宝钗便丢了袭人,赶到王夫人的住处,同王夫人商讨"善后"事宜;当她忙不迭地取了衣服回来,只见王夫人正数落宝玉。"接力棒"又递给宝玉,他走出母亲的屋子,茫然不知何往,心中五内俱焚,正在低头叹息,冷不防撞上一个人,正巧是贾政!于是,贾政将"棒"接上手,这可不是闹着玩的,它将要变成真家伙,由政老爷挥舞着,打到宝玉的屁股上去了……

曹雪芹笔下还深入地描写日常生活中的另一种"流动",即人物感情意绪的"流动"。美国心理学家威廉·詹姆斯把它称之为"意识流"。其实,用斩不断的流水来比喻人物的内心活动,并不是威廉·詹姆斯的独家发明,中国的诗人们早就用"思潮奔突""心清如水""思君若汶水"一类的词句,来形容人物的感情活动了。

曹雪芹决不肯把人物的感情活动写成循规蹈矩、十分理智的"流水",又不肯脱离现实环境让这些"流水"随心所欲、恣肆流泻。当贾政在帘外向元妃问安行参时,他的感情主脉是守君臣之礼,显得相当理智。但世界上很少有那种快刀斩乱麻的感情抉择,复杂的社会生活,经纬交错的感情关系网,常常使人物的感情决断呈现出"剪不断,理还乱"的征象来。故贾政的心灵深处又忽地涌出了一股潜流,想到了咫尺天涯,骨肉分离,无法与女儿享天伦之乐,于是悲从中来,只好"含泪"向元妃"启奏"。对于这一种非冒出来不可的感情潜流,曹雪芹给予了足够的重视,但又很有分寸,决不让它汪洋恣肆,喧宾夺主。所以,他紧接着让贾政"奏"了一番"伏愿圣君万岁千秋"的"套话",把刚刚冒头的感情潜流压抑住了。

又如"牡丹亭艳曲警芳心"一段,林黛玉就在专心听曲的同时,不断地"走神"。这是中国古典小说中很典型的一段"意识流"描写,它不同于"现代派"小说家笔下的"意识流",颇有中国气派:嘈嘈切切而又主调明晰,明珠跳跃而又俱在玉盘。

2. 切入。这是指在对某一生活现象进行描写时,突然中止对前一幅生活画面的描写,直接将艺术的镜头转向后一幅生活画面。这一种表现时间和空间转换的方法,可以收到对比强烈、节奏紧凑的效果,借用现代电影艺术的一个术语,就是直接"切入"生活场景和生活镜头。

在《红楼梦》中,曹雪芹往往从大处着眼,在流动的生活主脉中突然"切入"几个"飞来"的生活镜头;这些"镜头",似乎与生活主脉没有直接关系,但是,一旦插足进来,便充分显示出艺术结构上的特殊意义,使生活主脉的底蕴得到了更加鲜明的揭示。譬如,从"贾元春才选凤藻宫"起,接连好几回文字,都是写贾府发生的"一件非常的喜事",真是"烈火烹油,鲜花着锦",两府上下,"莫不欢天喜地"。曹雪芹一方面集中笔墨,描写这一件大喜事的来龙去脉,扬其波而逐其流,文字如行云流水;一方面,他又不时"叫停",暂时中断一下文气,插入几幅与省亲大典无关的生活画面——当元妃晋封的喜讯传来时,书中突然出现了宝玉对秦钟的思念,透露了秦钟被打、老父气死的不幸消息；当王熙凤得意扬扬地向"国舅老爷"贾琏贺喜时，曹雪芹猛地调转笔锋，补叙可怜的香菱已被薛蟠"收房"，成了"薛大傻子"的"屋里人"；当贾琏被政老爷唤去商量省亲大事时，旺儿嫂子又不迟不早地给王熙凤送来了"利银"，让读者看到了王熙凤放高利贷的秘密勾当。当贾府当权者忙着筹建省亲殿宇时，作者又忙里偷闲，插叙了"秦鲸卿夭逝黄泉路"的悲惨情景；当元妃省亲结束、"龙颜甚悦"、倍加赏赐时，曹雪芹又别出心裁地插入了一段"奴婢探家"的文字，描写袭人如何"家去吃年茶"，如此等等，都是对生活主脉的直接"切入"，急促得连个"招呼"也不打。这样安排，可以产生怎样的艺术效果呢？

首先，可以通过强烈的对比，让人们体察到那一时代的贫富悬殊，以及整个社会结构的不公。在生活的最底层，香菱被拐卖，如今又"明堂正道"地落入了薛蟠的虎口，遭到了更加粗暴的蹂躏。秦钟虽然是一公子，但由于家境贫寒，同样遭到了厄运，先是姐姐不明不白地死去，接着老父被气死，最后自己也夭亡了；贾府及其所代表的封建势力，就这样不露声色地毁灭了这个家庭！袭人的家似乎还有一点点"温暖"，不但接她回去"吃年茶"，而且商量着要替她赎身，袭人偏偏不肯回去，执意要留在贾府。这样的情景，不能不叫人心悸：那一社会，统治者不但残酷地榨取劳动人民的血汗，造成了贫富殊悬，而且不断地强化精神奴役，培养了一批俯首帖耳的奴才！所有这一切，都从不同的角度，有力地揭露了封建制度和封建世家的罪恶，让人们清晰地看到：浩荡的"皇恩"，只能给封建贵族阶级带来说不尽的荣华富贵，而广大平民百姓，却是在水深火热中倍受煎熬，精神和肉体上受到各种各样的摧残。

如此安排，还可以补充和强调某些重要的生活环节，更加深刻地揭示事物发展的必然性。为什么贾府能上演这一幕"金银焕彩""花影缤纷"的"富贵风流戏"？为什么平民百姓的生活如此贫困和凄惨？曹雪芹没有直说出来。但是，他忙里偷闲地请出了"香菱"，她的身影虽然只在后台一晃，却有如一道撕破夜空的闪电，刹那间照亮了读者的眼睛：是"护官符"，在庇护这个赫赫扬扬、已历百载的封建世家！是"护官符"，吞噬了许许多多"冯渊"的生命，将数不尽的"香菱"逼进了毁灭的深渊！再看另一个生活环节——贾政、贾琏等人不是在商量省亲大事，筹划营造省亲殿宇吗？那么，请问：这一巨大工程的资金从哪里来？曹雪芹将生活的"万花筒"一转，人们顿时看到了王熙凤发放高利贷，敲骨吸髓地盘剥贫穷百姓的侧影。原来如此！"白玉为堂金作马"的贾府，是靠搜刮民脂民膏来养肥自己的；王熙凤发放高利贷，只不过是种种剥削手段中的一种而已！由此可见，曹雪芹不是随随便便地"切入"种种生活镜头的。他胸有成竹，匠心独运，总是经过严格的挑选，把那些与生活主脉有内在联系的画面，穿插到最关键的地方，从而启发读者的思维，由此及彼、由表及里地把握生活的真谛。

（三）融化和凝聚。

1. 融化。这是指在艺术描写中，用分散的笔墨，把对人物与事物的刻画放置到流动而复杂的生活现象中去叙述，最终使读者从融化到生活之流的各种细节中得出对人物和事物的总体印象。《红楼梦》对日常生活的"全息摄影"，较多地带有散文的气息和诗歌的韵味，很少有掀天巨浪和灼热的戏剧冲突。它很"散"，有如分散在广阔平野上的河、湖、港、汊，不像那横贯千里、波涛滚滚的大江。然而，它又不"散"，因为它经纬交错，网络勾连，是一张精心编织起来的、纲举目张的生活大网，所以书中的绝大多数人物，都不能离开生活的整体，单独立传。"扯动荷花带动藕"，"牵一发而动全身"，宁、荣二府内的几百号人物就这样相互牵制着，相互依存着。考察到这一种生活情势，曹雪芹很少用专门的、系列性的回目，来表现人物的性格成长史；

在他的笔下，人物的各种性格特征犹如纷纷飘洒的雪花，静悄悄地"融入"了生活的溪流，分散在各回章节之中。

　　作为书中最主要的人物，贾宝玉的性格踪迹就显得相当分散：一会儿，他同茗烟一起大闹书房；一会儿，他在丫环里头厮混；一会儿，他卷入了其他人的爱情纠葛；一会儿，他又同贾政发生了正面的冲突。如此等等，几乎到处都晃动着他的身影，哪一桩事儿也少不了他。所以，他是以"无事忙"而闻名于贾府内外的。当然，他在百忙之中并没有忘记抓大事，抓重点；这大事，便是发展他与黛玉的生死之恋，假如没有这一种建立在共同理想基础上的叛逆的爱情，贾宝玉就不成其为贾宝玉了。然而，恰恰在这里，我们看到了曹雪芹的独到之处：他没有把宝、黛爱情线索从生活之网中抽出来，将《红楼梦》写成贾宝玉和林黛玉的"爱情演义"；有关这一对青年男女的爱情发展史，自始至终，都"融化"在其他许许多多生活场景和矛盾纠葛之中。贾宝玉怕读"圣贤"之书，贾政为此伤透脑筋，父子俩常常在这个问题上发生尖锐的思想冲突，曹雪芹将这一组矛盾写得有声有色。然而，一旦时机成熟，他的笔墨马上落到宝、黛的爱情彩卷上，譬如"西厢记妙词通戏语"，就分明将"读书"和"爱情"融合在一起，——林黛玉支持贾宝玉阅读"地下书刊"，这在客观上卷入了贾政父子的矛盾，同时，又使她与宝玉的爱情得到了升华。"宝玉被打"一段也是如此。曹雪芹正面展示了宝玉和贾政的思想冲突。交什么朋友，走什么道路？父子俩发生了根本的分歧，贾政企图用板子把贾宝玉打入"正轨"。那是一场卫道者与叛逆者的短兵相接的较量，看起来，与宝、黛爱情没有多少直接的联系。但是，曹雪芹笔锋一转，借黛玉探望之机，巧妙地将他俩的爱情心曲"融化"进来了，其结果，引出了赠绢和题诗，宝、黛二人的心靠得更紧了，他们竟在不知不觉之中定情了！其他，如宝玉痛祭晴雯，主题是"多情公子"对女奴的同情和敬仰，但写到后来，林黛玉和贾宝玉的爱情乐章又渗透到《芙蓉女儿诔》中来了。仅从以上几例，我们便可看到：曹雪芹是用逐步点染的手法，从许多侧面、许多渠道，来显示贾宝玉的性格踪迹和爱情发展史的；由于这一条线索"融化"在《红楼梦》的整个生活图景中，所以，谁也没有办法把它单独清理出来又不损伤其他的生活经纬。目前，有许多剧种把《红楼梦》搬上了舞台，基本上都采用了"抽取单线"的办法，结果是吃力不讨好，充其量，只表现了宝、黛、钗三人的爱情悲剧和婚姻悲剧，算不上真正的《红楼梦》。

把人物的性格踪迹"融化"在生活的"水网"之中，还可以产生一种特殊的艺术效果：一些着墨不多的次要人物，由于被"融化"了，得到了许多方面的"关照"，结果变得相当活跃，相当厚实，仿佛曹雪芹为他们花费了不知道多少笔墨！就说紫鹃吧，这个不争"镜头"的丫头，只在《红楼梦》里占有一小块生活的园地，曹雪芹用来描写她的文字远远不及袭人和晴雯多。但凡是读过《红楼梦》的人，无不感到她的亲切、生动、丰厚和博大；紫鹃简直成了忠诚和友谊的化身！有兴趣的读者，若将《红楼梦》仔细检阅一遍，就会发现：有关紫鹃的描写，都是星星点点的，而且无骄矜之色，总是在"山花丛中"文静地"微笑"。那么，读者为什么会产生"错觉"，觉得曹雪芹在紫鹃身上花了许多笔墨呢？原因就在于：他把紫鹃的性格征象巧妙地"融化"在生活的旋涡之中，使这些性格征象得到了多方面的滋润和补充，从而在读者的思想屏幕上留下了最闪光的印象、最经久的记忆。譬如"慧紫鹃情辞试忙玉"一段，就是在一个人人有话说、人人不开口的生活关口上发生的。然而，就在大家运足"内功"打"太极拳"的时候，以友谊和忠诚为生命的紫鹃终于憋不住了，她那么自然地又那么突兀地站了出来，施展了一番既聪明又傻气的小计谋，一下子把窗纸儿捅破了。她在此时此刻的言行，本来极其寻常，但由于得到了整个生活情境的烘托和映照，所以顿时迸发出奇异光彩。曹雪芹之所以能够化少为多，化轻为重，把次要人物写得那么神采奕奕，就因为他善于把握时机，将这些人物"投放"到生活"水网"的交汇之处，让他们扬波逐水，如"海上明月"，与潮水"共生"。

2. 凝聚。这是指集中笔墨，对特定的人与事进行突出的描写，使其在读者心目中留下深刻的印象。

《红楼梦》作为一部卷帙浩繁的鸿篇巨制，写了那么多人物，绝不可能人人"平等"，个个都有机会把自己的性格特征"融化"到生活的"流水"之中，这里露一露头，那里显一显身姿。但是，曹雪芹是"通情达理"的。他既然把这一个人物请上了《红楼梦》的人生舞台，那么，此人就成了作者的"心灵产儿"，就有了"生的权利"。怎么办呢？曹雪芹常采取"凝聚"法，让那些不可能多露脸面的人物，在特定的场合下，把整个生命和全部精力"凝聚"起来，变成一颗闪闪发光的艺术"结晶体"，以此跻身于《红楼梦》的人物之林。最典型的两个例子，就是焦大和傻大姐儿。写焦大，曹雪芹只用了一千多字；写傻大姐儿，字数更少，仅有五百余字。然而，他们在曹雪芹的笔下，都活了，都站起来了，而且成了中国古代文学史上不可多得的艺术典型！为什么能够如此呢？他们是曹雪芹用生活的泥土，精心塑造起来的两个"多余的人"。焦大是一个醉汉，傻大姐儿是一个白痴，那个社会早就把他们无情地遗弃了，他们已沦为非人，但是，曹雪芹却没有将他们看死。他从这两个人物的身上发现了一种最可贵的东西，那便是"真诚"。酒后露真言，醉汉的嘴里常常吐出一般人不敢说的真话，故焦大的一番醉骂，顿时将宁、荣二府的肮脏事掀了个老底朝天！痴人无世故，他们与圆滑、奸诈、投机、钻营永远绝缘，所以，傻大姐儿毫无顾忌地交出了"绣春囊"。当然，他们的所作所为并非出于自觉，曹雪芹也不会异想天开地叫他们认识自己行为的价值；他只是借助这两个人物的病态的"真诚"，来揭示一条生活的哲理：当那些"正常"的人忙不迭地在人生舞台上"演戏"的时候，常常"遗忘"了某些重要的东西，需要那些不会"演戏"的"多余的人"站出来补充，而他们补充出来的东西在某种程度上恰恰是显示生活底蕴的东西。焦大和傻大姐儿，他们从不同的角度，用不同的方式，撕破了封建世家的遮羞布，把贵族阶级的虚伪和丑恶暴露在光天化日之下，他们的形象就变得很有分量、很有价值了。从人物性格的塑造来看，曹雪芹也是十分审慎的，他没有因为表现对象是酒鬼和白痴就随意支使他们，而是严格地"按迹循踪"，不敢做一丝一毫的虚夸和穿凿。写焦大，一字一句都紧扣着他的狂态，把他的自大、焦躁、愤怒和爽直巧妙地糅合成一个整体，其语言的个性色彩也极其鲜明。写傻大姐儿，特别强调了她的"嘻笑"，那么无知，那么愚顽，手捧着"定时炸弹"，却以为捡了个"爱巴物儿"；然而，一听到邢夫人的厉声警告，她的高兴劲儿马上被吓得无影无踪，连脸都吓黄了！谁说她"一无知识"？她至少还懂得惧怕，还晓得什么叫主子的淫威；这是严酷的生活送给她的唯一的"礼物"，她就是再傻，也没有忘记这世界上还存在着"迫害"！曹雪芹多么仔细，连一个傻女的心理变化，都分析得如此精确，表现得如此周详。别林斯基说过："在一位具有真正才能的人写来，每一个人物都是典型。"[1]曹雪芹就是这样的天才，他能用最传神的笔墨，把一个人物的性格之光汇聚到一点；他能把一个极普通的角色，略加排练，让他粉墨登场，堪与艺术大舞台上的明星们媲美。

---

[1]《别林斯基选集》第一卷第186页，人民文学出版社1958年版。

第三节 悲剧艺术论

《红楼梦》在中国古典悲剧艺术中占有十分重要的地位。从王国维、鲁迅到当今的"红学"研究,都将《红楼梦》的悲剧艺术作为重要的课题来探索。作为西方文化中的概念,"悲剧"一词有其特定的规定性,而《红楼梦》作为曹雪芹血泪的结晶,是中国传统文化悲剧意念长期演化发展的结果,是具有中国特色和气派的作品。同时,曹雪芹又是在对中国传统文化精神的深刻而痛切的反思中突破了传统的悲剧观,做出了自己的艺术贡献。这是我们在考察"红楼"悲剧时首先应当注意的。

一、价值的毁灭

鲁迅在《再论雷峰塔的倒掉》一文中精辟地指出:"悲剧将人生有价值的东西毁灭给人看。"这句话,可以用来剖示《红楼梦》悲剧内容的美学特征。

在《红楼梦》之前,我国的一些悲剧作品,往往以"好人"为一方,"坏人"为另一方,经过一番激烈的斗争,最后"坏人"毁灭了"好人",于是悲剧产生了。这一类悲剧的美学特征是:将"有价值的人物"毁灭了给人看。曹雪芹"不借此套","洗旧翻新",写好人并不"完全是好",写坏人并不"完全是坏",因此,在《红楼梦》里很难找到一个纯粹的"有价值的人物",即使是贾宝玉、林黛玉和晴雯,身上也有许多无价值的东西。这样一来,构成《红楼梦》悲剧冲突的被毁灭的一方,就不可能是标准的"有价值的人物",而只能是一些"人生有价值的东西"了。

（一）什么是曹雪芹眼中的"人生有价值的东西"？

按照我们今天的理解，所谓"人生有价值的东西"，乃是在一定历史条件下，人们对社会进步所做的精神上和物质上的贡献，它只能是人的社会关系的产物。曹雪芹不可能弄清这些道理，但是，作为封建末世的进步思想家，他已经从艰辛的人生历程中逐步领悟到：只有那些敢于突破封建思想羁勒，争取平等、自由的思想、言行，才是"人生有价值的东西"。基于这一点，他才以极大的创作热忱和深沉的悲痛，在《红楼梦》里塑造了贾宝玉、林黛玉、晴雯这样的悲剧人物，使这部小说打上了鲜明的时代印记，其思想价值和艺术价值远远超过了以往的任何一部反封建悲剧作品。

问题的难解之结不在这儿。《红楼梦》的广大读者，几乎众口一词地确认：在贾宝玉、林黛玉、晴雯这些人物的身上，有许多"人生有价值的东西"，甚至体现了某种"历史的必然要求"；他们"实际上不可能实现"这些"要求"的痛苦人生经历，明显地带有悲剧性。我们要着重解决的，是《红楼梦》里的其他许多人物，譬如薛宝钗、王熙凤、花袭人等，在他们的身上也有"人生有价值的东西"吗？应当说是有的。要不然，他们就没有资格进入曹雪芹所组织的"一哭""同悲"的悲剧人物行列了。要弄清这个问题，就不能不涉及曹雪芹对"人"的理解。

（二）曹雪芹眼中的"人"，究竟是什么模样？

前面已经提及，曹雪芹并不以为"好人"一切皆好，"坏人"一切皆坏。这同高尔基的认识是合拍的。高尔基指出，人是形形色色的，没有整个是黑的，也没有整个是白色。好的和坏的在他们身上搅在一起了，——这是必须知道和记住的。而曹雪芹虽然也有类似的抽象概括，如借书中人物之口而说的"大仁""大恶""正气""邪气"之类的学说，与此颇有相似之处。但更重要的，应当从他在作品中的具体描写来考察。例如《红楼梦》第四十二回，薛宝钗对林黛玉款款说出的一段话：

> 你当我是谁？我也是个淘气的。从小儿七八岁上，也够个人缠的。我们家也算个读书人家，祖父手里，也极爱藏书。先时人口多，姐妹弟兄也在一处，都怕看正经书。弟兄们也有爱诗的，也有爱词的，诸如《西厢》、《琵琶》以及《元人百种》，无所不看。他们背着我们偷看，我们也背着他们偷看。后来大人知道了，打的打，骂的骂，烧的烧，丢开了。所以咱们女孩儿家不认字的倒好……最怕见些杂书，移了性情，就不可救了！

这段自白客观上说明了以下几点：一，任何人都不可能生活在单一的社会关系中，就是薛宝钗那个封建皇商家庭，也无法把子女绝对"保护"起来，不同封建正宗之外的"杂牌"思想发生联系，只要稍微松一松"防线"，那些"异端邪说"的幽灵就会渗透进来，四处游荡；二，存在决定意识，既然在薛宝钗的兄弟姐妹周围，出现了封建阶级视为不祥鹏鸟的"地下书刊"，那么，这些小青年就有可能接受它的影响。从好奇、偷看，到入迷，甚至被这些杂书"移了性情""不可救了"；三，各种社会关系的经纬，不但会执拗地通向人们的心灵世界，而且会使出最大的能耐，努力把人的"性情"尽可能地"移"到自己这方面来，于是就出现了矛盾和斗争，薛宝钗所说的"打的打，骂的骂，烧的烧"，便是这种争夺战的生动写照；四，由于人们的主、客观条件各不相同，因此，他们在这种争夺战中的去从、进退也不一样：有的人顶住了邪恶势力的压迫，日渐靠向了真、善、美，提高和发挥了自己的"人生价值"，如贾宝玉和林黛玉；有的人则像薛宝钗那样，倒向了邪恶的一方，"丢开了"，甚至割断了与社会进步因素的联系，从而使身上的"无价值的东西"越来越多，"有价值的东西"越来越少。

对《红楼梦》中的其他人物也可作如是观。

（三）曹雪芹如何展示"人生价值"的两种不同情形的毁灭？

先看宝玉、黛玉和晴雯。由于主、客观条件有利，他们在人生历程中获得了较多的"有价值的东西"。量的积累，必定带来质的变化；他们的所作所为，不仅带有一般的正义性和合理性，而且体现了某种"历史的必然要求"。这样，他们就变得很"狂"了，很"乖僻"了，很"孤高自许"了。封建黑暗势力是容不得他们如此这般的！于是，原先的不顺眼变成了怒目相向，冷笑变成了冷箭，招安变成了镇压，——非毁灭他们那自以为无上珍贵的"有价值的东西"不可！这是一场惊心动魄的生死搏斗。由于封建黑暗势力的能量还很大，垂死的"大虫"在猖狂一跳的时候还很怕人；又由于宝玉他们身上依然留有封建思想意识的污垢，内里的"无价值的东西"策应着外边打过来的"无价值的东西"，形势就很不妙了。结果如何呢？诚如恩格斯所说，他们所体现的某种"历史的必然要求"，实际上"不可能实现"，[1] 只能是毁灭！这是一种"梦醒了无路可走"的毁灭，这是一种经过较为自觉的抗争之后的毁灭，这是一种叫毁灭者尝到了辣味儿、叫同情者觉得他们失败得有气魄的毁灭！再看另一类人物，例如王熙凤和花袭人。几乎把坏事做绝了的王熙凤，身上也有一些"有价值的东西"，那一社会同样容不得这些"东西"的存在，尽管她十分热心地用自己的双翅去拥抱那快要融化的冰山！这是一种怎样的毁灭呢？试举二例。这位贵族少奶奶在《红楼梦》里干的第一件缺德事，就是"毒设相思局"，害死了贾瑞。若从事件的起因看，分明是贾瑞的"淫心"引起的；王熙凤的恼怒与反击，或多或少地带有维护女性尊严的"自卫"性质，有一定的"价值"。但是，她拒绝贾瑞，是因为自己身份高贵，决不能屈尊俯就，做下贱"禽兽"的玩物；她设计反击，更是为了显示当家少奶奶的

---

[1]《马克思恩格斯选集》第四卷第346页，人民出版社1972年版。

淫威，"叫他死在我手里，他才知道我的手段！"曹雪芹让王熙凤在可恶的贾瑞身上初试锋芒，是为了给人物定下这样的基调：她的行为，也有比较合情合理的时候，但由于她太"混账"了，太狠毒了，结果连这些行为也变得面目可憎、毫无"价值"了！"协理宁国府"一节，王熙凤并没有明确的"补天"的思想动机，她关心的主要是大显身手，露一露自己的才能，这对歧视和压抑妇女的封建礼教，可算是一种挑战；然而，可惜得很，由于王熙凤已经沾染了封建贵族阶级的许多恶习，她这一番有某种"人生价值"的作为，立时被扭曲、被破坏了，变成了"权力"的疯狂追求，变成了滥施淫威的狂妄和自大！她还没有来得及认识和理解自己行为的"价值"，那"价值"就被她亲手撕成了碎片，——这是多么可悲、可鄙的毁灭啊！花袭人同样如此。在第十九回中，她曾经不无恼怒地对贾宝玉说："我一个奴才命罢了，难道我的亲戚都是奴才命不成？定还要拣实在好的丫头才往你们家来？"这本来是被压迫奴隶的正义呼声，很有价值。但是，由于生活境遇的改变，封建思想的毒害，花袭人心头的累累伤痕已经被"甘心为奴"的硬痂所覆盖，她变得麻木不仁了。所以，这一番充满反抗精神的言辞，马上在她的嘴里走调了，变成了对贾宝玉的一种抱怨，——人家已经熬出身份来了，你偏偏还把人家当奴才看待，甚至想把花家的亲戚也弄进贾府来使唤！看来，花袭人的悲剧恰恰表现在这些地方：她的灵魂深处，还隐藏着斑斑的奴隶的泪迹；她的心中，也有这样那样的不平与抱怨。只不过，当这些合理的、有价值的思想因素刚刚骚动不安的时候，另一个死心塌地与封建阶级结盟的"袭人"，就迫不及待地将它们压抑下去，其自觉性简直到了无须思想斗争、无须忸怩作态的程度！

通过以上分析，我们可以看到：曹雪芹基本上是用人的价值观念来考察悲剧的，由于"人的价值"总要受到社会历史条件和社会关系的制约，所以，《红楼梦》的悲剧内容具有十分深广的社会性。这对中国传统悲剧是一个重大的突破，因为在那些悲剧中，悲剧冲突几乎都局限在"善善、恶恶"的伦理道德范畴之内；而"道德观念"，说到底，只是一定阶级"价值观念"的反映。曹雪芹在创作活动中，比较实事求是地运用了"价值观念"，尽管是初步的、朦胧的，却比前人更直接、更准确地把握了悲剧艺术的本质内核。《红楼梦》还确认了悲剧人物的复杂性，让各种社会矛盾在人物的性格世界里摆开了一决高低的战场，十分严峻地检验着"千红""万艳"的"人生价值"，让不同质量的"人生有价值的东西"遭到了不同形式的毁灭。这样，"一哭""同悲"就不是一种大同小异的、缺乏个性的腔调，而是嘈嘈切切、复杂而又和谐的混声大合唱了。

二、真实性与必然性

亚里士多德曾说，诗比历史更真实，因为诗更多哲理性，较之历史的偶然性更表现出了必然性。我们认为，只有直面历史的真实性与偶然性，"诗"才能更为准确地表现出生活的必然性。鲁迅认为《红楼梦》的"要点"，"在敢于如实描写，并无讳饰"[1]。这就切中了"红楼"悲剧表现必然性的重要特点。的确，作为伟大的现实主义作家，曹雪芹总是努力把自己的注意力投向悲惨的现实世界，认为只有尊重"事体情理"，"按迹循踪"，才能真正写好人间"离合悲欢，兴衰际遇"；他的《红楼梦》，不肯"谋虚逐妄"，比较鲜明地同那些"瞒"和"骗"的文学作品划清了界限。经过漫长而艰辛的生活实践和艺术实践，曹雪芹以极大的真诚，去认识和表现生活中的泪痕悲色，使《红楼梦》

---

[1]《中国小说的历史的变迁》，《中国小说史略》第306页。

里的悲剧世界同客观存在的悲剧世界血脉相连，气息相通，而且更集中、更概括、更富于典型意义。

（一）在相当广泛的范围内，把被封建统治阶级颠倒了的"真"和"假"，重新颠倒过来。

在《红楼梦》第五回中，有一副书在"太虚幻境"石牌上的对联："假作真时真亦假，无为有处有还无。"人们对此做过多种诠释，我们以为，它集中而强烈地表现了曹雪芹对"以假乱真""无中生有"的社会陋习的不满。他要"绝假纯真"，从"瞒"和"骗"的大泽中辟开一条求"真"的蹊径，把那些欺世惑众的谎言无情地加以揭破！

不是说，至高无上的当朝天子"体天地生生之大德，垂古今未有之旷恩"吗？请看元妃省亲时合家垂泪的"天伦之乐"，请听元妃强忍悲痛的一番言辞："当日既送我到那不得见人的去处，好容易今日回家，娘儿们这时不说不笑，反倒哭个不了。一会子我去了，又不知多早晚才能一见！"

不是说，以贾府为代表的封建贵族世家，都是些"诗书翰墨之族"吗？请听焦大的"有天没日"的醉骂："那里承望到如今生下这些畜牲来？每日偷鸡戏狗，爬灰的爬灰，养小叔子的养小叔子，我什么不知道？"他说了一点真话结果被满满地填了一嘴马粪。曹雪芹没有醉，也不打算"胳膊折了，往袖子里藏"，所以，等待他的就不仅是封建阶级泼洒的污言秽语，而且是对《红楼梦》的查禁和焚毁！

不是说，贾府的"富贵流传"，全仰赖皇上的"天恩"，全凭着宁、荣二公"九死一生挣下"的家业吗？请看第五十三回的精彩描写：一方面，那写着"皇恩永锡"的"小黄布口袋"里，只装了"净折银若干两"的"春祭赏"；一方面，那乌庄头缴租的账单上，却开列了五花八门、价值惊人的实物和租银！是谁养活了这么一个"钟鸣鼎食"的封建世家？是谁的血汗化成了够庄稼人"过一年"的"螃蟹宴"？曹雪芹又一次戳穿了那种"假作真时真亦假"的鬼话，让事实的真相不露声色地亮了出来。

不是说，爱情就是"淫乱"，就是"万恶之首"吗？请比较一下晴雯和袭人吧：那温柔端庄、整日劝宝玉读书"务正"的"贤"袭人，刚刚在《红楼梦》中露脸，就启发（一点不冤她）宝玉初试了云雨情；而被王夫人之流视为"狐狸精"的晴雯，却始终保持着同宝玉的纯真友情，那病补孔雀裘的一针针、一线线织出了双飞的感情彩翼，那抵制贾政问书的巧计沟通了她与宝玉心头的灵犀。谁个劣，谁个不劣？谁个"私情勾引"，谁个"冰雪不足喻其洁"？曹雪芹同样做了毫不含糊的回答！

如此等等。《红楼梦》多么出色地从这许多方面恢复了"真"与"假"的本来面目啊！这样做，不仅可以深刻地揭示那一社会的本质，而且可以帮助读者领悟到这样一个道理：当垂死的封建阶级，十分荒唐地、强词夺理地用政治暴力和思想压迫，把"真"与"假"、"善"与"恶"、"美"与"丑"统统颠倒了的时候，那些"人生有价值的东西"，怎能够获得起码的生存权利呢？他们只好在石隙里萌发，在风刀霜剑中成长，到头来，还是敌不过"死而不僵"的封建"百足之虫"，惨痛地遭受到了毁灭的命运！这恰好表明：曹雪芹并没有把酿成悲剧的原因，归之于不可知的"天命"，或者是什么"偶然际会"，他已经把视线投向社会本身的矛盾、缺陷和荒谬，努力在那里探寻产生悲剧的原因了。

（二）打破"团圆主义"，指出《红楼梦》的结局是"白茫茫大地真干净"。

曹雪芹还没有来得及给我们展示《红楼梦》这部绝代悲剧的结局，可恶的封建社会就夺去了他的生命；这一事实本身，就是中国文学史上的一大悲剧！"千古文章未尽才"，人们为此发出了多少吁唏感叹！但是，由于曹雪芹创作《红楼梦》的总体构思已经成熟，他在前八十回中已经艺术地显示了整个悲剧不可逆转的发展趋势,并且从文字上做了多方面的暗示和预言,所以,我们还是可以想见《红楼梦》的悲剧结局的。这结局用《飞鸟各投林》中的话说,就是:"好一似食尽鸟投林,落了片白茫茫大地真干净!"

  曹雪芹勇敢地面对笔下人物必然走向悲剧的命运,而决不肯违背生活逻辑和人物性格逻辑,用人为的"大团圆"来自欺欺人。他总在作品里强调,"凡鸟偏从末世来","生于末世运偏消","一代不如一代","树倒猢狲散",等等;这就严格地从本质上、从发展趋势上规范了那一时代的特征,为《红楼梦》里的众多人物布下了无法挣脱的悲剧氛围。他还生动地展示了"百足之虫,死而不僵""一年三百六十日,风刀霜剑严相逼"的社会情势,表现了新生力量的相对弱小和腐朽力量的相对强大;这就给那些"梦醒了无路可走"的人物,定下了必遭毁灭的悲剧基调。至于前八十回的悲剧冲突,曹雪芹更是运筹帷幄,做了合乎"事体情理"的精心安排,那时代的"风"激荡着生活的"水",掀起了一道道波澜,演进到"抄检大观园"那里,已经出现了狂涛骤起的形势,——封建黑暗势力露出了杀气腾腾的狰狞嘴脸,一切"人生有价值的东西"都面临着生死存亡的严峻考验;而晴雯的屈死,正是曹雪芹不想看到,却又非承认不可的悲惨事件!"忽喇喇似大厦倾,昏惨惨似灯将尽",自杀自灭也好,醉生梦死也好,掐住叛逆者的脖子也好,在《红楼梦》的人生舞台上,已经不会再有"凹晶馆联诗"式的安静的"台风中心"了,各种社会力量都在骚动、不安,它们矛盾着、斗争着、扭结着,到头来将同归于尽,留下一片白茫茫的大地!这未免太绝了吧?是的。但不要为此忧伤。有道是"绝处逢生","置之死地而后生"。在这片白茫茫的死寂的战场上,"有价值的东西"将会在"春泥"中更生,不过要等到"春雷惊笋"的时候。曹雪芹当然不可预见到这一切。但是,作为封建时代最伟大的悲剧作家,他已经完成了自己力所能及的任务——毫无隐讳地指出了封建末世各种人生悲剧的必然结局。尽管他不免有些惋惜,却没有因此用"大团圆"来"安慰"自己和"安慰"他人,这一种诚实的精神委实是难能可贵的。

同曹雪芹相反,那些奉行"团圆主义"的封建时代的悲剧作家,总喜欢人为地给悲剧装上一条"幸福的尾巴"。譬如为曹雪芹所不齿的"才子佳人小说",就常常玩弄"才子及第,奉旨完婚"的把戏。鲁迅尖锐地指出:"中国婚姻方法的缺陷,才子佳人小说作家早就感觉到了",但他们就是不写,偏要给那些实际上"不容于天下""免不了要离异"的才子佳人们的爱情,编造一个十分圆满的结局,这就比无知更可恶了!他们用墨写的谎言,将社会的不幸和缺陷掩盖起来,"使读者落诬妄中,以为世间委实尽够光明,谁有不幸,便是自作,自受"[1]。曹雪芹打破了这种反现实主义的桎梏,老老实实地揭示了"白茫茫大地真干净"的悲剧结局,使读者对封建末世的发展趋向有一个比较真切的了解。鲁迅对此十分赞赏,他痛斥了那些"闭眼胡说一通"的"续作"和"改作":"非借尸还魂,即冥中另配,必令'生旦当场团圆',才肯放手者,乃是自欺欺人的瘾太大!"[2] 有比较才有鉴别。曹雪芹坚决打破了"团圆主义"的艺术实践,不能不说是对中国悲剧艺术的一个重大贡献。

(三)在残酷的现实环境中,表现悲剧人物的死亡。

悲剧作品,常常致力于表现不幸者的死亡,以沉痛宏大之声,震荡读者的心弦,使之兴起。曹雪芹的悲剧构思,并不完全着眼于"死亡";他要努力表现的,是那些生活在封建末世的"病人"们的难言之苦,那种长期被"时代病"所折磨的不死不

---

[1]《论睁了眼看》,《坟》,人民文学出版社 1973 年版。
[2]《论睁了眼看》,《坟》,人民文学出版社 1973 年版。

活的病苦呻吟。当然,当死亡不可避免地要发生时,曹雪芹并不回避,总是运足笔力将它写深,写透。所以鲁迅说:"在我的眼下的宝玉,却看见他看见许多死亡。"[1] 在《红楼梦》之前,有不少悲剧作品也写死亡,但由于缺乏正视残酷现实的勇气,所以总要给死者进行一番"超度":或宣扬前世已造夙因,叫亡灵休得抱怨;或编造死后成神的故事,让人们觉得死去比活着更美妙。曹雪芹在《红楼梦》里似乎也搞了这么一些名堂,譬如"造历幻缘""绛珠还泪"之说,晴雯死后当了芙蓉花神,等等。这固然反映了曹雪芹世界观里的某些局限性,但实事求是地说,作家本人并没有正儿八经地宣扬它,往往是为了追求一种"阴云模糊"的艺术效果,或者是创造一种令人神往的崇高艺术境界。就说晴雯死辖芙蓉的故事吧,曹雪芹早已有言在先:是那个饶舌的小丫头"诌"出来的。贾宝玉在《芙蓉女儿诔》里说得更妙:"听小婢之言,似涉无稽;据浊玉之思,深为有据。何也……故相物以配才,苟非其人,恶乃滥乎?始信上帝委托权衡,可谓至洽至协,庶不负其所秉赋也。"宝二爷是聪明人,晓得晴雯成神之说"似涉无稽",但他还是来了一出"假戏真唱",其目的是借助这一美好的神话,来歌颂晴雯的纯洁和高尚,来宣泄郁积在心中的无限愤慨!看来,曹雪芹和贾宝玉的泪眼,并没有期期然仰望那渺茫的"天国",而是执着地俯视那扼杀一切生机的惨酷现实世界。曹雪芹写的"死亡",贾宝玉所见的"死亡",几乎无一例外是封建黑暗势力一手造成的。无论是金钏的跳井,还是晴雯的屈死,直接的宣判者和执行者,恰恰就是那个被薛宝钗誉为"慈善人"的王夫人。如此安排,充分体现了曹雪芹的良苦用心,他要唤起人们注意:造成人间惨剧的,并不仅仅由于某些人的卑劣和罪孽,更主要的是由于那一社会的腐朽、残酷和不公!这

---

[1]《〈绛洞花主小引〉》,《集外集拾遗补编》。

样,《红楼梦》所表现的悲剧人物的死亡,就带有比较深刻的历史必然性,就相当真实地映照出那个残酷现实世界的原形来了。

三、几乎无事的悲剧

悲剧应当使人惊心动魄,有"振其邦人""使之兴起"的力量。然而,怎样才能产生这一种审美效果呢?人们的说法就不尽相同了,车尔尼雪夫斯基认为:悲剧必须写"伟大人物的死亡"[1];鲁迅则认为:悲剧最好"将乡间的死生,泥土的气息,移在纸上"[2],写那些压在大石下的小草。曹雪芹是如何对待这个问题的呢?他在《红楼梦》第一回中,借"石兄"之口发表了如下声明:他不能赞同"空空道人"的见解,无意于表现"大贤大忠"的名垂千古的事迹;而要根据自己"半世亲见亲闻"的生活经验,写几个"或情,或痴,或小才微善"的女子,尽管她们名不见经传,但比之"前代书中所有之人",却毫不逊色。这就是鲁迅所说的写社会上常有的人和事。这就是《红楼梦》作为"小悲剧"的考察生活、精选题材的特征。展开《红楼梦》的悲剧长卷,我们看到的是一个贵族世家的日常生活图景。这里,很少有大起大落的、发生在刹那间的毁灭;可是,却有着经常不断的、十分隐秘的折磨。贾宝玉那么怕见老子,一听到"问书"就丧魂落魄,然而,这一切又都发生在极其平常的生活琐事之中,几乎看不到有谁在跟贾宝玉有意作对。当他在薛姨妈家举杯畅饮的时候,李嬷嬷不无好意地劝阻道:"你可仔细!今儿老爷在家,提防着问你的书!"弄得他"心中大不悦,慢慢地放下酒,垂下头"。当他才华横溢地发表自己的见解时,薛宝钗却含而不露地

---

[1] 《论崇高与滑稽》,《美学论文选》,人民文学出版社 1959 年版。
[2] 《〈中国新文学大系〉小说二集序》,《且介亭杂文二集》,人民文学出版社 1973 年版。

规劝他把这聪明劲儿用到读书上,弄得他立时闷了声。当他为晴雯的惨死而苦闷、彷徨、不知所之的时候,贾政偏要唤他去写什么风流悲感的《姽婳词》,弄得他很不自在,搜肠刮肚地应付一篇,才被"放了赦"。像这种"哪壶不开偏提哪壶"的事儿,在《红楼梦》里到处可以见到。你的心在哭,人们却以为你在快活地笑;你坐立不安、寻寻觅觅,人们却以为你"无事忙";你稍稍越出了"常规",人们就忙不迭地围过来规劝你,开导你,把你重新纳入"正轨"。这是一种缓慢地被"风化"、被"锈蚀"的毁灭,这是一种因其平常、有时连受害者本人也不觉察的灭亡!所以,林黛玉感叹道:"花谢花飞飞满天,红消香断有谁怜?"那一时代的"风刀霜剑","一年三百六十日"毫不间断地摧残着人生的精英、思想的花蕾,然而,人们看惯了,习以为常了,并不觉得悲剧正每时每刻地在身边发生。在那个"游丝软系飘春榭"的大观园里,有谁能像贾宝玉和林黛玉那样,为这些可怜的"落花"抛洒同情的眼泪呢?面对着这种社会情势,林黛玉只能作"无声之泣",有泪尽往心里流;贾宝玉只好着了魔似的把自己的"乖僻"形之于外,用痛骂"禄蠹"来宣泄胸中的阵阵狂澜;而探春,则有感于那些"乌眼鸡"似的"亲骨肉",满腔悲愤地诉说:"我们这样人家,人都看着我们不知千金万金,何等快乐,殊不知这里说不出来的烦难更利害!"的确,笼罩着整个贾府的,正是这一种"说不出的烦难",这一种挥之不去、人们几乎呼吸惯了的悲凉之雾。鲁迅曾经说过:"人们灭亡于英雄的特别的悲剧者少,消磨于极平常的,或者简直近于没有事情的悲剧者却多。"[1]曹雪芹十分尊重这一事理。他在《红楼梦》里着力表现的就是那些"近于没有事情的悲剧",使它们在艺术的聚光灯下,清晰地显露出自己的泪痕悲色,以"醒国人之目",以震世人

---

[1]《几乎无事的悲剧》,《且介亭杂文二集》。

之心。

　　大浪淘沙，容易分清真金和沙砾；尺水微波，则浪花与泡沫错杂难辨。当"真、善、美"毁之于张牙舞爪的邪恶势力时，人们的好恶之情不容易发生偏差，受害者本人也坚信自己是正义的、无辜的。然而，当"人生有价值的东西"消磨于极平常的、几乎没有什么事情的悲凉岁月时，人们就往往把握不准爱憎褒贬的感情天平，甚至认为悲剧主人公无病呻吟、自寻烦恼。曹雪芹在精选悲剧题材的时候，审慎地注意到后一种情况。他用十分精彩的笔墨，把那些是非界限不甚分明的、暗洒闲抛的人生泪迹，如特写镜头似的推到读者的面前，引人沉思。贾宝玉刚刚亮相，曹雪芹就送给他两句诗："无故寻愁觅恨，有时似傻如狂"；林黛玉也得了两句："心较比干多一窍，病如西子胜三分"。的确，从《红楼梦》所提供的一些生活表象来看，贾宝玉确实是一个身在福中不知福的"富贵闲人"，一个"行为偏僻性乖张"的"混世魔王"；林黛玉也因为心眼儿太小，常常叫人们觉得她太难伺候。如果不做深究，我们会感到他们在许多场合下是没有必要忧伤的。譬如：第二十六回，林黛玉去叩怡红院的门，晴雯正没好气，挡了她的驾，这本来是一场误会，只要林黛玉放开嗓子自报家门，晴雯就是再不顺心，也决不会将林姑娘关在门外！可是，她就爱思前想后，就爱"弯弯绕"，结果越想越动气，越想越感伤，也不顾苍苔露冷，花径风寒，一个人独立花荫之下，悲悲切切呜咽起来，第二天还触景伤情，吟诵了那篇有名的《葬花辞》；又如，第三十回和第三十一回，贾宝玉连发两次无名火——踢袭人、骂晴雯，这可能同他的贵族公子哥儿习气有关，但仔细揣摩，又觉得不完全是这回事。他平日"见了女儿便清爽"，为什么这两天肝火特别旺？原来，是因为他近日心情特别不好，所以才拿袭人和晴雯出气！是谁搅得他心绪不宁呢？正是他自己惹出来的"金钏被逐"事件。当下，他"一溜烟跑了"，自觉"没趣"。第二天端阳佳节,酒席上"宝钗淡淡的,也不和他说话",王夫人"越发不理他",黛玉"懒懒的",凤姐"淡淡的",迎春姐妹"也都没意思",大家坐了一坐,"就散了"。像贾府这样的贵族世界,驱逐个把丫头是家常便饭,何况当时金钏儿还没有投井自杀,事情的恶果尚未暴露出来,所以,把宝玉的烦恼完全归之于对金钏儿的内疚和同情,还为时过早。那么,他究竟因何而忧伤呢?说起来委实令人发笑:"那宝玉情性只愿人常聚不散,花常开不谢;及到筵散花谢,虽有万种悲伤,也就没奈何了。因此,今日之筵,大家无兴散了,黛玉还不觉怎么着,倒是宝玉心中闷闷不乐,回至房中,长吁短叹。"多么荒唐,多么叫人费解!一个人把自己的心血和精力消磨于如此怪诞的念头上,难道还值得人们去同情吗?

然而,正是在这一些充满了隐忧和隐痛、是非界限不甚分明的日常生活事件中,曹雪芹通幽发隐地、入木三分地揭示了极不寻常的思想意义,让人们从几乎无事的"小悲剧"中看到了惊心动魄的社会"大悲剧"!

《红楼梦》里的"小悲剧",因其小,所以涉及面甚广,和许许多多普通人有关;这样一来,它所包容的社会意义,就不是那些着眼于英雄悲剧的作品所能比拟的了。严格地说,在《红楼梦》的悲剧舞台上,除了贾宝玉、林黛玉和晴雯具有某种潜在的英雄气质外,其他都是一些极其平常的"小人物",他们的喜怒哀乐,所作所为,很少有"出格"的时候,几乎都顺着那一时代的生活惯性。但是,就连这样一些最不惹眼的"子民",也无法逃脱被毁灭的命运,只要他们身上还留有一星半点"有价值的东西",封建黑暗势力的沉重磨石就要将它们无情地碾碎!曹雪芹正是用细致入微的笔墨,让读者真切地感受到:那是一个连"灰尘"也不准随便浮动的时代,那是一个要把所有的人变成行尸走肉的时代!那是一个不放过任何机会制造人间悲剧的可诅咒的时代！

《红楼梦》里的"小悲剧"，因其小，所以是与非的界线常常如游丝飘忽，被毁灭者很难找到知音，甚至还要遭到各种各样的误解、嘲笑和非议。曹雪芹在《红楼梦》里写得最多的一种"社会病"，就是"无病呻吟"之病，譬如林黛玉眼泪的暗洒闲抛和贾宝玉的无事生愁。看起来，他们食精衣锦，生活在花柳繁华之地、温柔富贵之乡，还有哪一点不心满意足呢？所以，贾府内外，上上下下，几乎都不把林黛玉的朝啼暮泣、贾宝玉的长吁短叹看得多么认真，甚至还觉得有点可笑。然而，曹雪芹恰恰从这一种"无病呻吟"中，听到了被沉疴所折磨的心底的哭泣声，灵魂的呼救声，以及置之死地而奋起的生命呐喊声！像贾宝玉、林黛玉这样的不能被人理解的悲剧，处处可以见到。例如：妙玉的"洁癖"，迎春的麻木，惜春的皈依佛门，探春的不认亲娘，等等，虽然思想性质不尽相同，却从不同的角度，揭示了封建末世的许多隐疾和隐痛，并且在一定程度上挖出了它们的病根。想想吧：在宁、荣二府这么一个特殊的"病区"里，那么多人患了肝脾之疾，整个社会却要求他们强颜欢笑，并指责他们无病呻吟；按照这样的逻辑，当一个人身上"有价值的东西"，被那一社会无情地毁灭了之后，到头来却还要由他们自己去承担责任，这是怎样的虚伪和残忍，这是怎样的寂寞和悲哀！

四、历史意识的投影

"红楼"悲剧，具有极其深广的历史内涵，在它之前，我国古典悲剧鲜有如此浓烈的史诗色彩。所以，我们检视曹雪芹对中国悲剧艺术的贡献，必然特别留意他的历史意识。特别需要注意的是，曹雪芹的历史意识是以怎样的"性格—思想"的模式熔铸于《红楼梦》的艺术实体之中，使之成为一部从规模、气势、容量诸方面远远超越前贤手笔的悲剧史诗的？

它首先是审美的，对整个历史流程取审美观照的态度，将历史经验渗透到梦魂飞度、思接千载的情感波动之中。曹雪芹之于红楼悲剧，讲求精确无讹，"至若离合悲欢，兴衰际遇，俱是按迹循踪，不敢稍加穿凿。"然而，一部《红楼梦》，又每每为"烟云"所"模糊"，连"朝代年纪"都无法考查！这是一个矛盾：当作者的笔墨触及现实世界和生活的"毛细血管"时，它精确得近于"复制"生活的"原版"；当历史的面目将要一显峥嵘时，它顿时将满纸染成蓊翳，迫使读者去意会神交，——这是在感情力量驱使下的神游，并不执着于对具体历史现象的推敲和解释，仿佛曹孟德观沧海，只觉得"日月之行，若出其中；星汉灿烂，若出其里"，并不做精确定点、定量考查。曹雪芹在此表现出一种机智。他不用严格的推理性语言来陈述自己的历史感受，而是用模糊语言去负载历史沧桑巨变的复杂信息，企图在全局性的整体思维和直观把握中获得对历史真谛的领悟。这种情笼百代的审美取向，使《红楼梦》的悲剧成为史"诗"。大观园，乃至整个贾府，简直就是一种"意象"，一种具象化了的感觉与情思："浮生着甚苦奔忙，盛席华筵终散场"，整个封建历史被赤裸裸地摆到必散的筵席上。这种沉重的历史感受，演进到鲁迅的笔下，更以高度的凝炼和极大的鲜明性写成了"人肉筵席"。正由于曹雪芹不像以往许多悲剧作家那样，把生活领域囿于一朝一代、一家一室，故而在《红楼梦》的悲剧舞台上找不到静止的"地平线"，人们可以把自己的视野扩展到悲剧帷幕后面的历史深远处。"清"欤？"明"欤？"汉"欤？"秦"欤？曹雪芹均给以独到的诗情烛照："悲喜千般同幻渺，古今一梦尽荒唐！"这是心灵的远游，它通过对悲惨世界森然万象的扫描，去把握历史演进的态势；故曹雪芹尽管没有揭开红楼梦悲剧的最后一幕，人们还是清晰地看到了"白茫茫大地真干净"的必然结局。

那么，上述审美情感的基调是什么？是深而广的忧患。中国传统文化是饱含忧患意识的。特别是在抚弄历史经纬的时候，其忧患意识尤为强烈。这固然同许多文化人的坎坷遭际相关（"文章憎命达"；越是清醒就越"感到就死的悲哀"）。司马迁说得好："文王拘而演《周易》，仲尼厄而作《春秋》。屈原放逐，乃赋《离骚》。左丘失明，厥有《国语》。孙子膑脚，《兵法》修列。不韦迁蜀，世传《吕览》。韩非囚秦，《说难》、《孤愤》、《诗》三百篇，大抵贤圣发愤之所为作也。"[1]他们由困厄、忧患，至于发愤，主要干了些什么？不外乎攻史（直接的或间接的）。"千古兴亡多少事？悠悠，不尽长江滚滚流。"似乎只有历史的滚滚洪涛才能负载他们的满腔忧思和无边愁绪。再者，中国封建社会频繁的改朝换代（大体上二三百年一姓），也是酿造忧患意识的"酵母"和"蒸馏装置"。以血缘宗法为纽带、农业家庭小生产为基础的中国封建社会生活结构，造就了由一家高踞权力之巅的政权"金字塔"。天下为一家所有，抢得天下的便是王，只要一朝贵为天子，就开始了子子孙孙、变本加厉掠夺万民、聚敛财富、肆意挥霍的"连本戏"，——其贪婪和残酷由于意识到"皇帝轮流做，明年到我家"而显得格外不择手段。于是，比之世界上其他许多国家，中国封建时代的农民大起义更显得频繁、猛烈，带周期性，有改朝换代的作用。此种历史情势，造成了周而复始的"末世感"。我国传统悲剧中的许多悲剧人物，也相应地迸发出苍凉的遭逢"末世"的喟叹。从某种意义上说，曹雪芹是上述两种心灵磨难的集中承受者。他生活在中国封建制度行将就木的时代，一切都要算总账了；他本人所遭逢的困厄，是彻底的无路可走；他那个"高等奴才"家族，瓜分的是"最后的晚餐"；他领受的"末世之感"，集百代之"大成"，货真而价实。这样，曹雪芹的

---

[1]《报任安书》，见《汉书·司马迁传》，中华书局1977年版。

忧患意识便自然而然地以深沉、阔大为特征："扬州旧梦久已觉"[1]，"新愁旧恨知多少"[2]，"醉余奋扫如椽笔，写出胸中块垒时"[3]！他给《红楼梦》披上了浓重而又无边的"悲凉之雾"，他的灵智在辛酸的血泪中凝聚、闪光！这，是先于他的其他许多悲剧作家所无法企及的。

忧郁深沉的咏叹，干云裂石的愤激，使曹雪芹的理智往往为感情旋涡所席卷，一般地不越出自我经验的界限。"自云因曾历过一番梦幻之后，故将真事隐去，而撰此《石头记》一书也"，这是主体意识很强的历史反思，大旨谈情，放纵哭歌。"漫言红袖啼痕重，更有情痴抱恨长"，作者亲闻亲睹的许多朝啼暮泣、情痴情种促使他去做思接千载的神游，故《红楼梦》带有明显的自传色彩，"史"与"情"、社会史与身世史化为一片鸿蒙。这里边，缺乏精确概念与严格推理的思辨，但是，由于曹氏家族的升沉巨变实际上叠印了数千年中国封建社会种种家事、国事的投影。曹雪芹本人的忧患意识和末世之感实际上浓缩了中华民族心灵史的层层血泪，所以，蕴含在红楼悲剧中对历史踪迹、演进态势的哲理沉思，仍具有极大的概括力，显示着知性清晰的哲人风度。这主要表现在曹雪芹天才地、勇敢地打破了一个盘踞在人们心间达数千年之久的历史"怪圈"——封闭的由盛而衰、由衰而盛，由治而乱、由乱而治，由合而分、由分而合的跳不出去的恶性循环。多少具有大智慧的悲剧家一碰到这个"怪圈"，就身不由己地扎了进去，说一通聪明的蠢话。曹雪芹不是这样。他依稀看到了开放着的历史"螺旋"，并且小心翼翼地触摸了它。《红楼梦》开卷的"好了歌"，以美的、饱含忧愤的、禅一般的语言，

---

[1] 敦诚：《寄怀曹雪芹》，见一粟：《古典文学资料汇编·红楼梦卷》第1页，中华书局1963年版。
[2] 敦敏：《赠芹圃》，见一粟：《古典文学资料汇编·红楼梦卷》第7页。
[3] 敦敏：《题芹圃画石》，见一粟：《古典文学资料汇编·红楼梦卷》第6页。

描画、阐释了曹雪芹心目中的历史"螺旋"。那个疯狂落拓的跛足道人笑道:"你若果听见'好了'二字,还算你明白!可知世上万般'好'便是'了','了'便是'好';若不'了'便不'好',若要'好'须是'了'。"这番"疯话",是宣扬"好便是了"、周而复始、封闭循环吗?不是。"好"便是"了",是指"功名""金银""姣妻""儿孙"之"好"注定要走向自己的反面,到头来只能是"草没了""眼闭了""随人去了""谁见了",彻底败裂,统统"完了"!如果做封闭循环,下一轮应当是妻、财、子、禄的重构与再创,即封建价值观念的复活与实现,历史绕了个圈子又回到原地。"好了歌"不作如是观。它明确指出,下轮是另一种含义的"了"便是"好"。这里的"了",是对"完了""垮了"的反思和反叛,其思想内核是:了解昔日之"好"的种种罪孽,"忘却"它,"了却"它,冀求新生。曹雪芹的"十年辛苦",说到底,乃是他涕泪纵横地进行这种痛苦的"了却"工作,——了却自己的过去,了却曹氏家族的过去,了却整个历史的因袭重负。他坚信,一旦"了"了,那完全不同于妻、财、子、禄的"神仙"之"好"便会降临,新"好"便会否定旧"好"。很明显,曹雪芹将新的一轮推向了更高的层次,尽管他对"神仙"之"好"说不出所以然来,并因之而怀有"迷不知吾所知"的怅惘和悲哀。但这是了不起的思想突进。它是源远流长、丰富多彩的,强调祸、福、穷、通互补的中国古代辩证法染上了更明朗的否定之否定的色彩。审美、忧愤深广的历史意识,在这里发出了奋发超越的呐喊。曹雪芹通过宝玉、黛玉、晴雯一类艺术形象,急切地提出了庄严的超越要求:让"乱哄哄,你方唱罢我登场"的历史闹剧尽快收场吧!我们宁可牺牲爱情和生命,也要赢得一个"清净女儿"的世界,一个天尽头的"香丘",一个自由、平等的人生佳境!这是处于近代黎明前夜的人性的呐喊,迂回曲折的中国封建史演出一幕又一幕"树倒猢狲散"的连环戏，却难得看到几个"猢狲"站起来做"人"。现在，曹雪芹又一次面对这严肃的历史课题，他率先站了起来，连同他所钟爱的几位心灵产儿。所以，我们说，赫然写在《红楼梦》悲剧长卷上的"树倒猢狲散"一语，已不仅是封建末世社会情状的形象写照，而且带有人类发展史的辩证意味，它庶几触摸到了一条朴素的历史法则："猢狲"，应当努力变"人"，舍此，你别无出路！这是在"悲凉之雾"中对新世纪晨星的极目远眺，这是对葬礼中赢得更生的求索者的热情礼赞。曹雪芹创造的红楼悲剧，之所以带有不惑的、心事浩茫的历史超越要求，之所以较之先前的任何悲剧作品更富有壮丽的、凝重的、气概非凡的史诗意味，其原因就在这里。

第八章 《红楼梦》的地位与影响

《红楼梦》的诞生是中国古代小说史上最重大的文学事件。它不仅意味着中国古代长篇白话小说达到了艺术创作的顶峰,同时也树立了浩如烟海的中国古代小说作品中最优秀、最杰出的文本典范。作为小说,《红楼梦》在中国古代小说史以至中国古代文学史上都具有极其重要的地位,它对后世小说、戏曲以及诗文创作等各个方面都产生了十分深远的影响。正因如此,《红楼梦》不仅在国内拥有千千万万的忠实读者,而且很快就流传到海外许多国家,受到各国读者的喜爱。

第一节 《红楼梦》的地位

《红楼梦》在中国古代小说史上具有极其重要的地位。它不仅是中国古代白话长篇小说的经典之作,而且也标志着中国古代小说创作的艺术顶峰。

一、《红楼梦》在清朝

清朝嘉庆年间,京都竹枝词有"开谈不说《红楼梦》,读尽诗书也枉然"的说法。在诗文辞赋一统天下的清代文坛格局中,小说《红楼梦》能赢得如此的赞誉,足见其成就之高、影响之大。

《红楼梦》在清朝的命运可谓大起大落。它一方面获得了民间众多读者的喜爱,另一方面却又受到了官方的打击和禁行。对待《红楼梦》的这两种截然不同的态度不仅反映了《红楼梦》对当时社会产生的巨大影响,也代表了封建社会末期以官方为首的社会正统势力对于文化的敏感态度和钳制政策。

《红楼梦》自诞生之日起,它的命运就非常坎坷。小说遭到清朝政治文化维护者的严厉批评,进而激起了统治者对于此书的注意和反感,使得此书屡屡被官府列于查禁的"淫词小说书目",就连那些续作也难逃被查禁的命运。[1]可见,《红楼梦》在官方是被目为低级小说的,其地位自然十分卑下。

最早查禁《红楼梦》的是嘉庆年间的玉麟。据梁恭辰《北东园笔录四编》卷四载:

> 满洲玉研农先生麟,家大人(梁章钜)座主也。尝语家大人曰:"《红楼梦》一书,我满洲无识者流,每以为奇宝,往往向人夸耀,以为助我铺张,甚至串成戏出,演作弹词,观者为之感叹唏嘘,声泪俱下,谓此曾经我所在场目击者,其实毫无影响,聊以自欺欺人,不值我在旁齿冷也。其稍有识者,无不以此书为诬蔑我满人,可耻可恨。若果尤而效之,岂但书所云'骄奢淫逸,将有恶终'者哉。我做安徽学政,曾经出示严禁,而力量不能及远,徒唤奈何。有一庠士,颇擅才笔,私撰《红楼梦节要》一书,已付书坊剞劂,经我访出,曾襮其衿,焚其板,一时观听,颇为肃然,惜他处无有仿而行之者。"

另据梁恭辰记载:

---

[1] 详见赵维国:《〈红楼梦〉禁毁始末考述》,《红楼梦学刊》2001年第3期。

那绎堂(即那彦成)先生亦极言:"《红楼梦》一书,为邪说诐行之尤,无非糟蹋旗人,实堪痛恨,我拟奏请通行禁绝,又恐立言不能得体,是以忍隐未行。"[1]

将《红楼梦》的主旨定性为"但云'骄奢淫逸,将有恶终'",已经触犯了一贯以颂扬为主旋律的封建文化的清规戒律,"污蔑满人""糟蹋旗人"的看法则更令《红楼梦》的处境雪上加霜。在文字狱横行的清朝,一部小说被冠以这样的主题,其必遭禁毁的下场即在意料之中了。

清人陈其元《庸闲斋笔记》卷八曾经论及《红楼梦》的禁毁情况:"淫书以《红楼梦》为最,盖描摹痴男女情性,其字面绝不露一淫字,令人目想神游,而意为之移,所谓大盗不操干矛也。丰润丁雨生中丞,巡抚江苏时,严行禁止,而卒不能绝,则以文人学士多好之之故。""淫书"的评价反映了封建社会查禁《红楼梦》的一个重要原因,体现了封建士大夫的道德评判标准。

这种"淫书"的称号对于《红楼梦》的社会声誉影响极大,道光年间及以后,人们谈及《红楼梦》时仍有以"淫书"目之的情况。如光绪丙子夏六月润东漱石主人为《绣像王十朋真本荆钗记全传》作《序》云:

余尝见闺阁中人,都以《红楼梦》《西厢记》为娱目者,然皆属淫词,以闺阁中观之,断非美事。非徒坏心术,抑且引人入邪径,岂非有伤风化乎?

润东漱石主人称《红楼梦》为"引人入邪径",这说明统治阶级的专制文化政策发挥了重大作用。总之,《红楼梦》的长期禁毁扼杀了《红楼梦》问世以后可能会出现的小说创作高潮,也阻碍了中国小说创作的正常发展。

---

[1]《北东园笔录四编》卷四,见朱一玄:《红楼梦资料汇编》第33页,南开大学出版社2001年版。

进入封建社会向现代社会过渡的晚清时期,帝国主义的铁蹄践踏了中国的土地,也导致了统治者对于《红楼梦》等文艺作品的政治钳制放松,形成了政治上的自然解禁。同时,国家命运的飘摇,使当时的知识分子对于政治的黑暗、民族的危亡有着十分迫切的危机感和沉重感。于是,一批文人继续走《红楼梦》开创的现实主义道路,刻画国破家亡的苦难,揭露政治的腐败和黑暗,才使得《红楼梦》的艺术精神再次得到发扬。

同官方和正统文人的恶意诽谤与禁毁不同,《红楼梦》行世以来,得到了绝大多数普通读者的喜爱,"嘉庆初年,此书始盛行。嗣后遍于海内,家家喜闻,处处争购"[1]。即使在最初以抄本形式流传的三十年间,《红楼梦》已是因因相传。"《红楼梦》始出,家置一编。"[2]"好事者每传抄一部,置庙市中,昂其值得数十金,可谓不胫而走者矣。"[3]当高鹗、程伟元补齐一百二十回,并刊刻出版后,《红楼梦》更是迅速流传开来,几令洛阳纸贵。

"世所传《红楼梦》,小说家第一品也。"[4]"是谓亘古绝今一大奇书"[5],因为此为"空前绝后之书",集中了"涵古盖今之学"[6],所以人们对之"爱不释手,监临省试,必携带入闱"[7],一时传为佳话。这些对《红楼梦》的评价和阅读经历都显示了《红楼梦》在清代读者心目中的地位,即《红楼梦》是古典小说中最为杰出的佳品,具有无可比拟的崇高地位。

---

[1] 陈其元:《庸闲斋笔记》,见一粟编:《古典文学资料汇编·红楼梦卷》第382页。
[2] 西清:《桦叶述闻》,邓之诚:《骨董琐记》卷八引,见朱一玄:《红楼梦资料汇编》第38页。
[3] 程伟元:《红楼梦序》,见朱一玄:《红楼梦资料汇编》第45页。
[4] 赵之谦:《章安杂说》,见朱一玄:《红楼梦资料汇编》第829页。
[5] 孙桐生:《妙复轩评石头记叙》,见朱一玄《红楼梦资料汇编》第709页。
[6] 姚燮:《读红楼梦纲领》与《红楼梦回评》卷首,转引自白盾主编:《红楼梦研究史论》第80—81页,天津人民出版社1997年版。
[7] 周春:《红楼梦记》,见朱一玄:《红楼梦资料汇编》第565页。

虽然后来《红楼梦》曾屡次被官方禁毁，但是它并没有因此湮灭无闻，而是在民间以更加隐蔽的方式流传着，如一度被书商换上《金玉缘》等名字，继续在市面上流通，所谓"卒之不绝""虽屡经查禁，迄今终未绝迹"正是反映了普通读者对于《红楼梦》的认同与接受。所以才会有为争钗、黛高下老拳相向的逸闻，才有读者读《红楼梦》泪尽而亡的传说。可见在民间，《红楼梦》不仅是大众喜闻乐见的文艺作品，而且成为人们寄托情怀、抒发幽思的文本经典。

有清一代，无论是诋毁还是禁行，都不能灭绝《红楼梦》在世间的流传，都不能阻挡读者对《红楼梦》的喜爱。这些事实充分说明了《红楼梦》在民间受到的礼遇和欢迎，多侧面地展示了《红楼梦》作为古典小说巅峰之作的极高的艺术魅力和审美价值。当然，封建正统文士的抨击以及官方的禁毁，都给《红楼梦》的艺术影响和价值传播制造了显而易见的障碍，导致了《红楼梦》问世后的寂寞。这不仅体现在文学批评的冷漠上，也表现在古典小说创作的难以为继上。中国古典小说史因此丧失了一次本应佳作迭现的绝佳时机，使《红楼梦》的艺术创作成为时代的绝响，不能不说是千古憾事。

二、《红楼梦》在近代

1840年开始，西方文化与帝国主义列强的铁蹄结伴进入了中国，在社会政治方面造成了动荡，在文化方面造成了冲击，导致了古老中国内忧外患的加剧，整个社会处于不满、反抗直至推翻清朝统治的政治风潮中。由于《红楼梦》真实刻画出封建社会由盛及衰的过程和必然命运，使它一再受到清廷的查禁。近代的这一特殊环境使得《红楼梦》的这一反清倾向再度被革命者发掘，进而成为革命与反革命斗争的文学武器。文学与政治在此密切结合起来,互相影响和印证。

传统的学者仍对《红楼梦》情有独钟,即使是不治小说的学者,也对《红楼梦》给予了这样的评价:它是"开天辟地,从古到今第一部好小说,当与日月争光,万古不磨者"(黄遵宪语)。相对1840年以前的处境而言,此时的《红楼梦》承载了更多的政治文化意味。"西学东渐"的狂风吹进了《红楼梦》接受的天地,造成了红学史上独特的一段景象。换句话说,就是中国的知识分子开始用西方文化的眼光和观念来研究中国问题,具体到文学领域,就是用西方美学思想来批评中国的传统小说,《红楼梦》自然成为瞩目的焦点。

近代历史上著名的政治家、思想家梁启超仍然沿袭正统士大夫阶层对于《红楼梦》等小说的看法,认为是"诲淫"之作;但是,他看到了小说顽强的生命力和巨大的文化影响力:"缀学之子,黉塾之暇,其手《红楼》而口《水浒》,终不可禁。"[1] 他并没有研究《红楼梦》的专著,但是顺应时代思潮,提出了"小说改良"的主张,即主张用《红楼梦》等小说来为政治改良服务。从他的言论里,我们可以看到《红楼梦》等小说在当时受欢迎的程度,而且,他要借"诲淫"之书来实现"改良"的革命重任,既是对攻击《红楼梦》"诲淫"言论的自然解构,也在一定程度上体现了《红楼梦》在时人心目中的影响力和号召力。

与此同时,民主革命家们从《红楼梦》里看到了"民主"的要素,于是借阐发《红楼梦》来抨击封建专制政治,宣传民主自由的主张,侠人的《小说丛话》、陈蜕的《列石头记于子部说》即为代表。

侠人认为:"吾国之小说,莫奇于《红楼梦》,可谓之政治小说,可谓之伦理小说,可谓之社会小说,可谓之哲学小说、道德

---

[1]《译印政治小说序》,一粟:《古典文学资料汇编·红楼梦卷》第562页。

小说。"[1]并把曹雪芹与龚定庵一起并称为"吾国近百年来的大思想家"。陈蜕则说:"《石头记》一书虽为小说,然其涵义,乃具有大政治家、大哲学家、大理想家之学说,而合于大同之旨,谓为东方《民约论》,犹未知卢梭能无愧色否也。"[2]侠人、陈蜕的观点共同表明了一点,即《红楼梦》重视人性之真实与抒发,具有人文主义的精神,因而带有民主主义的色彩。这种看法无疑是近代人对于《红楼梦》的具有时代特色的解读,说明了《红楼梦》在当时被视为具有批判封建社会文化的力量,从侧面证实了《红楼梦》在时人心目中的地位。

可见,西学东渐的文艺思潮对于中国学者对《红楼梦》,乃至中国古典小说的重新理解和评价都具有影响之力,尽管其中也不免有为政治而牺牲文学的嫌疑。通过上述例证,我们可以看到《红楼梦》在近代红学史乃至文化史上都承担了具有时代特色的政治改革的角色,被时人目为有力的改良工具。对于《红楼梦》政治作用的扩大化无疑是有害的,它阻碍了对于《红楼梦》正常范围的研究。

三、《红楼梦》在现当代

《红楼梦》作为一部古典小说,对于它以及与之相关问题的研究批评本来应该只局限于古典文学领域,属于明清文学或者小说研究的范围。但是,在浩如烟海的古典小说中,《红楼梦》却能够独树一帜,在20世纪成为一门专门的学问,不仅吸引一大批最优秀的学者投身研究行列,而且呈现流派林立、著述繁多、新论迭出的发展态势,直至成为一门"显学"。中国古典文学的

---

[1]《小说丛话》,见朱一玄:《红楼梦资料汇编》第853—856页。
[2]《列石头记于子部说》,见一粟:《古典文学资料汇编·红楼梦卷》第269页。

历史悠久，成就辉煌，但是真正能成为专学的却寥寥无几，而成为显学的则更是屈指可数。《红楼梦》以作者、版本、文本等众多问题尚未完全解决的小说面目出现于文坛，竟然能够成为当代显学，足见其文化内涵之深厚丰博，艺术成就之高超精湛。

从胡适把考证的方法引入《红楼梦》研究以来，现代历史上为数众多的一流学者都先后投入这场"红学"运动中来，不仅形成了庞大的队伍，而且取得了累累硕果。其中王国维把西方理论引入《红楼梦》研究中，开辟了古典小说，甚至中国古代文学研究的新方法，使《红楼梦》研究进入了现代意义上的学术批评时期，在《红楼梦》研究史上，具有划时代的意义。

中华人民共和国成立以来，政治上的变革影响到了文艺批评的发展。一场对俞平伯红学研究的批评运动，不仅使俞平伯最终以红学家的身份留名文学史，而且极大地激发了众多学者和文艺爱好者的兴趣。尤其是毛泽东对于《红楼梦》等古典小说的公开批评，更使小说《红楼梦》成为妇孺皆知的文艺作品。从此，《红楼梦》的外延被人为地扩大，由普通的小说一跃成为"必读书"，并受到社会各方面人士的关注，形成了全国谈雪芹、处处评红楼的浩大场面。"文革"期间，由于政治极"左"路线的影响，《红楼梦》落入了以"阶级斗争为纲"为指导思想的政治斗争旋涡中，出现了"小人物事件"，整个研究堕入了文学研究为政治服务、政治领导文学研究的泥淖不可自拔，几乎没有什么值得一提的进展，而且小说"研究"呈现畸形的"肯定"与"赞扬"，《红楼梦》沦为政治工具。

1978年以后，随着政治氛围的日益宽松，整个学术界一派生机勃勃的景象，《红楼梦》也恢复了它小说的本来面目，重新进入文学研究的殿堂。随着西方文艺批评思潮的不断涌入，学者们开始重新审视和定位《红楼梦》的艺术创作特质和美学成就，考证派、批评派、索隐派等各个学派重新振奋精神，再度进入百家争鸣的良性发展时期。专家们继续他们的求精求深的研究，后起之秀们则在继承传统红学研究方法的同时，大胆借鉴、吸收西方文艺批评方法，力图另辟蹊径，一时间新人新论不断涌现。随着研究的不断深入，《红楼梦》的美学意蕴、文化价值、叙事策略等方面的内涵被发掘、揭示、宣扬，人们重新发现了《红楼梦》的伟大和美。另外，随着大众文化娱乐需求的增长以及现代传媒技术的发展，《红楼梦》不仅以小说的形式在读者中广泛流传，而且被改编成影视作品，连同原来的戏曲改编作品，一并搬上荧屏，搬上舞台，加速了普及的步伐，而且真正成为大众文化娱乐的文艺对象。同时，以《红楼梦》为主题的旅游、产品开发也加入红楼文化圈中来，成为新时期红楼文化发展的一个热点。

进入20世纪90年代，"红楼热"开始降温，人们开始用更为理性的眼光来看待《红楼梦》。在看到它的艺术成就的同时，人们也开始思考《红楼梦》作为一部小说所承载的社会文化任务的合理定位问题。这是一件好事。对于一部小说，无论它多么优秀，也只是文学作品而已，任何对它的商业炒作或者过度追捧，都会损害它的文本价值，都是社会文化不成熟的表现。因此，当《红楼梦》重新回到它的小说位置时，正是它进入自身发展的理性时期的标志。

作为中国古典小说的代表作，《红楼梦》创造了不朽的艺术成就，是中国古代文学遗产中的瑰宝，值得人们去仔细欣赏，值得学者们去认真研究。

四、《红楼梦》在海外

清乾隆五十八年（1793），《红楼梦》从浙江的乍浦港一路漂洋过海，流传到日本的长崎。这是已知的《红楼梦》流传到国外的最早文字记载。"在这之后的两个多世纪里，《红楼梦》不仅传入了日本、朝鲜、越南、泰国、缅甸、新加坡等亚洲国家，而且它于19世纪30年代开始流传到了欧洲的俄国、德国、英国、法国、意大利、希腊、匈牙利、捷克斯洛伐克、罗马尼亚、阿尔巴尼亚、荷兰、西班牙等国家。它被翻译成十七种左右的语言文字，在世界各地拥有千百万读者，成为世界各国人民的共同财富。"[1]

早期日本汉学家撰写了多部中国文学史，其中有关明清小说之部中，都列有曹雪芹《红楼梦》的专门介绍文字，间杂评论。而早期日本出版多部百科全书或百科事典，其中涉及中国文学之部，也列有曹雪芹与《红楼梦》的专门词条，通过辞书的形式介绍和评论这部伟大的古典名著。在日本的红学家中，大高岩对《红楼梦》的研究和评论是最全面、最系统的，他对曹雪芹和《红楼梦》的评价也是最具体、最深刻的。大高岩对《红楼梦》给予高度评价，他认为曹雪芹具有近代思想。在《红楼梦研究》一书中他写道："在中国封建社会里生活的曹雪芹，以其深刻的洞察力注视着他亲身体验了的一切，用反儒教的、人类解放的精神写作了《红楼梦》。这在中国文学史上是值得予以大书特书的。在艳情小说泛滥的封建时代的中国，产生了这样一部倾注着美好感情和思想的小说，并在这样早的时候就闪现出民主的、自由进步的思想，是实在令人惊异的！"他说："无论如何，正像曹雪芹在全书——开始时所说的那样，他是借梦幻来叙说真实。"这正是"现实主义的最伟大的胜利"（恩格斯语）。对于这一点，我们必须给予高度的评价。曹雪芹那双面对现实、严峻地注视着人生的眼睛，也就是凝视着明天的眼睛。另外，自署"红楼梦主"的伊藤漱平也是以日本红学家而蜚声世界红林，他在翻译《红楼梦》、及时详尽地介绍中国红学界动态等方面做出了突出贡献。

---

[1] 胡文彬：《〈红楼梦〉在国外·自序》，中华书局1993年版。

据有关学者考证，《红楼梦》一书约于嘉庆末年至道光初年传入朝鲜半岛。当代学者崔溶澈在其《红楼梦的文学背景研究》一书中这样评价道："《红楼梦》是中国古典小说中极为成功的一部作品，由于作者曹雪芹具有高度的艺术才华，同时，又能汲取和借鉴古典文学的丰富内涵与高度技巧，综合运用这些文学宝藏和艺术手法，来充实自己的创作，因此，使此书达到前所未有的深度与广度。"他在《清代红学研究》中提出："外国人要学习中国传统文化的时候，此书成为较好的教科书，从它不仅学了中国语言的特质，而且可以接触到中国古典文学的精髓和各色各样的文化遗产。"

1832年，帕维尔·库尔梁德采夫将一部早期脂评抄本《红楼梦》带回了俄国。此抄本今藏于亚洲人民研究院列宁格勒分院抄本室，因而被研究者定名为"列藏本"。这部早期脂评抄本《红楼梦》于1964年被发现。著名汉学家 B. Л. 瓦西里耶夫曾在他的《中国文学史纲要》中写道："如果你想了解迄今为止与我们隔绝的中国上流社会的生活的话，那么，你只有从长篇小说中，而且是这样一部长篇小说（指《红楼梦》）中，才能得到材料。"《苏联大百科全书》第三十二卷"中国文学"条中评介《红楼梦》道："与《儒林外史》同一时期，出现了曹雪芹所作的《红楼梦》或称《石头记》。在这部对三代人的故事叙述中，出现了四百四十八个人物，展开了一幅贵族家庭生活习惯的广阔画面，有丰富的口头语言和优美的文笔，对人物进行了十分精彩的心理刻画。整个小说充满着悲观主义，并以悲剧结尾，表明统治阶级经济和政治的沦亡。这是一部描写垂死的封建贵族之家的史诗。这部小说是中国最优秀的文学作品之一。"（1936年出版）1958年，第一部《红楼梦》俄文全译本由苏联汉学家帕纳休克完成，并由苏联国家文学出版社出版。这部俄译本，一百二十回，底本为人民文学出版社出版的以程乙本为底本的校注本，孟列夫担任了原小说诗词部分的翻译。这是欧洲国家中出版的第一个全译本,所以出版后在欧洲国家中获得了广泛的好评。1974年,伊万·穆勒在为库恩的德文节译本《红楼梦》所写的《后记》中,曾给予它很高的评价。穆勒说:"这个译本的功绩,就在于为《红楼梦》赢得了广大的欧洲读者,也为小说赢得了人们对它的尊敬。"苏联汉学家对《红楼梦》真正进行系统的、全面的、深刻的研究,首推莫斯科大学语言系东方部中国语文教研室主任柳波夫·纪米特列也夫娜·波兹聂也娃于1954年发表的《论〈红楼梦〉》,她说:"最伟大的艺术家——中国的文学家曹雪芹创造了一部伟大的现实主义的作品,真实地再现了他的时代的现实生活情况。他表现了统治阶级最主要的代表者在经济上、政治上和道德上的腐败,以及当时中国封建家庭的内部矛盾……在《红楼梦》中所表现出来的作者的观点和他的作品的现实主义之间的矛盾,跟列宁所指出的托尔斯泰作品中所存在的矛盾是非常相似的。"她把《红楼梦》称为"一座中国古典文学语言最优秀的纪念碑"。

《红楼梦》大约是在19世纪中叶前后,即中法文化交流发展的兴盛时期传入法国的,19世纪出版的《法国大百科全书》中已经谈到了《红楼梦》,但没有更多的评论。由李治华翻译的法文全译本《红楼梦》,直到1981年才作为"七星文库"的名著丛书之一由巴黎伽利玛出版社出版。但是,旋即引起了巨大的轰动。法国书评家米歇尔·布罗多和玛丽·霍尔兹芒的评价文章说《红楼梦》是"中国五部古典名著中最华美、最动人的……巨著",并盛赞法文全译本《红楼梦》的出版,"使人们就好像突然发现了塞万提斯和莎士比亚。我们似乎发现,法国古典作家普鲁斯特、马里沃和司汤达,由于厌倦于各自苦心运笔,因而决定合力创作,完成了这样一部天才的鸿篇巨制"。1964年法国出版的《大拉罗斯百科全书》第三卷中写到《红楼梦》时说:"18世纪下半叶，(中国)出版了一部极为成功的小说《红楼梦》，这部长篇小说内容广泛，意趣横生，语言纯洁，充满诗情画意，心理描写也十分深刻。"这段介绍反映了法国20世纪60年代之前对《红楼梦》的认识和研究水平。到了20世纪70年代，法国《通用百科全书》在介绍《红楼梦》时，内容则大大丰富和充实了。词条中不仅全面介绍了《红楼梦》一书的成书过程、版本概况、主要故事情节，而且作者还从世俗小说的角度评价它。作者说，《红楼梦》"既不是一部描写真人真事的小说，也不是一部神怪小说或自传体小说，这是一部反映18世纪中国社会各个方面的现实主义古典作品"。作者认为，曹雪芹"并不想宣扬厌世的观念，而是在歌颂建立在双方自愿和志同道合基础上的崇高爱情。他深刻而细腻地剖析了这种爱情，因此，《红楼梦》成了第一流描写爱情的作品"。"但是，小说并不仅仅局限于描写爱情。曹雪芹根据自己对千年传统的亲身感受，通过贾家的兴衰，说明剥削人民的封建阶级将不可避免地走向没落。一方面，他以荣府和宁府为缩影，描绘了特权阶层的骄奢淫逸……另一方面，他巧妙和婉转地揭露了传统制度的虚伪，揭露了建立在奴役他人和伪善基础上的人剥削人制度。《红楼梦》是18世纪中国社会的一面镜子，反映了社会贫富不均，揭示了隐藏在表面繁荣背后的种种弊病，所以它是世界文坛上的一座丰碑。"

1988年9月28日，西班牙南部的格拉纳达大学首次出版发行了西班牙文版的《红楼梦》全译本。格拉纳达大学副校长胡安·弗朗斯科·加西亚·卡萨诺瓦认为《红楼梦》是"中国古典小说登峰造极的作品"，并在西文版《红楼梦》前言中写道："阅读曹雪芹的巨著《红楼梦》，使我们无法平静，它向我们提供了无比丰富的情节，从而使我们对中国文化和智慧的无限崇敬更加牢固，对西方的传统来说，这种崇敬几乎向来是直观而朦胧的。"对于西文版《红楼梦》的出版，他给予了极高的赞誉："对格拉纳达大学来说，此书的出版意味着极大的光荣和优越感，因为格大首先把这智慧和美好的极其丰富的遗产译成了西班牙文，尽管它早已被译成英文、德文，法文、意大利文、希腊文、日文、匈牙利文、罗马尼亚文……"

民族的就是世界的。《红楼梦》集中了中国几乎各种古典艺术的精华，它所蕴含的美是高度民族化、典型化的。《红楼梦》刻画的世界是具有经典意味的现实世界和理想世界的综合体，它所塑造的人物经过高度艺术化的处理，呈现出丰满真实的面貌。因此，当它流传到海外后，迅速征服了不同地域、不同文化背景的读者的心，成为世界文化宝库中一颗璀璨的明珠。

第二节 《红楼梦》的影响

《红楼梦》自诞生之日起，就以其动人的故事讲述、高超的艺术技巧迅速征服了广大的读者，从而在社会上得到了十分广泛的回应，并对后世的文学界、批评界、学术界产生了不可估量的影响。

一、《红楼梦》的思想影响

由于曹雪芹早年"繁华声色，阅历者深"，后来又遭遇抄家的惨境，所以情动于中，才形于外，终于以小说的形式写出了他胸中的天地人生："燕市哭歌悲遇合，秦淮风月忆繁华。"[1] 关于《红楼梦》的主题思想，研究者历来莫衷一是，说明了这个问题的复杂性。这个问题的争论主要集中在两个方面：一方面偏重

---

[1] 敦敏：《赠芹圃》，见一粟：《古典文学资料汇编·红楼梦卷》第22页。

于强调作品的政治意义；一方面则更为注重作品的情感意义。而《红楼梦》所产生的思想影响，也正集中体现于这样两个方面。

从政治寓意方面来看，《红楼梦》通过贾、王、史、薛四大家族由盛而衰的描写，鲜明摹画出封建社会的末世之相，发出了所谓"盛世悲音"。因此，《红楼梦》被认为有诋毁清朝的倾向而受到封建正统文人的苛责，并被官方屡屡查禁。这种恶意甚至波及了对作者曹雪芹身后情况的评价："嘉庆年间，其（指曹雪芹之父——引者注）曾孙曹勋，以贫故，入林清天理教。林为逆，勋被诛，覆其宗。世以为撰是书之果报焉。"[1]断子绝孙是古人最恶毒的诅咒和最恐惧的下场，通常被认为是罪恶滔天的果报。曹雪芹受到这样的攻击，以及官方如临大敌的态度，恰恰从反面证明了《红楼梦》对读者的思想所产生的不可低估的影响。近现代批评者对《红楼梦》进行政治的索隐和判断，借读者对于《红楼梦》的熟知和喜爱发动对清朝统治的批判，正是看到了《红楼梦》所蕴含的政治批判意味，并对推动当时推翻清朝、建立民国的政治运动有着一定的促进作用。

从情感教育方面来看，《红楼梦》所叙写的青年男女之间纯真的爱情吸引了千千万万的读者，而贾宝玉和林黛玉之间的爱情悲剧则打动了当时处于同样境地的读者的心，"《红楼梦》一书，始于乾隆年间，后遂遍传海内，几于家置一编。聪明秀颖之士，无不荡情佚志，意动心移，宣淫纵欲，流毒无穷。至妇女中，因此丧行隳节者，亦复不少。虽屡经查禁，迄今终未绝迹。"[2]

尤其是身受封建婚姻束缚的青年男女，对此更是痴迷不已，甚至到了走火入魔的境地。乐钧的《耳食录》（二编）记载：一女子得《红楼梦》后，"废寝食读之，读至佳处，往往辍卷冥思，

---

[1] 陈其元：《庸闲斋笔记》卷八，见朱一玄：《红楼梦资料汇编》第34页。
[2] 汪堃：《寄蜗残赘》卷九，见一粟：《古典文学资料汇编·红楼梦卷》第381页。

继之以泪……反复数十遍，卒未尝终卷，乃病矣"。父母焚其书，女大哭曰："奈何烧宝玉、黛玉"等，自此"笑啼失常""巫医难治"，终呼："宝玉宝玉在此耶!"遂"饮泣而终"。另据陈镛《樗散轩丛谈》记载："邑有士人贪看《红楼梦》，每到入情处，必掩卷冥想，或挥泪悲啼，寝食并废，匝月间连看七遍，遂致神思恍惚，心血耗尽而死。"又言，"某姓一女子亦看《红楼梦》，呕血而死。"邹弢的《三借庐笔谈》也有类似的传说："乾隆时杭州有贾人女，明慧工诗，以酷嗜《红楼》，致成瘵疾，父母烧其书，女大哭道：'奈何烧杀我宝玉!'遂气咽而死。"又记："苏州金姓某，吾友纪友梅之戚也，喜读《红楼梦》，设林黛玉木主，日夕祭之……遂得癫痫疾。"

究其原因，是"父母之命、媒妁之言"的封建婚姻制度桎梏了人的情感，而"存天理、灭人欲"的道德主张又给人的情爱本性打上了耻辱的印记。另外，此前的世情小说往往把男欢女爱的故事夸张化，甚至色情化，遭到了普遍的批评，更使人们谈情色变。但是，《红楼梦》却以真实细腻的笔触刻画了贾宝玉、林黛玉这对青年男女之间青梅竹马的纯真爱情，涤荡了世情小说对于爱情的污蔑，标榜了爱情无罪的主张；同时，小说以这场爱情的悲剧结局揭发了传统婚姻制度对于青年男女爱情的摧残，表明那个时代对人的情感极度压抑的不合理性，控诉了社会伦理道德的虚伪残酷。对此感同身受的读者对小说爱不释手就在情理之中了。尤其是春心萌动的青年男女，自然更会产生强烈的共鸣，进而联系到自身的处境，对现实环境产生不满情绪，甚至形成悲伤、绝望的情绪。

总之，《红楼梦》标榜了谈情重情的合理性和唯美性，对当时的婚姻原则和情感道德规范产生了巨大的冲击，在社会上引起的震动是可想而知的，而其悲剧思想及爱情思想对于当时乃至其后的读者所产生的潜移默化的作用是无法估量的。今天的读者在阅读《红楼梦》时，仍然能够体会到爱情的美好和追求爱情的艰难，其思想影响力可见一斑。

二、《红楼梦》的艺术影响

《红楼梦》的诞生，充分展示了中国古典长篇小说的艺术魅力和创作成就，为中国古典文学的艺术殿堂增添了极为绚烂的瑰宝。因此，《红楼梦》自成书之日起，就以其极高的审美价值和巨大的艺术成就对当代以及后世的文学阅读活动和文学创作活动产生了无法估量的影响。

《红楼梦》极为成功的创作实践不仅为读者提供了优秀的文本，而且也大大激发了中国古代作家、艺术家们的创作热情。这主要有以下几个方面的体现。

从小说创作方面来看，主要有两个方面的影响。

第一，《红楼梦》续书的大量涌现。续书的原因一来是作品本身的成功激发了创作者仿效的热情，另一个更为重要的原因是《红楼梦》的悲剧结局使看惯了大团圆结局的读者无法接受，"而于宝、黛之情缘终不能释然于怀"[1]。于是，一时间续书纷纷涌现。但是"细玩其叙事处，大率于原本相反，而语言声口，亦与前书不相吻合，于人心终觉未惬"[2]。

根据学者统计，仅18世纪末至19世纪80年代，《红楼梦》的续书就多达三十多种[3]，嘉庆年间最盛，续书有《补红楼梦》《续红楼梦》《后红楼梦》《红楼圆梦》《增红楼梦》《红楼复梦》

---

[1] 秦子忱：《续红楼梦弁言》，见一粟：《古典文学资料汇编·红楼梦卷》第44页。

[2] 秦子忱：《续红楼梦弁言》，见一粟：《古典文学资料汇编·红楼梦卷》第44页。

[3] 详见一粟：《红楼梦书录（增订本）》，转引自白盾：《红楼梦研究史论》第31—32页，天津人民出版社1997年版。

等。而1840年至1918年间刊行的《红楼梦》续书共有七种（据冯其庸、李希凡主编的《红楼梦大辞典》所收录）。另外还有一种并未印行，但可能成书于此一时期的《续红楼梦》稿本，合计八种，如《红楼幻梦》《续红楼梦》《红楼梦影》《新石头记》《红楼余梦》等。这些续书有些从第九十七回《林黛玉焚稿断痴情，薛宝钗出闺成大礼》续起，更多的是从第一百二十回续起，内容"非借尸还魂，必冥中另配，必令'生旦当场团圆'，才肯罢手"[1]。

总体来看，这些续书"大率承高鹗续书而更补其缺陷，结以'团圆'；甚或谓作者本以为书中无一好人，因而钻刺吹求，大加笔伐。但据本书自说，则仅乃如实抒写，绝无讥弹，独于自身，深所忏悔。此固常情所嘉，故《红楼梦》至今为人爱重，然亦常情所怪，故复有人不满，奋起而补订圆满之。此足见人之度量相去之远，亦曹雪芹之所以不可及也"[2]。续书的出现，不仅严重破坏了《红楼梦》悲剧结局的深刻意蕴，而且大多文笔粗劣，叙事荒诞，将《红楼梦》的艺术美感破坏殆尽，从反面印证了《红楼梦》无可比拟的艺术成就。

第二，模仿之作的不断涌现。《红楼梦》创造了据实写录的人物塑造手法，将人物的善恶忠奸的道德情感色彩极力淡化，"如实描写，并无讳饰，和从前的小说叙好人完全是好，坏人完全是坏的，大不相同，所以其中所叙的人物，都是真的人物"。总之，"自有《红楼梦》出来以后，传统的思想和写法都打破了"[3]。如魏秀仁的《花月痕》在写作上明显受到《红楼梦》的影响。作者曾经自制美人图，以形象地刻画小说中的人物。至于书中描写愉园、寄园、柳溪之亭台楼阁等景观以及诗词歌赋，明

---

[1] 鲁迅：《论睁了眼看》，《坟》。
[2] 鲁迅：《中国小说史略》第二十四篇"清代之人情小说"。
[3] 鲁迅：《中国小说的历史的变迁》，见《中国小说史略》第268页。

显是仿效《红楼梦》的运笔布局。当然，其中多数诗词与情节脱节，在思想与艺术上与《红楼梦》相去甚远。晚清时，妓女成为社会人情小说的叙述热点。韩邦庆的《海上花列传》、张春帆的《九尾龟》、俞达的《青楼梦》等作品，在布局和人物塑造等方面都受到《红楼梦》的影响，它们虽然都以青楼为描摹对象，但笔触却直接指向当时的社会风貌。这种影响一直波及现、当代。例如现代著名小说家张爱玲的小说与《红楼梦》的关系可谓渊源深厚。即使是当代流行小说家，也颇有受《红楼梦》的艺术启发而创作的。

同时，随着《红楼梦》在海外的流传，其他国家的作家也受到了启发和影响。例如，在朝鲜半岛，《红楼梦》除了作为官话教科书翻译、收藏之外，还引起了朝鲜作家、艺术家们的浓厚的兴趣。朝鲜语的著名古典小说《玉楼梦》和《九云记》就是在《红楼梦》影响下诞生的。

由于同为叙事文学样式，古典小说与古典戏曲之间始终存在着千丝万缕的联系，二者之间的相互取材、相互影响有着长期的传统，因此，小说《红楼梦》被改编成戏曲就是自然而然的事情了。据朱一玄《红楼梦资料汇编》统计，几乎各种戏曲样式对小说《红楼梦》都有改编，具体剧目则至少有上百种之多。而且一直到今天，这些优秀的剧目还活跃在戏曲舞台上，受到人们的喜爱。

三、《红楼梦》的文化影响

《红楼梦》是中国古代文化的百科全书，它涵盖了封建社会几乎所有的政治、经济制度和文化生活内容。对于中国古代复杂的思想史体系，《红楼梦》也几乎囊括了儒、释、道各家的思想，并在小说中时有议论。至于艺术创作形式和表现手法，《红楼梦》亦几近应有尽有。毫不夸张地讲，《红楼梦》是中华民族文化传统的集合，是中国古代文化的集大成者。因此，它所产生的文化影响无疑是十分广泛深入的，具有超越时代界限的穿透力。

今天，《红楼梦》已经从书斋走向了生活，"随着读者的参与性阅读而常在常新"[1]。红楼建筑遍地开花，红楼服饰风靡一时，红楼宴饮则使人们大饱精馔美食的口福，其他衍生的文化形式也给我们的生活增添了无穷的情趣，比如以《红楼梦》为题材的雕塑、绘画、刺绣、书法、陶瓷等等，共同构成了红楼文化，成为今人艺术创作的灵感源泉和文化生活的有机组成部分。至于以《红楼梦》为引子开发的红楼旅游，更是适合了现代休闲生活方式的趋势。

对于红楼文化，"现在人们注重的不是从学理上加以研究，而是用各种方法进行实施。曹雪芹把生活变成艺术，红楼文化活动又把艺术还原为生活"，而且"这种还原的努力有逐渐扩大的趋势"。[2]

《红楼梦》从最初的一部小说，发展为今天人们日常生活的有机组成部分，其间经历了数百年的风雨和坎坷，但是它依然魅力十足，并且焕发出了新的活力，这些都充分证明了《红楼梦》的文化影响是超越时空的，是不可限量的。

---

[1] 刘梦溪：《红楼梦与百年中国》第431页，河北教育出版社1999年版。
[2] 刘梦溪：《红楼梦与百年中国》第433页。

第九章 《红楼梦》研究概观

《红楼梦》问世后,引起人们高度的重视以及研究的兴趣,形成一种专门的学问——红学。据李放《八旗画录》注记载:"光绪初,京朝士大夫尤喜读之,自相矜为红学云。"另据均耀《慈竹居零墨》记载,清末民初,文士朱昌鼎读《红楼梦》入迷,当时盛行讲经学,人家问他"治何经",他说:"吾之经学,系少三曲者。"并解释道:"吾所专攻者,盖红学也。"因为繁体字的"经"字去掉"一横三曲",就是"红"字。[1]这些说法,显然还带有诨语的游戏性质。

不过,在这之后的百年里,《红楼梦》的评论、研究日益发展,尤其是经过了王国维、蔡元培和胡适等人的研究及论战,对当时及其后来的学术界以及众多学者产生了极大的震动,吸引了学术界大批有生力量投身其中,用各种方法、从各种角度进行研究,使得《红楼梦》研究最终成为一种专门的学问。从早期的评点派、索隐派,到20世纪前期的"新红学",再到王国维首创、而在20世纪50年代后兴盛起来的文学批评,关于《红楼梦》作品及其相关问题的研究论著可谓层出不穷、新作迭出,其数量之浩繁简直可以设立一所专门的《红楼梦》研究图书馆。《红楼梦》的作者问题、文本的思想内涵、人物形象、艺术特征等方面,都得到了日益深细的研讨、解析,尤其是20世纪70年代末、80

---

[1] 参见一粟编:《古典文学研究资料汇编·红楼梦卷》第415页。

年代初之后,新的更为开放活跃的学术环境得以建立,研究者因此得以解放思想,放手研究。同时,国外的学术思想、学术成果被大量介绍到国内,在学术界内产生了不容忽视的影响。这些因素最终促进并形成了《红楼梦》研究百花齐放、百家争鸣的局面,红学也因此进入了它的另一个高峰期。

第一节 旧红学阶段

一、关于旧红学

所谓旧红学,指的是"五四"时期以前,有关《红楼梦》的评点、索隐与题咏。其中以评点派最具有代表性,贡献也最为卓著。

脂砚斋的《脂砚斋重评石头记》以其史料价值而非艺术价值著称,它为人们提供了关于《红楼梦》作者、版本等方面的重要信息。如果单纯以艺术价值来评判评点派,那么《红楼梦》评点家中应以王希廉的《红楼梦评注》、姚燮的《读红楼梦纲领》和张新之的《妙复轩评石头记》三家为代表,此外还有陈其泰、哈斯宝、王伯沆等,但影响逊于前者。

在《红楼梦》研究史上,用诗词歌赋评论曹雪芹与《红楼梦》是一种初级的评论形式。如《红楼梦》问世后不久,清宗室诗人永忠于乾隆三十三年(1768)写过《因墨香得观红楼梦小说吊雪芹三绝句》,其中有句云:"传神文笔足千秋,不是情人不泪流。可恨同时不相识,几回掩卷哭曹侯。"这既是对曹雪芹的追念与评价,也是对《红楼梦》的最高评价。其后,另一位满族诗人富察明义所写《题红楼梦》二十首,也属于诗评的形式。清嘉道以后，如周春的《题红楼梦》、俞思谦的《红楼梦歌》、叶崇仑的《红楼梦题词》等，不胜枚举。

二、评 点 派

评点是我国的一种传统的小说评论方法，即在阅读小说时，偶有所感，便写在书中相应的地方。或写于书头，叫眉批；或写于行间，叫夹批；或写于回前回后；等等。与现在的评论文章相比，评点显得散乱零碎，不成系统。不过，由于评点的方法缺少规范的拘束，所以行文自由活泼。另外，因为评点是随感式的，所以往往笔触生动，饶有趣味，和小说本文联系紧密。因此，这种古老的批评方式至今还有人在使用。为《红楼梦》做评点者，被统称为"评点派"。

最早为《红楼梦》做评点的是脂砚斋，而以脂砚斋的名义进行的评点被称为"脂评"。从目前我们所掌握的材料来看，脂评是与《红楼梦》的创作同时进行的。但是，脂评最初并未得到人们的重视。直到胡适的《考证〈红楼梦〉的新材料》《跋乾隆庚辰本〈脂砚斋重评石头记〉》继其《红楼梦考证》之后陆续发表，脂评才引起了人们的注意。随后俞平伯撰《红楼梦辨》，脂本、脂评才正式面世，并逐渐与"程本"构成分庭抗礼的局面。

脂评的发现在红学史上具有重大意义：第一，脂评披露了《红楼梦》的创作情况。它使我们了解到《红楼梦》是曹雪芹在悼红轩中"披阅十载，增删五次"的成果，作者"哭成此书"，足见其用情之专、用力之深，也可见《红楼梦》凝聚着作者毕生的心血。又如第十三回批语，在处理秦可卿之死时，有"故赦之，因命芹溪删去"之语，使我们得知为什么回目上是"淫丧天香楼"，可是实际上秦可卿没有按照第五回画册上所示意的上吊而死。第二，脂评披露了作者及其家世生平的情况。它对《红楼梦》的作者是曹雪芹做了进一步的证实，胡适据脂评断定《红楼梦》的作者确为曹雪芹，并得到了学界认可。而且，甲戌本第一回批语道："壬午除夕，书未成，芹为泪尽而逝。"我们由此知道曹雪芹的卒年是在乾隆二十三年（1758）。第三，脂评对《红楼梦》的思想、艺术特点做了总结，其中有些评注相当精彩。如对于作品的主旨，甲戌本第二回侧批说："作者之意，原只写末世。"使我们对于《红楼梦》的"落了片白茫茫大地真干净"有了更为深刻的体悟。再如第四十二回"兰言解疑癖"中，庚辰本脂评提出了"钗、黛合一"的文艺见解："钗、玉名虽二个，人却一身，此幻笔也。今书之三十八回已过三分之一有余，故写是回，使二人合而为一。"这样的评点，对于我们深入理解《红楼梦》的人物形象，无疑有着重要的启发意义。第四，脂评披露了《红楼梦》的素材来源情况。如第十七、十八回，宝玉因听说贾政要进园，连忙逃开，庚辰本有侧批道："余初看之不觉怒焉，盖谓作者形容余幼年往事，因思彼亦自写其照，何独余哉？"交代了这一情节的本事来历。由于有上述作用，所以脂评历来为红学界所看重，甚至有"脂学"之美誉。

脂砚斋以后，盛行于红学领域的还有多种红楼评点，如护花主人王希廉的《红楼梦总评》《红楼梦批序》，太平闲人张新之的《妙复轩评石头记》，大某山民姚燮的《读红楼梦纲领》，桐花凤阁陈其泰的《桐花凤阁评〈红楼梦〉》等，他们仿照金圣叹、毛宗岗等人的方法，就《红楼梦》的人物、章法、义理等方面进行就事论事的评论。这些评点水平参差不齐，既有精妙之笔，也有迂阔荒唐之处，其中主要集中于小说文本的题旨与钗、黛优劣之争等问题上。

护花主人王希廉的主要观点有二：一是他认为作品第五回是《红楼梦》的"纲领"，他说："《红楼梦》一书，全部关键是'真假'二字。读者须知，真即是假，假即是真，真中有假，假中有真，真不是真，假不是假。明此数意，则甄宝玉、贾宝玉是一是二，便心目了然，不为作者齿冷，亦知作者匠心。"可谓一语道破天机。二是尊薛抑林。比如他认为"黛玉一味痴情，心地褊窄，德固不美，只有文墨之才；宝钗却是有德有才"[1]。联系到当时正是一百二十回程本流行之时，"拥林派"占了明显的上风，王希廉能够坚持己见，实属可贵。

太平闲人张新之主要认为《红楼梦》乃"演性理之书"，"祖《大学》而宗《中庸》，故借宝玉说'明明德外无书'……是书大意阐发《学》《庸》，以《周易》演消长，以《国风》正贞淫，以《春秋》示予夺，《礼经》《乐记》融会其中……通部《红楼》，止左氏一言概之曰：'讥失教也。'"[2] 这种以易学阐释《红楼梦》创作主旨的方法，对于一般读者而言，是艰涩难懂的，而且亦显牵强。对于《红楼梦》的艺术价值和审美方法等问题，张新之却也有精辟之论："'世事洞明皆学问，人情练达即文章。'是此书到处警省处，故其铺叙人情世事，如燃犀烛，较诸小说，后来居上。"后来的学者把《红楼梦》归入"人情小说"中，与此观点可谓一脉相承。他还认为："书中诗词，悉有隐意，若谜语然。口说这里，眼看那里。其优劣都是各随本人，按头制帽。"点明作者在书中安排的大量的诗词并非如一般才子佳人小说那样纯为卖弄才学风情，而是深有寓意的。尤其是他认识到："有谓此书止八十回，其余四十回乃出另手，吾不能知……所增之四十回，从中后增入耶？抑参差夹杂增入耶？觉其难有甚于作书百倍者，虽重以父兄令，万金赏，使闲人增半回不能也。"指出续书比作书更难的创作原理，是有一定道理的。

张新之评论黛玉、宝钗说："写黛玉处处口舌伤人，是极不

---

[1]《红楼梦总评》。见朱一玄：《红楼梦资料汇编》第582页。
[2]《红楼梦读法》，见一粟：《古典文学研究资料汇编·红楼梦卷》第153—154页。

善处世、极不自爱之一人,致蹈杀机而不觉;写宝钗处处以财帛笼络人,是极有城府,极圆熟之一人,究竟亦是枉了。这两种人,都作不得。"在第七回回末评论中,他对宝钗几乎口诛笔伐:"写宝钗热是骨,冷是面,巧是本领,直郑庄、操、莽大奸雄化身。"总体说来,他对林黛玉的好感要远胜于薛宝钗的。

大某山民姚燮对《红楼梦》的批评重在阅读过程中的审美体验上,较少总体的概括。对于全书的主旨,他通过自己在阅读时的审美体验,也体会到了"兴衰""真假""空幻"的纲领。[1]姚燮为我们提供的主要是审美阅读经验,他对于薛宝钗及其家人是很反感的:"薛姨妈寄人篱下,阴行其诈,笑脸沉机,书中第一。""宝钗奸险性生,不让乃母。"

钗、黛之争其实主要是审美角度不同造成的。尊薛抑林的评点家多是从传统的闺范着眼,而扬林贬薛的评点家则多是基于宝、黛的爱情悲剧,二者都有非此即彼的褊狭之处,对《红楼梦》塑造人物的丰满性、多义性缺乏足够的认识和领会。

上述评点家的优秀之处在于能够紧扣《红楼梦》的情节展开批评,帮助读者充分理解小说中人物形象的刻画之妙,剖析曹雪芹的创作意旨,廓清作品的结构,从而为读者拓展思路、提高鉴赏力提供了方便。不过,评点式的批评因为多为随感式、纯粹属于个人的阅读体验和阅读方法,没有系统的理论支持,所以无法形成完整的批评体系,显得零散驳杂。对于红学史的发展而言,缺乏实质性的推动意义。

三、索 隐 派

索隐派是20世纪初红学研究中形成的一个派别。该派力求

---

[1]《红楼梦总评》,见朱一玄:《红楼梦资料汇编》第665页。

"索隐"出《红楼梦》所写的"真内容""真故事"。根据一些历史资料、野史杂记,来探究《红楼梦》素材的来源,《红楼梦》的本事究竟是什么、贾宝玉等究竟影射何人之类问题。索隐派并无统一说法。其中影响较大的有"清世祖与董鄂妃"论、"明珠家事"论以及"政治小说"三说。代表人物及著作有王梦阮、沈瓶庵的《红楼梦索隐》,蔡子民(元培)的《石头记索隐》,邓狂言的《红楼梦释真》等。他们被胡适称为晚清索隐三派。

早在乾隆五十九年(1794)就出现了有关红楼本事的种种猜测,此后又络绎不绝,以至于德高望重、学识渊博的蔡元培也投身其中,积极索隐。到1922年,蔡元培的《石头记索隐》一书已印行六次。索隐涉及对《红楼梦》性质的判断和对《红楼梦》意义的阐释,在胡适的考证红学出现之前,《红楼梦》的主题思想与大众接受印象,基本上是由索隐派把持引导的。

早期红学的索隐研究主要是以猜测的方法来揣度《红楼梦》的本事,最详尽的一篇记载是周春的《阅红楼梦随笔》,提出了张侯家事说,但影响不大。其中影响最大的是"明珠家事说"。陈康祺《燕下乡脞录》卷五引徐柳泉的话,认为"小说《红楼梦》一书,即记明珠家事"。张维屏在《松轩随笔》中也提出了类似的说法。[1] 尤其是乾隆认为此书"盖为明珠家作"的传说[2],更助长了此说的流传。但是,这种以猜测的方法进行论述,并辗转流传的研究,实在缺乏科学,只能成为一种传说而已。

清末民初之际,持"明珠家事说"的学者才开始以引申和推演的方法进行索隐研究,如钱静方的《红楼梦考》等,但始终缺乏系统化的论述,也没有自成体系的研究方法和理论,因此虽一

---

[1] 参见一粟编:《古典文学研究资料汇编·红楼梦卷》第363页。
[2] 赵烈文:《能静居笔记》,见一粟编:《古典文学研究资料汇编·红楼梦卷》第378页。

度广为人知，却后继乏力。

王梦阮、沈瓶庵的《红楼梦索隐》是红学史上第一部自成体系的红学专著。它第一次对索隐方法得出的结论中的一种说法进行系统的论述，坐实《红楼梦》中"隐去"的"其人""其事"，逐回进行索隐研究，以尽可能多的证据来支持自己的论断。因此，王、沈的《红楼梦索隐》在清末民初盛行一时的索隐派红学中占有十分重要的地位。王梦阮、沈瓶庵认为小说《红楼梦》写的是清世祖与董小宛的爱情故事，这是《红楼梦索隐》一书的核心论点。

那么，《索隐》是如何得出这一结论的呢？其说如下："然则书中果记何人何事乎？请试言之。盖尝闻之京师故老云，是书全为清世祖与董鄂妃而作，兼及当时诸名奇女子也。相传世祖临宇十八年，实未崩殂，因所眷董鄂妃卒，悼伤过甚，遁迹五台不返，卒以成佛。当时讳言其事，故为发丧。世传世祖临终罪己诏，实即驾临五台诸臣劝归不返时所作。语语罪己，其忏悔之意深矣……父老相传，言之凿凿，虽不见于诸家载记，而传者孔多，决非虚妄。情僧之说，有由来矣。"可见，他们所依据的证据并非什么确凿的史实和有直接证据的记载，而是传闻，这当然是不足征信的了。所以，当孟森的《董小宛考》和《世祖出家事考实》发表后，《红楼梦索隐》的索隐所得自然无立足之地了。

《红楼梦索隐》还说黛玉就是董小宛，它的逻辑推理过程如下："小宛名白，故黛玉名黛，粉白黛绿之意也！小宛书名每去玉旁专书宛，故黛玉命名，特去宛旁专名玉，平分各半之意也……小宛爱梅，故黛玉爱竹。小宛善曲，故黛玉善琴。小宛善病，故黛玉亦善病。小宛癖月，故黛玉亦癖月……小宛姓千里草，黛玉姓双木林……且黛玉之父名海，母名敏。海去水旁，敏去文旁，加以林之单木，均为梅字。小宛生平爱梅，庭中左右植梅殆遍，故有影梅庵之号，书中凡言梅者，皆指宛也。"以如此所谓的"关合之处"来进行人物的附会,实在是缺乏说服力的。更为穿凿的是,王、沈二人还认为宝钗、晴雯、袭人等都是影射董小宛,而且除贾宝玉外,柳湘莲、王熙凤都影射清世祖,同时王熙凤还影射杨龙友。因此,茅盾批评它"穿凿附会,愈来愈奇。然而最不能自圆其说者,为一人兼影二人乃至三人"[1]。

然而该书以史证文、深思好学之语颇有数处,间杂一些独到精深的艺术分析,对于深刻领会《红楼梦》的行文之妙实有帮助,所以该书1916年由上海中华书局印行,很快便重版了十三次之多,可见此书在当时的影响不容小觑。

在清末民初的索隐三派中,蔡元培的《石头记索隐》影响最大,论断及研究方法都带有系统性,这与作者受到的西方美学教育不无关系。在此书中,蔡元培提出《红楼梦》是关乎政治的:"《石头记》者,清康熙朝政治小说也。作者持民族主义甚挚,书中本事在吊明之亡,揭清之失,而尤于汉族名士仕清者寓痛惜之意。当时即虑触文网,又欲别开生面,特于本事以上加以数层障幕,使读者有横看成岭侧成峰之状况。"并赞同书中"女人皆指汉人,男人皆指满人"的看法。因为贾宝玉说过,女人是水做的骨肉,男人是泥做的骨肉。而"汉"是"水"旁,满人亦称"達達",而"達"字起笔为"土"。

蔡元培由自己的基本观点出发,进一步推论,认为"贾府即伪朝(指清朝)":"贾政者,伪朝之吏部也。贾敷、贾敬,伪朝之教育也(《书曰》:'敬敷五教。')。贾赦,伪朝之刑部也,故其妻氏邢(音同刑),子妇氏尤(罪尤)。贾琏为户部,户部在六部位居次,故称琏二爷,其所掌则财政也。李纨为礼部(李礼同音)。康熙朝礼制已仍汉旧,故李纨虽曾嫁贾珠而已为寡妇。其

---

[1]《关于曹雪芹》,见刘梦溪编《红学三十年论文选编》上卷第556页,百花文艺出版社1983年版。

所居曰稻香村，稻与道同音。其初名以杏花村，又有杏帘在望之名，影孔子之杏坛也。"在蔡元培看来，书中少女都是影射当时的"名士"，如林黛玉影射朱彝尊（号竹垞），薛宝钗影射高江村，探春影射徐健庵等。又说："书中'红字'，多影朱字，朱者明也，汉也。"又说："宝玉有爱红之癖；言以满人而爱汉族文化也。好吃人口上胭脂，言拾汉人唾余也！"

蔡元培把《红楼梦》定性为政治小说，认为作者有反清的民族主义思想，丰富了《红楼梦》的思想内涵，扩大了《红楼梦》的研究外延，因此在红学史上具有重要的意义。另外，蔡元培指出《红楼梦》在艺术创作上采用了"层层障幕"的处理方法，造成了"横看成岭侧成峰"的艺术效果，都是真知灼见，对于后来批评派红学不能说毫无影响。认为《红楼梦》是写满汉关系，是清末民初比较流行的看法[1]，蔡元培将之理论化，确定为"吊明之亡，揭清之失"，以之为《红楼梦》的"本事"，并确定为小说的主题。蔡元培对于《红楼梦》政治寓意的阐发是发人深省的，但他的索隐也有十分明显的缺点，即完全忽视了小说的虚构性和材料来源的多元性，他将小说征引指实得过于具体，导致了结论的不易立足，因而被胡适嘲笑为"猜笨谜"。

另外，邓狂言的《红楼梦释真》值得一提。1919年出版的《红楼梦释真》一书是继王、沈和蔡元培的著作之后的又一部红学索隐专著，该书篇幅较前两者宏大许多，观点阐发充分，旁征博引，是索隐派红学著作中富有代表性的论著。该书的索隐范围十分广泛，几乎涉及了书中的所有人物，并连错字也进行了索隐。他认为《红楼梦》是一部"明清兴亡史"。他说，此书"原本为国变沧桑之感，在曹雪芹亦有朝闻道夕死可矣之悲。隐然言之，绝非假托。书中以甄指明，以贾指清，正统也，伪朝也"。

---

[1] 参见佚名：《乘光舍笔记》，见《红楼梦名家题咏》1915年刊本。

曹雪芹增删五次，是指清代"崇德、顺治、康熙、雍正、乾隆五朝史"。"书中之宝玉、黛玉，皇帝与后妃也。""林黛玉非他，乾隆之原配嫡后，由正福晋进位，后谥孝贤皇后之富察氏也。"邓狂言的立论依据，主要是语义的引申和数字的关合，这是索隐派红学的家常手段。另外，激烈的民族主义情绪使他的论述时常陷入主观发挥的附会之中，有时反而遮蔽了对于小说本身内容的阐发。

胡适的《红楼梦考证》对索隐派红学给予了十分有力的打击，他不仅发现了大量的有关《红楼梦》的作者曹雪芹生平的资料，落实了作者问题，而且还找到了著有脂砚斋批语的早期抄本，最终证明《红楼梦》是以作者身世经历为底本的文学作品。它既不是明清的宫闱变迁史，也不是明珠或其他官宦家庭生活的翻版。在胡适提供的大量经过扎实考证的证据面前，索隐派红学一时间陷入了困境。蔡元培在《石头记索隐》第六版自序中虽然回答了胡适对索隐派的批评，但辩驳的理由薄弱无力，已无法重振索隐派的威信。

无论如何，自1921年胡适发表《红楼梦考证》之后，索隐派红学从发展趋势上已进入衰竭时期。但发展趋势上的衰竭不等于索隐的方法没有再用，即使考证派红学成为主流的学派，居于"艳冠群芳"的地位，仍不断有索隐派的文章与著作公之于世，其时几个有代表性的作品是寿鹏飞的《红楼梦本事辩证》与景梅九的《红楼梦真谛》等。

索隐派红学在考证派和小说批评派的打击之下，自20世纪20年代以来便进入了衰竭时期。寿鹏飞、景梅九的作品在20世纪二三十年代具有一定代表性，但影响并不大。20世纪40年代方豪发表《红楼梦新考》，表示确信顺治与董鄂妃恋爱故事说"有一部分是真实性"，只是一笔带过，未做任何论证。20世纪50年代以后，索隐派在中国大陆基本上消失了。

值得注意的是，索隐派在中国大陆虽基本消失，却在中国台湾地区及海外得到复活。其间代表作品有：杜世杰的《红楼梦原理》、赵同的《红楼猜梦》以及李知其的《红楼梦谜》等。其研究借鉴了考证派的方法，但指导思想仍是按图索骥式的。以杜世杰的《红楼梦原理》为例，他经过细密的研读与考证，认定《红楼梦》的作者就是吴梅村（在其后来的《红楼梦考释》中，他仍然在吴梅村与《红楼梦》作者的关系之间几乎画了等号，只是提法上要委婉一些），并将书中的人物做了对号入座般的安排，比如认为贾宝玉即是顺治，林黛玉即暗指董小宛，薛宝钗即是洪承畴，而刘姥姥则是汤若望，等等。这些观点无不经过研究者认真的阅读和思考，并附有详细的考校。可是，由于没有什么确凿可信的直接证据，他们的研究仍不过是认真的比附，其结论的科学性与可信度自然大打折扣了。

索隐派的优点在于它能够对小说文本进行仔细的研读，并且对小说故事的"言外之意"给予了必要的重视和探讨。但是，由于索隐派学者过于注重对小说文本之外的"微言大义"的追索，反而将作者自身的家世情况、小说的虚构特性以及《红楼梦》作品本身的艺术成就等方面的研究忽视了，从而导致了研究者陷入难以自圆其说的尴尬局面。因为采取了上述将小说过于坐实的研究方法，所以索隐派的研究被后来的学者看作"附会的红学"（胡适语）。

当然，不能由此一笔抹杀索隐派研究的功绩。换句话说，索隐派的研究是有一定的合理之处的。《红楼梦》开卷第一回即开宗明义，作者直言此书乃"将真事隐去"，"用假语村言，敷衍出一段故事来"。那么，联系到康熙朝的文字狱，敏感的研究者产生索隐"真事"的想法，自然是情理之中的事情。另外，既然清人已经敏感地意识到《红楼梦》"但云'骄奢淫逸，将有恶终'"，并明确指出此书用意在诋毁清朝，可见《红楼梦》在乾隆"盛世"发出"悲音",并不是空穴来风的乱写。何况蔡元培等人生逢中国变乱之时,目睹清王朝的日益衰败直至灭亡,对于国家政权的更迭交替、王朝的兴衰沉浮,必然有着与今人绝不相同的感受和认识。他们站在时代的立场上,对《红楼梦》的主题和创作意旨进行政治性的联系,并做出饱含政治寓意的判断,自有其时代的具体原因,也为我们理解《红楼梦》提供了另一条独具特色的思路。

一个时代有一个时代的《红楼梦》。蔡元培等人的索隐红学,帮助我们切实了解20世纪初人们的文本阅读习惯以及文化接受倾向,进而为我们从宏观的角度把握近现代之交的中国文化脉络和走向提供了有力的例证,是《红楼梦》接受史中不可或缺的一节。

第二节 新红学阶段

一、关于新红学

新红学是指以胡适、俞平伯为代表的考证派,其创始人是胡适、俞平伯和顾颉刚。其后周汝昌、冯其庸、吴恩裕、吴世昌、刘世德、陈毓罴、邓绍基、胡文彬等人,也在考证方面做出了突出成绩。"新红学"是在胡适、俞平伯和顾颉刚通信讨论《红楼梦》的问题中酝酿成熟的,时间大约是在1921年4月到1921年10月。"新红学"这一概念最早是由顾颉刚为俞平伯《红楼梦辨》所作的序中提出的:"'红学'研究了近一百年,没有什么成绩;适之先生做了《红楼梦考证》之后,不过一年,就有这部系统完备的著作……我希望大家看着这'旧红学'的打倒,'新红学'的成立，从此悟出一个研究学问的方法，知道从前人做学问，所谓方法，实不成方法，所以根基不坚，为之百年而不足者，毁于一旦而有余。现在既有正确的科学方法可以应用了，比之古人真不知便宜了多少。"

红学中的考证派是与红学中的评点派、索隐派相对而言的。所谓考证，其实就是根据一些历史资料，经过综合、分析、推论，得出符合实际的、新的结论。但这里所讲的考证派指的是一种方法，即偏重于史料的发掘、整理、推论的一种方法，而不是说"考证派"的所有结论都是符合科学的。考证派主要集中于以下几个方面问题的探究：

第一，关于《红楼梦》作者及其生平家世的研究。如《红楼梦》作者是谁？后四十回作者是谁？曹雪芹祖籍何处？曹雪芹生卒为何年？等等。这一类研究，被称为"曹学"。

第二，对《红楼梦》版本的研究，包括分析各版本间的源流、异同，以及何种版本最接近原著风貌。这一类研究，通常又被称为"版本学"。

第三，对脂本系统、脂砚斋评语的研究，又叫"脂学"。

第四，根据脂批或其他一些材料，对后四十回"佚稿"情节的探求，又称"探佚学"。

第五，对《红楼梦》研究史的研究，对有关《红楼梦》资料的评价、整理、探考，对《红楼梦》中的典章制度、饮食服饰的研究，等等。

这几个方面的研究内容大致可以概括考证派研究的范围。其中前四个方面的研究受到红学考证派大家周汝昌的推重。

二、胡 适

1921年，胡适发表了《红楼梦考证》。胡适的《红楼梦》研究只是他力图推行新文化运动的一个手段,他借此提高通俗文学的地位,宣传他的"双线文学的新观念",并以此向世人灌输一种思维和做学问的科学方法。胡适认为他之前的《红楼梦》研究者都犯了方向性错误,所以他把以往的研究统斥为"附会的红学"。其实"附会的红学"一词是专指索隐派的,"他之所以撇开评点派和杂评派不谈,大概是认为评点和杂评只是文学评论,而索隐派虽然荒谬,却在历史学的范畴内,与他的《红楼梦》研究是一种学术类型,因此他不承认评点和杂评是学术"[1]。胡适以"作者之生平"这个问题为突破口,运用传统的治经学、史学的考证的方法,考证出曹雪芹的生平与曹家盛衰的历史,认为《红楼梦》"只是老老实实地描写这一个'坐吃山空''树倒猢狲散'的自然趋势","是一部自然主义的杰作"[2]。这就是最早由胡适提出的、后来非常著名的"自传说"。

胡适对《红楼梦》研究的贡献主要体现在三个方面:

首先是肯定《红楼梦》的作者为曹雪芹。胡适从大量的文献资料中搜集到曹雪芹生平家世的宝贵资料,并由这些事实断定《红楼梦》是曹雪芹的自叙传。解决了作者的问题,就使《红楼梦》的研究具有了起码的基础。同时,作者问题的解决有力地驳斥了索隐派所谓的"明珠家事说"等坐实小说作者为书中人物的附会之说。

其次,胡适从版本方面考定《红楼梦》是没有完成的作品,而且他认为后四十回是高鹗的续作。胡适认为后四十回不是曹雪芹的创作,只是他的一种假设,并没有举出确凿可信的证据。另外,他还认为后四十回的回目是原书就有的,所以,胡适判断后四十回大体上没有违背曹雪芹的意思。今天看来,在新发现的材

---

[1] 石昌渝:《俞平伯和红学》,《文学评论》2000年第2期。
[2]《胡适红楼梦研究论述全编》第107—108页。

料和后来学者的考证成果验证下,胡适的观点中关于作者和后四十回是续书的论断还是比较可靠的。至于他提出的"自传说",则由于过于坐实小说文本,忽略了小说的虚构性和材料的多方面来源等特性,致使他得出了不恰当的论断。而这一点,对于后来的考证派红学家的影响是不可忽略的。

第三,胡适用治经学、史学的态度来治小说《红楼梦》,把考证的方法运用于小说《红楼梦》的研究,从而继评点派和索隐派之后,为《红楼梦》研究提供了新的科学的方法。胡适的这种考证研究不仅为《红楼梦》的研究解决了一些十分重要的疑案,扫清了《红楼梦》研究过程中的一些障碍,而且因此吸引了大批的一流学者跻身于小说《红楼梦》及其相关问题的研究领域,他们中的一些学者甚至为此贡献了自己毕生的才学和精力。因为考证的方法是历代学者治经学、史学的重要手段,所以,将考证的方法引入小说《红楼梦》的研究,增加了《红楼梦》研究的学术含量和学术价值,增强了《红楼梦》研究的学术吸引力,提升了小说《红楼梦》实际的学术地位。不可否认,《红楼梦》研究能够真正成为一个专门的现代学术研究门类,这一点是非常重要的原因。所以说,胡适对于《红楼梦》研究能够成为一门真正的学问所做出的贡献是不容置疑的。

值得注意的是,对《红楼梦》研究做出开创性贡献的胡适,对《红楼梦》本身的评价却并不高。胡适曾经声明:"我写了几万字考证《红楼梦》,差不多没有一句赞颂《红楼梦》的文学价值的话。"[1] 1960年他给苏雪林写信时说:"在那些满洲新旧王孙与汉军纨绔子弟的文人之中,曹雪芹要算是天才最高的了,可惜他虽有天才,而他的家庭环境和社会环境,以及当时整个的中国文学背景,都没有可以让他发展和修养文学的机会。在那一个

---

[1]《胡适红楼梦研究论文全编》第289页。

浅陋而人人自命风流才士的背景里，《红楼梦》的见解与文学技术当然都不会高明到那儿去……他的《红楼梦》，依据我们现在发现的可靠资料来看，是随写随抄去换钱买粮过活的，不但全书没有写完，前八十回还有几回显然'未成而芹逝矣'，我当然同意你说'原本《红楼梦》也只是一件未成熟的文艺作品'。"[1]在与高阳的信中，胡适又说："我常说，《红楼梦》在思想见地上比不上《儒林外史》，在文学技术上比不上《海上花》，也比不上《儒林外史》，——可以说，还比不上《老残游记》。"[2]

这种评价自然是非常不公允的。它反映了胡适治《红楼梦》的目的并非因为纯粹的文学兴趣或者学术批评兴趣。对他而言，《红楼梦》不过是他的一个道具，在他宣扬自己的学术研究方法时，用来作为一个例证而已。"他的兴趣只在用历史研究的方法来考证《红楼梦》，无意深入到《红楼梦》的文学世界。"[3] 这种功利的态度使他不仅看不到《红楼梦》作为小说的伟大，而且无法客观地对中国古典小说进行比较全面、公正的评价。他的这种态度也表现在他最终没有完成的中国白话文学史的编纂一事上。

三、俞平伯

谈考证派红学研究，除了胡适之外，就不能不提到俞平伯。

俞平伯一直致力于《红楼梦》考证方面的研究，他"受了胡适的影响，并在胡适的研究基础上将研究推向纵深。他从作者和背景的研究转移到文本的研究，他从历史的眼光转变为文学的眼光"。而且，"可贵的是他以鉴赏为基础建构出一套评价原则和系统，使得他的评价具有了学术的品格"。因此，"从学术上看，胡

---

[1]《胡适红楼梦研究论文全编》第293—292页。
[2]《胡适红楼梦研究论文全编》第290页。
[3] 石昌渝：《俞平伯和红学》，《文学评论》2000年第2期。

适是'新红学'的开山者,俞平伯则是完成者"[1]。

经过多年的治红生涯,晚年的俞平伯对《红楼梦》研究的历史给予了言简意赅的概括。他说:"红学之为诨名抑含实义,有关于此书性质之认识。早岁流行,原不过纷纷谈论,即偶形诸笔墨固无所谓学也。及清末民初,王、蔡、胡三君,俱以师儒之身份,大谈其《红楼梦》,一向视同小道或可观之小说遂登大雅之堂矣。"另外,他又说:"既关于史迹,探之索之考辨之也宜,即称之为学亦无忝焉。所谓中含实义是也。"[2]

这几句话把百年的红学历史做了一个全局性的梳理,其议论的精辟透彻是显而易见的。首先,他指出了"红学"从带有戏谑成分的称呼发展演变为一门真正科学意义上的学术研究门类这一客观过程。其次,他把红学研究的重镇分为三个部分:一是王国维代表的批评派,二是蔡元培代表的索隐派,三是胡适代表的考证派。这种划分无疑是为红学研究的方法进行了模式化分类,并且指出了红学研究方法的多样性,是《红楼梦》研究发展、兴盛的必要保证。至于各种研究方法的科学性问题,俞平伯认为是不分伯仲、各有道理的。这种宏观的眼光和包容的态度无疑标志着经过一个世纪的研究,《红楼梦》研究进入了一个更为成熟的阶段,即红学研究的反思阶段,理性的回归与客观的、实事求是的评价对于红学的健康发展是大有裨益的。

四、其他考证派红学家

周汝昌是考证派红学的集大成者。他的《红楼梦新证》是对曹雪芹家世生平资料搜罗最为齐备、考证最为细致的著作,其考

---

[1] 石昌渝:《俞平伯和红学》,《文学评论》2000年第2期。
[2] 《索隐与自传说闲评》,1978年初稿、1986年改定,见《俞平伯论红楼梦》,上海古籍出版社1988年版。

证重点在曹雪芹的家族历史和作者的生平事迹。对于《红楼梦》的版本问题、脂批问题、文物问题等，他都有创见。但是，他认为红学包括曹学、版本学、探佚学、脂学，而对《红楼梦》文本本身的研究不在红学范畴之内[1]，这便局限了红学的发展空间。

吴恩裕、吴世昌是 20 世纪五六十年代考证派红学的中坚力量，与周汝昌呈现鼎足而三的局面。吴恩裕的《曹雪芹丛考》以搜求曹雪芹本人的生平事迹见长，而吴世昌的《红楼梦探源》与《红楼梦探源外编》则主要研究《红楼梦》的版本和成书过程。

总之，考证派红学的研究重点在于《红楼梦》作者曹雪芹的家世生平的考索、《红楼梦》版本的考订、《红楼梦》后四十回的情况推测以及脂本、脂批的研究等几个方面，他们的研究为我们阅读《红楼梦》扫清背景障碍、知人论世做出了卓越的贡献。当然，由于客观条件的限制和主观研究的疏漏，他们的研究有时也陷入了无法自圆其说的境地。

第三节　批评派的红学研究

清光绪三十年（1904）出版的《教育丛书》（第八至十三期）杂志刊载了王国维的《红楼梦评论》，第二年此文被收入《静安文集》。据学者统计，这篇论文的发表比王梦阮、沈瓶庵的《红楼梦索隐》早十二年，比蔡元培的《石头记索隐》早十三年，比胡适的《红楼梦考证》早十七年。这篇论文的发表，不仅揭开了现代红学研究的序幕，而且把一种崭新的小说研究方法引入到文学研究领域，因而在《红楼梦》研究史上占有举足轻重的地位。

---

[1]《什么是红学》，《河北师范大学学报》1982 年第 3 期。

王国维率先提出了考证《红楼梦》作者及创作年代的倡议。他说:"若夫作者之姓名与作书之年月,其为读此书者所当知,似更比主人公之姓名为尤要。顾无一人为之考证者,此则大不可解者也。"又说:"《红楼梦》自足为我国美术上之惟一大著述,则其作者之姓名与其著书之年月固当为惟一考证之题目。"

对于索隐派红学,《红楼梦评论》以艺术创作为例,指出创作是由具体而体现全体,所以批评不能将全体坐实为某一个具体对象,从而对索隐派红学提出了批评。但是王国维同时又承认索隐派之一所力主的纳兰性德家世说,"非无所本",只是不应局限于一人而已。

王国维的《红楼梦评论》的最大贡献是运用美学的方法来研究《红楼梦》,即第一次将西方美学批评理论引入中国古典小说(也是中国古典文学)的研究领域,为中国文学的研究提供了崭新的思路。"他是第一个运用西方哲学和美学观念,从文学批评的角度来衡定《红楼梦》艺术价值的人。这不仅在红学史上,在整个学术发展史上都有重要意义。我们说王国维是小说批评派红学的开创者,就是指这一点而言的。"[1]

王国维以德国哲学家叔本华的理论作为他哲学和美学观念的基础。他说:"美术之为物,欲者不观,观者不欲,而艺术之美所以优于自然之美者,全存于使人忘物我之关系也。"因此,他大胆提出:"吾人于是得一绝大著作曰《红楼梦》。"

由于王国维认为《红楼梦》就是写了人生的苦难和解脱之道,即"以生活为炉,苦痛为炭,而铸其解脱之鼎"。他一方面汲取了叔本华理论的苦难与解脱说,另一方面又对其说产生怀疑,以为解脱是渺茫的,所以有"终古众生无度日"的诗句。

王国维明确提出《红楼梦》是"彻头彻尾之悲剧",是"悲

---

[1] 刘梦溪:《红楼梦与百年中国》第240页。

剧中之悲剧"。他批评传统的大团圆结局的戏曲小说，进而对"吾国人之精神"进行反省。叔本华在分析悲剧发生的原因时，谈到三种类型，其中最后一种尤其值得注意。因为它不需要布置"可怕的错误或闻所未闻的意外事故，也不用恶毒已到不可能的极限的人物；而只需要在道德上平平常常的人们，把他们安排在经常发生的情况下，使他们处于相互对立的地位，他们为这种地位所迫明明知道，明明看到却互为对方制造灾祸，同时还不能说单是那一方面不对"〔1〕。王国维认为《红楼梦》正是描写了第三种悲剧，从而深刻揭示出《红楼梦》悲剧艺术的伟大。

吴宓的《红楼梦新谈》发表于1920年《民心周报》第一卷第十七、十八期。他直接援引西方小说理论，用亚里士多德的悲剧理论来解释《红楼梦》悲剧，又用西方著名的文学人物来比照《红楼梦》人物，认为宝玉、黛玉都是诗人，所以性情相投，但注定要遭到失败的结局。他还提出了"现实世界——理想世界——艺术世界"的结构来解释《红楼梦》的艺术结构，颇有见地。

佩之的《红楼梦新评》发表于1920年《小说月报》第十一卷第六、七号。这篇专论用西方社会学来解说《红楼梦》。佩之认为《红楼梦》应当是一部社会小说，"他的主义，只有批评社会四个大字"。他肯定作者批评社会的一面，却批评了作者的消极逃避的最终态度。

1921年5月上海亚东图书馆出版的《红楼梦》卷首刊载了陈独秀的《红楼梦新叙》，陈独秀不同意上述几位学者的意见，"什么诲淫不诲淫，固然不是文学的批评法；拿什么理想，什么主义，什么哲学思想来批评《石头记》，也失去了批评文学作品底旨趣；至于考证《石头记》是指何代何人底事迹，这也是把《石头记》当作善述故事的历史，不是把他当作善写人情的小

---

〔1〕《作者意志和表象的世界》第352页，商务印书馆1982年版，石冲白译。

说。"可谓一语命中要害。可惜没能进行具体的批评实践。

另有陈觉玄的《红楼梦试论》，刊载于 1948 年 4 月出版的《文讯》杂志。他在论文中提出了"四大家族"的说法，并联系清中叶的社会背景和时代思潮，对《红楼梦》的思想内容进行探讨，中华人民共和国成立后一段时期内红学文章的套路与思想与之有颇为类似之处。

批评派红学将《红楼梦》的文本作为研究对象，引入西方的美学原理和文艺批评理论，通过对文本的细致阅读和深入剖析，在理论的层面上对文本做出美学的阐释。所以，在索隐派和考证派由于材料的限制而停步不前时，批评派红学却仍能保持旺盛的发展势头。毕竟《红楼梦》文本是多义性的，理论的发展也是日新月异的，而且读者的眼光往往因人而异，这些特点都决定了批评派红学的生命力。不过，批评只有建立在广阔坚实的文化考索背景之上，才是真正具有深刻性和批判力的。

第四节　1949 年后的红学研究

一、概　况

1949 年之前，虽然《红楼梦》为众人所熟知，但研究《红楼梦》是知识分子的专利，需要一定的文化素养和知识的训练。1949 年中华人民共和国成立，历史掀开新的一页，《红楼梦》也进入了它的普及期。一方面是有些专家学者继续他们的书斋研究，另一方面由于毛泽东"《红楼梦》要读五遍"的提倡，出现了一大批业余红学家，产生了现实主义的红学。

1954年，文化界就红学展开了一场大讨论，李希凡和蓝翎是发难者。他们提出贾宝玉是新人形象，认为《红楼梦》的思想倾向是明清之际资本主义生产关系萌芽的反映。1956年，何其芳撰长文《论红楼梦》进行诘难，认为"用市民说来解释清初的思想家和《红楼梦》，其实也是一种教条主义的表现"。这场讨论并不单纯是有关《红楼梦》的学术论辩，它虽然是针对俞平伯而发起的批评，但是结果却引起了全国范围内的一场学术文化领域内的改造运动。

1961年，沈从文撰文对人民文学出版社版的《红楼梦》中的一条关于器物的注释提出商榷意见。同年周汝昌也撰文表示支持沈从文的意见，即那些器物的古怪的名称另有寓意，但对于器物的指称意义则表示了异议。随后沈从文又写文章反驳周汝昌，并坚持自己的看法。这场论争学术性与知识性都很强，只是没有继续讨论下去。

作者的生卒年问题，从来都是考证派研究的重点之一。对于考证派红学而言，曹雪芹的卒年问题更是争论的焦点。1962年，曹雪芹二百周年忌日前夕，关于曹雪芹卒年是壬午（1762年）还是癸未（1763年），爆发了空前热烈的论战，所有的红学考证大家纷纷出马，讨论这个问题。虽然后来没有定论，但是堪称红学史上的一次盛举，并且由于论争的文章刊登在《光明日报》和《文汇报》上，所以激发了人们对于红学研究的浓厚兴趣。

后来陆续还有一些争论，比如"红学"定义的争论，"两个世界"的争论，等等，都引起了红学界同仁的关注，造成了一定的影响。

1978年以后，随着改革开放的步伐，西方文艺理论和美学思潮再度涌入国内，在学术界引起了很大的震动。《红楼梦》研究再次焕发了青春。学者们纷纷撰文讨论《红楼梦》以及与之相关的各类问题，红学研究一时间颇为热闹。随着新材料的发现，考证派红学取得了骄人的成绩；批评派红学大展身手，借鉴西方理论，展开对《红楼梦》文本全方位的研究，硕果累累；评点派红学也不时有文章面世，发表自己的一家之言。当然，三者之间也有淡化界限的融合渗透迹象，尤其是考证派和批评派之间，继承了俞平伯鉴赏建立在周密审慎的考证基础上的优秀传统，陆续产生了一批学术性很强的论文和专著，成果喜人。

1949年后的红学研究取得过辉煌的成果，也走过弯路。应当承认，红学之成为专学、显学，是在这一时期才真正形成气候的。虽然其中有学术之外的因素，不过毕竟在大众中普及了《红楼梦》，并因此出现了红楼文化的热潮，使红学从书斋走向了大众，成为大众文化的有机部分，还是令人欣喜的。

二、关于红学研究的研究

正如我们前面所介绍的，《红楼梦》研究的范围之广、涉及面之多、程度之深，都为其他中国古代小说研究所不及。除了对于《红楼梦》这一文本本身的艺术研究、美学研究之外，《红楼梦》研究还包括了版本研究、作者问题研究等许多考据和探佚方面的工作。由此，更产生了对于《红楼梦》研究的研究。这主要包括两方面的内容。

第一，对于《红楼梦》研究本身的史料搜集和整理。这方面的工作主要集中于对各种《红楼梦》研究资料的汇编与整理上。1963年，中华书局出版了一粟编辑的《古典文学研究资料汇编》的《红楼梦卷》（两卷本）。该书汇辑了从乾隆到"五四"之前的约一百六十年间的有关《红楼梦》研究的资料，包括文本评论与版本、作者考据两个方面的内容，是了解清代《红楼梦》研究情况的非常实用的资料汇编。该书搜罗广泛，筛选精当，自其问世起，便成为红学研究的必备之书。其后，1980年朱一玄编辑了

《红楼梦资料汇编》，辑录了康熙至"五四"之间的有关《红楼梦》的资料，包括作者编、版本编、评论编和影响编四个部分。较之一粟的《红楼梦卷》，两书除了编辑体例不同外，取材也各有侧重：朱本"在作者编中收入清宫档案等资料；在评论编中收入甲戌、己卯、庚辰、戚序本等四种脂砚斋评本的评语及王希廉、姚燮、陈其泰、哈斯宝等四种评本的回评；又在版本编、影响编中收入今人研究成果，以便读者参阅"[1]。

20世纪上半叶的红学研究无论是在数量上还是在质量上，都无法和下半叶相提并论。厕身其中的人数、专家的数量、成果的深度与广度以及社会的接受程度、文化传播的力度、社会影响等方面，都远不如当代。不过，当年的红学也有其特殊的优势所在。它既不会受到政治的过分关注与干预，也没有出于商业利益的炒作，因此反而更加质朴、更为趋向审美的研究。那一时期人们关注《红楼梦》，主要因为作品本身的艺术魅力与审美价值，所以，他们的观感和见解自有其独特之处，是红学史上不可或缺的一环。有鉴于此，中国艺术研究院红楼研究所、人民文学出版社编辑部合编了《红楼梦研究稀见资料汇编》，主编吕启祥、林东海，由人民文学出版社出版。该书分上下两册，收录了1911至1949年间大约一百余位作者的三百来篇有关《红楼梦》的文章，是一部学术性和工具性兼备的资料书。该书的出版在时间上衔接了一粟所编的《红楼梦卷》，为人们了解20世纪上半叶红学研究状况提供了丰富的资料。

1949年至20世纪80年代初中国大陆地区的红学研究经历了特殊的发展时期：一方面是红学队伍空前壮大，红学成果层出不穷；另一方面是由于特殊的政治文化因素的影响，红学研究也

---

[1] 朱一玄："中国古典小说名著资料丛刊"的《红楼梦资料汇编》"本书初版说明"。

出现了罕见的政治挂帅、统一思想的奇特现象，导致了红学研究在很长一段时间内的畸形繁荣。1955年作家出版社编辑出版了《红楼梦问题讨论集》（1—4集），1959年人民文学出版社出版了《红楼梦研究论文集》等，都集中体现了中华人民共和国成立后那一时期红学研究特殊的历史面貌。20世纪70年代，又有关于《红楼梦》研究的一些资料选编性质的书籍陆续问世。比如人民文学出版社陆续编辑出版了一套四卷的《红楼梦研究参考资料选辑》，许多大学中文系也编选了关于《红楼梦》研究的资料，如华中师范学院中文系编印了《评〈红楼梦〉专辑》，杭州大学中文系编了《〈红楼梦〉研究问题资料续编》，等等。然而限于种种主、客观的原因，这些资料汇编在材料的搜集、选辑方面存在着一些不尽如人意的地方。1981年百花文艺出版社出版了由刘梦溪编辑的《红学三十年论文选编》（三卷本），收录了中华人民共和国成立后至1981年三十年间中国大陆地区红学研究的主要成果，不仅使读者能够看到特殊历史时期红学研究的状貌，而且可以比较具体地体会出红学在这三十年里走过的历史轨迹，了解红学研究在1978年后所发生的巨大变化，为我们认识这一阶段红学发展的历史状况提供了翔实的资料。顾平旦的《红楼梦研究论文资料索引》等书则为查阅《红楼梦》研究的有关资料提供了检索的便利。

1979年，中国艺术研究院主持创刊了《红楼梦学刊》，最初由百花文艺出版社出版，第一期印行八万五千册。后来虽有所减少，不过好几年仍基本在一万册左右浮动。直到最近，稳定订户仍不少于七千。可以肯定地讲，对于20世纪80年代前半期红学的繁荣和发展，《红楼梦学刊》的确起到了非常重要的推动和促进作用。时至今日，《红楼梦学刊》仍然是《红楼梦》研究的重镇，其刊发的论文在很大程度上代表着《红楼梦》研究的最新成果，并为我们及时了解红学最新动态提供了必要的咨询帮助。

《红楼梦》研究在中国香港、台湾地区以及国外的研究也有悠久的历史，取得了扎实可喜的成绩。因此，了解中国港台及海外红学研究的成果与状况，对于中国大陆的《红楼梦》研究者无疑是很有裨益的。其中胡文彬的《〈红楼梦〉在国外》比较详细地介绍了《红楼梦》在亚洲、欧洲、美洲等十几个国家的文本传播、学术研究等方面的状况，为国内学界了解红学在国外的情况提供了一个窗口。另外，胡文彬、周雷曾先后编选了《海外红学论集》《台湾红学论文选》《香港红学论文选》等数种中国港台及海外红学研究论文集，为我们了解其他国家和地区红学发展状况提供了有益的借鉴。

第二，关于《红楼梦》研究的研究，即红学史的研究。关于《红楼梦》及其相关问题的研究历经两百年的历史，其著作和论文可谓浩如烟海。

进入20世纪80年代，"学术史"的概念引入红学研究领域之后，就有一批学者不辞辛苦，对众多的红学研究成果加以细致的研读和整理，进行历史的批评和定位，从而使红学的发展进入了一个自觉的学术史的时期。这一时期较为突出的成果有郭豫适的《红楼梦研究小史稿》和《红楼梦研究小史续稿》。郭豫适提出了"应当重视红学史的研究工作"的倡议，得到了红学界同仁的热烈响应。其后，一些红学研究者陆续推出了红学史方面的专著和论文，例如，韩进廉的《红学史稿》、白盾主编的《红楼梦研究史论》、朱淡文的《红楼梦论源》、刘梦溪的《红楼梦与百年中国》等。其中，朱淡文的《红楼梦论源》一书较为客观地梳理了《红楼梦》研究的历史发展状况，较少个人主观意见，可谓是红学史的入门必备书。就红学史论方面而言，刘梦溪的《红楼梦与百年中国》一书颇为红学界所推重，吴小如先生专门撰文对此书予以褒奖。该书立论审慎，多有创见，且文字朴实晓畅，实为红学史论的力著。

20世纪末到21世纪初,百年回顾与展望的趋势促使学者纷纷思考红学的百年发展道路,进而撰写了不少回顾性质的专著和论文,并将红学的发展历程置于整个20世纪的学术背景下加以考察,从而为更加科学地论定红学的学术史地位和价值奠定了较为坚实的基础。比如陈维昭的《红学与二十世纪学术思想》一书,就是将《红楼梦》研究置于20世纪整个学术发展环境中加以考察,将红学的发展与时代学术思潮相联系,从而整体把握红学在20世纪学术发展进程中的地位与作用。有些学者还做了专门性的红学史回顾,对于我们认识历史、展望未来提供了有益的助力。如王永健的《20世纪的江苏红学研究》一文,不仅概述了20世纪江苏红学研究的发展,讨论了江苏红学研究的特点,并且对21世纪的江苏红学研究提出了富有创意的设想。同时,有些学者和学术团体还拟定了完整整理红学资料和系统回顾红学发展的史论目标,如《红学通史》构想的提出[1]等。

红学研究走过了上百年的漫长道路,取得了有目共睹的成就,并且在今后还将继续存在、发展下去。但是,我们也应当承认,红学发展至今,也出现了不容忽视的问题,那就是红学之路向何处去的问题。无论是索隐派、考证派,还是批评派,这都是无法绕过的一个问题。可以说,这个问题解决的好坏程度,将直接影响红学今后的发展前景。这个问题又包括以下几个方面的问题。

首先,红学的学科特点。红学之所以成为红学并得到学术界的关注和认同,索隐派和考证派这两大派别可谓居功至伟。但是,无论是索隐派,还是考证派,其研究依据的都是客观材料,而材料的发现终归是有限度的,到了一定时期,就会出现停滞不

---

[1] 张庆善、梅新林:《关于〈红学通史〉编纂的构想与思考》,载于《红楼梦学刊》2001年第3期。

前的局面。在这种情况下,索隐派和考证派再想谋求发展,或者取得新的突破,就是难上加难的事情了。毕竟对于索隐和考证研究来说,没有什么确凿可信的新材料支持的观点,是谈不上推陈出新的。正因为如此,虽然现在这方面的有关红学论文仍然层出不穷,而且花样翻新很快,加上媒体的炒作,往往轰动一时,看上去似乎也仍是一派百家争鸣的热闹场面。例如,王国华在《太极红楼梦》中把曹雪芹列为第二作者,霍氏三兄妹在《红楼解梦》中提出的刺杀雍正说,等等。但是,认真追究一下,这些研究无非是冷饭热炒或者穿凿附会而已,缺乏可信性和说服力。胡适提出的"大胆假设,小心求证"变成了"大胆假设,小心比附"。至于小说批评一派,自从王国维的《红楼梦评论》发表起,历经近百年,已经有了巨大的发展,其研究成果也蔚为大观,并且呈现出欣欣向荣的景象。不过,在没有新的研究方法介入之前,《红楼梦》研究在艺术批评领域继续取得一定的成果是可能的,至于想取得历史性的突破或者更上一层楼,则仍然存在着巨大的挑战。这就需要研究者突破单纯的艺术鉴赏或者单一的形式研究的套路,结合其他学科(比如人类学、文化学、社会学方面)的最新科研成果,对《红楼梦》进行多角度、全方位的深入研究和探索,才能取得更多、更好的成果。

其次,正如刘梦溪等一批红学家所提出的显学和俗学的问题。钱锺书先生说过:"大抵学问是荒江野老屋中二三素心人商量培养之事,朝市之显学必成俗学。"毫无疑义,红学是当代显学。但是一门学问一旦成为显学,蜕变为俗学的可能性也就日益增加。百年红学,的确呈现出日益普及的趋势。正如梁启超所说,当一个学派达到全盛后,"社会中希附末光者日众,陈陈相因,固已可厌"。当红学变成人人口中皆有的市井之学时,其学术价值和专业意义也就极大削弱了。同时,《红楼梦》文本的丰富内涵又为众人削足适履的"乱弹"提供了方便。由此,红学的庸俗化也就伴随着普及化出现了，显学也逐渐滑向俗学的边缘。

在这个过程中，媒体的介入无疑是最重要的原因。媒体的参与加速了《红楼梦》的普及，使《红楼梦》真正成为家喻户晓的小说作品。但是，也带来一定的负面影响。

就影视媒体而言，其可视性和普及性的特点使《红楼梦》在短时间内就完成了宣传和普及的工作。但是，把文学作品转换成影视剧，因为是将诗性文本坐实，就不可避免地限制了观众的想象力，将文本丰富的多义性内涵固定化、甚至简单化了。而且，追求娱乐性的行业特点也使改编者有意无意地淡化了文本的思想性，出现了突出原作某些方面而忽略其他方面的问题，甚至存在歪曲原作的危险。另外，改编者自身的鉴赏力和文学修养也是一个不容忽视的问题。

就报纸杂志等文字宣传媒体而言，由于追求新闻性和轰动效应，其报道不可避免地出现了鱼龙混杂、泥沙俱下的问题，那些经不起推敲和学术检验的红学"新闻"的炮制和传播，与此不无关系。

另外，现代社会经济因素的侵扰也是一个需要注意的原因。比如曹雪芹的祖籍问题，看似冷僻的学术问题，但是如果与旅游、相关产品开发等经济活动联系起来，就是一个"聚宝盆"式的问题。学者如果不能自觉抵制学术搭台、经济唱戏的地方经济因素的干扰，同样会出现学术研究庸俗化的问题。换句话说，学术规范问题虽然是老生常谈，但从目前的红学研究现状来看，仍然是一个非常重要的问题。如何将国际惯例的学术规范合理运用于红学领域，避免低级的重复劳动和不纯正、不科学的学术研究，对于红学的健康发展，起着至关重要的作用。

红学的发展不仅依赖于确凿可信的考据材料的发现，更决定于研究者的学术素养和投入程度。老一辈的红学家，如俞平伯、王昆仑、顾颉刚、吴恩裕、吴世昌、戴不凡等红学大家均已仙逝，而目前健在于世的红学家，多数已将研究精力转移到文学史、文化史和学术史等更为宏观的学术研究方面。至于中青年学者，由于主、客观等多方面的条件限制，心无旁骛、专攻红学一隅的人可谓屈指可数。所以，如何建设一支数量稳定、素质高的红学研究梯队，成为当务之急。

作为中国最优秀的古典小说名著，《红楼梦》具有永恒的魅力。从1904年王国维发表《红楼梦评论》至今，现代《红楼梦》研究已经走过了一个世纪的征程。我们有理由相信，在21世纪，红学将继续发展，走向崭新的明天。

附录一：本书参考文献

《脂砚斋重评石头记》（庚辰本），人民文学出版社 1975 年影印本

《脂砚斋重评石头记》（甲戌本），人民文学出版社 1975 年影印本

《脂砚斋重评石头记甲戌校本》，曹雪芹著，脂砚斋评，邓遂夫校订，作家出版社 2000 年版

《红楼梦八十回校本》，曹雪芹著，俞平伯校订，王惜时参校，人民文学出版社 1958 年版

《程甲本红楼梦》，曹雪芹、高鹗著，书目文献出版社 1992 年版

《脂砚斋红楼梦辑评》，俞平伯辑，中华书局 1960 年版

《红楼梦脂评校录》，朱一玄著，齐鲁书社 1986 年版

《增评加注全图红楼梦》，王希廉、张新之、姚燮评，上海 1925 年石印本

《王伯沆红楼梦批语汇录》，江苏古籍出版社 1985 年版

《古典文学研究资料汇编·红楼梦卷》，一粟编，中华书局 1963 年版

《红楼梦书录》，一粟编，上海古籍出版社 1981 年版

《红楼梦资料汇编》，朱一玄著，南开大学出版社 2001 年版

《红楼梦研究稀见资料汇编》，吕启祥、林东海主编，人民文学出版社 2001 年版

《红楼梦研究参考资料选辑》，第1—4辑，人民文学出版社1973—1978年版

《红楼梦论源》，朱淡文著，江苏古籍出版社1992年版

《红楼梦研究小史稿》，郭豫适著，上海文艺出版社1980年版

《红楼梦研究小史续稿》，郭豫适著，上海文艺出版社1981年版

《红楼梦与百年中国》，刘梦溪著，河北教育出版社1999年版

《红楼梦研究史论》，白盾主编，天津人民出版社1997年版

《红学史稿》，韩进廉著，河北人民出版社1981年版

《红学三十年论文选编》，刘梦溪编，百花文艺出版社1982—1984年出版

《〈红楼梦〉在国外》，胡文彬著，中华书局1993年版

《台湾红学论文选》，胡文彬、周雷编，百花文艺出版社1981年版

《香港红学论文选》，胡文彬、周雷编，百花文艺出版社1982年版

《海外红学论集》，胡文彬、周雷编，上海古籍出版社1982年版

《红楼梦考证》，胡适著，见《胡适文存》卷三，上海亚东图书馆1921年版

《胡适红楼梦研究论述全编》，胡适著，上海古籍出版社1988年版

《红楼梦辨》，俞平伯著，亚东图书馆1923年版，人民文学出版社1973年重印

《红楼梦研究》，俞平伯著，上海棠棣出版社1952年版

《俞平伯论红楼梦》，俞平伯著，上海古籍出版社1988年版

《红楼梦新证》，周汝昌著，上海棠棣出版社1953年版，人民文学出版社1976年增订本

《献芹集》，周汝昌著，山西人民出版社1985年版

《曹雪芹丛考》，吴恩裕著，上海古籍出版社1980年版

《曹雪芹佚著浅探》，吴恩裕著，天津人民出版社1979年版

《红楼梦探源外编》，吴世昌著，上海古籍出版社1980年版

《曹雪芹家世新考》，冯其庸著，上海古籍出版社1980年版，文化艺术出版社1997年增订版

《论庚辰本》，冯其庸著，上海文艺出版社1978年版

《曹雪芹江南家世考》，吴新雷、黄进德著，福建人民出版社1983年版

《红楼梦论丛》，陈毓罴、刘世德、邓绍基著，上海古籍出版社1979年版

《红楼梦新辨》，欧阳健著，花城出版社1994年版

《红学辨伪论》，欧阳健著，贵州人民出版社1996年版

《曹雪芹祖籍考论》，王畅著，河北教育出版社1996年版

《红楼梦风物考》，郭若愚著，陕西人民出版社1996年版

《石头记索隐》，蔡元培著，上海商务印书馆1917年铅印本

《红楼梦索隐》，王梦阮、沈瓶庵著，中华书局1916年版

《红楼梦释真》，邓狂言著，上海民权出版社1919年版

《红楼梦抉微》，阚铎著，天津大公报1925年版

《红楼梦本事辩正》，寿鹏飞著，商务印书馆1927年文艺丛刻乙集本

《红楼梦真谛》，景梅九著，西京出版社1934年版

《红楼梦真相》，刘铄著，华艺出版社1993年版

《红楼解梦》，霍国玲等著，中国文学出版社1997年版

《红楼梦评论》，王国维著，见《王国维遗书》第五册《静安文集》第40—62页，上海古籍书店1983年影印版

《红楼梦研究》，李辰冬著，正中书局1945年印行

《红楼梦人物论》，王昆仑著，国际文化服务社1948年版，1983年三联书店重版

《红楼梦评论集》，李希凡、蓝翎著，作家出版社1957年版

《红楼梦的思想与人物》，刘大杰著，上海古典文学出版社1956年版

《论红楼梦》，何其芳著，人民文学出版社1958年版

《红楼梦论稿》，蒋和森著，人民文学出版社1959年版

《红楼梦概说》，蒋和森著，上海古籍出版社1979年版

《漫说红楼》，张毕来著，人民文学出版社1978年版

《论凤姐》，王朝闻著，百花文艺出版社1980年版

《红楼梦艺术论》，徐迟著，上海文艺出版社1980年版

《红楼梦问题评论集》，郭豫适著，上海古籍出版社1981年版

《红楼梦新论》，刘梦溪著，中国社会科学出版社1982年版

《说梦录》，舒芜著，上海古籍出版社1982年版

《红楼梦与中华文化》，周汝昌、周伦苓著，工人出版社1989年版

《红楼梦的历程》，周汝昌、周建临著，黑龙江人民出版社1989年版

《红楼十二论》，张锦池著，百花文艺出版社1982年版

《红楼美学》，何永康著，北岳文艺出版社1991年版

《红楼启示录》，王蒙著，生活·读书·新知三联书店1991年版

《红楼梦探——对后四十回的研究与赏析》，宋浩庆著，北京燕山出版社1992年版

《红楼梦接受美学》，刘宠彬著，河南人民出版社1992年版

《论红楼梦及其研究》，郭豫适著，上海古籍出版社1992

年版

《说不完的红楼梦》,端木蕻良著,上海书店1993年版

《跨时代的超越——红楼梦叙事艺术新论》,李庆信著,巴蜀书社1995年版

《红楼梦的哲学精神》,梅新林著,学林出版社1995年版

《美的历程》,李泽厚著,安徽文艺出版社1994年版

《古小说论稿》,谈凤梁著,浙江古籍出版社1989年版

《中国古代小说简史》,谈凤梁著,江苏教育出版社1996年版

《红楼梦探真》,徐乃为著,江苏文艺出版社1999年版

《红楼梦新解》,潘重规著,新加坡青年书局1959年版

《红楼梦新辨》,潘重规著,台北文史哲出版社1974年版

《红学六十年》,潘重规著,台北文史哲出版社1974年版

《红学论集》,潘重规著,台湾三民书局1992年版

《红楼梦的重要女性》,梅苑著,台北商务印书馆1967年版

《平心论高鹗》,林语堂著,台北传记文学出版社1969年版

《红楼梦新探》,赵冈、陈钟毅著,香港文艺书屋1970年版

《红楼一家言》,高阳著,台北联经出版事业公司1977年版

《红楼梦魇》,张爱玲著,台北皇冠杂志社1977年印行

《红楼梦的叙述艺术》,美国康乃尔大学K. Wong博士著,黎登鑫译,台北成文出版社1977年版

《红楼梦原理》,杜世杰著,非卖品,台北印行

《红楼梦谜》,李知其著,非卖品,香港印行

《红楼梦的两个世界》,余英时著,台北联经出版事业公司1981年版

《红楼梦版本研究》,王三庆著,台北石门图书公司1981年版

《红楼梦索引》,潘铭燊编,香港龙门书店1983年版

《首届国际红楼梦研讨会论文集》，周策纵编，香港中文大学出版社 1983 年版

《红楼梦人名索引》，何锦阶、邢颂恩编，香港集贤社 1984 年版

《哈尔滨国际红楼梦研讨会论文选》，国际红楼梦研讨会编委、香港百姓月刊编辑部合编，香港百姓半月刊丛书部 1987 年版

《石头记年日考》，潘铭燊著，香港中国学社 1988 年版

《红楼梦考释》，杜世杰著，台湾 1989 年作者自印

《红楼梦人物的人格解析》，余昭著，台湾书华出版事业有限公司印行

《红楼梦影射雍正篡位论》，邱世亮著，台湾学生书局 1991 年版

《从娇红记到红楼梦》，陈益源著，辽宁古籍出版社 1996 年版

《红楼梦民俗趣话》，高国藩著，台湾里仁书局 1996 年版

《清史稿》，中华书局 1977 年版

《关于江宁织造曹家档案史料》，故宫博物院明清档案部编，中华书局 1975 年版

《中国小说史略》，见《鲁迅全集》第九卷，鲁迅著，人民文学出版社 1973 年版

《美学》，黑格尔著，商务印书馆 1979 年版

《红楼梦鉴赏辞典》，上海市红学会上海师大文学所著，上海古籍出版社 1988 年版

《红楼梦学刊》（1979—2001 年）

附录二：《红楼梦研究》大纲

一、课程性质

《红楼梦研究》是高等教育自学考试汉语言文学专业本科段的一门选修课。

《红楼梦》是中国古代小说的高峰，也是中国古代文学作品中最优秀的篇章之一。它不仅在中国文学史上享有崇高的地位，而且在世界文学史上也罕有其匹。由于《红楼梦》是一部未完稿，作者又采取了严格的现实主义笔法，"明修栈道，暗度陈仓"，"一声两歌"，因此仁者见仁，智者见智，莫衷一是。这就形成了《红楼梦》的两大特点：一伟大，二复杂。其伟大在于写得最好，影响最大；其复杂在于争议最多，最难理解。

本课程全面介绍《红楼梦》的创作背景、作者、版本、思想内容、人物形象、艺术性、地位影响及研究概况，兼有导读和研究的性质。如果说，《红楼梦》是一座艺术迷宫，那么，本课程首先便引导你一步步走进迷宫，去领略五彩缤纷的红楼世界，去认识红楼人物，去了解贾府由盛到衰的过程和原因，去体味爱情悲剧的艺术境界；其次，帮助你用审美的眼光去观照《红楼梦》中的人物和事件，去做出价值判断和美学判断，去进行比较、鉴别、分析、综合,去透过现象看本质;再次,本着古为今用的原则,学习和借鉴《红楼梦》的艺术经验、思想方法,从而提高我们的思想修养与艺术修养。

二、学习和考试要求

学习本课程的要求是:

一,认真阅读《红楼梦》原著,熟悉其故事情节、人物形象等;二,掌握《红楼梦》的思想内容及主要艺术特征;三,了解《红楼梦》的时代背景、版本、作者、地位影响及研究概况。

考试要求是:

一是必要的记忆,如作者主要生平事迹,重要版本的特点,小说情节的分期,各时期的大事件,一些重要的人物、时间、地点等;二是注意理解,如对作品的主题、艺术性等;三是分析综合,如人物形象,以及相互比较等等。

对于理解性试题,应掌握要点,简明扼要地提出论点及引用的论据。

对于综合分析试题,在阐明观点的基础上,要做具体分析。分析深刻或有新见解者,可得高分。

记忆性试题和理解性试题,均出自教材。分析性试题,也不超出教材范围,但必须在熟悉原著的基础上才能做出圆满的答案。

三、学习内容

第一章 绪 论

《红楼梦》是中国古代小说中最伟大的一部杰作,在世界文学史上占据重要地位。因而,成为中国古代文学研究的重要对象,并且形成一门学问:"红学"。

《红楼梦》研究形成了独特的历史,本教材就是介绍《红楼梦》研究的成果,指示《红楼梦》研究的途径,帮助大家进入《红楼梦》的艺术殿堂。

《红楼梦》是中国审美文化的结晶体,在中国文学史上,《红楼梦》作为一部总结性作品,不仅融会了传统文学的精华,而且汲取了中国古典艺术的神韵和意境。《红楼梦》的美学成就表现在开创了新的艺术世界。研究《红楼梦》不仅可以领会中国古典艺术的神韵,而且更能欣赏作者天才的创造精神,以及小说展示的美的世界。

《红楼梦》被誉为"封建社会的百科全书",是一部浓缩的二十四史。研究《红楼梦》,可以对中国封建社会和中国古代文化产生形象而又深刻的认识。《红楼梦》通过"四大家族"的由盛到衰,展现的是整个封建社会结构和意识形态的总体毁灭。在《红楼梦》展示的世界中,我们不仅可以感受到封建社会的历史趋势,而且会提高对历史感性认识的能力。

《红楼梦》的伟大还在于它融会了中国古代文化精神的精华。在曹雪芹创造的艺术世界里,可以发现新的哲学、新的文化,即曹雪芹的哲学、《红楼梦》独特的文化。

《红楼梦》是伟大的,又是复杂的。人们常感叹"说不尽的《红楼梦》"。《红楼梦》的永恒魅力吸引着无数读者的探幽索隐。作者生平家世、版本、名物、风俗等方面的考证训释,都在"红学"中蔚为大观。不仅如此,"红学"研究还集中各种现代人文科学和社会科学的方法,如哲学、历史、文学以及政治、经济、法律等各方面的研究方法,使"红学"研究走向了现代。"红学"是博大精深的,各种研究成果都具有独特的价值。

本课程主要从文学角度来研究《红楼梦》,有以下几方面应当重视:一,关于作者的研究;二,关于作品思想的研究;三"红楼"人物的研究;四,关于《红楼梦》艺术创造的研究;五,关于"红学"历史的研究。

此外,有关《红楼梦》产生的时代,《红楼梦》的版本,《红楼梦》中的名物、风俗等方面的研究,也要予以重视。

研究《红楼梦》,最重要、最根本的是要反复阅读《红楼梦》原著;还要充分了解"红学"研究的成果。

愿广大读者成为曹雪芹的知音,真正解得"红楼"之味。

第二章 红楼梦的时代

《红楼梦》产生的时代背景,从大的背景看,应该是产生于清代康(熙)、雍(正)、乾(隆)时期(主要是18世纪),这是传统所说的"康雍乾盛世",是中国封建社会最后一次的鼎盛时期;从具体的诞生时间看,它应该产生于乾隆的前期,因为《红楼梦》的作者曹雪芹生活年代大概是雍正元年到乾隆二十七年（1723？—1763？）。这一时期，是中国历史上较为特殊的时期，无论是政治、经济、思想还是文化、艺术等各个领域，都体现出繁荣与衰败同时存在的矛盾现象。中国封建社会到这一时期已经是不可避免地走下坡路了。但是，中央专制政权的强大，城市经济与农村经济的恢复发展，封建文化的集大成，等等，都使这一时期表现得异常繁荣。在这种繁荣的背后，隐藏着严重的危机。政治高压、吏治腐败、思想僵化、贫富不均，严重制约着中国社会的健康发展，导致中国社会在这一时期与西方的差距开始拉大，直接导致后来中国社会沦为半殖民地半封建社会。

这一时期的政治，集中体现为中央集权与君主专制。由于康熙、雍正、乾隆都是英明之主，君主专制使得帝王得以完全发挥聪明才智，这是"盛世"的重要原因之一。也正是由于他们的精明强干，所以权力过分集中的弊端与危害表现得还不充分。但是，由于清朝政权的特殊性质，它是少数民族统治以汉族为主体的其他多数民族，所以他们采取种种措施以保证满族政权的纯洁性，比如以功名富贵吸引广大文人，以文字狱、科场案等杀戮手段控制知识分子，于是政权的保守性、文人思想的僵化与对政权的离心倾向等都显得相当明显。另外，这一时期的民族矛盾与阶级矛盾相交织，党争（包括满汉之争、皇位争夺等）也显得较为激烈，这些都导致了政权的不够稳定，隐藏着深刻的政治危机。

这一时期的经济，集中表现为社会财富的迅速增加与贫富差距的迅速拉大。在康熙镇压了"三藩之乱"并收复了台湾之后，在统一全国的基础上，清代统治者开始了大规模的经济建设。经过数十年的休养生息，清代经济很快得到了恢复与发展。但是，经济繁荣的结果是极少数上层贵族占据大多数的劳动成果，大部分普通老百姓没有从中获取多少实惠。经济繁荣的背后，是相对贫困的人越来越多。

这一时期的思想界处于一个过渡与转折时期。晚明追求个性解放的思潮继续发挥着影响,但是由于明朝的灭亡,晚明对个人物质欲望的肯定等受到了怀疑,但全新的思想、道德观念尚未产生,于是传统的理学得到了一定程度的复兴。这一时期的思想在某种意义上说交织着进步与落后等双重乃至多重的复杂性。

这一时期,是中国古典文学全面的总结时期,清诗与唐诗、宋诗鼎足而三,清词亦可与宋词相媲美,清代的文章也算可观,清代的小说(如《儒林外史》《聊斋志异》等)与清代的戏曲(如《桃花扇》《牡丹亭》等)更是登峰造极,而且这些都出现在清初,直到《红楼梦》的产生。而《红楼梦》又恰恰是一部集大成的巨著。这是古典文学最后的辉煌,也可以说是古典文学的回光返照。

第三章 红楼梦的作者

《红楼梦》的作者,一般认为是曹雪芹。从目前的有关记载来看,这一结论也是可信的。曹雪芹,名霑,字梦阮,号雪芹,亦号芹圃或芹溪居士。他是曹寅的孙子、曹頫的儿子。出生于雍正元年(1723)前后,去世于"壬午除夕"即乾隆二十七年十二月三十日(公元1763年2月12日),享年四十岁。当然关于他的生卒年以及年龄还有不同看法。有人认为他是曹颙的遗腹子,出生于康熙五十四年(1715)。

曹雪芹祖籍辽阳(也有人认为是丰润),他的祖先在晚明成为后金的俘虏,所以世世代代为包衣(指奴才),隶属于正白旗。从他的高祖曹振彦开始发家,曾祖父曹玺时已经开始进入高层。曹玺的妻子孙氏曾经当过康熙的保姆。曹雪芹的祖父曹寅更是康熙的心腹亲信,长期担任江宁织造,并兼理两淮盐政。康熙四次南巡时,都住在织造府,多次让他注意江南的情况,又让他的两个女儿嫁给王子,以提高他们家的政治地位与血统,可见康熙对他的信任与依赖。雍正上台后,曹家开始衰落,并于雍正五年(1727)被查抄了家产。但是,随着曹家亲戚的被重新重用,曹家的生活逐渐有了转机。但是在乾隆五年前后(1740),曹家再次遭祸,并从此一败涂地。这是曹家的基本情况。

曹雪芹早年享受过荣华富贵,但由于家庭迭遭打击,经历曲折,饱尝世情冷暖,所以对人生、对社会、对历史都有着独特的认识。这在小说作品中,有着真切的反映。

当然,现存的一百二十回本《红楼梦》,有人认为后四十回是高鹗续写的,也有人认为是高鹗根据曹雪芹的残稿补充而成。我们认为,从目前获得的各种版本尤其是脂砚斋批点本来看,后四十回与前八十回有着一定的差距,有的背离了前八十回的思路与思想。高鹗,字兰墅,别号红楼外史,隶汉军镶黄旗,祖籍辽宁铁岭,先世随清兵入关,其后长期生活于北京,其身世与曹雪芹有一定的类似之处。生卒年不详,一般认为他生活在乾隆十八年到嘉庆二十年(1753－1815),也有人说他出生于乾隆三年(1738)。乾隆五十三年(1788)参加顺天乡试中举,乾隆六十年(1795)考取进士,历任内阁中书、内阁侍读、江南道御史、刑科给事中等职,曾在嘉庆六年(1801)担任顺天乡试的同考官。

高鹗早年生活较为放浪,像当时的许多满族少年一样,年少多才,最好的评价是说他"学邃才雄""誉满京华",因此狂放不羁。另外他性喜冶游,经常出入歌楼舞榭,"趁蝶随蜂,浪赢两袖香留",正是他早年生活的写照。中年以后功名蹭蹬,"泥途悲潦倒",逐渐意志消沉,"天涯倦客楼头妇,一种消沉奈落何","金粉飘零旧梦怀,凄凉往事付歌喉"。正是在这样的心境中,他参与了修订或者续作《红楼梦》的工作。

第四章 《红楼梦》的版本

《红楼梦》的版本分为脂评本系统和程刻本系统。每个系统都有若干版本。

第一节 脂评本

脂评本,亦称脂本,指附有脂砚斋评语的《红楼梦》抄本。其特点有四:脂评本都是抄本;只有八十回;书名为《脂砚斋重评石头记》;附有大量的脂砚斋等人的评语。脂评本的"脂",指脂砚斋,脂砚斋是一个集体笔名,包括十个名字:脂砚斋、畸笏叟、常(棠)村、梅溪、松斋、立松轩、玉蓝坡、绮园、左绵痴道人、鉴堂。

脂评本到目前为止,已发现十二个手抄本。

甲戌本。现存十六回(1—8回,13—16回,25—28回),卷首有凡例五条。

其祖本为乾隆十九年甲戌(1754)抄本。该抄本脂评最多,最接近作者手稿。

己卯本。原存三十八回(1—20回,31—40回,61—70回。其中缺64、67回),后又发现三回加两个半回(55回后半回,56、57、58三回,59回前半回),合计四十一回又两个半回。该抄本文字与庚辰本大体相同。

庚辰本。现存七十八回(1—63回,65—66回,68—80回),其中第十七、十八两回未分开。其祖本系乾隆二十五年(1760)抄本,有朱墨双色批语,是最早、最重要的版本。

列宁格勒藏本。存七十八回(1—4回,7—80回,其中79

回、80回未分开)。此本有110条眉批、73条夹批不同于一般脂批。该抄本由库尔梁德采夫于清道光年间带回俄国。

有正本。书名《石头记》,存八十回,有脂砚斋评语。卷首有戚蓼生的《石头记序》。该本字迹工整,清楚有条理,便于阅读,流传甚广。

蒙古王府本。书名《石头记》。存一百二十回。前八十回与有正本基本相同。该本有六百多条夹批为其他脂本所无。

南京图书馆藏本。书名《石头记》。存八十回,与有正本系同一祖本。

靖应鹍藏本。书名《石头记》,存七十八回(1—27回,30—80回)有大量批语,其中有些批语不见于其他脂本。可惜该本不慎迷失。

甲辰本。书名《红楼梦》,存八十回。是现存最完整的抄本。正文接近甲戌本,但脂批被删削,异文较多。

科学院藏本。书名《红楼梦稿》,存一百二十回,前八十回底本由两个脂本抄配而成。扉页有"兰墅太史手定《红楼梦稿》百廿卷"的题签。该版本对研究《红楼梦》续补问题有一定价值。

己酉本。书名《红楼梦》。存四十回(1—40回),原本即抄配而成,脂批被删。卷首有舒元炜"乾隆己酉序"。

郑振铎藏本。书名《红楼梦》。残存两回(23—24回),经过篡改,没有批语。

第二节 程 刻 本

程刻本又称程本,是由程伟元、高鹗将原本的八十回抄本补足一百二十回后而印行的版本。其特点有四:程刻本都是刻本;都是一百二十回;书名是《红楼梦》;没有脂砚斋等人的批语。

程本书名全称《新镌全部绣像红楼梦》,有甲、乙、丙三种版本。

程甲本。乾隆五十六年（1791）木活字印本，一百二十回。卷首有程伟元序，次高鹗序，次木刻绣像二十四页。后来各种通行的一百二十回本均据此本翻刻刊行。

程乙本。乾隆五十七年（1792）木活字印本，一百二十回。卷首有高鹗序，次小泉、兰墅引言，次木刻绣像二十四页。该本是程甲本的修订本，改动两万余字。

程丙本。台湾青石山庄影印乾隆壬子（1792）木活字本。正文和回目与程甲本、程乙本皆不同。

评本。影响较大的有王希廉评本、张新之评本、姚燮评本，还有王瀣评本。

第三节 脂本与程本的关系

《红楼梦》在清乾隆五十六年（1791）前以抄本形式流传。程刻本相继问世后，出现了刻本与抄本并行的局面。学术界传统的观点是：《红楼梦》最初流行的本子是带有脂砚斋批语的抄本，脂评本在前，程刻本在后。随着研究的深入，近年有学者对脂本与程本的关系提出新的看法，得出"程前脂后"的新结论。学术界进行了热烈的讨论，成为《红楼梦》研究的热点之一。

第五章 《红楼梦》的思想内容

第一节 关于主题及分期

《红楼梦》以贾宝玉的爱情、婚姻悲剧为线索，写贾宝玉的人生道路；以贾宝玉的人生道路为重点，写贾府子孙不肖、后继无人；以贾府的子孙不肖、后继无人为中心，写贾府的衰败；以贾府的衰败为典型，写封建贵族统治阶级的衰败。

小说涉及贾府一百年的历史，涉及五代人，《红楼梦》反映的是十八世纪四五十年代的生活，即雍正、乾隆时期。

小说重点写了最后的二十年，前八十回写了十五年的事。

根据小说描写的重大事件、重要标志，以及人物活动环境的变化，小说情节可分为四个阶段：序幕（1—5回）；回光返照（6—22回）；死而不僵（23—80回）；烟消火灭（81—120回）。

第二节 序 幕

《红楼梦》前五回与正文内容有联系，故称序幕。其作用有四个方面：

一、通过甄士隐、贾雨村荣枯沉浮的故事概括了小说的主题；

二、通过甄士隐、贾雨村的牵引，介绍了小说中的重要人物；

三、通过甄士隐、贾雨村把天上的爱情故事搬到人间；

四、交代了特殊的艺术手法，"将真事隐去""用假语村言"，主要指艺术虚构的方法。

第三节 回光返照

《红楼梦》第六至二十二回为回光返照阶段。人物活动地点在荣、宁二府。写及三年左右的时间，宝玉九至十二岁。

第六回开始展开小说情节，刘姥姥一进荣国府是小说的开端。前几回用较多的笔墨刻画了王熙凤的形象。第七回的"焦大骂府"揭示了封建大家庭必然崩溃的主题。第八回"闹家塾"从精神角度写贾府气数将尽。小说突出重点，写了两件大事：

一是秦可卿之死。

秦可卿辈分低，身份贱，无子息，寿命短，丧事本该从简。由于贾府外面的架子未倒，遂恣意奢华，大操大办。选棺木、买官、作好事、吊丧、送殡，花费了巨大的人力和财力，这是贾府迅速败落的主要原因，丧事也是贾府由盛转衰的转折点。通过丧事描写，展示了贾府盘根错节的社会关系，同时也着力塑造了王熙凤杀伐决断、精明强干的形象。

据甲戌本十三回脂批可知，第十三回原为"秦可卿淫丧天香楼"，后因秦可卿托梦凤姐有功，脂砚斋命作者删去。因删节未净，故仍能看到蛛丝马迹。

二是元妃省亲。

元妃省亲是回光返照阶段的另一件大事。筹建省亲别院费时一年多，占地三里半。主要建筑物有怡红院等十余所轩馆，主要风景点有紫菱洲等七八处。这些建筑无不设计精巧、富丽堂皇，花的银子像淌海水似的。下姑苏聘请教习，采买女孩子，置办乐器行头，支出三万两；置办花烛彩灯、各色帘栊帐幔，支出二万两。经过紧张有序的准备，定于次年正月十五日归省。届时园中香烟缭绕，五彩缤纷，灯光映照，细乐声喧，说不尽的太平气象、富贵风流。

省亲活动分为观光、团聚、宴会、赐名、试才、看戏、行赏、话别等过程。通过演戏暗示了贾府及其主要人物的结局。

省亲是大喜事，元春却以泪洗面，泣不成声。她称皇宫是"不得见人的去处"，自己身居皇宫是"骨肉分离，终无意趣"，这些文字流露了元春丰富的感情世界，表现了元春对自由生活、天伦之乐的向往，也包含了对封建皇权的批判。

第四节　死而不僵

《红楼梦》第二十三回至八十回是贾府的死而不僵阶段。人物活动地点在大观园，计有两年光景，贾宝玉十三岁至十五岁。

小说主要写经济、政治两个方面。经济上寅吃卯粮，后手不接。通过一系列日常事务、饮食起居的描写，分析贾府的衣、食、住、行等支出情况，再对照其收入，不难看出其确实入不敷出，必然坐吃山空。尽管贾府也注意兴利除弊，开源节流，但只是杯水车薪，无济于事。贾府经济衰落的情况主要以细节加以表现。

政治上一再生事，防不胜防。主要写了三件大事：

一是宝玉挨打。第三十三回前后的宝玉挨打，是贾府内外各种矛盾激化的结果。其根本原因是正统与叛逆的矛盾，两个护官符集团之间的矛盾是导火线。主奴矛盾、两条道路矛盾、嫡庶矛盾则分别是远因、近因以及催化剂。

打，只是手段，目的是要宝玉改。由于贾母的介入，宝玉不仅没有改，而且在叛逆道路上越走越远，题帕定情便是宝玉与黛玉结合起来走叛逆道路的标志。

二是红楼二尤。尤二姐、尤三姐被迫自杀一方面反映了贾府男性主子的糜烂和女性主子的毒辣；另一方面，表现了封建贞操观念及封建习惯势力的吃人本质。王熙凤千方百计要害死尤二姐，唆使张华告发，后来被政敌利用，成为查抄贾府的公开理由。尤氏姐妹性格、遭遇不同，而结局相类，表现了封建社会妇女的悲剧。她们的悲剧揭示了贾府主子空虚、庸俗、卑劣的灵魂和腐朽的生活方式，是《红楼梦》衰败主题的重要内容。

三是抄检大观园。内抄是外抄的预演，是贾府内部各种矛盾激化以后的总爆发。这里有邢夫人与王夫人妯娌之间的矛盾，也有王善保家的与晴雯等奴仆之间的矛盾。抄检的结果是晴雯、入画、司棋等丫环遭到迫害。而作为主子的探春则公开反对抄检。

抄检之后，宝玉亲自去探视晴雯；并在晴雯死后，撰写《芙蓉女儿诔》哀悼她，赞美她，批判锋芒直指封建恶势力，说明其叛逆性格有了新的发展。

在这一阶段，还用零碎笔墨穿插写了王熙凤放高利贷等几件事，都大有深意。

第五节 烟消火灭

《红楼梦》第八十一回至一百二十回是贾府的烟消火灭阶段。人物搬出大观园。其间有三年光景，宝玉十六岁至十九岁。

高鹗续写的后四十回大致完成了悲剧结尾，写了死亡、抄家、奴隶反抗逃跑以及宝玉出家，因而是成功的。不过高鹗续书也有缺憾，主要是写到"家道复初、兰桂齐芳"，宝玉中举，有些人物的结局不符合作者原意。

贾府衰败的原因是金钱和权势的丧失。衰败的标志是败家、抄家和出家。

贾宝玉的叛逆思想主要表现为：反对封建礼教，反对仕途经济，反对封建婚姻制度。在婚姻爱情问题上，宝玉有三点局限：意淫、泛爱、移情。

贾宝玉具有新思想，是初步民主思想的萌芽，表现为尊重人的价值、女尊男卑、主奴平等。

《红楼梦》重点写爱情、婚姻问题，这是小说的题材内容以及所要表现的主题所决定的。小说中的爱情描写直接表现了反封建的主题；用爱情描写来烘托封建家庭衰败的情况；此外，爱情描写还掩盖了某些政治斗争描写。

《红楼梦》描写贾府的衰败具有典型意义。

第六章 《红楼梦》人物论

第一节 论《红楼梦》人物系统

《红楼梦》共写了四百四十八个人物。我们应当从整体与部分、部分与部分的有机联系中考察事物,了解众多红楼人物究竟处在怎样的结构和程序中,他们之间是如何相互作用和制约的。这样有助于我们从整体、宏观的角度把握红楼人物的特征,探讨那些不能仅仅归结于单个人物自身某些属性的根源,进一步把握《红楼梦》那张庞大而复杂的人物关系网。

首先,逆向而动的两股人流。是甘当"猢狲",还是直立为"人",是红楼人物做出历史抉择时表现出来的一个重要特征。在《红楼梦》的人生舞台上,交织着逆向而动的两股人流:一股,趋向于人性,千方百计地要挣脱奴性的桎梏;另一股,趋向于奴性,自己为奴还强迫他人为奴。可以把《红楼梦》里几百号人物排列、组织起一个序列。这个序列的特点是:第一,两头小,中间大,像贾宝玉、林黛玉、晴雯这些热烈向往人生自由、追求个性心灵解放的人物,是少数;像贾母、贾政、薛宝钗、花袭人这些甘当"猢狲"、奴性十足的人物,也是少数;更多的,是介乎两者之间、人性和奴性都不太自觉的"人猿"和"猿人"。第二,阶级界线模糊。在趋向人性的一端,有身为下贱、失去了一切的女奴,也有养尊处优的贵族公子和小姐;在趋向奴性的一端,有封建贵族阶级的当权者,也有身世凄凉、被剥夺了人格尊严的奴隶。所以,维系《红楼梦》里众多人物的,主要是思想意识上的去就、离合关系,即压抑"人欲"与褒扬"人欲"、维护"天理"与反对"天理"之间的矛盾关系。第三,相互制约,均为"逆水行舟"。在这个逆向而动的人物序列中,每个人都同时受到人性和奴性的牵引;而且,越是趋向于一"极",就越是受到另一"极"的制约。这就使人物的性格进程变得十分迂回曲折、复杂艰难。

其次,由"震中"向外扩散的悲剧人物圈。红楼人物不同质量的"人生价值"的毁灭,是构成人物系统的又一重要依据。在《红楼梦》中,曹雪芹打破了传统小说人物善恶两分、忠奸分明的"格套",从而形成了一种更为丰富复杂,也贴近现实生活的人物形象。传统悲剧以好人、坏人划分阵线,坏人毁灭了好人的模式也由此而被打破。曹雪芹的《红楼梦》是将"人生有价值的东西"毁灭了给人看。《红楼梦》的悲剧人物系统是由层层扩散的悲剧人物圈构成的。每一个悲剧人物,都依据自己的"人生价值"的质量,处于特定的位置上,受到不同程度的震动和毁灭,因而显示出不同的悲剧意义。

再次,历史螺旋上的葬礼和更生。"好"便是"了","了"便是"好",在"好"与"了"的蝉蜕与升华中考察人物的相互关系。事物总是波浪式前进,螺旋形上升的。作为中国封建末世的一部形象的历史,《红楼梦》没有因袭"历史循环论"的旧套,它给我们展示的历史轨迹,不是一个封闭式的圆圈,而是一条开放式的螺旋线。趋向于奴性、人生价值较低的那些人物,一般排列在"好便是了"的历史程序中;趋向于人性,人生价值较高的那些人物,一般排列在"了便是好"的历史程序中。

最后,从总体上归结《红楼梦》的人物系统,应当抓住一个中心环节,那便是:"情不情"向"情情"的运动和转化。所谓"情不情",是指贾宝玉不但用情于对己有情的人,而且还用情于对己无情的人和无知者。所谓"情情",是指林黛玉用情专一,只对那些有情于自己的人表示眷恋和关怀。

第二节 宝玉论

一、今古未有之一人

首先，在贾宝玉丰富的个性因素中积淀着人类的某些普遍的人性特征，是人类追求纯洁的爱及自由、平等精神的艺术表现。宝玉那些令人瞠目的"怪僻"和"乖张"，总是直接地或间接地体现着普通人的主要特征：其思想，遵循着人们通常的思维规律；其行为，与人们社会实践的一般方式相一致；其情感，表现出普通人酝酿和宣泄喜、怒、哀、乐的生动性。

其次，从宝玉性格的内部结构来看，他那些惊世骇俗的个性因素并不是孤立存在的，总是同其他许许多多极普遍、极常见的个性因素纠缠在一起。这样，当他的性格步履向着"今古未有的"奇、绝境界突进的时候，就不由自主地带上了世俗的风度和普泛人情的尘埃。

最后，宝玉作为"今古未有之一人"，其性格特征表现为既从中国文化中汲取了诸多精神要素，又以自己独特的感受力和创造性为中国文化人格提供了全新的内容。

二、"童心"的灵光

首先，宝玉是以对女性的"清净洁白"的美好世界的维护表现出他的"童心"的。贾宝玉把"人"分成两类，归返"自然"的一类和失却"自然"的一类；所谓"女儿"和"男人"，只不过是他独家发明的、分别贴在这两类人身上的标签罢了。他高举着的"女儿是水做的骨肉，男人是泥做的骨肉"的思想旗帜，说到底，是对"人"之"魂"的召唤。

其次，宝玉的"童心"还表现在他与世俗社会扼杀人性中最美好感情的各种礼法秩序的抵触与对抗上。我们应当把贾宝玉的

"人论",放到明清之交那个"天崩地解"的社会大背景下加以考察,从启蒙思潮的澎湃和幽咽中追摄宝玉的"清净"之人的踪影。

再次,宝玉的"童心",又表现在他对于被社会所污染、摧残与毁灭的美好事物的挽救与挚爱上。

三、弱的天才

宝玉是弱的天才,他的忧郁与犹疑,他的多情善感与无力承当责任,他的妙悟神解与行为能力的缺乏,都构成了强烈的悲剧色彩,使他的性格既有天才的光辉,又有一种弱者的悒郁与无奈。

首先,宝玉性格"弱的天才"特征同宝玉情感的深沉性相关。在贾宝玉的感情天地里,很少有庸俗浮浅、无病呻吟的东西;他抒发的往往是悲剧人生的至情至感,一种深而广的忧愤。

其次,宝玉"弱的天才"性格,还蕴藏在他那丰富复杂的情感内容之中。曹雪芹笔下的贾宝玉"心情魔态几千般",其情感世界,交织着各种纷繁复杂的社会经纬。

第三,宝玉"弱的天才"性格特征,还体现于其内在的情感的"焦点"——"痴"上。"焦点",即汇聚所有情感能量的中心点。情感焦点的凝铸,可以使深沉、丰富、跳荡的情感流水,从各个方面汇聚到一起来,形成一个内涵深广、传神的"泉眼"。这是灵魂的"眼睛"。宝玉作为"绝代情痴",放射出了人性中最为夺目的光彩。

第四,说不清宝玉"终是何等人物"。在曹雪芹的笔下,贾宝玉是一个有多方面的,内在联系着各种思想、情欲、能力、美德、恶习的统一体,一个活生生的人。他是一个充满了矛盾的人,人们很难用三言两语将他描述,宝玉形象带给人们的是一种意会于心、不可言传的审美感受。"这一个"宝玉是由许许多多的"宝玉"组合而成的复杂的形象统一体。在贾宝玉的性格世界中存在着错综复杂的"人际关系"。这种"人际关系",不是我们通常所说的各种社会人之间的吸引和排斥,而是许许多多个"贾宝玉"之间的关系,用黑格尔的话说,即本身统一的"自己和自己发生关系的主体的个性"[1]。曹雪芹作为一个伟大的艺术天才,成功地展示了各种"贾宝玉"之间矛盾统一的生动局面,为我们提供了一个如脂批所云"终是何等人物"的丰满而充实的人物形象。各种"贾宝玉"之间的关系主要有以下几种形式:一是叠印。这是指大同小异的"贾宝玉"之间的相互"接力",层层递进,不断强化。二是交切。一些差异颇大的"贾宝玉",在相互摩擦中形成了你中有我、我中有你的"交切点",这样,就加强了宝玉性格世界内部的凝聚力。三是逆反。这是指处于对立状态中的"贾宝玉",如何相反相成,在深刻的心灵撞击中保持了自己的整一性;使读者从南辕北辙的性格踪迹中,寻觅到主人公的人生坐标和心灵天平的实际支撑点。

第三节 黛玉论

一、论黛玉的性格特征

第一,黛玉性格的一个主导方面是她的叛逆精神和高尚境界。所谓叛逆精神,是指黛玉对当时社会所崇尚的一些行为规范和主要的价值准则的反叛。而高尚境界,是指黛玉的人格精神所达到的完善性的标志,是符合历史的必然要求的价值的体现。

第二,黛玉的性格世界中,又具有敏感、多疑和伤感的性格素质。敏感,是指对周围的人与事具有超乎寻常的感受力;多疑,则是由于自己的身世而形成的自卑感所建立起来的一种本能的防御机制,即时时刻刻防备意外的伤害。但是这种伤害总是无

---

[1]《美学》第一卷第301页。

法逃避,甚至也是难以反抗的,所以这也形成了黛玉性格中挥之不去的伤感。曹雪芹为这种性格素质的成长提供了丰厚的土壤和养料,使它不断充实,变得相当活跃,充满生气。

第三,在黛玉的叛逆精神中,黛玉的性格素质又显得娇贵、清高,带有相当浓厚的贵族气味。一方面,林黛玉的叛逆精神不可摆脱她那贵族本性的羁绊,她对封建秩序的反抗,说到底,只是一个具有初步民主精神的贵族少女的反抗。另一方面,黛玉的贵族精神又是具有积极的、正面的价值的,即对自身尊严的捍卫与高扬。贵族精神本来是建立在人的等级制基础上的,但在那个尚无法瞩望打破等级制的历史背景下,拥有一种贵族精神或在精神上保持一种贵族气质,也不失为一种精神反抗的手段及精神高尚的标志。尤其是与奴性相比,更是如此。

第四,黛玉的性格又充溢着诗性的芳馨,使她的叛逆精神带着一种诗意的激情和神韵。在《红楼梦》里,林黛玉表现了卓越的诗歌天才。诗魂,总是从她的言谈举止中飘散出沁人心脾的芳香。林黛玉的诗人气质里更多地带有叛逆者与求索者的基因。

作为林黛玉主导性格的叛逆精神,并没有"惟我独尊",单独突出,它总是自然地、巧妙地把自己的影响力渗透到其他一些性格素质里去,从而使丰富复杂的非主导性格素质,也曲折地或明或暗地透射出叛逆精神的光彩。这种情形的出现,只有从"渗透"与"凝聚"的矛盾关系中寻找答案。

二、论黛玉的性格演变

林黛玉的叛逆性格是和她的叛逆爱情一道成长的。她和贾宝玉的爱情从萌动到被毁,大体上经历了这几个阶段:试探、定情、相对和谐、冀求婚姻归宿、落入"机关"、情断人亡。在每一阶段中,黛玉的性格保持一种主要的特质,但又不是凝滞的。随着人生旅程的延伸、生活环境的变化,各种矛盾线索的扭结和牵动,她那"单一的杂多"的性格,总是不断地有层次地向前推进。可以就"赠绢""忆绢""焚绢"几节,对林黛玉的性格演变做一番分析。

"赠绢"是宝、黛二人的定情标志。从此以后,他们的爱情生活由试探阶段进入了相互体贴、相对平和的阶段。由于赠绢定情,她已经明确地把贾宝玉作为终身伴侣来爱护、来关照了,他们之间,开始了一段清风徐来、水波不兴的爱情生活。

"忆绢"则是黛玉性格演变的又一重要阶段。在这一阶段,由于对爱情的必然归宿——婚姻——的无力自主和悲观情绪,黛玉的性格中出现了对于既有社会秩序的幽怨、怀疑与愤恨的因子。

"焚绢"激起黛玉对整个贵族世家的加倍仇恨,迫使林黛玉在反叛的道路上加快了步伐,她决定用自己的生命来做最后的抗议。焚绢,便是这一冲刺的最初闪光和起步信号。

第四节 宝钗论

一、论宝钗的性格特征

(一)注重现实的功利是宝钗性格的重要特征。在宝钗性格中存在着某种商人的气质,那就是把金钱看得比较重,在人际关系中注意交换。她劝宝玉"上进","在大事上用心",希望宝玉能够在那一社会所倡导和规定的主流价值观念下进入名利之场,挣一个前途,获得功名利禄,表明她的人生目标的功利取向。在人际关系之中,她更注重的乃是以笼络的手段广施恩惠而获得最大的利益。

(二)宝钗性格的另一特征是世故而虚伪。所谓世故,是指通晓人世间的各种表现的社会价值规范之下的潜在的规则。宝钗在处理事情时,善于趋利避害,利用人心、人性中潜在的各种东西达到自己的目的。正因为宝钗实际上遵循的是潜隐着的规则,所以她表面上的温柔敦厚就不能不是一种虚伪的行为。在宝钗待人接物的处世哲学"不关己事不开口，一问摇头三不知"之中，除了一切以自己的利益为指归的自私之外，更重要的是把"已知"当作"不知"的虚伪，所以她的谦恭与她实际上的才能、才华的不相称，她的对人厌恶而表面仍然春风满面，就都是虚伪的最充分表现。

（三）宝钗性格中存在着冷静甚至冷酷的高度理性特征。由于洞悉了人世间的一切关系都随着利益的改变而改变，所以宝钗就冷却了对他人乃至对一切生命的情感，而让冷冰冰的理性计算来支配自己的行为。

二、论宝钗的性格矛盾

（一）"做人"与"恋爱"。王昆仑在《薛宝钗论》中精辟地概括说："黛玉是恋爱，宝钗是'做人'。"但是，我们应当看到，在宝钗世故的"做人"中，追求恋爱的成功也是异常重要的一个目标。一方面，她看到了宝玉对仕途经（世）济（国）的反感；另一方面，她确实看到宝玉的才华、柔情与细心等方面的优点。更重要的，作为一名少女，对自己的初恋对象，她着实是投入了自己的许多心力与热情。这在小说中有多处描写。我们不能因为宝钗的虚伪与冷酷而抹杀她性格中的这一方面。

（二）"冷"与"热"。在宝钗表面冷冰冰的对待一切事物的态度下，隐藏着极其热衷的功利心态。但是，宝钗的"热"又并不总是负面的，其中包含着一些积极的因素。这就是青春的生命热情的迸发与开放。

（三）"儒"与"道"。探求宝钗的性格根源，我们不能不看到她被人们认为是"假道学"的东西，并不都是虚伪的。因为那都是由社会的主流价值观念儒家思想所熔铸而成的。不过，在宝钗性格中，还有道家的"装愚守拙"的一面，即大智若愚、大巧若拙，把自己的聪明才智掩盖起来，用谦卑的态度来对待别人。宝钗身上的儒道思想的冲突,不仅表现了她性格矛盾的深层原因,而且也从一个侧面表达了曹雪芹对中国古代精神世界的反思。

第五节 凤姐论

一、"都知爱慕此生才"

（一）凤姐的经世济国之才。"家"作为一个社会的基层单位,是包含着封建社会"国"的所有生活结构与生命根源的细胞。凤姐的"协理宁国府"也就表现了她的经世治国之才。在凤姐的"经世治国"式的行为中,显示了封建政治不可化解的矛盾。一方面是对积弊与祸端的洞察力,另一方面是治家理国者本身一旦获得权力后必然的弄权贪酷,从而使任何天才最终都只能愈力愈勤而愈不至。

（二）凤姐的语言天才。凤姐的精神、气质以及性情风韵在她的语言才能中得到最为充分的展露。她要求的是刚健而婀娜的女性语言,决不迁就那种纤弱而病态的语言趣味。这当然反映了凤姐这样的以干"大事"、抓"主脑"为人生目标的干才对沉浸于柔情与温馨世界中的小儿女情态的不满,但她这样的主张本身体现的精神不能不说是健康而有爽朗之气的。凤姐的语言又绝非枯燥可厌的,而是充满了机智与幽默,甚至可以说是体现了一种难得的智慧。

（三）凤姐的生存智慧。凤姐被称为"辣子",表明了她的性格中存在的无赖与撒泼的智慧,一方面是对上的,一方面是对下的,其要害都在于取得某种打破既有规范的权力。由于纲常的松弛与家族中男人的或平庸或无耻,人际关系中主奴之间的纷争也日趋激烈,凤姐的生存智慧就成了应付这种局面的直截了当而见效甚快的苦口良药。虽然她永远是从自己的生存目标出发的,但趋向目标中燃烧出来的才能却是照亮"红楼"的一种炫目而又奇诡冷峻的光芒。

二、"机关算尽太聪明"

聪明而"太",其过失在于这种聪明与算计都超出了道德的底线,在扩张其个人欲望的过程中伤害与摧毁着别人的利益乃至生命。

"太聪明"就是聪明表现在对别人的生命价值的漠视,对别人的情感世界的漠视和鄙夷,以及对异己者的无情剿杀。

凤姐是贪婪而自私的。她的"机关算尽"相当重要的内容就是"权"与"利"。"太聪明"的结果是贪婪的欲念毁灭了她内心中一切美好的东西。

三、"凡鸟偏从末世来"

曹雪芹在"康乾盛世"烈火烹油般的气势中,已经嗅到了末世的气息。《红楼梦》中有那么多神经过敏的"悲谶语""感凄清",以及种种"异兆悲音",都是让自己笔下的人物在最繁华时感觉到最悲凉的历史趋势。凤姐在这样的气息中的一切努力、挣扎与苦心的奋斗,最终只能是徒劳而悲惨的。

凤姐永远是拣高枝儿栖息的。她飞得越高便越能摆脱各种各样的限制,自己决定自己的命运,并且在权力的顶峰上主宰着别人的命运。

但是,凤姐又毕竟是"凡鸟"。这不仅是因为她作为女性而无可改变的宿命,更重要的是她的性格中存在着与世俗社会的"权"与"利"胶着在一起的坚硬内核。与她的才能相比,凤姐的德操把她降落到"凡鸟"的位置上来。以"凡鸟"与"末世"相结合,则凤姐的一切作为都无可挽回地把贾府及她自己推向一种"昏惨惨似灯将尽"的境地。"末世"的腐朽败落的机制使得任何可能成为凤凰的人物都容易"风尘肮脏违心愿";而"凡鸟"们的贪得无厌与恣意妄为又从总体上加速了"末世"的到来。曹雪芹对凤姐的刻画,是投射着某种深邃的历史观与人性观的。

第七章 《红楼梦》艺术论

第一节 艺术特质论

一、《红楼梦》作为一部"诗体"小说,是曹雪芹以诗人式的创作冲动进行意象经营和融会雅俗文化而创作的艺术精品

首先,曹雪芹是以诗人式的创作冲动投入创作的。创作冲动是作家内在的激情在文学创作中的表现,它驱使作家把自己的经验、感受与想象迫切地表达出来,把创作意图付诸艺术实践。诗人的创作冲动更多地体现为"以情写情"的个性情感的抒发,所以无论诗人所写的内容是什么,都带着强烈而浓郁的抒情色彩。其次,在《红楼梦》中着意经营了诸多诗的意象。这就使《红楼梦》具有了很浓很浓的象征意味。《红楼梦》众多的意象之中有一个"君临"一切的意象,它便是"红楼"。再次,《红楼梦》的诗性特质还体现在曹雪芹将诗性的高雅与小说的"俗性"进行的融合与升华上,使中国古典小说真正获得了"诗魂"。

二、《红楼梦》的艺术精神中,贯穿着曹雪芹对于世界、人生的哲学思考,是一部寻觅精神家园的杰作;小说渗透着一种形而上的意味

《红楼梦》从女娲补天写起,并以具有哲理性的神话结构全书,使小说自始至终都具有形而上的意味。《红楼梦》就是写一块被遗弃的"多余的"石头寻找精神家园的历程。《红楼梦》第二十七回的《葬花辞》和第七十八回的《芙蓉女儿诔》,可以反照出曹雪芹寻觅精神"家园"的内心踪迹,值得我们认真揣摩。

三、《红楼梦》的艺术特质中,又体现了曹雪芹深厚的历史意识,他是以一种宏观的历史视野来安排自己笔下的艺术世界与人物命运的

首先,曹雪芹在《红楼梦》中运用了错乱历史时空的手法,来表现其对于历史的形而上的思索。其次,四大家族的衰亡史在《红楼梦》的艺术表现中,又与封建社会整体的衰亡史联系了起来,揭示了封建社会结构内在的不可调和的矛盾冲突。最后,曹雪芹的历史意识又是通过其悲剧意识表现出来的。曹雪芹的历史意识正是在"上穷碧落下黄泉"的宇宙意识与对古往今来的历史反思中而形成的,在《红楼梦》的艺术构造中,曹雪芹形成了自己对于人类历史的反思的"一家之言"。

第二节 艺术构造论

一、论《红楼梦》的矛盾主线

从作品具体内容来分析,贾宝玉、林黛玉叛逆性格的发展和叛逆爱情的悲剧,是全书的矛盾主线和全书艺术结构的中心。

在《红楼梦》里,荣国府主要存在着三种矛盾:以贾宝玉、林黛玉为代表的具有初步民主思想的封建叛逆者,同以贾政、薛宝钗等为代表的封建卫道者之间的矛盾;以晴雯、鸳鸯等人为代表的被压迫的奴隶,同以贾母、贾政、王夫人、王熙凤等人为代表的封建统治阶级之间的矛盾;还有封建阶级内部尔虞我诈、勾心斗角、争权夺利的矛盾。这三种矛盾,各有自己的活动范围、运动特征和发展趋向,但是,作为作品里的矛盾副线,后两者总是巧妙地扭结在宝、黛悲剧的矛盾主线上。

贾宝玉和林黛玉的悲剧线索,在《红楼梦》里起着重大的结构作用。它把书中的几条矛盾副线统率起来,扭结起来,牵向更深、更广的去处。它又把书中的主要人物、次要人物团结起来、调动起来，充分亮相，表现出各自的性格光彩，从而使作品的情节顺畅地、有节奏地向前展开。

二、论《红楼梦》的叙事艺术

（一）复现和辐射。

（1）复现。复现是指在同一部作品中多次描绘同一类生活景观和画面，在反复出现的同一类生活现象中艺术地表现其中蕴含的意义的差异。由于曹雪芹对生活的描摹十分精细，所以不可避免地要一而再、再而三地触及某些人物、事情和场面，譬如林黛玉的"哭"，宝、黛二人"三日好了，两日恼了"的爱情试探，就在小说中"复现"许多次；然而，读者并不感到厌烦，反而觉得变化无穷，意趣繁密。这不能不归功于曹雪芹对日常生活的潜心观察。他善于捕捉一瞬间的形象，善于表现每一运动阶段事物的精微变化。他懂得，艺术的"复现"不是简单的、机械的"重复"，只要客观情境和内容因素稍微改动一点点，艺术形象便呈现出新貌、新声、新色、新线，并由此而组合成新的姿态。

（2）辐射。辐射是指从生活现象的某个点出发，根据这一现象所维系的复杂的人际关系网络和事情的线索，对生活进行延展性的相互联系的描绘。曹雪芹的笔下，"辐射点"总是有力地牵制着各个生活"线头"，使它们"条条大路通罗马"；同时，又放开手脚，让每个"线头"按照自己的实际情况向前伸展，做到"大路朝天，各走一边"。这表现为：①过细地鉴别每条线上的独特内涵，决不让人物泛泛而谈，做一些游离于性格逻辑之外的事情；②恰当地处理每条"线"之间的内在联系，让它们在必要的时候相互交叉，形成一个新的、共同的"兴奋点"；③分清主次，突出诸多"线头"中最重要的一个，使"辐射中心"所包蕴的思想光彩显得更加耀目；④节外生枝，写好某条"线"上滋生出来的、有表现价值的新枝蔓。

（二）流动和切入。

（1）流动。这是指在描述生活现象时，注意考察事件之间的相互勾连、相互承传的关系，使生活变迁的连贯性在叙事中得到原生状态的表现。

《红楼梦》在表现日常生活的变迁时，不用过多的突起突收、飞扬跳荡的笔墨，来造成"跳跃"与"惊奇"的效果；而特别注意气韵的贯通和画面的衔接，讲求"起、承、转、合"的自如，追求"抽刀断水水更流"的艺术效果。曹雪芹善于用流动的"视点"去观察流动的生活，多采用"渔舟逐水"法，即选择一个人，让他驾着流动的"小舟"，去浏览每一"小溪"、每一"港汊"的风光，最后获得一个完整的印象。为了把这些色彩纷呈的"小溪流"拧在一起，曹雪芹还巧妙地设置"环扣"，使它们前后呼应，首尾相衔，自然而然地向前流淌。在《红楼梦》里，还有另一种展示"生活流"的方法：它不是用一个人的眼睛去扫描流动的生活，而是让"后浪"推"前浪"，相互"接力"，向纵深发展。曹雪芹笔下还深入地描写日常生活中的另一种"流动"，即人们感情意绪的"流动"。

（2）切入。这是指在对某一生活现象进行描写时，突然中止对前一幅生活画面的描写，直接将艺术的镜头转向后一幅生活画面。这一种表现时间和空间转换的方法，可以收到对比强烈、节奏紧凑的效果，借用现代电影艺术的一个术语，就是直接"切入"生活场景和生活镜头。

在《红楼梦》中，曹雪芹往往从大处着眼，在流动的生活主脉中突然"切入"几个"飞来"的生活镜头；这些"镜头"，似乎与生活主脉没有直接关系，但是，一旦插足进来，便充分显示出艺术结构上的特殊意义，使生活主脉的底蕴得到了更加鲜明的揭示。

（三）融化和凝聚。

（1）融化。这是指在艺术描写中，用分散的笔墨，把对人物与事物的刻画放置到流动而复杂的生活现象中去叙述,最终使读者从融化到生活之流的各种细节中得出对人物和事物的总体印象。《红楼梦》是对日常生活的"全息摄影",较多地带有散文的气息和诗歌的韵味,很少有掀天巨浪和灼热的戏剧冲突。它很"散",有如分散在广阔平野上的河、湖、港汊,不像那横贯千里、波涛滚滚的大江。然而,它又不"散",因为它经纬交错,网络勾连,是一张精心编织起来的、纲举目张的生活之网,所以书中的绝大多数人物,都不能离开生活的整体。曹雪芹很少用专门的、系列性的回目,来表现人物的性格成长史;在他的笔下,人物的各种性格特征犹如纷纷飘洒的雪花,静悄悄地"融入"生活的溪流,分散在各回章节之中。

把人物的性格踪迹"融化"在生活的"水网"之中,还可以产生一种特殊的艺术效果:一些着墨不多的次要人物,由于被"融化"了,得到了许多方面的"关照",结果变得相当活跃、相当厚实。

(2) 凝聚。这是指集中笔墨,对特定的人与事进行突出的描写,使其在读者心目中留下深刻的印象。曹雪芹常采取"凝聚"法,让那些不可能多露脸面的人物,在特定的场合下,把整个生命和全部精力"凝聚"起来,变成一颗闪闪发光的艺术"结晶体",以此跻身于《红楼梦》的人物之林。最典型的两个例子,就是焦大和傻大姐儿。

第三节 悲剧艺术论

一、价值的毁灭

《红楼梦》写好人并不"完全是好",写坏人并不"完全是坏";因此,在《红楼梦》里很难找到一个纯粹的"有价值的人物"。构成《红楼梦》悲剧冲突的被毁灭的一方,就不可能是标准的"有价值的人物",而只能是一些"人生有价值的东西"了。

(1) 什么是曹雪芹眼中的"人生有价值的东西"?曹雪芹作为封建末世的进步思想家,他已经从艰辛的人生历程中逐步领悟到:只有那些敢于突破封建思想羁勒,争取平等、自由的思想、言行,才是"人生有价值的东西"。

(2) 曹雪芹眼中的"人",究竟是什么模样?曹雪芹眼中的人是在复杂的社会关系中,由于主、客观条件各不相同,而使人生有价值的东西不断消长的矛盾结合体。

(3) 曹雪芹如何展示"人生价值"的两种不同情形的毁灭?《红楼梦》确认了悲剧人物的复杂性,让各种社会矛盾在人物的性格世界里摆开了一决高低的战场,十分严峻地检验着"千红""万艳"的"人生价值",让不同质量的"人生有价值的东西"遭到了不同形式的毁灭,这样,"一哭""同悲"就不是一种大同小异的、缺乏个性的腔调,而是嘈嘈切切、复杂而又和谐的混声大合唱了。

二、真实性与必然性

曹雪芹总是努力把自己的注意力投向悲惨的现实世界,认为只有尊重"事体情理","按迹循踪",才能真正写好人世间的"离合悲欢,兴衰际遇";他的《红楼梦》,不肯"谋虚逐妄",比较鲜明地同那些"瞒"和"骗"的文学作品划清了界限。经过漫长而艰辛的生活实践和艺术实践,曹雪芹以极大的真诚,去认识和表现生活中的泪痕悲色,使《红楼梦》里的悲剧世界同客观存在的悲剧世界血脉相连,气息相通,而且更集中、更概括、更富有典型意义。

(一) 在相当广泛的范围内,把被封建统治阶级颠倒了的"真"和"假",重新颠倒过来。

《红楼梦》出色地从许多方面恢复了"真"与"假"的本来面目。这不仅可以深刻地揭示那一社会的本质,而且可以帮助读者领悟这样一个道理:当垂死的封建阶级,十分荒唐地、强词夺理地用政治暴力和思想压迫,把"真"与"假"、"善"与"恶"、"美"与"丑"统统颠倒了的时候,那些"人生有价值的东西"怎能够获得起码的生存权利呢?他们只好在石隙里萌发,在风刀霜剑中成长,到头来,还是敌不过"死而不僵"的封建"百足之虫",惨痛地遭受了毁灭的命运!这恰好表明:曹雪芹并没有把酿成悲剧的原因,归之于不可知的"天命",或者是什么"偶然际会",他已经把视线投向社会本身的矛盾、缺陷和荒谬,努力在那里探寻产生悲剧的原因了。

(二)打破"团圆主义",指出《红楼梦》的结局是"白茫茫大地真干净"。

曹雪芹勇敢地面对了笔下人物必然走向悲剧的命运,而决不肯违背生活逻辑和人物性格逻辑的许可,用人为的"大团圆"来自欺欺人。他在作品里强调的"末世""树倒猢狲散"等严格地从本质上、从发展趋势上规范了那一时代的特征,为《红楼梦》里的众多人物布下了无法挣脱的悲剧氛围。曹雪芹坚决打破"团圆主义"的艺术实践,是对中国悲剧艺术的一个重大贡献。

(三)在残酷的现实环境中,表现悲剧人物的死亡。

在《红楼梦》中,造成人间惨剧的,并不仅仅是由于某些人的卑劣和罪孽,更主要是由于那一社会的腐朽、残酷和不公。这样,《红楼梦》所表现的悲剧人物的死亡,就带有比较深刻的历史必然性,就相当真实地映照出那个惨酷现实世界的原形来了。

三、几乎无事的悲剧

在《红楼梦》里着力表现的是那些"近于没有事情的悲剧",使它们在艺术的聚光灯下,清晰地显露出自己的泪痕悲色,以"醒国人之目",以震世人之心。

曹雪芹在精选悲剧题材的时候,审慎地注意到当"人生有价值的东西"消磨于极平常的、几乎没有什么事情的悲凉岁月时,人们往往把握不准爱憎褒贬的感情天平，甚至出现了悲剧主人公无病呻吟、自寻烦恼的情况。在充满了隐忧和隐痛、是非界限不甚分明的日常生活事件中，曹雪芹通幽发隐、入木三分地揭示了极不寻常的思想意义，让人们从几乎无事的"小悲剧"中看到了惊心动魄的社会"大悲剧"！

《红楼梦》里的"小悲剧"，因其小，所以涉及面甚广，和许许多多普通人有关；这样一来，它所包含的社会意义，就不是那些着眼于英雄悲剧的作品所能比拟的了。

《红楼梦》里的"小悲剧"，因其小，所以是与非的界线常常如游丝飘忽，被毁灭者很难找到知音，甚至还要遭到各种各样的误解、嘲笑和非议。然而，曹雪芹恰恰从这一种"无病呻吟"中，听到了被沉疴所折磨的心底的哭泣声、灵魂的呼救声，以及置之死地而奋起的生命呐喊声。

四、历史意识的投影

"红楼"悲剧，具有极其深广的历史内涵。所以，我们检视曹雪芹对中国悲剧艺术的贡献，必须特别留意他的历史意识是以怎样的"性格—思想"模式熔铸于《红楼梦》的艺术实体之中，使之成为一部从规模、气势、容量诸方面远远超越前贤手笔的悲剧史诗的。

它首先是审美的，对整个历史流程采取审美观照的态度，将历史经验渗透到梦魂飞度、思接千载的情感波动之中。

《红楼梦》审美情感的基调是深而广的忧患。中国传统文化是饱含忧患意识的。特别是在抚弄历史经纬的时候，其忧患意识尤为强烈。曹雪芹的忧患意识以深沉、阔大为特征，他给《红楼梦》披上了浓重而又无边的"悲凉之雾"，他的灵智在辛酸的血泪中凝聚、闪光，这是先于他的其他许多悲剧作家所无法企及的。

由于曹氏家族的升沉巨变实际上叠印了数千年中国封建社会

种种家事、国事的投影,曹雪芹本人的忧患意识和末世之感实际上浓缩了中华民族心灵史的层层血泪;所以,蕴含在红楼悲剧中对历史踪迹、演进态势的哲理沉思,具有极大的概括力,显示着知情、清晰的哲人风度。这主要表现在曹雪芹天才地、勇敢地打破了一个盘踞在人们心间达数千年之久的历史"怪圈"——封闭的由盛而衰、由衰而盛,由治而乱、由乱而治,由合而分、由分而合的跳不出去的恶性循环。曹雪芹创造的红楼悲剧,之所以带有不惑的、心事浩茫的超越历史的要求,之所以较之先前的任何悲剧作品更富于壮丽的、凝重的、气概非凡的史诗意味,其原因就在于:赫然写在《红楼梦》悲剧长卷上的"树倒猢狲散"一语,已不仅是封建末世社会情状的形象写照,而且带有人类发展史的辩证意味,它庶几触摸到了一条朴素的历史法则:"猢狲",应当努力变"人",舍此,你别无出路!

第八章 《红楼梦》的地位与影响

第一节 《红楼梦》的地位

《红楼梦》在中国古代小说史上占据极其重要的地位。它不仅是中国古代白话长篇小说的经典之作,而且也标志着中国古代小说创作的艺术顶峰。

《红楼梦》在清朝的命运可谓大起大落。它一方面获得了民间众多读者的喜爱,另一方面却又屡屡被官府名列于查禁的"淫词小说书目",受到了官方的打击和禁行。对待《红楼梦》的这两种截然不同的态度不仅反映了《红楼梦》对当时社会产生的巨大影响，也代表了封建社会末期以官方为首的社会正统势力对于文化的敏感态度和钳制政策。《红楼梦》的长期禁毁扼杀了《红楼梦》问世以后可能会出现的小说创作高潮，也阻碍了中国小说创作的正常发展。

近代对抗清朝统治的特殊环境使得《红楼梦》的这一反清倾向再度被革命者发掘，进而成为革命与反革命斗争的文学武器。"西学东渐"的狂风吹进了《红楼梦》接受的天地，造成了红学史上独特的景象，即用西方美学思想来批评《红楼梦》。《红楼梦》在近代红学史，乃至文化史上都承担了具有时代特色的政治改革的角色，被时人目为有力的改良工具。对于《红楼梦》政治作用的扩大无疑是有害的，它阻碍了对于《红楼梦》的正常范围的研究。

《红楼梦》在 20 世纪成为一门专门的学问，直至成为一门"显学"。

清乾隆五十八年（1793），《红楼梦》从浙江的乍浦港一路漂洋过海，流传到日本的长崎。这是已知的《红楼梦》流传到国外的最早文字记载。在日本的红学家中，大高岩对《红楼梦》的研究和评论是最全面、系统的，他认为曹雪芹具有近代思想。《红楼梦》一书约于嘉庆末年至道光初年传入朝鲜半岛，被认为是外国人学习中国传统文化的优秀教科书。1832 年，帕维尔·库尔梁德采夫将一部早期脂评抄本《红楼梦》带回了俄国，即"列藏本"。《苏联大百科全书》（1936 年出版）评介《红楼梦》是一部描写垂死的封建贵族之家的史诗，是中国最优秀的文学作品之一。1958 年，帕纳休克翻译了第一部俄文全译本《红楼梦》，底本为人民文学出版社出版的以程乙本为底本的校注本，这也是欧洲国家出版的第一个全译本。法国《通用百科全书》认为《红楼梦》是一部反映 18 世纪中国社会各个方面的现实主义古典作品，是 18 世纪中国社会的一面镜子。西班牙的格拉纳达大学首次出版发行了西班牙文版的《红楼梦》全译本,认为《红楼梦》是中国古典小说登峰造极的作品。

第二节 《红楼梦》的影响

包括思想、艺术、文化等几个方面的影响。

关于《红楼梦》的主题思想,研究者历来莫衷一是,说明了这个问题的复杂性。这个问题的争论主要集中在两个方面:一是偏重于强调作品的政治意义,一是更为注重作品的情感意义。而《红楼梦》所产生的思想影响,也正集中体现于这样两个方面。

就小说创作而言,一是《红楼梦》续书的大量涌现,二是模仿之作的不断涌现。几乎各种戏曲样式对小说《红楼梦》都有改编,具体剧目则至少有上百种之多。随着《红楼梦》在海外的流传,其他国家的作家也受到了启发和影响。

《红楼梦》由一部小说发展为红楼文化,成为今天人们日常生活的有机组成部分。

第九章 《红楼梦》研究概观

第一节 旧红学阶段

所谓旧红学,指的是"五四"时期以前,有关《红楼梦》的评点、索隐与题咏。其中以评点派最具有代表性,贡献也最为卓著。

脂砚斋的《脂砚斋重评石头记》以其史料价值而非艺术价值

著称，它为人们提供了关于《红楼梦》作者、版本等方面的重要信息。如果单纯以艺术价值来评判评点派，那么《红楼梦》评点家中应以王希廉的《红楼梦评注》、姚燮的《读红楼梦纲领》和张新之的《妙复轩评石头记》三家为代表。

索隐派是20世纪初红学研究中形成的一个派别。该派力求"索隐"出《红楼梦》所写的"真内容""真故事"。索隐派并无统一说法。其中影响较大的有"清世祖与董鄂妃"说、"明珠家事"说以及"政治小说"三说。代表人物及著作有王梦阮、沈瓶庵的《红楼梦索隐》，蔡子民（元培）的《石头记索隐》，邓狂言的《红楼梦释真》。他们被胡适称为晚清索隐三派。

第二节 新红学阶段

新红学是指以胡适、俞平伯为代表的考证派，其创始人是胡适、俞平伯和顾颉刚。从学术上看，胡适是"新红学"的开山者，俞平伯则是完成者。

"新红学"是在胡适、俞平伯和顾颉刚通信讨论《红楼梦》的问题中酝酿成熟的，时间大约是在1921年4月到1921年10月。"新红学"这一概念最早是在顾颉刚为俞平伯《红楼梦辨》所作的序中提出的。红学主要包括"曹学""版本学""脂学""探佚学"，以及对《红楼梦》研究史、有关《红楼梦》资料及其典章制度与饮食服饰的研究等几个方面。代表人物及著作有胡适的《红楼梦考证》、俞平伯的《红楼梦辨》、周汝昌的《红楼梦新证》。

第三节 批评派的红学研究

清光绪三十年（1904）出版的《教育丛书》杂志刊载了王国

维的《红楼梦评论》,不仅揭开了现代红学研究的序幕,而且把一种崭新的小说研究方法引入文学研究领域,从而在《红楼梦》研究史上占有举足轻重的地位。另外,吴宓的《红楼梦新谈》提出了"现实世界——理想世界——艺术世界"的结构来解释《红楼梦》的艺术结构。佩之的《红楼梦新评》用西方社会学来解说《红楼梦》。陈觉玄的《红楼梦试论》提出了"四大家族"的说法。

第四节 中华人民共和国成立以后的红学研究

1949年以后,《红楼梦》进入了它的普及期。一方面是有些专家学者继续他们的书斋研究,另一方面由于毛泽东"《红楼梦》要读五遍"的提倡,出现了一大批业余红学家,产生了现实主义的红学。1978年后,《红楼梦》研究进入了百花齐放的时期。

对于《红楼梦》研究的研究包括:第一,对于《红楼梦》研究本身的史料搜集和整理。一粟编辑了《红楼梦卷》(两卷本),该书汇辑了从乾隆到"五四"之前的有关《红楼梦》研究的资料。朱一玄编辑了《红楼梦资料汇编》,辑录了康熙至"五四"之间的有关《红楼梦》的资料。吕启祥、林东海主编的《红楼梦研究稀见资料汇编》收录了1911至1949年间有关《红楼梦》的文章。第二,关于《红楼梦》研究的研究,即红学史的研究。如朱淡文的《红楼梦论源》、刘梦溪的《红楼梦与百年中国》、韩进廉的《红学史稿》、白盾主编的《红楼梦研究史论》等。

红学发展至今,也出现了不容忽视的问题。

附录三：必读书和参考书目

一、必读书

《红楼梦》，曹雪芹、高鹗著，人民文学出版社 1982 年版
《红楼梦研究》，何永康主编，苏州大学出版社 2002 年版

二、参考书目

《红学三十年论文选编》，刘梦溪编，百花文艺出版社 1982 年版
《红楼美学》，何永康著，北岳文艺出版社 1991 年版
《红学史稿》，韩进廉著，河北人民出版社 1981 年版

后　记

　　《红楼梦》是优秀的中国古代长篇小说。曹雪芹是中国伟大的小说家。对于这部文学巨著的研究，有着十分重要的意义。冯其庸先生诗曰："大哉红楼梦，浩荡若巨川。众宾欣毕集，再论一千年。"《红楼梦》开卷有益，常读常新；曹雪芹精深博大，永远说不尽。

　　为了帮助中国语言文学专业自学考试学员了解《红楼梦》，认识《红楼梦》，研究《红楼梦》，提高文学素养和文艺理论水平，我们编写了这本《红楼梦研究》，作为选修课教材。本教材比较全面、系统地介绍了有关"红学"的基本知识，比较深入、细致地研究了《红楼梦》的方方面面，具有一定的学术价值。使用本教材，要注重原著的阅读与品评，要对一些重要的论题进行实事求是的探讨，要学会变换角度从不同侧面审视《红楼梦》的艺术天地，要将新的感受和领悟写成鉴赏文字和理论文章；只有这样，才可能取得好的教学效果。

　　本教材汲取了前人的丰富研究成果，在一些方面提出了编著者自己的见解。对于有争议的话题，我们力求做客观的评价。本教材编入了课题组成员的一些先期研究成果，如《红楼美学》等。

　　本教材的编写分工是：
　　主　编　何永康
　　副主编　沈新林

第一章　何永康　骆冬青
第二章　李忠明
第三章　李忠明
第四章　沈新林
第五章　沈新林
第六章　第一节、第二节、第三节　何永康　第四节、第五节　骆冬青
第七章　何永康
第八章　马珏坪
第九章　马珏坪

由于水平的限制，本教材一定存在不足之处，恳请有关老师与学员提出批评意见，以待日后之改进。

何永康
2002 年 4 月 8 日于南京师范大学文学院